À l'Intérieur du Temps

Le Chemin de Jatine

Joseph Delcourt

À l'Intérieur du Temps

Le Chemin de Jatine

Roman

Copyright © Garrett Delcourt
ISBN 978-2-954-72825-4

contact@jourdefete-editions.com

Image de couverture : G. Delcourt/Shutterstock
Édité via www.lulu.com

À mes enfants.
À ce futur qu'ils apportent à notre présent.
En espérant que ce livre contribue au leur.
De la meilleure façon possible.

"There was a young lady named
Bright
Whose speed was far faster than
Light
She went out one day
In a relative way
And returned the previous night"

A.H. Reginald Buller

"You and I are essentially infinite choice makers. In every moment of our existence, we are in that field of all possibilities where we have access to an infinity of choices."

Deepak Chopra

"If you can look into the seeds of time, and say which grain will grow and which will not ..."

William Shakespeare (Macbeth)

REMERCIEMENTS

Plusieurs personnes ont eu une influence certaine dans la réalisation de ce deuxième volume de l'Intérieur du Temps, que je voudrais remercier ici : mon amie Harlinah qui, sans le savoir, m'y a encouragé à un moment singulièrement propice. Brianne, bien sûr, fidèle relectrice qui supporte au quotidien mes humeurs autant que mon immersion dans l'ailleurs, sans oublier Emile et son soutien très enthousiaste. Mes amis Claire, Albert et Damiri enfin, qui ont si gentiment et si patiemment contribué à en peaufiner la lecture par leurs avis et suggestions avisés. Que toutes et tous acceptent une marque de reconnaissance simple mais profondément sincère.

Septembre 2017

RESUME DE L'ÉPISODE PRÉCÉDENT

2244 – Eloine, la Dynastie qui dirige la totalité de la Terre, est régie par l'implacable rationalité de la loi L 1 qui a éliminé toute interférence émotionnelle dans les relations entre humains. Sa seule contrainte (et principale préoccupation) est la maîtrise et l'approvisionnement de l'énergie nécessaire au fonctionnement des innombrables mégapoles terrestres ainsi qu'à toute interaction sociale. Celles-ci sont sous le contrôle de la puissante Eneter, la milice de l'Énergie dirigée par le Commandeur Shu et Doràn, son homme lige. Ils sont assistés par la Mémoire Centrale, le gigantesque système cybernétique qui assure la bonne marche de la Dynastie.

Jiù est un jeune et modeste fonctionnaire du secteur Historique qui découvre fortuitement l'énergie gigantesque disponible dans le temps présent. À cette occasion, il va entrer en contact avec la Dissidence, un groupe de rebelles qui cherche à élargir le spectre du potentiel humain, en particulier par la maîtrise de l'énergie temporelle. Grâce à elle, Jiù apprend notamment à transiter, c'est-à-dire voyager par la force de l'intention dans le temps et l'espace. Avec l'aide d'Akané, sa compagne, ils vont éviter à Eloine l'effondrement énergétique qui les menace en miroir du Collapsus, la catastrophe qui a mis un terme à toutes les civilisations terrestres, survenue deux cents ans auparavant et qu'ils situent à l'origine de leur propre histoire.

Au terme d'aventures à l'intérieur du temps, Jiù et Akané parviendront de justesse à réaliser la Convergence, la symbiose entre la logique L1 et l'énergie temporelle, événement fondateur d'une nouvelle ère pour la Dynastie.

Les événements relatés dans le présent volume se situent vingt ans plus tard.

* * *

I/ Choisir le futur

Eloine - Oued Nzaïr - vendredi 16 Septembre 2264 - 17h

La multiplication des voyages temporels depuis plus de vingt ans n'y changeait rien : personne ne pouvait éviter le poids des heures qui se suivent, s'accumulent et qui passent. Le temps sur Eloine était donc inexorable, autant qu'il l'était pour toutes ces civilisations qu'ils avaient visitées, bercées par la régularité métronomique d'un temps local et linéaire.

Jiù le savait bien, qui en faisait à nouveau l'expérience : après une après-midi entière de guet immobile et tendu, il savourait l'immuabilité millénaire du canyon auquel il faisait face. Le silence montait de la tiédeur des pierres comme réminiscence de la mémoire des siècles et ils baignaient dans la vibration ténue de l'instant : le temps semblait piégé dans ce dédale de falaises et de roches, comme s'il lui fallait se dégager de la gangue pierreuse pour relancer sa course et laisser libre cours à la faramineuse énergie qu'il portait.

-   « Les voilà ! Ne bouge pas. »

Le ton fut bref, impératif, immédiatement suivi par un geste assez singulier : les doigts de la main droite refermés en cercle, sur lequel venait se poser la paume gauche, tendue comme un toit : " *Tais-toi, ne me parle pas, même par la voix intérieure.*"

Mugan regarda son père brièvement : Que redoutait-il ? Ils étaient tous deux équipés d'un casque-brouilleur de la toute dernière génération : aucun dispositif connu ni personne ne pouvait intercepter leurs ondes cérébrales. Où était donc le danger ? Jiù le rassura d'un regard et, d'un discret mouvement de la tête, lui désigna à nouveau le passage en contrebas. Allongés sur la crête d'un petit promontoire rocailleux à la végétation chétive et épineuse, ils portaient chacun un treillis de camouflage sensitif qui avait

3

automatiquement pris les couleurs de là où ils se trouvaient. Devant eux, l'horizon était barré par l'ocre rouge d'un canyon imposant et massif, d'altitude moyenne mais qui étendait à perte de vue ses terrasses chaotiques en une frontière infranchissable. La paroi fracturée était parsemée d'effondrements et d'éboulis instables et, à plusieurs intervalles, ils avaient entendu l'écho sec de pierres qui se détachaient et, dévalant la pente, rebondissaient sans fin vers le fond de la vallée. Puis le silence revenait. L'ombre se faufilait dans les anfractuosités pour dessiner de longues flammèches sombres parsemées de taches rouille, tels les restes d'un incendie cyclopéen. La région était inhospitalière, hostile presque et bien sûr inhabitée : Terj Nama, le "Passage Étroit" dans la langue ancienne, était un lieu presque oublié des hommes et qu'évitaient ceux qui s'en souvenaient. Seul, le lacis hésitant de pistes ténues et aériennes aux méandres innombrables traversait de part en part ces reliefs déchirés et signalait les passages de rares voyageurs, d'animaux aussi bien entendu, égarés dans ces lieux depuis des temps immémoriaux. Une route à peine plus large avait été tracée sur les hauteurs, mais elle restait peu fréquentée et ses seuls utilisateurs étaient les équipes de maintenance des immenses champs solaires installés sur le plateau.

Tel un gaz délétère et insidieux, la densité du silence qui enserrait ces lieux déserts et tourmentés les enrobait d'un engourdissement qui voilait le regard, leur pesait sur les reins et les épaules et les rivait au sol. Au moindre mouvement, la pierraille acérée et tiède leur meurtrissait les côtes dans un raclement étouffé dont ils redoutaient qu'il ne s'entendît en contrebas dans la vallée. Toutes raisons pour lesquelles ils restaient d'une immobilité de roc malgré l'agacement répété de gouttes de transpiration qui, à intervalles réguliers, perlaient sous le casque et traçaient un chemin hésitant dans la crasse qui leur collait au visage pour aller se perdre quelque part sous le menton. Mugan admirait l'impassibilité absolue de son père et tentait de l'imiter, lui en qui l'impatience bouillait depuis longtemps. Une brise imperceptible soulevait par intermittence les tourbillons fantomatiques d'une poussière piquante et chaude qui rasait le sol et leur griffait les yeux. Elle s'était accumulée sur leur peau moite en une couche mate qui craquelait au coin des paupières et aux commissures de lèvres boursouflées par la soif, soulignant chaque pli de leurs vêtements et achevant de les fondre dans le paysage. Bref, c'était une épreuve dont, pour sa part, Mugan se serait bien passé.

La raison de cette attente stoïque et d'une imperturbabilité de plomb était précisément ce mouvement que Jiù venait d'observer. La longue vallée aride et sinueuse qu'ils surplombaient était le lit d'un oued, à sec depuis des mois. Les pluies n'étaient pas attendues avant plusieurs semaines et l'on pouvait encore, à cette période de l'année, l'emprunter pour rejoindre Beihaï dont on devinait vaguement les premières tours dans le lointain. C'était plus direct et évitait les circonvolutions de la route principale. C'était surtout beaucoup plus discret pour ceux qui voulaient ne pas se faire remarquer. Comme par exemple cette colonne qui venait de s'y engager et dont ils surveillaient attentivement la progression dans le mutisme le plus complet.

C'était l'heure étrange des fins d'après-midi quand la terre semble hésiter à rendre la lumière reçue de la journée et ne pas se résoudre à la venue de l'obscurité. Sur les hauteurs, tout était nimbé d'une luminosité ouatée qui aplatissait le relief et donnait aux choses une continuité avec laquelle ils se confondaient. C'était le moment de prédilection de Jiù chaque fois qu'il se lançait dans l'inspection d'une contrée d'Eloine. Le clair-obscur approchant dilatait les pupilles et ravivait les sens qui savaient ne plus avoir à craindre la clameur du soleil. Les capacités de perception en étaient amplifiées d'autant. Comme à son habitude, Jiù s'était placé en mode actif, cet état particulier de conscience élargie où le corps, en alerte mais également au repos, permet à l'attention de se libérer de lui-même et de pénétrer toutes choses. Alors se révèle tout ce que la situation recèle et qu'il n'est pas donné de percevoir usuellement. Il avait ainsi pu déceler l'infime changement à la limite de son champ de vision provoqué par l'entrée de la colonne dans l'oued. Exactement là où et quand il l'attendait. Cette synchronicité parfaite avec les événements fit monter en lui une sensation presque électrique qu'il connaissait bien : la certitude d'être en harmonie absolue avec ce qui se passe, provoquant non pas un sentiment de maîtrise dont il savait qu'il serait illusoire, mais de compréhension intime du vivant, de faire corps avec lui, ce qui lui avait été si souvent utile dans le passé.

Il ajusta ses lunettes à longue portée : le mélange heurté de rocs, de crevasses et de sable emplit instantanément son champ de vision et il put distinguer les transports avec davantage de précision malgré les spirales de poussière tourbillonnante soulevées par la lévitation. Sous la crasse accumulée par un périple qui avait dû être long, il distingua le camouflage bariolé d'ocre et de brun des bataillons du désert mais sans aucun des identifiant usuels. Il en déduisit que ceux-ci avaient dû être dissimulés, mais dans quel but ? Il reconnut vaguement des transports reconditionnés conçus pour le désert de Goh, ce qui était parfaitement anormal dans ces parages. Si c'était le cas, ces hommes devaient être absolument écrasés de fatigue après une marche forcée de plus de deux mille kilomètres. Il en conclut sans en être certain que ce pouvaient être des rebelles, mais cette pensée ne le satisfit qu'à moitié et il la chassa avec une sorte d'agacement comme un brouillon inconvenant. Il se méfiait de ces réponses immédiates, produites par un esprit toujours prompt à apporter des solutions rapides aux énigmes qui lui étaient proposées. Il savait d'expérience que les questions laissées sans réponses étaient souvent largement préférables : elles étaient le plus souvent des opportunités d'appréhender une réalité plus vaste et plus complexe. Il suffisait de les laisser flotter sur le cours des choses et de les suivre à distance, comme on l'eût fait d'une feuille dérivant dans le courant jusqu'à ce qu'elle en rejoignît d'autres amassées par quelque obstacle qui arrêtait leur course. Quelque chose alors se passait qu'il lui était donné de comprendre. Le temps lui avait ainsi appris à se laisser mener par la vie là où s'accumulait lentement une vérité nouvelle.

Il s'attacha donc à se souvenir de cette particularité qui ne manquerait pas, le moment venu, de venir compléter l'explication appropriée. Non qu'il eût une confiance illimitée envers ses propres troupes, il les savait encore empreintes des dogmes d'avant la Convergence[1], souvent pétris de puissance et de brutalité contenue. Cette suffisance dynastique toujours prompte à ressurgir ne cadrait pas avec l'impression de furtivité que lui donnait ce détachement à la progression déterminée mais prudente. Il était plutôt compact avec un équilibre de moyens qui lui parut très étudié : quelques transports et une escouade d'engins rapides. Quelque chose ne collait pas. La doctrine militaire en vigueur dans Eloine était beaucoup plus tranchée : elle privilégiait l'engagement immédiat d'un maximum de forces quand le danger était avéré ou au contraire l'utilisation de patrouilles réduites à quelques hommes, très entraînés, quand il s'agissait de l'évaluer. Encore que les occasions d'exhiber la puissance dynastique se fissent rares, pour ne pas dire exceptionnelles. La fin de la Dissidence avait même considérablement réduit l'autorité d'Eneter, la formidable milice de l'Énergie : cela faisait maintenant plusieurs générations qu'aucun

---

[1] Événement clé de la Dynastie relaté dans le premier tome, lorsque les rebelles de la Dissidence ont permis l'accès à l'énergie temporelle pour tous les habitants d'Eloine. Voir Résumé de l'épisode précédent page V. (Note de l'auteur)

conflit majeur n'avait éclaté sur Eloine. Depuis que les dernières régions autonomes avaient rejoint la Dynastie, la civilisation universelle de la Terre jouissait de ce qu'on pouvait appeler une prospérité paisible, faite de hauts et de bas oscillant par intermittence autour d'un bonheur relatif et moyen.

Des fusants haute-énergie pivotaient lentement sur le toit des transports, balayant avec circonspection et méthode la totalité du paysage dans lequel la colonne était inexorablement en train de s'enfoncer. Son injonction à Mugan n'était pas superflue : ces véhicules avaient une puissance de feu assez considérable et ils étaient équipés de capteurs hyper-sensibles capables de détecter absolument n'importe quoi à plusieurs kilomètres. Les trois transports étaient entourés d'une douzaine de machines qui, tour à tour, remontaient la colonne et la descendaient jusqu'assez loin devant elle, dans un va-et-vient systématique et d'une nervosité de guêpe : Jiù y reconnut des veloths, ces véhicules individuels à très grande maniabilité et fortement armés, absolument redoutables. Sans doute plus de quatre-vingts hommes au total. Il avait été bien renseigné mais le détachement était beaucoup plus important que ce dont on l'avait averti. Il ajusta sa visée sur les veloths : aucun signe particulier et l'armement standard d'une compagnie en ordre de marche. Il devinait la vigilance des hommes et leur résolution. Ces troupes connaissaient leur affaire, elles étaient manifestement bien commandées et parfaitement entraînées. Était-ce l'effet du mode actif ? Jiù perçut, à l'observation de ce déploiement énigmatique à la détermination d'acier, les pulsations d'une menace sourde venir lui battre la poitrine en écho à son propre cœur. Il fut envahi par un sentiment de dessein inébranlable et écrasant qui laissait présager des futurs compliqués. Ne voulant pas céder à la crainte oppressante qui naissait en lui, il estima qu'il en savait assez et résolut de ne pas prendre de risques inutiles : il fit un signe à

Mugan et, très lentement, ils se laissèrent glisser à couvert derrière la crête, pour suivre à l'oreille le chuintement discret des sustenteurs gravitiques signalant la progression de la colonne, afin de s'assurer qu'elle poursuivait sa course.

Momentanément à l'abri, Jiù se laissa aller à quelques hypothèses. Ils ne pousseraient pas jusqu'à Beihaï : il était à la fois trop tard et trop tôt. La réunion du Grand-Conseil était prévue dimanche, dans deux jours. C'était la première fois depuis trois ans que la Session Majeure avait lieu dans la capitale des régions de l'Est. Des festivités grandioses se préparaient depuis de longs mois et tous les complexes d'accueil étaient saturés avec plus de deux millions de visiteurs déjà sur place. Son instinct auquel il avait appris à se fier, lui dictait que le Grand-Conseil serait la cible de ce déploiement. L'occasion était trop belle. Mais l'occasion de quoi, exactement ? Qui avait ordonné ce mouvement et pour quelles raisons ? Combien de colonnes identiques étaient-elles en train de marcher sur Beihaï ? D'où venait cette menace ? Étonnamment, l'État-major n'était au courant de rien. Lui-même avait obtenu ses informations d'une de ses sources personnelles, inconnues des militaires. Depuis qu'il avait accédé à la Présidence, il avait multiplié les contacts dans les diverses couches de la population : ils lui donnaient une perception de ce qui se passait dans Eloine beaucoup plus fine et souvent plus exacte que les rapports protocolaires rédigés à son intention par les Principaux de région.

Par ailleurs, il ne croyait pas l'Opposition capable d'en venir à de telles extrémités. En tout cas pas encore. Elle n'était pas suffisamment organisée pour cela. Bien sûr, il y avait ses informateurs et il faisait surveiller ses agissements de façon régulière et étroite : à sa connaissance, elle n'avait pas encore la maturité nécessaire ni de leader déclaré. Il ne s'agissait pour l'instant que d'un mouvement épars et agité qui, certes, bénéficiait d'alliés au sein du Grand-Conseil et d'une écoute grandissante dans la population. S'appuyant sur une accumulation d'insatisfactions inévitables dans une société à l'ordre savamment policé comme l'était la Dynastie, cette faction disparate était devenue jour après jour plus active jusqu'à s'autoproclamer Opposition. C'était nouveau et à ce titre avait beaucoup plu dans les cénacles qui se croyaient autorisés. Quant à Jiù, cela lui avait paru une évolution logique et il ne s'en était donc pas trop préoccupé : certes la rigueur et la monotonie dynastiques avaient été fortement assouplies par la Convergence : une sorte de spontanéité et d'imprédictibilité créative s'étaient progressivement imposées dans les relations et les mœurs, desserrant le carcan des usages réglés par les processus et la Norme. Mais cela n'avait manifestement pas suffi. Jiù avait pris conscience que quelque chose d'autre, de plus fondamental, était imperceptiblement à l'œuvre qu'il peinait à identifier, gêné par les agissements de l'Opposition comme par un bruit parasite. À plusieurs reprises, il avait tenté de discerner ce qui se tramait en arrière-plan de cette agitation. Il était presque agacé de devoir se concentrer sur des désordres épars au lieu de pouvoir prêter attention à ce qu'il redoutait être un enjeu autrement plus vital.

Il devinait derrière l'intensité croissante des troubles, les prémices d'un changement profond, plus radical, sans trop savoir ce qu'il devait être. La Dynastie était en train d'évoluer par à-coups, comme le démontraient les incidents dramatiques et plus récents de Pretoburg ou Jailhio, où il avait malheureusement fallu utiliser la force. C'était comme si la société tout entière bifurquait de la trajectoire déterminée par l'Histoire, ce continuum savamment calculé et entretenu par la Mémoire, mais sans qu'il ne pût connaître la direction qu'elle s'était choisie. Elle-même, la connaissait-elle ? Personne dans son entourage et parmi ses conseillers n'avaient d'idées claires sur la question. Sauf Akané, peut-être ? L'expérience irremplaçable tirée de toutes leurs transitions vers le passé avait permis d'affiner suffisamment leur perception d'Eloine pour comprendre que c'était tout le système sur lequel leur civilisation était fondée qui était entré en instabilité, probablement à l'insu de tous. Selon Akané, la Convergence, loin d'en être la cause, n'en aurait été qu'un des signes avant-coureurs : ce qu'ils avaient pris pour une mutation majeure à laquelle ils avaient largement contribué, pouvait n'être finalement qu'un phénomène dans une évolution de beaucoup plus grande ampleur. Cette pensée lui donnait le vertige, par les dimensions du problème auquel ils avaient à faire face autant que par l'insouciance invraisemblable de ses compatriotes : depuis la Convergence, toute la Dynastie s'adonnait sans réserve aux voyages temporels. Avec bien plus d'efficacité encore, ils avaient remplacé les invraisemblables transes sensorielles des Villages à Sensations : grâce à la simplicité et la multiplicité des transitions, des mondes entiers étaient devenus le terrain de jeu de leur civilisation. En voyageurs infatigables, tous les Éloinins de plus de quinze ans, ou presque, baignaient dans un hédonisme aveugle et tapageur, amplifié par les capacités innombrables apportées par l'énergie temporelle. La confusion dans les repères du temps et la pagaille énergétique qui s'en étaient suivies n'avaient pas manqué de créer une rupture majeure dans les équilibres dynastiques que la Mémoire, débordée par un afflux constant de données contradictoires, tentait de préserver tant bien que mal. Akané et lui avaient la certitude qu'un bouleversement plus profond encore que la Convergence se préparait. Leur désaccord grandissant tenait moins au diagnostic qu'ils partageaient totalement qu'aux conclusions qu'il fallait en tirer et aux moyens qu'il leur faudrait déployer. Aucun des deux cependant ne put entrevoir la dimension réelle de ce qui se préparait ni, surtout, qu'ils en seraient les premiers responsables. Dans cette affaire, la cacophonie du Grand-Conseil leur était d'une aide bien médiocre, qui, pour sa part, prenait cette agitation pour la manifestation d'une désapprobation systématique vis-à-vis de toutes décisions que Jiù pût prendre.

Mais que venait faire au beau milieu de toutes ces complications ce groupe armé, qui s'avançait méthodiquement au pied de la falaise ? Quel pouvait être le lien entre l'Opposition, les débordements issus de la Convergence et ce déploiement d'allure organisée, décidée, en un mot, militaire ? Cette menace, car c'en était une, était d'un tout autre calibre. Derrière ce détachement limité se devinait toute la puissance d'une armée prête à se déployer. Eloine était en danger, un danger bien plus imminent qu'il ne l'avait imaginé. Pour la première fois, le spectre de la guerre lui traversa l'esprit. C'était une perspective à laquelle il n'était pas du tout préparé et une angoisse redoublée lui fit courir un bref frisson le long de l'échine. Il retint à peine un long soupir qui n'échappa pas à Mugan. Celui-ci regarda à nouveau son père, finalement gagné par l'appréhension que, depuis un moment, il essayait de maîtriser.

Était-ce le fait d'avoir zoomé sur la colonne, Jiù était sûr de connaître sa destination : à quelques kilomètres plus à l'est, l'oued s'évasait en un vaste encaissement rocheux bordé d'épineux aux troncs tordus et rabougris, suffisamment nombreux pour créer un semblant d'ombre quand le soleil était au zénith. Il devenait une sorte de lac turbide et peu profond à la saison des pluies. La tradition appelait l'endroit Fanyi Tian, "l'Œil du Ciel", probablement à cause des reflets irisés du lac lorsque l'oued était vif. En cette saison, c'était l'endroit adéquat pour stationner à couvert et reposer les hommes tout en étant à une heure de Beihaï, tout au plus. Ce qui ajoutait à son inquiétude était que ces hommes semblaient tout connaître des lieux et de leurs usages. Du coup, l'affaire lui parut minutieusement préparée et la crainte que d'autres colonnes similaires fussent en mouvement ailleurs sur Eloine ajouta à sa perplexité.

La colonne était toute proche maintenant. Au bruit, ils la devinaient passant directement sous eux, en contrebas de la crête. Ils se figèrent soudain, alertés par un bourdonnement de veloth montant rapidement en fréquence et en intensité : un des éclaireurs, plus prudent ou plus intuitif que les autres, gagnait prestement le sommet qu'ils venaient de quitter. La tête enfouie dans le sol, statufiés tels des pierres parmi les pierres, ils le sentaient dressé sur sa machine à quelques mètres d'eux, scrutateur et immobile, explorant du regard la pente à leurs pieds. Ils avaient heureusement pris le soin de dissimuler leur rapeed. Un temps comme une éternité passa puis le veloth disparut aussi vite qu'il s'était annoncé, rejoignant la colonne en train de s'éloigner. Ils restèrent cois un instant puis s'ébrouèrent. Jiù fit signe à Mugan de le suivre, il n'y avait plus de temps à perdre : il leur restait une quarantaine d'heures pour comprendre et agir. Ils dévalèrent discrètement la colline jusqu'à leur rapeed, s'obligeant à éviter le moindre bruit.

Juno - Quartier Général Eneter - Vendredi 16 Septembre 2264 - 17h

Le QG opérationnel d'Eneter était situé aux derniers étages d'une des célèbres aiguilles plantées dans le ciel. Tout y était vertigineux : l'altitude où ils se trouvaient, la taille des baies vitrées d'où l'on pouvait contempler la quasi-totalité de l'hyperpole, sans oublier les dimensions de la ville elle-même. Vue de cette hauteur, elle étalait jusqu'à l'horizon un enchevêtrement démesuré de tours et de barres dissymétriques et étroitement imbriquées, autour desquelles zigzaguait une nuée de rapeeds et de transports en tous genres. Tout aussi vertigineuse était la hauteur inhabituelle des murs qui cernaient la salle et lui imposaient une perspective verticale, écrasante et dominatrice. Une dizaine de dignitaires d'Eneter étaient assis en silence à un bout de la gigantesque couronne ovale qui occupait la quasi-totalité de la pièce, parsemée d'écrans, de consoles et de claviers. Ils s'étaient disséminés à l'extrémité de la table, chacun reclus derrière une distance prudente, érigée en une barrière qui n'était pas que physique et qui en disait long sur l'intimité toute relative de leurs relations. Ils se ressemblaient tous comme si l'apparence eût été un des critères de leur recrutement. Hommes et femmes d'âge mûr, ils arboraient un visage grave sous le cheveu court, souvent rasé et les mâchoires serrées faisaient saillir leurs pommettes acérées. Ils étaient alertes même si l'uniforme de quelques-uns laissait deviner un début d'embonpoint qui trahissait le confort et les abus d'un statut éminemment privilégié. Certains pianotaient nerveusement sur les curseurs devant eux tandis que d'autres affectaient une attente tranquille qui ne faisait qu'à moitié illusion. Un mutisme tendu s'était progressivement installé, terriblement éloquent et difficile à rompre, accentué par les volumes titanesques et l'insonorisation totale du lieu.

Les nouvelles étaient particulièrement mauvaises : sur les murs constellés de panneaux de toutes tailles, s'affichaient les cartes des différentes régions d'Eloine en un cycle métronomique et pour tout dire assez fatigant pour ceux qui se seraient essayés à le suivre. Toutes égrenaient des données identiques ou presque. Une multitude de points et de taches clignotaient dans un foisonnement lancinant, marquant les lieux où, dans les semaines récentes, Eneter avait dû intervenir pour maintenir l'ordre. La taille du signal permettait d'évaluer l'importance numérique de l'événement et sa couleur l'intensité des opérations de maintien de l'ordre. Plusieurs agglomérats rouge vif se répondaient dans un jeu de lumières répétitif et obsédant qui ne manquait pas d'attirer l'œil. Des zooms intermittents permettaient d'en détailler la densité dans chacun des districts où se concentrait le gros du phénomène qui les préoccupait. D'habitude, cet exercice rituel et obligé donnait à contempler le spectacle réconfortant d'une prospérité générale et tranquille. Cette fois, il avait plongé l'assistance dans une stupéfaction muette, désarmée tant par la singularité des événements que par l'ampleur des dégâts. Le constat était clair : les taches grandissaient et les points se multipliaient de manière inquiétante. Il y en avait quasiment partout, déferlant en une sorte de marée irrépressible dont ils se demandaient ce qui en résulterait.

- « Résumons-nous, messieurs, si vous le voulez bien. »

La démarche nerveuse, le Commandeur Doràn arpentait la pièce en aller-retours rapides et silencieux tel un fauve dans sa cage et ses subalternes ne pouvaient s'empêcher de se crisper imperceptiblement quand il passait dans leur dos. Indiscutablement, il était soucieux. Ce qu'il voyait et venait d'entendre ne laissaient pas de le préoccuper : la situation sur Eloine se dégradait manifestement bien plus vite que le Grand-Conseil n'en avait conscience et les incidents s'enchaînaient à un rythme décidément inquiétant. Il se passait indubitablement quelque chose, une rupture tout à fait inhabituelle de la routine à laquelle ils s'étaient habitués pendant toutes ces années au cours desquelles ils s'étaient cantonnés à gérer les affaires courantes. Il lui fallait se rendre à l'évidence : Malgré la densité des ramifications qu'Eneter avait déployées au plus profond de la Dynastie et l'étroit contrôle social imposé par la Norme, par lequel n'importe laquelle de ses troupes avait virtuellement accès à tout, leurs impressionnantes capacités de surveillance avaient été mises en défaut. Ce qui était en soi un constat absolument inacceptable. Il ne comprenait pas non plus pourquoi la puissance de calcul invraisemblable de la Mémoire leur était d'un si faible recours, elle qui anticipait en temps réel toutes les évolutions possibles des situations et événements survenant n'importe où dans Eloine. Il ne pouvait se départir d'un sentiment nouveau et désagréable d'impuissance face à une vérité nouvelle à laquelle il n'était pas préparé : non seulement ils ne maîtrisaient pas la situation mais les informations restaient encore trop vagues pour pouvoir passer à l'action. Ils manquaient cruellement de données pour opérer avec suffisamment de certitude sur le résultat, conformément au dogme au cœur de la gouvernance d'Eloine : n'agir qu'après avoir réuni suffisamment d'indications sur les causes de ce que l'on souhaitait corriger, mais également sur les conséquences de l'action qui serait mise en place. On n'y était pas, loin de là et ces incapables assis devant lui semblaient s'en satisfaire. L'inertie savamment mesurée à laquelle il faisait face le mettait dans une colère glacée qui, il en avait conscience, nourrissait en continu la tension dans la pièce. Il n'en avait cure. Pourquoi ces informations manquaient-elles ? Après plus de dix ans à la tête d'Eneter, c'était la première fois que Doràn devait faire face à une telle incertitude et des temps si troublés. Il avait connu ce qu'on avait dorénavant coutume d'appeler le Grand Siècle de la Norme, avec plus ou moins de dérision selon le rôle qu'on y avait joué : cette longue période de vie sociale minutieusement coordonnée pendant laquelle Eneter avait établi une puissance jamais remise en cause. Jusqu'à l'émergence de l'énergie temporelle et les bouleversements qu'elle avait entraînés. Pour lui, l'affaire était entendue : cette pagaille naissante était indiscutablement à mettre sur le compte de la Convergence, ce moment charnière dans leur histoire quand l'ordre dynastique, jusqu'alors immuable, avait été profondément altéré par l'intégration du présent potentiel, voulue et mise en œuvre par les

Dissidents[2]. Certes, une période d'abondance sans précédent s'en était suivie dont ils bénéficiaient encore dans une insouciance de plus en plus manifeste, mais le ver était dans le fruit : les degrés de complexité s'étaient ajoutés si nombreux dans la gestion d'Eloine qu'ils confinaient dorénavant à l'aléatoire et il était à craindre, par de nombreux indices, que la Mémoire, leur colossal calculateur neuronal, commençât à être dépassée dans sa gestion globale des paramètres vitaux de la Dynastie. Ce qui était purement et simplement inimaginable il y a seulement quelques années. Quant à Eneter, si elle était largement moins redoutée que par le passé, elle n'en restait pas moins le garant absolu de l'ordre et de la solidité dynastique, son rempart contre le chaos. Or c'était précisément cela qui était en train de se déliter de façon irrépressible.

Il s'arrêta et se tourna vers son groupe de commandement, dans cette salle vaste et fonctionnelle qu'il connaissait si bien et dont la fonction première était de réunir tous les éléments nécessaires à des décisions rapides et applicables immédiatement. Tapissée de carboplast alvéolé, elle était totalement insonorisée et, s'ils n'avaient eu la certitude de siéger dans un des rares lieux dynastiques de pouvoir absolu, son atmosphère feutrée eût donné à leurs débats des airs de conjuration. L'immense baie vitrée dominait Juno de toute la hauteur des célèbres tours en aiguilles, si réputées qu'elles étaient reproduites à échelle réduite dans de nombreuses mégapoles. Sur les murs qui lui faisaient face, les panneaux de contrôle multi-sensoriels continuaient de clignoter à tout-va dans une succession hypnotique d'indicateurs affolés. L'ordre du jour initialement prévu était la sécurité de la Session Majeure mais, devant le nombre

---

[2] Voir le tome 1. Le présent potentiel est un état particulier par lequel, lorsqu'on s'ouvre à l'énergie du temps, on a une conscience précise de tous les possibles inscrits dans l'instant. Cette pratique parfaitement maîtrisée par les Dissidents permet d'agir en fonction des conséquences de ses choix. (Note de l'auteur)

inhabituel d'incidents rapportés par la Mémoire, les discussions avaient rapidement porté sur ce qu'on appelait communément maintenant "les troubles".

Doràn eut un geste d'impatience : il fallait avancer. Les poings fermés, il s'appuya sur la table devant lui, la martelant avec force pour ponctuer sa pensée :

- « Point un, vous êtes en train de me dire que ces exactions se multiplient partout dans vos districts sans que vous ne puissiez les contrôler. Point deux, elles sont le fait de bandes qu'aucun de vous n'est parvenu à identifier jusqu'à présent et point trois, malgré un recours massif aux analyses de la Mémoire, personne n'a pu établir de lien entre elles si ce n'est un supposé effet de contagion. C'est bien ça ? »

Chacun des Principaux acquiesça dans un silence plus ou moins embarrassé. Ils étaient aussi surpris que lui de la détérioration incontrôlable du climat dans Eloine : tout s'accélérait partout et le fait que tous avaient simultanément à faire face aux mêmes difficultés les troublait encore davantage. Devant l'inefficacité des solutions réglementaires qu'ils avaient évidemment mises en œuvre, certains s'étaient discrètement essayés à des approches moins conformes, comme de multiplier les transitions dans le passé présumé des événements ou de transiter de l'un à l'autre pour identifier d'éventuels meneurs, mais toujours avec aussi peu de résultat. Assurément quelque chose leur échappait et chacun se perdait en conjecture sur ce qu'il convenait de faire.

- « Vous avez bien conscience, j'espère, que ceci est tout à fait insuffisant et que j'attends beaucoup mieux ? Je ne vous réunis pas pour que vous me disiez ce que vous ne pouvez pas faire, mais pour me rendre compte de ce que vous avez fait et des résultats obtenus. Concrètement, je veux le nom des chefs, les lieux où ils se rencontrent, les raisons de cette agitation, qui l'organise et qui la finance. Où en sont vos informateurs ? »

L'exaspération de Doràn était maintenant visible et l'orage était sur eux.

- « Commandeur, si vous me permettez ?
- Je vous écoute, Lauwers.
- Le dernier rapport de la Mémoire date de ce matin. Nous avons encore une fois lancé plusieurs boucles d'analyse sur la totalité des données. Il est absolument impossible de déterminer avec certitude un lien quelconque entre elles, les corrélations sont insignifiantes, y compris en tenant compte des corrections Maxfield sur les variations causales et vous pouvez imaginer le nombre d'itérations que nous avons faites. Faute d'éléments tangibles pour l'instant, nous devons en déduire qu'il ne s'agit pas d'une force organisée. Pour ma part, je doute même que cette situation procède d'une intention. Donc, la conclusion la plus probable à ce stade est qu'il s'agit de mouvements spontanés, ce qui n'est pas forcément une meilleure nouvelle. Au crédit de cette hypothèse, je note que ces événements sont nombreux, certes, mais d'une amplitude limitée la plupart du temps. Donc... » Il laisse volontairement traîner la suite de sa phrase.
- « Donc ? » lança vivement Doràn, par nature peu enclin à apprécier les subtilités de la rhétorique.
- « Donc c'est ailleurs qu'il faut chercher. Pour ma part, parmi les possibilités que nous devons mettre à l'étude et sans tarder, si nous voulons raisonnablement reprendre

l'initiative et anticiper sur la suite des événements, je suggère d'analyser la suivante : nos institutions auraient-elles dépassé le stade de la maturité ? Ce qui... »

Doràn ne laissa pas à Lauwers le temps d'achever.

- « Nos institutions dépassées ? Vous êtes devenu fou ? Qu'avez-vous en tête ? Faites attention, Lauwers ! »

Malgré la menace à peine voilée, celui-ci décida de passer outre l'avertissement. Il tenait une hypothèse solide et de toute façon, il était trop engagé pour pouvoir reculer.

- « Cela s'appelle la décadence, Commandeur. Ou le pourrissement, si vous préférez. »

Quelques-uns des Principaux, déjà sur leurs gardes face à cet échange abrasif, eurent un bref sursaut d'effarement avec un regard rapide vers Doràn. Celui-ci attendait la suite, les poings crispés posés sur la table et les yeux fixés sur Lauwers. Malgré son caractère ombrageux, il connaissait ses hommes. La violence du mot et de ce qu'il impliquait était sûrement volontaire : Lauwers était quelqu'un de réfléchi qui savait généralement ce qu'il faisait. Chacun se raidit dans une expectative inquiète.

- « Continuez, Lauwers.
- Commandeur, nous sommes parvenus à une maîtrise inégalée des cycles, une connaissance temporelle jamais atteinte par aucune civilisation. La multitude de nos transitions[3] et les analyses que nous en avons tirées nous ont ouverts à la connaissance des collapses sociétaux et des dynamiques qui y mènent. Vous vous souvenez

---

[3] Déplacement spontané rendu possible par l'accès individuel à l'énergie temporelle (note de l'auteur)

certainement des travaux que nous avons menés sur le dernier Collapsus. Tout ça est très largement documenté dans le Codex Toinbee-Tainter.

- Abrégez, Lauwers. Nous savons tous que vous avez dirigé l'Historique. Gardez vos digressions philosophiques pour plus tard, elles n'ont rien à faire ici. »

- *"C'est bien dommage, cela pourrait expliquer beaucoup de choses"* sourit Lauwers in petto, mais il poursuivit néanmoins : « Nous avons visité et étudié plus de trente civilisations différentes. Nous avons ainsi appris à dater avec précision les différentes phases d'évolution de tout corps social et nous avons identifié avec certitude non seulement les facteurs qui les produisent mais aussi les symptômes qui les annoncent.

- Et ? ... » Le ton de Doràn était glacial et, qu'il en eût conscience ou non, Lauwers avait mené la tension dans la pièce à son paroxysme. Tout le monde attendait qu'il conclût.

- « Commandeur, l'évolution engendre la complexité et à l'inverse, la cause principale de la décadence d'un corps social est son besoin de simplification : quand la complexité d'une civilisation dépasse la capacité d'intégration de ses structures matérielles, intellectuelles et morales, cela porte un coup d'arrêt à son développement et elle entre en décadence. La recherche de simplification va contaminer l'ensemble de la société, en particulier par le biais des leaders qu'elle se choisit. À partir de là, tout s'accélère et le collapse devient inévitable. »

Le silence qui accueillit ces paroles avait changé de nature. Tous avaient instinctivement compris où Lauwers les amenait et l'intérêt avait pris le dessus.

- « Il se pourrait que nous en soyons là messieurs. Le degré de complexité supplémentaire apporté par la Convergence pourrait avoir dépassé notre code moral et nos institutions. Les troubles qui nous préoccupent seraient alors le symptôme de ce décalage. Je vous invite à vérifier dès que possible si vous ne trouvez pas dans vos districts un besoin de simplification, exprimé ou latent. Par exemple, nous pourrions nous interroger sur les leaders que nous nous sommes choisis, en particulier au Grand-Conseil. Pour ma part, j'ai déjà vérifié.

- Et qu'as-tu découvert ? » La question fusa, immédiate, de l'assistance assez surprise tout de même par le caractère éminemment subversif du propos, mais paradoxalement moins anxieuse que soulagée à l'idée d'une solution possible.

- « Parmi tous les nouveaux venus au GC, aucun, je dis bien aucun n'a pris part de façon active à la Convergence. Soit ils sont issus de la génération très largement antérieure, soit ce sont des jeunes sans aucune expérience. »

À l'attention des regards maintenant portés sur lui, Lauwers comprit qu'ils étaient prêts à le suivre mais il prit le temps néanmoins de jauger son audience. Il se sentit enfin autorisé à poursuivre.

- « Nous sommes à la confluence de forces colossales : La Convergence a insufflé chez nos concitoyens un potentiel de renouveau qui, à mon sens, a été très largement sous-estimé dans nos analyses et qui est venu heurter de plein fouet l'inertie à laquelle la Dynastie nous avait habitués. Vous n'ignorez pas que cela fait près de vingt ans que rien n'a changé dans nos institutions ou presque, y compris dans le rythme et les modalités de renouvellement du GC. Ajoutez à cela le niveau de complexité supplémentaire auquel nous sommes confrontés et vous avez l'essentiel du cocktail explosif en train de se répandre dans Eloine.

- Quel est le problème, Lauwers ? »

Il prit son temps pour répondre, surpris ni par le ton acide ni par la question, bien qu'il en eût préféré une autre, lui qui avait si largement exploré les solutions possibles. L'interrogation de Doràn ne faisait aucun doute : il était suffisamment au fait des usages hiérarchiques pour savoir qu'à tous les étages du pouvoir, en particulier les plus élevés, celui qui rapportait un problème en devenait automatiquement un lui-même. Il se devait d'être le garant de la solution, faute de quoi (oh, ses jours n'étaient pas comptés, on n'en était pas là !) sa carrière se perdait subitement dans les méandres bureaucratiques des promotions avortées. Justement, des solutions, il en avait mais celle qu'il était prêt à avancer était tellement lourde de conséquences, pour tous s'il avait raison et assurément pour lui s'il avait tort qu'il eut une hésitation brève nourrie d'un dernier doute, avant de se lancer.

Posément, il déconnecta son holos et, en quelques manipulations rapides sur sa console, mit fin à l'interaction de la salle avec la Mémoire Centrale. C'était un geste très inhabituel : la totalité de leurs sessions était constamment reliée au système mnésique pour bénéficier en temps réel de ses capacités d'analyse et de ses recommandations. En ces temps très organisés, il était impossible à un humain de réfléchir et encore moins d'agir sans le support d'une machine sur laquelle tout le poids de la complexité avait été transféré, de telle sorte que les humains pouvaient tout à loisirs jouir de la légèreté apparente de leur vie quotidienne. Le besoin de simplification justement, que venait d'évoquer Lauwers. Le mouvement que fit Doràn pour l'empêcher ne fut pas assez rapide : le QG Opérations était dorénavant coupé du reste du monde.

-   « Que faites-vous, vous êtes décidément fou, Lauwers ?
-   Je vous invite à faire de même avec vos holos, s'il vous plaît. Tous, tout de suite ! »

L'anxiété gagnait maintenant la salle et la réunion prenait un tour que personne n'avait pu présager. Un par un autour de la grande table, chaque membre de l'assistance s'exécuta avec des degrés d'assentiment divers. Quand ce fut fait, Lauwers se leva et poursuivit :

-   « Pour moi, il y a plusieurs solutions possibles, par exemple celle de former nos concitoyens à la complexité ou de changer le mode de fonctionnement du GC. Cela prendrait du temps mais ce serait néanmoins faisable. Il suffirait de mettre en place les structures adéquates et de systématiser l'utilisation du présent potentiel. Faisable, pas de problème. J'ai voulu cependant aller un peu plus loin : en ce qui concerne notre organisation et parlant d'infrastructures, je me suis posé la question de savoir pourquoi ce décalage avait eu lieu. La seule explication raisonnable à laquelle j'ai abouti, est la déficience de la Mémoire Centrale et je demande que cette hypothèse soit mise à l'étude sans trop tarder. Voyez plutôt ! C'est sur la Mémoire que reposent la totalité de nos systèmes, sans exception aucune. Quels que soient nos besoins, nos problèmes ou nos activités, tout passe par elle. Cela fait longtemps que nos propres facultés humaines ont été dépassées justement et nous nous appuyons en permanence sur son invraisemblable capacité d'analyse. Celle-ci, par ailleurs, ne cesse jamais d'augmenter : elle prévoit tout, elle gère tout, elle anticipe tout. Nous sommes totalement à la merci de notre système, si j'ose dire et il est pourtant possible que celui-ci nous fasse maintenant défaut.

- Et alors ?

- Je pense que nous devons refonder notre système mnésique.

- Refonder la Mémoire ? Vous avez perdu la tête ?

- Au contraire, Commandeur, au contraire. L'hypothèse que je voudrais émettre ici est que l'orientation prise par nos institutions n'est plus optimisée. Ou plus exactement, elle l'est de façon trop rationnelle et calculée. Donc elle s'est progressivement décalée de nos concitoyens qui, eux, ont intégré l'irrationalité introduite par la Convergence. Ils ont, pour une large part, assimilé les degrés de complexité supplémentaires apportée par les voyages temporels et la richesse du présent potentiel, même si cela peut parfois se traduire par des comportements imprévisibles. Qu'on le regrette ou non, c'est un fait dont il semble que la Mémoire ait du mal à gérer les conséquences. Ma conclusion est la suivante : c'est l'administration même de notre société qui est devenues inadaptée et non l'inverse. Plus que de réduire les degrés de liberté de nos concitoyens, nous devons refonder la Dynastie, l'engager vers un futur moins prévisible ou moins conforme, auquel elle n'est manifestement pas préparée. Si vous me permettez l'expression, nous pourrions être entrés dans une période de divergence entre nos institutions et notre corps social et ce serait ce que traduisent ces troubles qui nous préoccupent. Donc, il nous faut envisager ce travail titanesque de reprogrammation de la Mémoire pour réajuster et élargir notre trajectoire historique, sinon ces prurits et ces problèmes récurrents iront en s'amplifiant et ce qu'ils annoncent pourrait être pire encore ! Dans cette affaire, comme souvent, ce sont les gens qui ont raison, pas les institutions. »

Refonder la Mémoire ! Jamais dans Eloine, et certainement pas au sein d'Eneter, un dessein aussi hardi n'avait été ouvertement formulé et il n'était pas certain que quiconque se soit risqué à l'imaginer dans le secret de son esprit. Lauwers eut un rapide regard à la ronde, cherchant le signe d'un appui éventuel ou la trace qu'un autre Principal se serait également risqué sur ce chemin périlleux. Ce fut en vain : chacun de ses collègues affichait une attitude attentive mais dont la neutralité indiquait clairement que personne ne se risquerait à prendre position. Quant à lui, il en avait suffisamment dit et s'était exposé largement plus que nécessaire. Il fallait attendre la suite.

-   « J'en ai terminé », conclut-il avant de s'asseoir, les mains croisées devant lui, laissant exhaler un soupir.
-   « Qu'en pensez-vous, vous autres ? »

La question était typique de Doràn et de sa prudence quasi maniaque : La suggestion du Principal de Newton était trop directe et ses implications trop massives pour que Doràn s'engageât seul à y répondre. De plus, contrairement à Lauwers, il n'était pas question pour lui de se satisfaire de leur mutisme équivoque et il était décidé à les pousser dans leurs retranchements. Janel, du Principat de Buneiro se décida finalement à appuyer Lauwers :

- « Quel risque prenons-nous à étudier cette hypothèse ?
- Ce n'est pas tant une question de risque que de moyens »,
répliqua Doràn d'un ton brusque. « Comment voulez-
vous faire cette analyse avec tout ce qu'elle implique sans
justement recourir à la Mémoire ? Vous croyez vraiment
ce système suffisamment évolué pour étudier sa
reprogrammation en toute objectivité ? Moi j'en doute. »

Il se reprit, la voix soudain plus posée et le regard amusé,
comme séduit par une idée qui lui serait venue subitement à l'esprit :

- « Pour ma part, cette question est éminemment politique.
Elle est de la compétence du Grand-Conseil. Il n'est pas
trop tard pour demander qu'elle soit portée à l'ordre du
jour de la Session Majeure dimanche. Elle tombe plutôt
bien celle-là ! »

Il allait rebrancher son holos quand Lauwers l'interrompit.

- « Commandeur, si nous regardons à nouveau les données,
il n'y a rien qui vous choque ? » Il eut un geste vague du
pouce en direction des cartes derrière lui.
- « Précisez, Lauwers », répartit Doràn avec une impatience
non dissimulée envers un subalterne qui commençait à lui
taper sur le système. Non seulement ses propres facultés
d'analyse étaient prises en défaut mais, pour lui, le débat
était clos : il fallait à passer à autre chose, ne pas
s'appesantir outre mesure sur une hypothèse qui avait
toutes les apparences d'un truc par trop subversif.
- « Regardez ces cartes, elles présentent une étrange
similarité avec celles de la densité démographique. Voyez
plutôt ! »

Il manipula rapidement l'interface, appela quelques fichiers et
les cartes correspondantes s'affichèrent. Superposées quasiment à

l'identique. Il fallait se rendre à l'évidence : plus il y avait d'habitants, plus il y avait d'incidents. Il y avait bien quelque chose qui se déréglait dans le corps social dynastique lui-même et l'hypothèse de Lauwers trouvait là un début de confirmation.

- « Quelles explications pouvons-nous trouver à cela ? » continua celui-ci. « C'est frappant, non ?
- Fâcheux, tout à fait fâcheux », murmura Doràn, sans que quiconque ne puisse identifier si le commentaire s'appliquait à la conclusion de Lauwers ou, justement, au fait de l'avoir émise.

En fait, Doràn commençait à craindre pour lui-même : tout cela ressemblait fort à un climat pré-insurrectionnel. C'était l'ensemble de la Dynastie qui paraissait sur le point de basculer dans le chaos, sans qu'il puisse juger si le point de basculement était dépassé ou s'il était à venir. Lauwers, malgré son verbiage exaspérant, avait probablement raison et les conséquences étaient faramineuses : il était par trop démuni face aux complications qui s'annonçaient. Il était notoirement du parti de ceux qui préféraient les situations simples et n'avait d'ailleurs pas manqué de prendre pour lui le commentaire de Lauwers sur les leaders simplificateurs. Dans tous les cas, il allait être en première ligne, à la fois pour les reproches qui ne manqueraient pas de tomber sur leur incapacité à anticiper et pour les mesures à prendre. Les temps à venir allaient être particulièrement chargés.

- « Tout ceci est très clair. Merci, Lauwers, pour votre perspicacité », ajouta-t-il d'un ton suffisamment appuyé pour que l'intéressé et ses collègues puissent s'interroger sur l'éloge. « À mon sens, nous n'avons pas encore atteint le point de non-retour, mais il n'est pas question de nous laisser arriver à cette extrémité. »

Satisfait d'une formule parfaitement adaptée aux circonstances, il était résolu à marquer les esprits et à lever toute ambigüité sur sa capacité à garder les choses en main. Il laissa le silence s'installer bien au-delà du nécessaire avant de poursuivre :

- « C'est à nous, à vous d'agir pour empêcher cela. C'est précisément votre job, suis-je clair ? » La question n'attendait évidemment pas de réponse et il poursuivit :

- « Même si la fréquence reste encore assez molle, il est hors de question de laisser tout ça monter en puissance. »

Il y eut comme un frisson dans l'assistance à imaginer la canaille en train de recruter pour organiser ses coups bas. On n'en était tout de même pas là ? Doràn continuait :

-   « À nous de profiter de ce faux rythme. Vous mettez tous vos hommes en pré-alerte. En douceur ! On n'affole pas la population mais personne ne se fait surprendre. Vous m'entendez ? »

Il rebrancha son holos et d'un geste demanda à Lauwers de reconnecter la session avec la Mémoire. Celui-ci s'exécuta.

-   « Messieurs, … » Doràn ne put se priver d'un regard appuyé en direction de Lauwers, « tout ceci est donc sous votre responsabilité directe : j'attends de chacun de vous un plan d'action circonstancié. Objectif : plus un seul trouble dans vos Principats respectifs dans les quarante-huit heures qui viennent. Une fois la Session Majeure commencée, nous serons tous mobilisés pour sa sécurité et je ne tolèrerai aucun dérapage. Je me fous des moyens, je veux des résultats. Objections ? Aucune ? Parfait. Sur mon bureau demain 09:00. Vous pouvez disposer. »

Beihai - Forum des Étudiants - vendredi 16 Septembre 2264 - 19h

Mugan marchait d'un pas tranquille dans une énorme salle plongée dans une semi-obscurité verdâtre et agitée. Le plafond en vagues translucides, soutenu par des colonnes en volutes lascives, culminait à une hauteur vertigineuse : de son dôme blanc mat aux formes sophistiquées, tombaient les lentes ondulations multicolores et vaporeuses de voiles électromagnétiques parfaitement synchronisées sur les battements d'une musique omniprésente. C'était à la fois féérique, rapidement lassant et pour tout dire d'un goût plutôt douteux, une imitation soi-disant réaliste des aurores boréales à laquelle plus personne ne prêtait véritablement attention. Cela faisait partie du paysage.

Le Forum était le lieu de prédilection des étudiants qui pouvaient y passer des journées et des nuits entières. Certains même, en brouille passagère avec leurs études, y élisaient domicile pour un temps indéfini. Tout y était prévu dans un désordre savamment organisé pour les rencontres, les arts et les loisirs. Surtout les loisirs. Les étudiants s'y retrouvaient par milliers, multitude interlope constamment renouvelée au rythme des heures, des rendez-vous et des festivités. Ils s'y répartissaient sur une vingtaine de niveaux soigneusement décalés, abritant chacun une fête dont les échos se mêlaient en un tumulte continu sous la voute immense. C'était le lieu en vogue dont la réputation s'étendait jusqu'aux confins de la Dynastie, l'invention d'un certain Branfield que tout le monde appelait Bran. C'était un original, assez accessible, populaire et très lancé, qui avait construit sa réputation et sa fortune après la Convergence. Quand on avait généralisé les voyages temporels, il avait rapidement organisé des transitions prétendument historiques au cours desquels il emmenait dans le passé des étudiants de plus en plus nombreux. Dans un but soi-disant pédagogique au début, l'intention affichée étant de leur faire découvrir des pans oubliés de leur histoire. Du moins c'était ce qu'il avait déclaré au moment de l'accident. En fait, ils revenaient de leurs incursions pré-Collapsus avec des collections invraisemblables de sons, de parfums et d'images qu'ils s'étaient évidemment mis à partager. On prétendit même, sans que cela ne fût jamais prouvé, que ces voyages avaient donné lieu à de multiples trafics d'objets anciens, ce qui était éminemment dangereux et totalement interdit. Bran n'avait pas été long à découvrir tout le bénéfice qu'il pouvait tirer de ces voyages : il avait construit un premier Forum – on en était à la quatrième génération - où les étudiants venaient partager leurs trouvailles à l'occasion de fêtes totalement déjantées : la plupart dégénéraient en séances de transes collectives dont la fréquentation dépassait celle des meilleurs villages à sensations. Il y avait eu un accident : à l'occasion d'un de ces voyages, un jeune avait disparu. Probablement insuffisamment expérimenté, il avait loupé sa transition de retour et on avait mis des mois à le récupérer. Il en était resté dans un état proche de la catalepsie, totalement amnésique. L'explication la plus largement acceptée avait été un accident temporel, probablement lié à des activités de contrebande, mais rien n'avait pu être formellement démontré. Cette mésaventure avait marqué la fin des voyages organisés par Bran mais les étudiants avaient continué à transiter individuellement ou en petits groupes et les séances de partage avaient continué de plus belle. Devant les troubles du comportement qui se multipliaient avec plus ou moins de gravité, la question s'était posée de l'innocuité de ces échanges continus de mémoires. Les débats sur le sujet revenaient à intervalles réguliers mais Bran disposait d'appuis assez puissants pour ne pas être inquiété. De toutes les façons, on manquait de séries historiques suffisamment longues pour poser un diagnostic précis. La science temporelle en était encore à ses balbutiements et l'on s'était borné à réduire le périmètre temporel des transitions autorisées et à laisser faire. Jusqu'à nouvel ordre.

Bran avait eu le génie de faire du Forum un lieu unique, aux dimensions de plus en plus excentriques plutôt que le reproduire dans chaque district. Sa réputation en était devenue planétaire. Ce soir, le Forum était bondé, totalement surpeuplé et l'ambiance particulièrement électrique, sans doute du fait de l'afflux des touristes venus pour les fêtes de la Session Majeure. Où que le regard portât, ce n'étaient que masses mouvantes et fébriles, dont l'attente surexcitée laissait présager quelque événement particulier. Bran avait laissé filtrer que la Session Majeure serait l'occasion d'une annonce tout à fait exceptionnelle sans que personne ne pût deviner ce dont il s'agissait. Les plus sages tenaient cette rumeur pour un simple effet destiné à entretenir la fréquentation du lieu, mais beaucoup (étaient-ils seulement mieux renseignés ?) y voyaient quelque chose de suffisamment inhabituel pour entretenir une expectative nerveuse qui confinait à l'hystérique.

Tant bien que mal, Mugan se fraya un passage entre les groupes épars réunis autour d'innombrables diabolos à induction, de tailles variables, dont les couleurs aux reflets tamisés et changeants se transmettaient en ondes opalescentes aux désaltérants posés sur eux. Ils étaient énergisés par vagues, provoquant des réactions chimiques aléatoires qui ajoutaient à l'inattendu de l'endroit.

Il se dirigea vers un escalier monumental en vagues ultra-violettes qui donnaient la sensation de gravir un nuage. D'un des balcons, quelqu'un lui fit un signe auquel il répondit d'un geste vague de la main, poursuivant son chemin. il avait reconnu Peg, son cousin de quelques années plus jeune que lui. Ils étaient relativement proches et se voyaient plus ou moins régulièrement mais sans que cela ne se fût jamais transformé en une amitié véritable. Leurs vies avaient pris des cours différents et il n'était pas surpris de le trouver ici : Il le savait un habitué du Forum. Quant à lui, il n'y venait que très occasionnellement, c'était un endroit qu'il préférait éviter, il ne savait trop pourquoi.

Mugan était en retard et ce n'était pas particulièrement son habitude. Il tenait cela de son père sans doute. Son amie Nahei, assez mystérieuse, lui avait pourtant recommandé d'être ponctuel, sans en préciser la raison. Elle était de nature enjouée et fantasque et il ne s'en était donc pas particulièrement préoccupé. Ils se connaissaient depuis peu et il était attentif à ne pas la froisser. Ils s'étaient croisés à différentes occasions, essentiellement des fêtes d'étudiants dans la Cité des Jeunes. Leur rencontre, mue par des centres d'intérêt partagés, leur avait semblé aller de soi, même si dans l'immédiat ils avaient préféré en rester au stade d'une relation amicale privilégiée, non dénuée de perspectives. C'était dans la nature prudente de Mugan et convenait parfaitement à Nahei. Elle était d'une vitalité presque enfantine, bourrée d'énergie et d'une force de caractère inhabituelle, soulignée par des cheveux coupés courts, à la garçonne, d'un noir intense aux reflets presque blancs tellement la lumière y jouait. Il la reconnut de loin, assise à une table un peu à l'écart, entourée d'un groupe d'une dizaine de personnes. Il dut batailler pour la rejoindre, leur table étant placée à proximité d'une foule compacte qui oscillait en cadence.

- « Tu as choisi un endroit particulier, dis-moi ! » lui cria-t-il presque à l'oreille en guise de salut, sans oublier de l'embrasser au passage. Elle lui répondit, enjouée et de sa voix intérieure :
- *"C'est fait exprès ! Tu vas comprendre pourquoi !"* Elle poursuivit en lui présentant rapidement ses amis à la ronde : « Je les ai fait venir, ils veulent tous participer. Du coup, j'ai pensé qu'ici était le lieu idéal pour en parler. »

Mugan la regarda avec étonnement, soudain sur la réserve. De quoi parlait-elle et dans quel guêpier était-elle en train de le fourrer ? Le statut de son père ne manquait pas de lui valoir nombre de réflexions et pas mal d'initiatives plus ou moins heureuses, le plus souvent sur un mode curieux ou amusé, même si certains y trouvaient parfois matière à querelle. Il avait pris l'habitude d'anticiper autant que possible les intentions de ses amis, pour éviter de se retrouver dans des situations désagréables ou pire, compromettantes. Il pressentit quelque chose de ce genre et, tous les sens en alerte malgré la cacophonie ambiante, chercha à deviner les intentions de son amie. Son excitation nourrie par l'ambiance survoltée était assez inhabituelle et ajoutait au caractère inattendu qu'il lui connaissait : elle avait la volubilité surjouée de quelqu'un averti de quelque secret et brûlant de le partager et cela ne lui dit rien qui vaille. Sur ses gardes, il songea à prendre congé mais ne put s'y résoudre : cela eût été d'une trop grande impolitesse vis-à-vis de son amie et des relations qu'elle lui avait présentées. Il prit le parti d'attendre, se versa un désaltérant à l'orgarôme, observa un instant la pétillance colorée des fumerolles qui débordaient de partout puis entreprit de se mêler aux conversations.

Après quelques temps, ils furent rejoints par Peg que Nahei accueillit par de grands gestes d'amitié et de bienvenue. Il était à l'évidence attendu par leur petit groupe, ce qui ajouta au trouble de Mugan : tout ceci était manifestement prémédité et il était le seul à ne pas savoir ce dont il s'agissait. Après avoir échangé un arôme ou deux, Peg vint s'asseoir et ils lui firent place, serrés dans un silence attentif. Avec un bref regard ambigu vers Mugan, Peg se frotta lentement les mains de contentement et il commença :

- « Les nouvelles sont bonnes, les amis, excellentes même ! J'ai pu discuter avec Bran et il a l'intention de faire l'annonce ce soir. L'occasion de la Session Majeure est trop belle pour ne pas en profiter. Je crois qu'on va s'amuser ! »

Alors que le groupe laissait jaillir quelques cris de satisfaction, Mugan s'interposa :

-   « On peut savoir de quoi vous parlez ? »

Peg se pencha vers le centre de leur petit groupe et les invita à faire de même, donnant soudainement à la conversation le tour de confidences partagées entre conspirateurs :

-   « Pour ceux qui ne le savent pas (il eut un demi-sourire entendu à l'intention de son cousin), Bran a découvert une période parfaite dans le passé, un temps qu'il appelle l'Âge d'Or. Il a repéré une île, suffisamment vaste pour nous et éloignée de tout continent ; il prévoit de s'y installer et de fonder une colonie avec ceux que cela intéresse. »

La stupéfaction de Mugan lui sembla largement partagée : il n'était apparemment pas le seul à ignorer les intentions de Bran. La nouvelle était énorme, d'un poids si considérable qu'il plomba quelque peu l'ambiance. Même Nahei restait silencieuse, scrutant la réaction de ses amis, chacun essayant d'appréhender l'information dans toutes ses dimensions ainsi que ses implications possibles. Ce projet leur parut à tous invraisemblable et particulièrement gonflé. Les questions fusèrent :

-   « Pourquoi fait-il cela ? Il n'est pas heureux sur Eloïne ?
-   Le Grand-Conseil est-il au courant ? (Quelques regards se tournèrent instinctivement vers Mugan.)
-   Comment va-t-il sélectionner les colons ? » Le mot avait été employé sans intention particulière mais, déjà, il donnait à l'aventure un goût de réalité qui les surprit encore davantage.
-   « De quelle période parle-t-il ? »

Mugan était soucieux. Pour sa part, il était convaincu que Bran n'en avait parlé qu'à quelques proches triés sur le volet et certainement pas au Grand-Conseil. Il voulut en savoir plus pour tenter, si possible, d'infléchir ce projet aux conséquences incalculables :

-   « Peg, je comprends que tu fais partie de ceux avec qui Bran a partagé ce projet, prévois-tu de te joindre à cette expédition ?
-   Bran et moi nous connaissons bien : Il y a quelques mois de cela, nous avons transité ensemble vers une période très antérieure au Collapsus et nous avons découvert une littérature abondante sur des îles perdues au milieu d'un immense océan. Je suppose que c'est ce que nous appelons la Mer Asam mais je n'en sais trop rien. J'imagine qu'il a eu l'idée d'aller les explorer tout seul et je ne serais pas surpris que ce soit de là que date son projet. J'avoue qu'il m'intéresse sacrément !
-   Et toi, pourquoi voudrais-tu partir ?
-   Tu parles ! L'aventure bien sûr ! L'exotisme également : il y a sûrement de très jolies filles ! J'ai surtout envie d'autre chose que ce qui se passe ici ! » Il eut un geste désabusé vers la confusion qui les entourait.

Mugan était atterré : au-delà des difficultés qu'une telle entreprise ne manquerait pas de soulever, il était manifeste que les risques qu'elle ferait courir à Eloine avaient été totalement passés sous silence. Peg envisageait le plus tranquillement du monde de transiter à perpète et même de s'apparier avec des locaux ! Sans nullement se préoccuper des conséquences ! Il n'y connaissait pas encore grand-chose en science temporelle mais lui au moins avait gardé en mémoire leurs briefings sur les transitions de niveau deux : celles des déplacements dans le temps et non plus seulement géographiques. Il était facile de deviner que ce qui se préparait était pure folie ! Il réalisa soudain combien leur civilisation avait finalement bien peu à offrir à sa propre génération, combien l'ordre compassé et monotone de la Dynastie avait miné chez elle toute perspective d'un futur enthousiaste et différent. Au point que les plus courageux ou les plus fous envisageaient le plus tranquillement du monde d'émigrer vers des temps reculés. Les efforts de son père qui s'évertuait à maintenir la Dynastie sur une trajectoire construite et prometteuse lui semblèrent d'un coup, totalement vains. Il n'était finalement que le produit de sa propre génération et ignorait tout des frustrations et des problèmes de la leur. Le doute le prit sur le sens de tout cela mais le Forum était le dernier endroit au monde où trouver des réponses à ce genre de question. Il était exactement l'inverse : un lieu conçu pour ne pas s'en poser et, plus que jamais, il aurait voulu être ailleurs.

Il se tourna vers son cousin :

- « Vous êtes nombreux à vouloir partir ?
- Tu n'imagines pas combien ! Bran s'est promené un peu partout dans Eloine et à chaque fois, le nombre de candidats au départ augmentait. Je crois que nous ne sommes pas loin de mille actuellement.
- Mille ! Et personne n'en a jamais entendu parler ? Comment a-t-il fait, par le Ciel ! Et tu dis *"nous"*, tu pars ?
- Je ne connais pas les détails du plan de Bran mais bien sûr, je pars avec lui. J'imagine qu'il va les annoncer ce soir. Tu imagines le chambard pour la Session Majeure ? Cela va faire l'effet d'une bombe !
- Tu ne crois pas si bien dire !
- Oh, je t'en prie, Mugan, arrête ! On croirait ton père !
- Mais enfin, ne voyez-vous pas ? Une affaire de cette amplitude va avoir des effets absolument colossaux : vous

êtes en train de préparer une singularité temporelle totalement démente, vous risquez purement et simplement de tout faire péter ! Il est impossible que Bran n'ait pas eu conscience de cela ! »

La gravité de Mugan était en train de gâcher définitivement la fête et ce fut diversement apprécié : quelques-uns se dirigèrent avec une exaspération affichée vers l'orgarôme le plus proche pour ne plus en bouger, alors que d'autres s'enfonçaient pesamment dans leur siège, prenant ostensiblement distance avec la conversation. La plupart se contentèrent d'un silence confus, le regard perdu dans l'agitation joyeuse et diffuse du Forum autour d'eux. Celle-ci leur sembla soudain s'être éloignée de plusieurs coudées, les confinant dans la bulle de perplexité et de crainte qui s'était refermée sur eux. Nahei fut la première à réagir.

- « Qu'appelles-tu une singularité temporelle ?
- Vous ne savez pas ? Vous avez oublié vos formations transitionnelles ? Vous avez intérêt à vous en souvenir et vite ! La causalité restreinte, ça vous dit quelque chose ?
- Ben, c'est pour le temps local, uniquement !
- Oui mais pas seulement ! Le temps local, c'est la perception à notre échelle d'un temps beaucoup plus vaste et indéterminé, qui porte en potentiel tous les événements imaginables ! Tous sont a priori équiprobables, reliés par des échanges d'informations qui circulent bien au-delà de la vitesse lumière : les choix que nous faisons créent un effet de résonnance qui place sur une ligne de plus forte probabilité ceux qui vont être concernés par une relation causale. Alors ces événements sortent de l'indéterminé et, pour eux, le temps se met en marche. Il s'oriente selon un ordre logique, l'ordre chronologique. Une singularité, c'est quelque chose qui

échappe à cette logique, quelque chose qui a sa propre logique.

- Et alors ?
- Alors ? Si tu crées une singularité, tu produis un court-circuit entre deux événements, entre deux époques. Tu génères un état de fait qui empêche le temps de s'orienter, qui le fait hésiter en quelque sorte !
- Et c'est quoi le risque ? » Peg à qui la conversation était en train d'échapper, revenait à la charge.
- « Le risque ? C'est très simple. D'abord, un énorme contrecoup énergétique sur Eloine : l'afflux d'énergie temporelle coincé par la singularité doit bien être dérivé quelque part ! Ensuite, à partir de cette singularité, vous engendrez plusieurs futurs logiques au lieu d'un seul. D'où une pagaille invraisemblable. Entre autres, vous pourriez ne jamais retrouver votre présent.
- On s'en fout puisqu'on ne veut pas revenir ! »

La réaction de Peg ne convainquit personne et fut accueillie dans un murmure vaguement réprobateur. Ils le savaient bien : on ne joue pas avec l'énergie temporelle ! Tous en avaient fait l'expérience : plus on transitait loin dans le distemps, plus les temps d'adaptation étaient longs et nombreux, comme des paliers indispensables au rétablissement des équilibres entre univers disjoints. Les protocoles de transition étaient très stricts et, sauf cas tout à fait exceptionnel, ils étaient respectés.

Peg était agacé par ce cours magistral : il ne voulait pas faire place à la démonstration qui renforçait l'ascendant de Mugan et envoyait son effet d'annonce aux oubliettes :

- « Nous savons bien tout cela, Mugan, mais où veux-tu en venir ? C'est énervant à la fin !

- Je ne sais pas comment Bran vous a embobinés mais je me demande si vous avez conscience de ce que vous envisagez » poursuivit Mugan d'un ton sombre.

- « Je vous l'ai dit. Chaque fois que nous transitons, nous créons une anomalie temporelle, une continuité non logique entre deux états avec un décalage qui grandit avec le distemps. Cette anomalie se résout généralement puisque nous revenons dans notre présent. On sait que chaque transition perturbe légèrement le champ temporel, mais cela porte généralement peu à conséquence puisque nous ne ramenons pas d'objet avec nous. C'est la raison de la stricte interdiction de rapporter quoi que ce soit du temps que nous avons visité. Imaginez maintenant les conséquences si, au cours d'un déplacement dans un temps inconnu, vous vous mêliez de la vie de gens et interfériez avec leur histoire ? Vous voyez le déplacement massif d'énergie que cela provoquerait ? Sachant que plus le distemps est important, plus l'énergie libérée est grande. Avec des conneries de ce genre, le futur serait altéré et des mondes entiers pourraient n'avoir jamais existé ! Et vous envisagez tranquillement un déplacement temporel massif et permanent ? Vous êtes fous à lier !»

Mugan s'arrêta un temps pour vérifier l'effet de ses paroles. Il fut rassuré : tous étaient attentifs, même ceux restés debout s'étaient rapprochés.

- « Et je ne vous dis pas les conséquences si vous avez des rapports sexuels avec des gens de cette époque ! Vous imaginez la singularité si des enfants naissent ?

- Il a raison ! » dit une voix dans l'ombre. « Déjà, il y a eu pas mal d'accidents. Et je me souviens qu'en ce qui me concerne, j'ai eu un mal fou à récupérer après une transition à grand distemps.

- Ouais ! On se demande même si tu t'en es vraiment remis ! » L'humour corrosif de Peg tomba à plat et ne fit rire que quelques esprits caustiques.

- « Tu parles d'accident ? Mais ce que vous envisagez est sans commune mesure avec ce que tu évoques : les conséquences pour Eloine sont colossales ! »

Il conclut après une brève hésitation.

- « Je suis désolé mais je suis obligé d'en référer au Conseil. »

Peg réagit immédiatement :

- « Je t'avais bien dit qu'il ne fallait pas lui en parler ! » jeta-t-il nerveusement à l'attention de Nahei. Puis, se tournant vers Mugan :

- « Il n'en est pas question. Nous t'avons fait confiance en partageant ce projet avec toi, tu ne peux pas nous trahir.

- Qui parle de trahir ? Celui qui trahit est celui qui fait courir un danger à l'autre. Contrairement à vous, je ne vous mettrai pas en danger. Je ne mentionnerai personne, y compris Bran même si, celui-là, je commence à le trouver dangereux pour nous tous. Mais vous comprenez que des dispositions doivent être prises pour protéger Eloine... »

Mugan s'arrêta net, saisi par une intuition subite :

- « Seigneur ! serait-ce possible ?
- Quoi, de quoi parles-tu ?
- Je ne peux rien vous dire, mais je viens de comprendre quelque chose. Je dois voir mon père tout de suite, c'est urgent. Je vous prie de m'excuser. »

Il se leva précipitamment, prêt à partir, mais Peg s'interposa.

- « Désolé, Mugan, je ne peux pas te laisser partir comme ça, pas après ce que tu viens de nous dire, pas vrai vous autres ? »

Déjà, ils étaient quelques-uns à presser Mugan et à l'obliger à se rasseoir.

- « Vous ne comprenez pas, vous vous méprenez, je dois absolument prévenir mon père de quelque chose de capital, cela n'a rien à voir avec vous.
- Tu ne le préviendras de rien du tout. Pas avant que nous en ayons avisé Bran. Après tout, c'est à lui qu'appartient ce secret. Tu restes avec nous. »

En un instant, Mugan avait jaugé la situation. Entouré de toutes parts par des étudiants surexcités, il ne pourrait jamais forcer le passage. La seule solution était de transiter et pour cela, il avait besoin de calme et d'un minimum de préparation. Comme s'il avait devancé ses pensées, Peg lui prit fermement le poignet et ne le lâcha pas.

- « Excuse-moi, Mugan, je te connais, il n'est pas question que tu transites. Tu restes avec nous.
- Vous êtes stupides ou quoi ? À votre avis, combien y-a-t-il d'espions à la solde du Grand-Conseil parmi nous ce soir ? Que vous le vouliez ou non, le GC est déjà largement informé de ce qui se prépare ici ! Ce n'est pas en m'empêchant de prévenir mon père que vous éviterez quoi que ce soit. Au contraire ! »

Mugan se tut. Plein de reproches, il croisa le regard de Nahei, navrée du tour qu'avaient pris les événements. Il allait s'adresser à elle de sa voix intérieure, quand un mouvement de foule soudain détourna leur attention : quelque part, sur une plateforme au dernier étage, Bran avait fait son apparition, petite silhouette toute de noir vêtue. Les voiles électromagnétiques viraient lentement vers le blanc et l'éclat du jour mit fin aux conversations. Le silence total se fit dans ce lieu gigantesque qui n'avait jamais connu que le bruit et l'agitation. Le moment était manifestement solennel et tous comprenaient que quelque chose d'exceptionnel allait se passer. La voix de Bran éclata, amplifiée, cérémonieuse et la légère réverbération de la voûte ajoutait au grandiose.

- « Mes amis, soyez les bienvenus au Forum !»

Une ovation puissante accueillit ces paroles, que Bran fit durer un moment puis éteignit d'un geste. Mugan, serré de près par ses amis, était de plus en plus mal à l'aise devant l'ascendant évident que Bran exerçait sur cette foule. Lui revenaient en mémoire ses échanges passionnés avec son père quand celui-ci prétendait que, du fait des capacités mentales accrues par la Convergence, les manipulateurs avaient disparu d'Eloine. À l'évidence, il se trompait.

- « Comme vous le savez, la Session Majeure commence après-demain et vous êtes nombreux à avoir fait le déplacement à cette occasion. Donnez-nous donc une idée du nombre que vous êtes ! »

Une clameur immense jaillit de toutes parts et, à nouveau, l'atmosphère était survoltée. Bran dosait ses effets avec précision, sans doute était-il le seul à ce moment précis à savoir exactement ce qui se tramait. Il leva les mains en signe d'apaisement.

- « Bien, bien. Bienvenue à vous et merci de votre présence dans ce lieu qui a été conçu pour vous ! Sans plus attendre, je voudrais profiter de cette occasion pour vous faire part d'un projet. D'un très grand projet ! Quelque chose de plus grande envergure encore que ce Forum que vous avez fait vôtre ! Ce soir, je vous annonce l'Âge d'Or ! Un plan préparé de longue date et que je souhaite partager avec le plus grand nombre d'entre vous. »

La foule se désunit un temps, perdue dans toutes sortes de conjectures. Les plus avisés perçurent une sorte de flottement, une hésitation sourde devant ce qui s'annonçait.

- *"Bon, il apparaîtrait que je ne suis pas le seul sensé ici ce soir"*, constata Mugan qui, passé en mode actif, observait la scène, décidé à en comprendre les plus infimes détails : le moindre élément pouvait être déterminant et il se devait d'informer son père de la façon la plus complète possible. La prise sur ses poignets se faisait plus lâche, à mesure que s'amenuisait son intention de fuir et qu'augmentait l'attention portée à Bran par ceux qui le retenaient.

- « Qu'est-ce que l'Âge d'Or ? » poursuivait Bran. « À coup sûr, ce n'est pas ce que nous vivons aujourd'hui, malgré les promesses du Grand-Conseil ! »

Ce fut une explosion de rire, teintée de besoin de revanche et de ressentiment. Décidément, Bran savait y faire en manipulation de foules !

- « L'Âge d'Or est un temps illimité de liberté, de jouissance, de bien-être et de prospérité ! L'Âge d'Or, c'est à nous de l'inventer à défaut de nous être donné ! Eh bien, je vous annonce ce soir que je l'ai trouvé et c'est là où je veux vous emmener ! »

Une nuée d'applaudissements les submergea, mêlée d'exclamations diverses et de sifflets innombrables, une furie sonore, hystérique et contagieuse qui semblait ne pas devoir prendre fin.

- « Mes amis, je vous annonce ce soir en avant-première, comme je le ferai officiellement dimanche devant la

Session Majeure et devant toute la Dynastie, qu'une expédition se prépare à rejoindre l'Âge d'Or. Nous sommes déjà huit cents volontaires, pionniers enthousiastes et décidés. Il reste deux cents places que je vous offre ce soir ! À vous d'en profiter. À ceux et celles d'entre vous prêts pour le voyage, je donne rendez-vous dans l'Âge d'Or, cinq cents ans dans le passé, dans une partie inexplorée du monde d'alors, où nous pourrons nous installer, vivre et prospérer, libres de toutes entraves.

- Cinq cents ans ! Tu parles d'un voyage ! » L'audience était confondue et l'enthousiasme baissa de plusieurs crans, l'unité de façade d'il y avait seulement quelques minutes, se délitait en d'innombrables conversations alors que Bran poursuivait, inlassable, dans un brouhaha grandissant.

- « J'invite solennellement celles et ceux qui souhaitent se joindre à l'aventure à se faire connaître dès ce soir, pour que nous organisions rapidement ce voyage inédit. Il restera à jamais sans aucun équivalent dans toute l'histoire de la Dynastie. Je vous le promets, il sera passionnant. Il s'agit, ni plus ni moins, de nous réapproprier notre passé. De le coloniser avec l'immensité de notre savoir. Avec la somme de connaissances que nous avons accumulées, nous ne pouvons échouer ! Nous allons façonner le monde ! Que ceux que l'aventure appelle me rejoignent. Je vous promets liberté, jouissance, bien-être et prospérité ! »

Était-ce une impression ? Mugan eut le sentiment que cette conclusion exaltée avait raté son effet. Elle n'avait pas autant rallié les suffrages que Bran aurait pu l'espérer. Les applaudissements furent nourris certes, mais ils furent brefs et désordonnés, convenus même et les différents groupes reprirent leurs échanges de plus belle. Bran disparut rapidement du balcon, remplacé par le rythme sourd d'une musique en boucle annonçant le retour de l'obscurité. Il était finalement content d'être resté. La nouvelle était maintenant officielle et il était à nouveau libre de ses mouvements ; il n'en restait pas moins immobile, absorbé dans ses pensées. Nahei vint s'asseoir à côté de lui.

- « Qu'en penses-tu, Mugan ? » Elle était incertaine, à la fois heureuse que quelque chose se soit passé mais également perplexe et assez insatisfaite.
- « Et toi, voudras-tu le rejoindre ?
- Je ne sais pas encore. L'idée est saisissante. Tu sais, les gens en ont assez, sans trop savoir de quoi d'ailleurs. Les jeunes échafaudent mille projets sans aucune idée sur comment s'y prendre et voilà que Bran nous en sert un tout cuit, tout préparé. Mais c'est justement la préparation qui m'inquiète. Je ne suis pas sûre de pouvoir faire totalement confiance à cet homme. Avec ce qui s'est passé, ce n'est pas le genre de voyage qui s'improvise. Ah, si quelqu'un comme toi s'en mêlait, ce serait une autre histoire !
- C'était donc ça ? Tu voulais que j'y participe pour prendre en charge et sécuriser l'organisation ?
- Tu as le sens pour ça, Mugan ! Je le vois bien ! Si tu rejoignais le projet, je suis sûre que cela en convaincrait plus d'un. Nous serions tous rassurés et bien plus en sécurité ! »

Le piège était grossier et Mugan décida de ne pas y tomber.

- « Nahei, non seulement je ne vais pas participer à ce projet dément, mais je vais m'y opposer autant que je le pourrais ! Parce que c'est folie non seulement pour ceux qui s'y joindront mais pour tous ceux et celles qui auront à en pâtir ici et qui n'y seront pour rien. Personne ne peut imaginer le danger que nous fait courir cette idée de coloniser le passé et Bran est criminel d'avoir semé cette graine dans les esprits. Parce que le mal est fait : même si on l'arrête, Bran aura réussi à ce que quelques-uns tentent l'aventure malgré tout. Eloine est en danger de mort, ni plus ni moins. Et je ne sais pas comment on pourra l'arrêter : depuis la Convergence, tout le monde a accès à l'énergie temporelle et personne ne sait comment empêcher les transitions à une telle échelle.

- Tu y vas un peu fort tout de même !

- Mon père m'a raconté des tas d'épisodes de la confrontation avec Eneter avant la Convergence. Ils ont fait l'expérience des dégâts considérables causés par l'énergie temporelle. Crois-moi, personne n'a idée de sa capacité destructrice. Je dois aller le rejoindre, excuse-moi. »

Il allait prendre congé quand il vit Peg s'éloigner. Il alla prestement à lui.

- « Peg, avant que tu ne prennes ta décision, acceptes-tu que nous parlions un moment ?

- Ma décision est prise, tu ne la changeras pas, qu'as-tu à me dire ?

- Peg, je ne sais pas tout, loin de là, de ce qu'est l'énergie temporelle et des lois qui la régissent. Il faudrait que d'autres nous en parlent pour nous éclairer. Il faut que tu saches les dangers que ce projet fait courir à Eloine. Si vous vous installez dans le passé, surtout en si grand nombre, il est possible que cela détruise Eloine en retour.

- Je n'en crois pas un mot ! Bran sait ce qu'il fait.

- Accepterais-tu d'en parler à Ishma, par exemple, avant de t'y lancer ?

- Ah non, lui, je ne le supporte pas avec son côté pompeux et ses airs d'en savoir toujours plus que les autres.

- Et s'il en connaissait vraiment plus que les autres mais qu'il ne savait pas comment le partager ? Je ne le connais pas bien mais je sais que l'énergie temporelle n'a plus de secret pour lui. L'accident de Marty ne te pose pas question, toi ? Que lui est-il arrivé, pourquoi est-il dans cet état ? Tu ne crois pas qu'il vous faille en savoir davantage avant de partir à l'aventure ?

- Quand on veut savoir avant de partir, on ne part jamais. C'est l'incertitude qui fait le voyage.

- D'accord, mais pas quand elle menace ceux qui ne partent pas. Ne crois-tu pas qu'il vaudrait mieux penser les choses, les préparer en petites équipes, par incursions brèves, vérifier ce qui se passe ? » Mugan réalisa avec aigreur qu'il était en train de faire exactement ce que Nahei lui avait demandé : rejoindre le projet pour mieux l'organiser. Il se tut.

- « Tout ça, on l'a déjà fait. Ce dont il s'agit maintenant est de passer à la vitesse supérieure, coloniser le passé comme on le ferait d'une planète. Allez, salut, Mugan !»

Mugan regarda son cousin qui s'éloignait, ébloui devant la simplicité de la solution. Avait-il seulement mesuré ce qu'il venait de dire ? Coloniser une planète plutôt que le passé, c'était beaucoup plus profitable et beaucoup moins dangereux, du moins pour Eloine. Certes, des tas de tentatives avaient été faites et plusieurs petites colonies se développaient sur Mars et bientôt Ganymède. Mais à sa connaissance, on n'avait jamais utilisé l'énergie temporelle pour cela. Cette idée était excellente et suffisamment solide pour qu'il l'évoquât devant le Grand-Conseil et il décida qu'il serait présent, lui aussi, à la Session Majeure. Il avait en outre à partager avec son père cette hypothèse lumineuse qui s'était fait jour en lui : que savait-on des armées qui menaçaient Beihaï ? Ne pouvaient-elles pas venir du futur, elles aussi ? N'étaient-elles pas là pour se protéger de quelque chaîne causale qui menacerait leur monde ? Il était convaincu de tenir quelque chose de tangible qu'il lui fallait partager au plus vite et décida de transiter vers l'appartement de ses parents.

Beihaï - appartement de Jiù & Akané - vendredi 16 Septembre 2264- 20h

- « Merci d'être là, mes amis. Je suis sacrément content de vous retrouver !» Jiù saluait chacun d'un hochement de tête appuyé d'un léger sourire amical, ou parfois d'un petit signe de la main pour ceux et celles qu'il n'avait pas vus depuis longtemps.
- «Je crains cependant de n'avoir pas de bonnes nouvelles. »

Cette entrée en matière abrupte n'était pas dans son habitude et le brouhaha joyeux des retrouvailles s'éteignit un peu plus rapidement que de coutume : ils étaient maintenant impatients de connaître la raison de cette convocation.

Ils étaient le cercle rapproché de Jiù, son équipe de soutien, un groupe plutôt disparate mais constant et toujours efficace, ce qu'il appréciait dans des moments comme celui-ci, quand les temps étaient troublés. Ils étaient les intimes de la première heure, les anciens Dissidents, ceux sur lesquels il s'appuyait pour les décisions difficiles et les stratégies plus ou moins compliquées qu'il fallait déployer au sein du Grand-Conseil : Akané, bien sûr, qui disparaissait presque dans un large fauteuil à sustentation, son amie Mia et ceux que Kohl avait formés au moment de la Dissidence : Jasna et son étonnant sens du détail, Matzu le tacticien astucieux, Jon et son impétuosité notoire. Sans oublier tous les autres, assis un peu partout. Leh et Doràn qui venait d'arriver, se concertaient à voix basse, légèrement à l'écart.

Un seul ne faisait pas partie du cercle historique des amis proches : Ishma, le responsable du Laboratoire Dynastique. Il avait été célèbre à son heure pour avoir conçu la Téléport' à partir de documents transmis par Kohl. Cette technique de transmigration qui faisait appel à une énergie considérable était tombée depuis longtemps en totale désuétude, mais il n'en avait pas moins poursuivi ses travaux, qui s'étaient montrés utiles à diverses occasions. Il avait ainsi gagné le respect de Jiù et celui-ci l'associait régulièrement à leurs réflexions. Malgré son grand âge, il avait conservé un regard d'une intensité presque dérangeante sous une tignasse blanc neige toujours assez désordonnée. Cette originalité dépourvue d'ostentation était confirmée par une tunique démodée qu'il portait mi-longue et un peu lâche à la mode ancienne d'Eloine : il ne s'était jamais laissé gagner par les excentricités vestimentaires amenées par la Convergence et n'accordait que peu d'intérêt à sa mise. Il était surtout peu disert et pour tout dire assez mystérieux. On le savait très occupé au service d'Eloine, sans trop savoir à quoi. À présent, il se tenait immobile, légèrement vouté et ses mains croisées dans le dos étaient agitées de tics nerveux, brefs et intermittents, comme venant ponctuer une pensée sans cesse en mouvement. Il était absent ou songeur face à l'immense vitre donnant sur l'une des principales artères de Beihaï.

Assis à proximité de sa mère, Mugan était songeur lui aussi, dévisageant avec une curiosité discrètement appuyée cette assemblée vraiment trop hétéroclite à son goût : il avait oublié cette réunion et, de ce fait, n'avait pu trouver l'occasion de s'entretenir avec son père. Il rongeait son frein, guettant le moment où il pourrait lui parler seul à seul, tout en observant ses amis et tâchant de s'en faire une idée. Il n'avait jamais vraiment vu à l'œuvre cette équipe qu'il jugeait de bric et de broc : pour quelles raisons Jiù lui accordait-il cette confiance apparemment absolue ? Certes, ces gens ne ressemblaient en rien aux Grands-Conseillers empressés et quémandeurs qu'il voyait se succéder dans son bureau et ils n'avaient certainement pas le profil des bureaucrates à l'air préoccupé qui pullulaient dans Beihaï et pour lesquels il avait un respect assez limité, il fallait bien le reconnaître. Pour tout dire, les amis de son père l'intriguaient : il y avait une sorte de pensée commune, quelque chose de puissant et non dit qui les réunissait. Probablement la connivence venue d'aventures menées ensemble et pour cela il les enviait un peu. Il devinait ce que Jiù allait leur annoncer et il était curieux de voir ce qu'ils allaient en faire.

Mugan venait d'avoir vingt ans et il était encore jeune, même selon les standards de la Dynastie pour lesquels la maturité était de plus en plus précoce : il était dorénavant possible d'effectuer son premier transit temporel dès l'âge de quatorze ans. L'intensité de ses échanges avec ses parents et le fait d'avoir accompagné si souvent son père dans diverses expéditions lui avaient forgé une personnalité assez affirmée et une vivacité d'esprit certainement inhabituelle pour son âge. Peu loquace, il avait un caractère très observateur, posé et réfléchi qu'il complétait avantageusement par une belle capacité d'action, ce qui avait pu surprendre agréablement son père à quelques occasions. Il manquait, bien sûr, d'expérience mais il apprenait vite et Jiù avait rapidement pris plaisir à lui transmettre ce qu'il savait, espérant ainsi lui éviter les errements de sa propre jeunesse. Il voyait en son fils tout le potentiel qu'il avait eu tant de mal à se reconnaître et cela renforçait sa conviction que chaque génération représentait un progrès indiscutable sur la précédente, pour peu que cette dernière lui accordât la place et l'écoute suffisantes. Ainsi, Mugan et ses parents avaient atteint un équilibre dynamique assez solide et reconnu par beaucoup, certains n'hésitant pas à en conclure que Jiù le préparait à sa propre succession, ce que sa présence à cette réunion pouvait d'ailleurs laisser supposer.

Outre leur intimité manifeste, Mugan n'avait pas manqué de remarquer quelque chose chez ces hommes et femmes réunis autour de Jiù : ils n'avaient absolument rien du conformisme convenu et autosatisfait de toute assemblée, que ce soit dans Beihai ou ailleurs, y compris dans les cercles les plus excentriques. La société éloinine avait atteint un tel degré de sophistication et de complaisance qu'elle confinait généralement à la condescendance. Ici, au contraire, il émanait de ces gens une force intérieure et tranquille résultant peut-être du mélange de caractères proches mais éminemment dissemblables. Ou de quelque chose d'autre qu'il n'avait pas encore découvert ? Sa curiosité était piquée à vif et si ce n'étaient ses projets personnels, il aurait été déterminé à faire partie de cette petite bande qui lui plaisait décidément beaucoup : il leur enviait l'autonomie et la résolution non dénuée de désinvolture de mercenaires aguerris et totalement détachés des conventions dynastiques. Leurs physiques très typés montraient qu'ils venaient chacun d'une région différente, ce qui avait plus d'une fois prouvé son utilité : ils étaient le cœur mouvant de ce réseau insaisissable que Jiù avait constitué pour se tenir informé de tout ce qui se passait aux quatre coins d'Eloine.

Mugan ne pouvait savoir que, loin d'être le fruit du hasard, cette diversité était le résultat d'un plan soigneusement prémédité par Kohl, à l'époque déjà lointaine où il préparait le futur d'Eloine. Avant sa disparition soudaine, il y avait dix ans de cela. Sa mort avait été un choc redoutable pour Jiù. Il avait eu le plus grand mal à l'admettre et s'était longtemps opposé à l'idée de prendre sa place à la tête du Grand-Conseil, fonction qui lui était naturellement échue mais pour laquelle il ne s'était senti ni affinité ni compétence. Il avait finalement accepté après que ses amis lui eussent promis de se réunir à intervalles réguliers : ils étaient ainsi convenus de ne jamais le laisser décider seul mais également de ne pas se fier au GC dont ils sentaient qu'il avait très vite perdu de son audace et de sa sagacité. En privé, Jiù ne manquait d'ailleurs pas de railler en des termes parfois étonnamment brutaux, l'inefficacité de ce qu'il appelait un rassemblement de pleutres embourgeoisés. De fait, au début, la charge avait été écrasante pour Jiù quand il eût réalisé que le GC n'était qu'une façade : le sort d'Eloine ne dépendait finalement que d'un homme, lui. Il avait progressivement pris de l'assurance et, à de nombreux points de vue, commencé de ressembler à Kohl, son père, que ce soit par l'épaississement des traits, son goût pour le mystère ou ses silences prolongés. Par ses décisions subites et souvent déconcertantes aussi.

Mugan n'avait jamais été particulièrement proche de son grand-père qu'il avait jugé trop secret et impressionnant pour l'enfant qu'il avait été. Ils n'avaient eu que peu de contacts et de très rares moments d'échanges véritables, pourtant indispensables entre un enfant qui découvrait le monde et un adulte qui ne l'avait que trop parcouru. Maintenant cet aïeul l'intriguait, figure à la fois historique et familière, mais il était trop tard. Il avait naturellement été à sa rencontre à l'occasion de quelques transitions dans le passé mais cela n'avait rien changé véritablement dans leur relation et il le connaissait toujours aussi peu. En revanche, il se découvrait cette fascination pour ce groupe qu'il avait constitué. Il était soudé et clairement opérationnel, ce qui lui parut parfaitement adapté aux circonstances qui s'annonçaient.

Jiù était lui-même plongé dans ses propres pensées et il n'avait pas pris garde au silence qui se prolongeait et qui, outre le fait que l'attente dépassait largement les usages de simple politesse, amplifiait le sentiment que quelque chose de grave était en train de se passer.

- « Jiù ? » l'interrompit doucement Akané.

Il exhala un long soupir, presque de soulagement. La présence affectueuse de ses amis le rassurait au point qu'il jugeât qu'ils ne manquaient pas de ressources : à une occasion ou une autre, chacun avait démontré intelligence et vaillance, alliées à une formidable capacité de saisir l'instant. Sans oublier naturellement leur principal allié : le potentiel d'analyse quasiment illimité de la Mémoire Centrale, nourrie du Zeitgeist[4] et de ses ramifications au plus profond d'Eloine. Dans ce qui s'annonçait, il pourrait compter sur des moyens qui, il le savait, ne lui feraient pas défaut.

- « Je vous prie de m'excuser ! Mes amis, je vais aller droit aux faits. Nous faisons face à une situation sans précédent depuis la Convergence sur Eloine : la possibilité d'une guerre. » Jiù prononça ces derniers mots d'une voix lente mais dont la gravité dépassa son intention.

L'interrogation muette qui accueillit ses paroles l'invita à poursuivre ; il eut un geste vers une console holos qui s'initialisa : une carte d'Eloine prit forme, d'abord sans contenu particulier puis Jiù zooma rapidement sur l'Oued Nzaïr qu'il venait de quitter.

- « La situation est la suivante : une force armée dont j'ignore tout, fait actuellement mouvement vers Beihaï. Comme par hasard à l'avant-veille de la réunion du

---

[4] Champ énergétique qui relie les habitants d'Eloine à la Mémoire Centrale – voir tome 1 (note de l'auteur)

Grand-Conseil. Nos informateurs habituels n'ont malheureusement rien pu me dire de ses intentions ni de son commandement, mais je redoute le pire... Jugez plutôt. »

Il projeta rapidement des extraits de séquences enregistrées quelques heures auparavant et poursuivit.

- « Ils sont actuellement stationnés au Terj Nama mais il y a tout lieu de croire que d'autres colonnes ont également pris position ailleurs ou sont en train de le faire... Par exemple, probablement ici, au Défilé Kajar. » Il pointa sur la carte une trace au nord de Beihaï et instantanément l'image zooma sur les reliefs accidentés d'un autre canyon sombre et encaissé.

- « J'ai envoyé des équipes faire des relevés sur toutes ces positions », ajouta-t-il d'un geste vers quelques autres points d'accès à la métropole. « J'attends leur retour. »

La tension monta de quelques degrés et une vague de nervosité traversa l'assistance. Quelques mouvements embarrassés et toussotements discrets témoignèrent de l'étonnement de ses hôtes, chacun faisant face à sa façon à l'inattendu de la situation : un adversaire inconnu sur le point d'encercler Beihaï au moment du Grand-Conseil ? Et sans qu'aucune alerte n'ait été déclenchée ?

- « Je veux savoir la raison pour laquelle la Mémoire Centrale n'a pas eu connaissance de cette occurrence dans un délai suffisant pour nous permettre d'y faire face. Comment se fait-il que notre réseau de surveillance ait été dépassé ? »

La question claqua dans le silence. Elle surprit tout le monde, tant par une véhémence plutôt inhabituelle chez Leh, que parce qu'il exprimait très exactement ce que chacun avait en tête. C'était effectivement surprenant et, pour tout dire, assez préoccupant. La voix impersonnelle de la Mémoire Centrale emplit la pièce comme un murmure susurré à l'oreille de chacun :

- « Elle confirme. Aucun capteur d'alerte n'a été activé. Aucune activité préalable n'a permis de prévoir cet événement. » La voix synthétique marque une courte pause, sans doute pour se laisser le temps d'une dernière vérification. « Aucune communication ne transite sur les réseaux d'Eloine, y compris sur les réseaux cryptés. Soit ces troupes connaissent les moyens d'inhiber les capteurs, soit... » La Mémoire n'acheva pas.

Chacun se regarda, surpris de l'interruption et attendant la suite.

- « Soit ? » poursuivit Jiù.
- « Soit ces troupes utilisent un système qui n'est pas originaire d'Eloine.
- Quelle...quelle est ton hypothèse ? » interrogea Jiù dubitatif.
- « La plus forte probabilité est qu'il s'agit d'une faction dissidente des troupes du désert faisant mouvement pour une raison indéterminée. Cependant, il est prudent de considérer l'option selon laquelle elles bénéficieraient de soutiens ou de technologies extérieurs à notre système, ce qui pourrait expliquer leur incognito. Et dans ce cas, l'absence de référents s'explique : elles ne sont pas répertoriées.
- Que veux-tu dire ?
- En dehors des épisodes liés à la Dissidence, il n'y a pas, dans les annales de la Dynastie, de cas semblable où un détachement de taille significative ait pu faire mouvement

à l'insu de nos systèmes. Il est donc utile de s'interroger sur les diverses possibilités que cette situation présente.

- En particulier ?

- Un renouveau de la Dissidence ne serait pas à exclure avec des propriétés non connues de l'énergie temporelle. Il pourrait s'agir également de troupes étrangères à la Dynastie ou… » Ils ne purent en entendre davantage : Jon s'était levé avec véhémence, interrompant le raisonnement qui leur était proposé.

- « Mais c'est insensé ! » Sa voix était pleine d'une excitation à laquelle Jiù qui le connaissait bien devina qu'elle masquait sa peur. « Qu'est-ce que c'est que cette histoire ? Des troupes étrangères à Eloine apparaissent soudainement ? Et elles se déplaceraient dans des transports identifiés comme appartenant aux Bataillons du Désert ? Convenez que cela n'a aucun sens ! Excusez-moi, mais si ces troupes sont un danger et je veux bien le croire, c'est à coup sûr un danger bien de chez nous ! »

Ils furent plusieurs à ne pas retenir un petit rire devant la formule utilisée par Jon. Jiù était familier des faiblesses de son ami au point qu'il n'en était plus affecté : il était toujours le premier à s'emporter, quitte à le regretter plus tard. Il lui était même venu à l'esprit que la répétition des prises de position confuses de Jon pût ne pas être étrangère à l'émergence de l'Opposition : le côté brouillon et désorganisé du mouvement n'était pas sans lui ressembler, sans oublier que sa présence au Grand-Conseil n'avait jamais fait l'unanimité, loin s'en fallait. Mais là n'était pas la question. Pour l'instant.

- « Je te rappelle que la Mémoire n'a jamais été prise en défaut. Depuis des générations, elle est un des piliers d'Eloine », lui répondit calmement Jiù dans un mouvement d'apaisement. « Laissons-la finir sa démonstration, je te prie, nous en discuterons ensuite.

- Peux-tu reprendre s'il te plaît ?

- Elle ne dispose pas encore de tous les éléments mais à ce stade de son analyse, voici les hypothèses dont elle dispose : le plus probable serait une mutinerie dans un bataillon du Désert mais elle aurait été très méticuleusement préparée et il n'y a eu aucun signe avant-coureur. Il peut s'agir d'un renouveau de la Dissidence, de troupes étrangères à la Dynastie ou encore une combinaison de ces différents facteurs.

- Une combinaison ?

- Rien ne permet de l'affirmer à ce stade. Il faudrait d'autres données mais cette hypothèse correspondrait en résumé à celle de troupes entrées en Dissidence sous une influence étrangère à la Dynastie.

- C'est absolument n'importe quoi ! » Jon ne se départissait pas de sa colère qu'il tournait maintenant contre Jiù.

- « Jon, si nous commençons à douter du bien-fondé des analyses de notre système mnésique, je ne donne pas cher de notre civilisation.

- Vu ce qui a l'air de se préparer, je n'en donne pas cher non plus ! » La voix grave et rocailleuse de Leh donna à son propos un ton sépulcral qui fit sourire les uns et renforça les inquiétudes des autres.

- « Là-dessus, nous sommes d'accord. Qu'en pensez-vous, vous autres ? » Jon triomphait avec cet appui inespéré, la réunion commençait à s'éparpiller et Jiù hésitait à intervenir.

- « Jon, je ne suis d'accord ni avec ta façon de faire ni avec tes propos ! »

Doràn qui se taisait depuis un moment, tendait un doigt nerveux vers Jon. L'inimitié était de longue date entre les deux hommes et il n'était pas étonnant qu'il réagît.

- « J'ai plusieurs choses à dire ici et vous demande votre attention. D'abord, nous devons considérer toutes les options. C'est la règle. Nous ignorons tout des intentions de ces forces et jusqu'à preuve du contraire, je suggère de ne pas les considérer comme hostiles, ce qui ne nous empêche pas, bien au contraire, de continuer à les surveiller. Ensuite, le vrai danger selon moi est ailleurs. »

Il avait hésité à faire part à leur équipe des conclusions de la séance qu'il venait de quitter, mais cette conversation levait ses derniers doutes. Ils devaient savoir et il eut l'intuition que les circonstances le plaçaient tout à son avantage. Il leur résuma donc ses échanges avec les Principaux d'Eloine en passant sous silence le rôle qu'y avait joué Lauwers et finit par conclure :

- « J'ai donc mis nos troupes en état de pré-alerte sur l'ensemble d'Eloine, ce qui devrait indiscutablement nous être utile dans les circonstances présentes. »

Il appuya légèrement ces derniers mots pour en faire un point incontestable. Après tout, c'était lui le chef des armées d'Eloine et il avait manifestement agi avec beaucoup d'à-propos !

- « En revanche, je propose de placer Beihaï sous sécurité maximale. Il serait même avisé de demander des renforts aux autres districts. Êtes-vous d'accord ? »

D'autres sourires à peine ébauchés. Devant l'étalage de la rhétorique Dynastique, cette fois, dont Doràn avait été un des plus éminents zélateurs : un mélange compliqué de réflexes sécuritaires et d'autorité mêlé à un perpétuel besoin de consensus.

- « Plusieurs choses... » Matzu allait intervenir quand l'holos de Jiù s'activa soudainement.
- « Communication urgente et prioritaire. Quartenaire Nilgun pour le Président Jiù. »

Tous écoutèrent attentivement : ce genre d'appel ne présageait généralement rien de bon.

- « Nous avons été attaqués. Je répète, avons été attaqués. Pas de pertes mais rapeed inutilisable. Je demande instructions. Terminé. »

Jiù était blême. C'était l'appel qu'il redoutait et ses craintes les plus folles s'y trouvaient confirmées. Il répondit instantanément après un bref regard vers Akané mais sans consulter les autres, comme s'il avait mûrement préparé ses ordres par avance.

- « Transitez immédiatement. Oubliez le rapeed. Je répète : transit immédiat et présentez-vous au rapport. Confirmez.
- Bien compris, nous transitons. Terminé. »

Le silence qui suivit fut de courte durée.

- « Eh bien comme ça, au moins on est fixés. Elles sont hostiles ! »

Jiù ignora la remarque. Elle lui était moins destinée qu'à Doràn. Il se savait dorénavant à l'orée d'une catastrophe sans précédent. Une guerre sur Eloine n'avait pas eu lieu depuis le bien lointain Collapsus, il y avait des siècles de cela.

- « Qu'avais-tu à dire, Matzu ? » poursuivit-il d'une voix moins assurée qu'il ne l'aurait souhaité.
- « Oh, pas mal de choses maintenant », lui répondit Matzu. « Mais je voudrais d'abord répondre à la question de Doràn. »

Il se tourna vers le chef des armées qui, debout derrière lui, le dominait de toute sa hauteur. Matzu était d'une intelligence redoutable alliée à un sens de la dialectique presque retors qui lui permettait de démêler les intrigues les plus compliquées. Il faisait le plus souvent preuve d'une très subtile circonspection qui confinait à la clairvoyance, mais il savait surtout mettre dans ses paroles le juste dosage d'interrogation et de doute qui faisait de ses remarques des avis parfaitement recevables par ceux à qui il les adressait.

-   « Avant de démunir les autres districts de leurs forces et de les amener sur Beihaï, ne serait-il pas prudent de vérifier si nos adversaires se sont positionnés uniquement sur Beihaï ou s'ils ont pris également position autour de nos autres métropoles ? » Il poursuivit sans attendre d'assentiment particulier. « Dans le premier cas, cela n'en dirait-il pas long sur leur connaissance de nos coutumes puisque seul le Grand-Conseil serait visé ? Dans l'autre cas, ce serait également riche d'enseignements ! »

Doràn hocha brièvement la tête en signe d'approbation. Tous étaient reconnaissants à Matzu de les ramener sur le terrain plus solide de la réflexion et du raisonnement.

-   « Par ailleurs, je vous propose d'attendre le rapport de Nilgun avant de conclure définitivement sur l'hostilité présumée de ces troupes. Il nous faut savoir ce qui s'est passé exactement.
-   Qu'as-tu à l'esprit ? » lui demanda Jasna.
-   « Je suis peut-être contaminé par la rationalité dynastique mais nous le sommes probablement tous à des degrés divers n'est-ce-pas ? » esquissa Matzu dans un demi-sourire, se remémorant leurs débats sans fin sur le bien-fondé de l'extrême rationalité de leur civilisation. « Je me

pose la question… Si vous aviez des intentions hostiles, engageriez-vous seulement trois transports et quelques veloths, même déployés en plusieurs endroits ? »

Le silence qui s'ensuivit était une forme de réponse. Il avait touché juste.

- « Pour moi, il y a quelque chose qui ne colle pas et sans doute avons-nous besoin d'en savoir plus sur ce qui s'est passé avec la patrouille, avant de conclure sur les intentions de ceux qui nous font face. J'ai le sentiment que quelque chose nous fait défaut. »

Des mouvements d'assentiment discrets lui répondirent et quelques regards se croisèrent, signe que les avis restaient partagés même si la tension avait baissé de plusieurs crans : si la guerre restait une possibilité, elle n'était plus une certitude. Matzu reprit :

- « Je voudrais finir par deux suggestions : la première, ne devrions-nous pas tenter d'entrer en contact avec cette force pour savoir de quoi il retourne ?
- Après ce qui s'est passé pour la patrouille de Nilgun ? » interjeta Jon.
- « Je le répète, attendons de savoir ce qui s'est réellement passé.
- Et ta deuxième suggestion ? » Jasna ne voulait pas perdre le fil de la conversation.
- « J'y viens : ne pourrions-nous pas, avec l'aide de la Mémoire, analyser précisément les conséquences de nos deux options immédiates ? Que se passe-t-il si nous ne résistons pas et que se passe-t-il si nous résistons ? Qu'en pensez-vous ? Cela pourrait nous aider dans les décisions que nous avons à prendre, ne croyez-vous pas ? »

Il ne leur laissa pas le temps de répondre et reprit :

- « Si vous êtes d'accord, nous pourrions constituer des équipes pour explorer chacun de ces deux scénarios. Je suis volontaire pour m'occuper de la deuxième option, celle de la résistance.
- Tu as parfaitement raison, je veux bien en être également ! » ponctua Leh dont la voix tranquille aux inflexions des hauts plateaux donnait à cette hypothèse l'image d'une promenade de santé.
- « Merci, Leh, » Matzu eut un petit signe de la main vers son ami.
- Pour ma part, je ferai équipe avec Dena pour l'autre option, » intervint Xhana « ...Si elle est d'accord naturellement », poursuivit-il avec un regard complice vers celle avec qui il entreprenait chacune de ses équipées.
- « Excusez-moi ! » Jasna s'était rapproché de l'hologramme et l'observait avec attention, comme pour tenter de deviner ce qui se passait là-bas. « Peut-être ne devrions-nous pas en rester là ? Je me refuse à croire que ce sont là nos deux seules options. Résister ou ne pas résister ? Cela me paraît dangereusement court : nous savons tous que le champ des possibles est beaucoup plus vaste que cela. Il y a sûrement d'autres possibilités et nous avons certainement les moyens de les explorer. »

Sur cette dernière remarque, la réunion changea imperceptiblement de registre : ce fut un rappel salutaire de ce qui faisait leur force et leur originalité : il était vital pour eux de s'éloigner de la seule logique de l'action, même fondée sur l'analyse, pour se placer sur le terrain immensément plus vaste du présent potentiel. Certes, ils faisaient face à l'inconnu mais en utilisant l'énergie temporelle pour appréhender la totalité de ce que le présent contenait, ils devenaient paradoxalement maîtres des événements puisqu'ils les connaissaient tous : les vieux réflexes de la Dissidence étaient en train de reprendre le dessus. Aussi inhabituelle voire dramatique qu'elle s'annonçât, la situation restait sous contrôle dès lors que toutes les options leurs étaient encore ouvertes : Ils avaient maintes fois fait l'expérience que c'était lorsqu'il n'y avait plus qu'un choix réduit à quelques alternatives qu'ils subissaient les événements.

- « À quoi penses-tu ? » reprit Jiù.
- « Je suggère que tu ailles en conférer avec Kohl. J'ai le sentiment que c'est le point de départ pour nous ouvrir à d'autres pistes, pour découvrir des opportunités que nous ne soupçonnons pas pour l'instant.
- J'y pensais, naturellement. Tu as raison : les circonstances sont suffisamment graves pour que nous n'hésitions pas à explorer toutes nos options… »

Jiù se donna un court instant de réflexion.

- « D'accord, c'est ce que je vais faire. Je vous propose de nous retrouver ici, demain matin, samedi, à 09h00. Il nous restera un peu plus d'une journée pour nous concerter et organiser la suite à partir de ce que nous aurons découvert. D'ici là, pensez-vous que nous devrions prévenir les Conseillers ? »

La réponse d'Akané ne laissait place à aucune hésitation :

- « Tu les connais mieux que moi ! C'est la meilleure façon d'être inondés de demandes d'explications que nous ne pourrons pas fournir, du moins pour l'instant. Je suis certaine qu'ils en tireront mille conclusions sur les raisons hypothétiques d'un report, sur notre désorganisation et nos manœuvres sans oublier notre façon cavalière de les traiter. Réservons ça pour la dernière extrémité.

- Tu as raison ! Attendons demain. En cas de problème, si nous ne pouvions pas tous nous retrouver comme convenu ou si quelqu'un manquait, peux-tu lancer la procédure de report ? Disons vers 09h30 ? Utilise le canal crypté du Grand-Conseil. On ne sait jamais. »

Le geste ostensiblement apaisant d'Akané lui fit comprendre qu'il n'avait pas à s'en inquiéter.

- « Et vis-à-vis de la fête qui se prépare ? Que fait-on ? On annule les entrants ? »

La question lâchée par Doràn resta un temps sans réponse. Ishma, qui avait gardé le silence pendant tous ces échanges, intervint alors de sa voix lente au rythme roulé des accents du Campàno.

- « Je ne crois pas cela nécessaire. Ne donnons pas trop vite une réalité tangible à ce que nous voyons comme une menace. Il sera toujours temps d'aviser demain matin. » Il insista doucement. « Demain matin. De toutes les façons, ils sont déjà tous arrivés ou presque, n'est-ce pas ?

- Excusez-moi ! Avant que vous partiez, puis-je vous parler de quelque chose ?»

Mugan s'était jusque-là tenu sur la réserve : il avait hésité à intervenir dans une réunion à laquelle il n'avait été qu'invité. Cependant, celle-ci semblait toucher à sa fin et il ne voulait pas que le groupe se séparât sans avoir évoqué ce dont il avait été témoin au Forum. Il entreprit de résumer rapidement l'initiative de Bran, son accueil parmi les étudiants et les conclusions qu'il en avait tirées. Le silence poli qui avait d'abord accueilli ses paroles se mua rapidement en attention puis inquiétude non feinte : manifestement, il n'était pas le seul à redouter ce que pouvait impliquer ce projet insensé.

- « C'est invraisemblable ce que tu nous racontes là. Tu étais au courant, Jiù ? »

Jiù eut un regard étonné vers son fils, désarçonné par l'interruption et surpris de découvrir combien, malgré son jeune âge, il tenait déjà à cœur les intérêts d'Eloine. Il fut assailli par un mélange confus de fierté et de reconnaissance néanmoins teintées d'inquiétude : il ne connaissait que trop bien cette préoccupation dont il savait combien elle pouvait lui peser et il redoutait que Mugan n'en fût écrasé s'il n'y prenait garde.

- « Oui, je suis informé que Bran prépare quelque chose, c'est un projet que nous suivons depuis un moment. J'en ignorais cependant l'amplitude et donc le risque assez considérable qu'il fait courir à Eloine. Ce que tu viens de nous apprendre, Mugan, est capital et je te remercie de ton intervention ! Je vais faire renforcer les contrôles. Mais que cela ne nous détourne pas de ce qui nous préoccupe.
- Mais…
- Sois sans crainte, Mugan. Nous traiterons de ce sujet au moment où le faudra.
- Mais, père, n'y a-t-il pas un lien ou pire, une similitude entre l'expédition de Bran et ce détachement que nous avons observé ensemble ? Ne pourrait-il pas s'agir simplement d'une avant-garde en charge de je ne sais quels préparatifs en prévision de notre propre colonisation ?

Il ne sut que faire du silence de plomb qui accueillit ces paroles. À des degrés divers, ils étaient tous sidérés par ce qu'il venait d'évoquer et chacun tentait d'en mesurer les conséquences : la simple mention de la possibilité d'une colonisation d'Eloine donnait à cette hypothèse une réalité que tous refusaient d'admettre au plus profond de leur être. C'était purement et simplement inacceptable. La question de Mugan ne les mettait pas moins devant leurs responsabilités : ils devaient s'y confronter quelle que fût leur répugnance. Ishma jugea bon d'intervenir :

- « Ce que tu nous as dit, Mugan, est effectivement de première importance mais je pense que c'est un sujet dont je peux me charger. Je crois être le mieux placé pour évaluer le risque temporel. Partageons-nous les tâches si vous le voulez bien : Le détachement militaire est plus de votre ressort que du mien, laissez-moi m'occuper de Bran. »

Se tournant vers Jiù, il mit fin à leurs échanges sans autre égard pour Mugan :

- « Jiù, me serait-il possible de te voir, rapidement, avant que tu ne transites vers Kohl ?
- Bien entendu. »

Beihaï - appartement de Jiù et Akané- vendredi 16 Septembre 2264- 22h

Jiù et Akané étaient à nouveau seuls dans la vaste pièce vidée de leurs hôtes. Tous avaient pris congés après les effusions de rigueur mais il flottait encore dans la pièce une gêne résiduelle, une trace importune qui les empêchait de se retrouver complètement.

Akané était toujours installée dans le profond fauteuil à sustentation, une jambe repliée sous l'autre. Elle avait programmé un massage léger et se laissait bercer par les stances lénifiantes d'ondulations à peine perceptibles. Elle appréciait cette détente passagère qui lui donnait la sensation d'habiter la totalité de son corps tout en maintenant son esprit en éveil : cela décuplait sa capacité de percevoir les plus infimes variations alentour et d'identifier ce qui méritait attention. Jiù la dévisagea un temps, immobile et pensif : son visage incliné était à moitié dissimulé par la masse noir ébène de cheveux en léger désordre et la lumière jouait sur le front barré d'une mèche rebelle qu'elle tardait à remettre en place. De fines iridescences soulignaient le lissé de sa peau, à peine marqué par quelques rides naissantes et le trait léger, presque droit de ses sourcils venait en contrepoint parfait de l'arc rebondi de lèvres closes. Sous l'indolence apparente, il la savait parfaitement alerte et l'éclat pénétrant de son regard se laissait deviner sous la fine fente de yeux bridés à demi-fermés. C'était réellement une très belle femme : un peu plus âgée que lui, elle paraissait plus jeune et dégageait un charme puissant malgré toutes ces années passées à réorganiser la Dynastie après la Convergence.

Il n'osait rompre le silence rythmé par leurs respirations croisées, ne sachant s'il devait poursuivre sur les réflexions qui le préoccupaient ou aborder des questions personnelles et plus proches. Il redoutait que la conversation, réduite à eux seuls, ne s'engageât à nouveau sur les sujets de controverses qui les tiraillaient depuis quelques temps. Une sorte de mésentente sournoise et persistante s'était progressivement installée entre eux malgré leurs efforts conjoints pour en venir à bout et il y avait toujours quelque chose pour la raviver au moment où il s'y attendait le moins. Indécis, il se détourna pour faire face à l'immensité de la ville, ses tours et ses avenues illuminant la nuit en un spectacle à la fois coutumier et distant. Les enseignes lumineuses se répondaient dans le clignotement incessant des électroluminescences que traversaient plusieurs niveaux de rapeeds en un flux ponctuel et très distendu : l'heure était tardive et le nombre de véhicules en usage sur Eloine s'était singulièrement réduit du fait qu'avec la généralisation des transitions, on n'y recourait que pour des déplacements sur des courtes distances ou pour transporter des charges de toutes sortes. Cette activité citadine était continue quelle que soit l'heure du jour ou de la nuit et elle le rassurait : il ne se lassait pas de cette vue qui l'absorbait en une sorte de méditation urbaine, un tableau à la fois perpétuel et changeant.

Ils avaient choisi de rester dans le quartier Nord malgré leurs fonctions, celui où les bâtisseurs s'étaient écartés avec le maximum de liberté de l'orthodoxie architecturale de la Dynastie : les immeubles aux façades colorées et d'inspirations très diverses étaient de taille modeste, une dizaine d'étages tout au plus et entourés de jardins. Il y avait même quelques allées bordées de végétation qui conféraient à cette zone assez privilégiée des airs de faubourgs calmes et prospères. Le contraste était saisissant avec le reste de la ville qui était, quant à elle, un labyrinthe démesuré d'empilements d'étages et de tours rectilignes, froides, fonctionnelles et sans goût.

Tout à sa contemplation, Jiù ne pouvait se départir de l'angoisse sourde qui l'avait saisi pendant la réunion : Si seulement les gens savaient. Le temps familier dans lequel baignait tout ce qui les entourait, était dorénavant compté : le chaos n'était qu'à quelques kilomètres. Pourtant, la vie poursuivait imperturbablement son cours comme si de rien n'était, traversée d'agitations coutumières et sporadiques, ignorante du danger qui menaçait. Comment était-ce seulement possible ? Rien ni personne dans cette ville qui s'engageait dans la nuit, ne devinait ni ne pressentait ? Était-il vraiment le seul à savoir ou quelqu'un d'autre que lui, quelque part, avait conscience de ce qui se tramait ou pire, l'avait organisé ? D'où venait-elle, cette indifférence presque irréelle quand la tempête était sur eux ? Pourquoi la conscience du danger proche était-elle si peu partagée ? Pour Jiù, la tension qui en résultait était insupportable. Il était d'une solitude de pierre, comme si lui seul avait le pouvoir de changer le cours des choses, de détourner l'inéluctable. Pensées et prémonitions funestes se mêlaient en une masse pesante et sombre, montaient en vagues qu'il ne parvenait pas à canaliser. Il lui fallut parler, briser le silence qui s'alourdissait et tenter de sortir de l'accablement. Sans se retourner, il interrogea sa compagne dont il sentait le regard dans son dos.

-   « J'ai eu le retour des patrouilles : il semble qu'il n'y ait que Beihaï qui soit concernée mais cela ne résout pas le problème pour autant ! Tout cela me paraît répondre à un plan soigneusement préparé. Je paierais cher pour savoir par qui ! » Il marqua une pause. « Crois-tu que nous devrions organiser une évacuation de Beihaï ? Une transition simultanée et massive ?
-   J'y ai pensé, mais tu sais bien que c'est impossible : que faire des vieillards et des nourrissons ? »

Akané s'interrompit un temps, cherchant une meilleure réponse à une question finalement complexe.

-   « Peut-être pourrions-nous organiser la défense avec la milice et les hommes valides. Ne faire transiter que les femmes, les enfants et ceux qui en ont la capacité ? Ou peut-être seulement les quartiers les plus exposés ?
-   C'est une idée. »

Jiù hésita avant de poursuivre. Il anticipait avec appréhension ce qui allait suivre.

-   « A propos de transition, es-tu d'accord pour que j'emmène Mugan avec moi ou préfères-tu le garder avec toi ?
-   Tu sais bien que je ne suis pas d'accord quand tu l'emmènes. Il est trop jeune pour ça. Je sais que tu cherches à le préparer à de soi-disant hautes fonctions mais je pense que c'est une erreur… »

Elle poursuivit d'un ton légèrement plus bas, comme si elle espérait que Jiù ne pût l'entendre.

- « …Probablement même une faute dont j'espère qu'il ne devra pas supporter les conséquences. »

Jiù poussa un long soupir. Il n'avait aucune envie de s'appesantir sur ce conflit récurrent que, dans ses mauvais jours, il appelait ses problèmes domestiques. Surtout à un tel moment. Mugan était immanquablement la cause de divergences de plus en plus fréquentes entre Akané et lui.

- « Écoute, Akané. Ne reprenons pas cette conversation, je te prie, pas maintenant, pas ce soir. Nous savons, toi et moi, comment cela finit. Ne pourrions-nous pas, au moins ce soir, tenter d'avoir une approche plus constructive des problèmes que nous devons résoudre ensemble ?
- Peut-être Jiù, peut-être. Mais il y a une chose que tu refuses d'entendre et c'est là tout le problème : tu as changé, Jiù. Tu n'es plus le même depuis que tu t'es mis en tête de diriger le Conseil.
- Tu voudrais un Conseil sans président ?
- Tu recommences ! Je te l'ai dit maintes fois, Jiù. Présider n'est pas diriger. Mais tu n'en fais qu'à ta guise. Tu t'es érigé en homme providentiel et c'est là où tu te trompes gravement. » Elle répéta avec plus de force. « Tu te trompes, Jiù ! Tu entends ? Que tu le veuilles ou non, c'est la cause de beaucoup de troubles et de tourments et tu voudrais maintenant y entraîner notre fils ? C'est non.
- Mais enfin, Akané, tu vois comme moi ce qu'est devenu le Grand-Conseil : ils sont incapables de la moindre

décision ! Encore moins d'agir ! Tu ne vas pas me reprocher d'agir, tout de même ?

- Encore une fois, Jiù, c'est uniquement ta perception des choses ! Tu ne t'en rends pas compte mais elle est complètement biaisée. Pourtant, tu connais comme moi tout le potentiel de déviance du pouvoir : on a bossé là-dessus pendant des mois, te souviens-tu, quand nous avons reconstitué le GC ! Et tu retombes dans les mêmes travers que Shu ! Ceux-là même que tu as combattus ! Ah ! Tu es bien le fils de ton père. » Elle ajouta d'une voix qui s'acheva en murmure : « Je ne sais pas comment tout cela va finir.

- Arrête Akané, je t'en prie arrête ! Pouvons-nous rester centrés sur ce que nous avons à faire ? Tout ça c'est bien beau, mais à un moment, il faut agir. Si je n'avais pas été là… »

Akané s'était levée et s'apprêtait à quitter la pièce. Elle fit immédiatement volte-face :

- « Si tu n'avais pas été là ?

- Akané, tu sais comme moi le nombre de fois où j'ai résolu, parfois in extremis, des situations inextricables. Entre parenthèses, je le redis : Si je n'avais pas été là, tout le monde ignorait la présence de cette force hostile dans Eloine.

- Si tu n'avais pas été là, elle n'y serait peut-être pas non plus. »

Jiù fut piqué au vif, blessé par une remise en cause profonde et terriblement injuste, une absence totale de considération pour ce qu'il avait fait, tout ce qu'il avait entrepris. Une exaspération sourde grondait en lui, hérissée de violence contenue.

- « Fais attention à ce que tu dis, Akané. Que veux-tu dire ?
- Je crains que tu ne te méprennes complètement sur le sens de mes paroles. Ce n'est pas une attaque personnelle.
- Ah, vraiment ?
- Regarde, Jiù, regarde comment tu réagis. Cette force hostile en toi brouille toutes tes perceptions et égare tes jugements. Tu en as conscience, j'espère ? »

Jiù la regardait tendu, hermétiquement fermé. Elle poursuivit néanmoins :

- « Tu sais comme moi que nous projetons nos états de conscience. Tu le sais parce que tu en as fait maintes fois l'expérience. Comment se fait-il que tu aies pu l'oublier ?
- Je n'ai pas oublié, mais quel est le rapport ?
- Pour ma part, j'ai une compréhension très différente de la tienne de ce qui se passe et ça remonte à loin. Depuis trop longtemps, tu t'es érigé en point focal de notre Dynastie et cela nous mène au désastre.
- Je ne vois vraiment pas en quoi.
- Regarde-toi en ce moment, Jiù, observe ces tensions et cette violence intérieure que tu accumules : depuis des années, tu fais tiennes toutes les contradictions d'Eloine et en retour, tu projettes les conflits qui les actualisent pour te permettre de les résoudre. Ce qui, au passage, justifie ton rôle d'homme providentiel. C'est un cycle vieux comme le monde ! De tous temps, cela a très bien fonctionné et nous en savons quelque chose ! Il se pourrait donc que cette armée à nos portes soit une projection de ces conflits.
- Que veux-tu dire ? Je crains de ne pas comprendre.
- Je veux dire que, depuis toujours et tu le sais bien, on fabrique l'adversaire ou l'ennemi dont on a besoin. À

partir du moment où l'idée même d'antagonisme est conçue, par hasard ou par nécessité, tout concourt à lui donner corps : les pensées, les paroles, les informations qu'on échange et diffuse jusqu'à, finalement, les décisions qu'on prend. Elle devient réalité, c'est inévitable. Toute la question pour chacun est de savoir s'il souhaite ou non épouser telle ou telle projection collective et y participer. C'était le fondement de la notion de libre-arbitre au cœur de la Dissidence, si tu te souviens : la capacité que nous revendiquions de pouvoir n'adhérer qu'aux projections de notre choix. En ce qui me concerne, je ne suis pas certaine de vouloir adhérer à celle en train de se mettre en place et que tu partages, semble-t-il, au risque d'en devenir l'artisan : la création d'une armée hostile à nos portes.

- Il faut bien que quelqu'un s'en charge Akané, il faut bien que quelqu'un s'en charge. » Avec un ton las, Jiù répéta ce qui lui apparaissait de plus en plus comme une fatalité, le poids d'une mission acceptée à contrecœur.

- « Jiù, encore une fois, tu te vois en homme providentiel et tu as tort. »

Akané se rapprocha de lui, l'observant quelques secondes comme pour déceler ce qui se cachait derrière le masque fatigué de son visage.

- « Tu n'es plus le même Jiù. Je ne sais pas quel poison est à l'œuvre, mais le Jiù que j'ai rencontré, mon compagnon d'aventures ne parlait pas comme ça. Tu te rends compte de ce que tu dis ? Toi, un homme providentiel ? Mais tu sais comme moi combien ces pensées sont toxiques et où elles mènent ! À quoi te servent toute la science d'Eloine, notre connaissance inégalée de la nature humaine, notre incroyable capacité de transiter ? À quoi te sert le temps si c'est tout ce que tu en as appris ? Croire que tu es celui dont Eloine a besoin ? Si c'est ce que tu penses, alors, je te laisse à tes certitudes. Ne compte plus sur moi pour les partager. »

Ces mots lâchés à la hâte avaient dépassé la pensée d'Akané qui ne devina que trop bien comment ils pourraient être interprétés. À la lutte, un temps, avec la tristesse qui montait en elle et lui serrait la gorge, elle reprit, cherchant les mots qu'il serait capable d'entendre :

- « Écoute, mon Jiù, médite sur ce que je vais te dire, si tu le peux. Je te le dis parce que je te connais et que je t'aime : tu n'es plus en contrôle, Jiù. Il est devenu clair pour moi qu'autre chose en toi décide et te pousse à agir, autre chose que celui que je connais de là. » Elle ferma lentement le poing et se frappa doucement au centre de la poitrine.
- « Et que serait-ce cette chose qui m'agit ? » répartit Jiù, à la fois pincé, assagi par la douceur du propos et sincèrement curieux.
- « Le pouvoir, Jiù, la réalité simple et puissante du pouvoir qui t'a mis dans la tête que tu pouvais être le protecteur d'Eloine. Ça n'existe pas, Jiù. L'homme providentiel est une abstraction. Une simple abstraction qui a besoin de quelqu'un pour se matérialiser. Et le malheur a voulu que ce soit toi. Pourquoi t'y es-tu laissé prendre, je ne sais. »

Elle ne le savait que trop, en fait, convaincue par son analyse attentive et silencieuse de Kohl à l'époque où il vivait près d'eux qu'il avait, lui aussi, succombé à la contamination du pouvoir, bien avant son fils et que c'était par son intermédiaire que le germe fatal avait corrompu l'esprit de Jiù.

La certitude tranquille et affligée d'Akané avait touché quelque chose. Elle venait de réveiller en lui le souvenir de ces temps de liberté lorsqu'il avait l'esprit uniquement assoiffé de découverte, quand les idées n'avaient pas encore prise sur lui, comme la mémoire joyeuse d'une insouciance perdue. Il se pouvait effectivement qu'elle eût raison. Il se pouvait qu'il fût devenu un autre, emporté dans une errance mentale, mystifié par les idées alors qu'il croyait au contraire les utiliser à se construire et les manipuler. Il peinait à préciser la sensation qui prenait corps en lui, comme d'un équilibre perdu. Il voulut en savoir plus, y mettre une forme, un nom peut-être ? Quelque chose lui échappait. Quelque chose au-delà des mots qui ne voulait pas se fixer.

- « Je t'écoute Akané. Je ne sais pas encore si je te comprends, mais je t'écoute vraiment. Continue, je te prie.
- Mon Jiù, en ce qui me concerne, je ne sais trop comment j'ai vécu toutes ces années. Ai-je changé ? Sûrement mais en quoi ai-je changé ? C'est difficile à dire au-delà du poids des ans sur mon corps. J'ai surtout aimé partager ce temps avec toi, avec tous les autres, vivre au milieu de ceux qui, tous les jours, ont fait qu'Eloine était vivante. Ai-je seulement oublié ces temps jadis ? Peut-être pas assez. Mais, à vivre à côté de toi, j'ai vu quelque chose grandir et prendre toute la place. J'ai vu des idées naître qui n'étaient pas les tiennes. J'ai vu quelque chose basculer. Un jour, j'ai compris et j'ai vu ce qui dorénavant t'habitait : Le pouvoir avait pris place en toi avec ses appétits et tous ses artifices.
- Tu m'as vu basculer ? Que veux-tu dire et quand cela aurait-il été ?
- Je ne sais pas. Je crois simplement qu'à un moment donné, tu as laissé ce dont tu étais capable et tout ce que

tu pouvais être, tous tes potentiels magnifiques, devenir des leviers de contrôle au lieu d'être tes instruments de liberté. Oui, tu vois, tu as basculé le jour où, pour toi, au lieu d'être un verbe, pouvoir est devenu substantif. C'est alors que tu as permis à Eloine de prendre possession de toi. Alors, tu es devenu son homme providentiel et tu as commencé de lui appartenir. Ah, si tu savais combien je déteste cette notion absurde d'homme providentiel ! C'est cela et rien d'autre qui a entrepris de nous séparer : le pouvoir et ses chimères. L'abstraction tellement corrosive du pouvoir ! Et ça, ça m'inquiète plus que tout le reste. Alors, au lieu d'y préparer notre fils, il serait temps que tu laisses la place à un autre. Pour nous, Jiù. »

Jiù ne put que se taire. Alors qu'elle lui parlait avec cette authenticité profonde qu'elle savait si bien trouver en elle - il lui sembla du même coup que lui-même avait perdu cette faculté - il avait laissé ses paroles le guider dans un voyage intérieur instantané et assez vertigineux. Un voyage qui l'avait mené exactement à ce qu'elle avait appelé son point de basculement : le moment où il avait accepté de remplacer Kohl. Dix ans après sa mort, il venait de comprendre ce qui était advenu de son père. C'était effectivement la fascination du pouvoir qui l'avait animé pendant toutes ces années avant et après la Convergence, qui lui avait donné l'énergie nécessaire pour réorganiser la Dynastie. C'était cela, aussi, qui lui avait permis de se lier si facilement avec Shu, aux prises avec la même force. Et tous deux avaient été vaincus. Se remémorant toutes sortes de détails, Jiù réalisa sans l'ombre d'un doute que le pouvoir avait indiscutablement pris possession de son père, de ses raisonnements et de ses jugements et, dans une sorte de lucidité en cascade, il sut déterminer d'instinct le moment où son père avait lui-même basculé : l'instant précis où il avait choisi de devenir Kohl[5]. Cette identité clandestine lui avait, certes, permis de guider la Convergence mais, dans le même temps, cette double vie avait eu raison de lui. Il n'avait plus jamais été véritablement lui-même et Jiù se souvint de son trouble, comme si c'était hier, quand il avait appris la véritable identité de Kohl, découvrant à nouveau son père sans le retrouver vraiment.

Il réalisa avec stupeur et quelque chose qui ressemblait à de l'effroi, l'incommensurable puissance des forces qui traversaient la Dynastie. Toute leur civilisation perdurait par le jeu de forces invisibles et séculaires auprès desquelles il ne serait jamais qu'un enfant. Peut-être même ne perdurait-elle que pour le seul bénéfice de ces forces : le pouvoir, immuable sous des formes diverses, l'intérêt personnel omniprésent et qui égarait les foules, les jeux d'influence et le besoin immodéré de statut quoiqu'ils fissent, l'appétit insatiable de sensations toujours plus fortes, les pulsions novatrices des jeunes, les rêves chimériques de tous et, plus impénétrable encore, l'autorité de la Mémoire. Et le temps au milieu de tout cela dans lequel tout baignait comme une sorte de brouet. Quel foutoir ! Rien d'étonnant à ce que la force du pouvoir eût pu si facilement avoir raison de lui, masquée par ses doutes et l'excitation du moment quand il avait remplacé Kohl à la tête du GC. C'était aussi simple que ça et il ne s'en était pas rendu compte. Mais ce ne serait pas d'un revers de main qu'il pourrait s'en défaire. Ou le pouvait-il ? Lui, Jiù avait pris le même chemin que son père, indiscutablement, Akané avait raison, il était temps pour lui, pour eux, qu'il prît ses distances.

Il la regarda longuement. Elle était à la fois proche et tellement inaccessible. Il ressentait avec une acuité redoublée le lien atemporel

---

[5] Voir le tome 1 "Jiù et Akané".

qui les unissait autant que la densité du présent qui les séparait. Son rôle et les responsabilités qui étaient devenues siennes dans le fonctionnement de la Dynastie se dressaient entre eux, tels des obstacles totalement infranchissables. Tout autant que ce qui se préparait. Avait-elle déjà oublié ce qui se préparait ?

- « La guerre est peut-être à nos portes, Akané. On ne peut l'ignorer et moi, c'est ça qui m'inquiète plus que tout. »

Absorbé par cette perspective, il ne l'écoutait plus que distraitement alors qu'elle le reprenait :

- « Fais attention, Jiù. Tu crois agir pour Eloine, mais ta frénésie d'action, ton obsession à tout prendre en charge sont en train de t'isoler du Conseil et pire, elles t'ont coupé de toi. De ta capacité à entrevoir et mettre en œuvre autre chose que l'inexorable. Elles t'ont coupé des autres aussi : il ne te reste que quelques amis et encore, je ne sais pas combien ni pour combien de temps. À propos de ce qui se passe, je vais te dire ce que je crains. Par ton aveuglement, tu es en train de mettre en place les conditions parfaites pour qu'advienne un autre homme providentiel ! Quelqu'un qui va s'opposer à toi pour finalement te remplacer, dans un cycle qui nous entraînera je ne sais où. Si ça tombe, il est déjà en route. Tu le vois ce cycle ? Tu imagines les conséquences ? Tu comprends ma résistance à ce que tu mêles Mugan à tout cela ? Et en ce qui concerne la possibilité d'une guerre, tu sais comme moi comment et pourquoi les choses arrivent. La guerre ? Jiù ! Tu crois vraiment que ce qui arrive est extérieur à toi ? Que tu n'y es pour rien ? Tu vas t'y précipiter, décider et agir comme si tu y étais étranger ? Tu ne sais donc plus que tout ce qui t'arrive est uniquement la projection de ce qui t'agite et de ce qui est en toi ? »

Jiù restait silencieux, pénétré de ce flot de paroles tellement typiques d'Akané, toutes en fougue et sagesse, mais cette fois mêlées de désespoir. Elle se méprit sur son silence.

-   « Tu aurais alors vraiment tout oublié ? Si c'est le cas, va ! Fais ce que tu crois devoir faire, mais ne demande pas mon assentiment par-dessus le marché. Tu ne l'auras pas. Quant à Mugan, je t'interdis de l'emmener avec toi. »

Jiù voulut lui répondre, la détromper sur ses pensées et ses intentions mais elle ne lui en avait pas laissé le loisir : elle était partie. Il sombra dans un profond désarroi, traversé de lassitude, de colère et de stupéfaction : que leur arrivait-il ? Pourquoi étaient-ils à ce point désynchronisés ? Comment reprendre pied ? Le monde tel qu'il l'avait connu se délitait à une vitesse invraisemblable. En à peine une demi-journée, tout se détricotait. La tension grandissante avec Akané avait atteint un degré qui lui sembla irréductible. S'y ajoutait le flottement dorénavant palpable dans tous les districts d'Eloine. Et maintenant, cette guerre qui s'annonçait ? Mais que se passait-il, grandes Heures ? Où avait-il divergé ?

Il s'était machinalement dirigé vers l'orgue à parfums. Il se fit un mélange fort qui lui tira les larmes des yeux. À défaut de s'éclaircir ou de se calmer, ses pensées baignaient maintenant dans un océan de couleurs et d'arômes qui le firent chavirer un bref instant. L'onde de plaisir passée, il se reprit. Une chose à la fois. Le plus urgent était de parer au danger de ces armées inconnues sur Eloine. Le reste suivrait en son temps. S'il y en avait un.

Il était temps de retrouver Ishma dans son laboratoire avant de transiter. Il eut un dernier regard pour cet appartement où il avait passé une grande partie de ces dernières années, comme pour l'inscrire dans sa mémoire en prévision de ce qui allait suivre. Il ne savait trop dans quoi il s'engageait. Il ne savait trop quand il reviendrait. Cette incertitude le fit hésiter. Il s'assit. Les paroles d'Akané résonnaient en échos furieux dont la pièce était encore empreinte et que les murs se renvoyaient. Le souvenir du tumulte lui permit de mettre un mot sur ce qu'il ressentait : à nouveau, il avait totalement perdu pied. Il n'avait plus aucune certitude : il lui fallut bien admettre qu'il ne maîtrisait plus rien et il détestait ça. Il croyait en avoir définitivement fini avec cette sensation de flottement, avec l'inconfort d'un monde se déroulant à son insu. Pourtant, à nouveau, il allait lui falloir partir de rien ou si peu, improviser et il n'était pas sûr d'en avoir encore la capacité.

Des bribes lui remontaient de sa jeunesse comme des élancements douloureux, quand sa vie n'était qu'une succession de coups de têtes et de décisions impromptues. Il avait vécu au jour le jour, presque par inadvertance et cela lui avait plutôt réussi ! Il avait néanmoins beaucoup souffert de ce manque de prise sur le réel et cela avait certainement exacerbé chez lui le besoin de contrôle. C'est vrai qu'il avait pris le pouvoir ! En quelque sorte. Il s'était plutôt présenté à lui et il l'avait pris comme on prend quelque chose de disponible, un taxi par exemple et Eloine s'en était trouvée bien. Quant à lui, cela lui avait enfin donné la sensation de maîtrise, de pouvoir peser sur les choses, d'organiser sa vie, la vie ! Il était hors de question de retomber dans les affres du passé, quand il était le jouet des circonstances et des autres. Akané avait sans doute raison, mais qu'y faire ? Comment la retrouver sans se perdre à nouveau ?

Une pensée le traversa qui ne le quitta plus : Il était bien possible que, par la force des choses, il fut la cause de ce fossé grandissant entre eux, cet abîme qu'il ne croyait plus pouvoir franchir, d'ailleurs en avait-il seulement envie ? Au plus profond de lui, quelqu'un, quelque chose s'était résolu à la distance avec Akané, s'être fait à la rupture peut-être, une idée tellement inconcevable il y a seulement… seulement combien de temps ? Il s'arrêta net. Il ne voulait pas laisser à cette idée la place ni le temps de prendre corps. Il aurait fallu avoir le temps de démêler cette situation avant qu'elle ne devînt inextricable. Il aurait surtout fallu se dégager de ce présent qui l'enserrait comme une gangue, passer à autre chose, une autre phase de vie, un autre côté de lui-même. Réussir à créer un temps différent. Partir, quelque part, longtemps et se retrouver. Mais pas maintenant, ce n'était pas possible. D'abord résoudre cette menace. Il verrait ensuite. Cela pourrait bien attendre jusque-là.

Il était encore chargé de la violence de ce qu'il venait d'éprouver, une vibration lourde et accablante qui le secouait en répliques persistantes. Par chance, il en prit conscience. Il était absolument hors de question de transiter dans cet état. C'eut été folie de le faire avec une telle énergie négative en lui. Il lui fallait d'abord revenir à lui-même, entendre ce qu'Ishma avait à lui dire et passer à la suite. Ce court répit eut un effet salutaire ; ce fut comme si, au cœur de la pagaille, il avait entraperçu une possibilité de paix, une fragrance brève, fulgurante même mais très savoureuse, à la fois puissante et fugace : la tranquillité de l'enfance, le sentiment évanescent de l'insouciance possible, le grand monde présent mais tenu à distance. Comme la terre est une menace quand on est en mer mais que l'on peut éviter. Cela ne dura pas et comme une vague passe, la sensation s'évanouit et le laissa bouchonner dans son sillage, aux prises avec ce qui lui restait de colère et de confusion.

Il se leva, décida de passer à son bureau avant de rejoindre Ishma. Il lui fallait prendre son fusant. Lui qui n'avait jamais porté d'arme, avait commencé quelques années auparavant sur l'insistance de Doràn, à l'occasion d'une inspection qu'ils avaient menée ensemble et qui avait failli mal tourner. Depuis, il en avait une qu'il n'amenait évidemment jamais chez lui. C'était un autre sujet de discorde avec Akané qui ne s'y était jamais résolue : c'était pour elle une telle aberration qu'on aurait pu dater de ce moment très précis, la distance qui s'était créée entre elle et lui.

Beihaï, Cité de la Jeunesse - Vendredi 16 Septembre 2264 – 22h

Mugan était rentré chez lui passablement agité. Il était furieux. Furieux contre lui-même, ses parents, ses amis et, à ce moment précis, il n'y avait pas grand-monde pour trouver grâce à ses yeux. C'était un énorme gâchis : toute la force de l'intuition qui l'habitait, précise et impérieuse, réduite à une bagatelle par le peu d'intérêt qu'elle avait rencontré. C'était assez difficile à supporter. Il savait détenir une information pourtant essentielle mais manifestement tout le monde s'en foutait éperdument. Faute de mieux il avait rejoint son loft, un espace assez vaste mais passablement désordonné et encombré de mille choses qu'il partageait avec une douzaine d'étudiants dans les hauteurs d'une des tours près du fleuve. Non loin du Centre Administratif. La Cité de la Jeunesse était un de ces quartiers de Beihaï dont l'animation ne cessait virtuellement jamais. Le lieu parfait pour se changer les idées et passer le reste de la nuit à ne se préoccuper de rien si ce n'était de comment la finir agréablement. Il savait pourtant qu'il n'en serait rien : la journée se terminait pour lui en une frustration amère. Il était privé d'une aventure dans laquelle, depuis la veille avec son père au Terj Nama, il se croyait engagé. Ce qui lui avait été confirmé par le fait qu'il avait pu assister à la réunion chez ses parents mais Jiù à l'évidence l'entendait autrement. Il ne savait donc plus sur quel pied danser et ce ne serait pas une fête de plus qui y changerait quelque chose. L'habitait par-dessus tout cette hypothèse qui s'était fait jour en lui au Forum, une interrogation persistante qu'il lui fallait résoudre. Bran et son projet insensé étaient-ils la cause du déploiement militaire autour de Beihaï et ce détachement leur venait-il du futur ? Quel que soit le bout par lequel on la prît, c'était une priorité brûlante, peut-être la solution à tous leurs problèmes ! Et il n'y avait personne pour l'écouter, encore moins y répondre ! Le décalage était insupportable entre l'urgence qui l'habitait et l'excitation volubile de l'avenue, les couples enlacés qui le croisaient sans le voir, les invitations à la sauvette et les dissonances de voix chargées d'euphorisants. S'isoler était impossible : une vie communautaire dense, incessante et inévitable était la contrepartie obligatoire au fait que la Dynastie assurait la totalité des besoins de sa jeunesse pendant la durée des études. Il n'y avait véritablement aucun moyen d'être seul. Il décida de marcher jusqu'au fleuve, histoire d'y voir un peu plus clair et de se changer les idées.

Il se fraya un chemin parmi les titubations et les interpellations de la foule, entouré du glissement de rapeeds qui se croisaient en va-et-vient nonchalants sur plusieurs niveaux au-dessus de lui. C'était une des raisons pour lesquelles il aimait Beihaï : c'était une des hyperpoles dynastiques où il était le plus facile de se déplacer à pied sous un flux monotone et indolent de véhicules, certains si proches qu'il aurait presque pu les toucher. La proximité du trafic dense, lent et silencieux comme un fleuve que les crues de printemps gonflent de débris de toutes sortes, ne l'inquiétait pas outre mesure. Il en fallait plus pour l'émouvoir. Sa maturité tranquille n'avait pas manqué d'être remarquée, que d'aucuns attribuaient à sa mère dont il était de notoriété publique combien il était difficile de la prendre en défaut. Physiquement, il lui ressemblait d'ailleurs beaucoup : les mêmes cheveux noir jais qu'il portait mi-longs et le même regard en amande qui avait chez lui une nuance étonnée, presque juvénile qu'il devait sans doute à son père. Tout comme une capacité de synthèse particulièrement vive et assez juste.

En l'occurrence, il allait en avoir besoin : les éléments dont il disposait étaient bien trop maigres et épars et, pour l'instant, il devait ses conclusions à l'imagination de son âge plus qu'aux faits qui manquaient cruellement. Ça n'empêchait pas de réfléchir ! Par exemple, ces transports militaires ne pouvaient avoir une mission offensive d'envergure : le détachement était beaucoup trop réduit pour cela. Ni défensive d'ailleurs et qu'aurait-il eu à défendre au milieu de cette nature aride et désolée ? À l'inverse, il était trop voyant pour une mission de renseignement. Quelques hommes et femmes décidés et discrets auraient amplement fait l'affaire. Il était d'ailleurs probable qu'ils fussent déjà disséminés dans Beihaï pour préparer l'arrivée de leurs troupes. Il se préparait donc quelque chose, sans doute une attaque d'un genre nouveau mais il divergeait sur ce point de son père : il n'était pas certain que le GC en fût la cible. Ces quelques transports ne pouvaient s'engager que dans une mission très brève et très focalisée : il n'avait pas le dimensionnement nécessaire à un combat de grande ampleur, inévitable si les forces dynastiques étaient engagées. Ce serait donc une mission éclair. Mais avec quel objectif ?

Perdu dans ses pensées, Mugan s'approchait maintenant du fleuve où oscillait par intermittence la myriade de couleurs égayant le ciel nocturne de Beihaï. Il leva les yeux et jeta un regard distrait sur l'autre rive. À quelque distance, reconnaissable au milieu de l'enchevêtrement dru des tours, se détachait le cube massif du Centre de la Mémoire. Il s'arrêta, confondu, reliant une idée à une autre : La Mémoire, bien sûr ! Qui veut conquérir Eloine n'a qu'à prendre le contrôle de la Mémoire. Certes, cette éventualité n'avait pas échappé à Eneter et l'accès au district central faisait l'objet de défenses dont le secret était fortement gardé mais la Mémoire était la cible, il en aurait juré. Et quel était le rapport avec Bran ? Parce que lui aussi faisait partie du problème, c'était une certitude. Et quand l'attaque aurait-elle lieu ? Dimanche comme le pensait son père ou plus tôt ? Il ne fallait surtout pas sous-estimer l'hypothèse que l'assaut pût être donné au cours de la journée du lendemain.

Tout cela prenait lentement corps dans son esprit et il était habité d'une urgence d'autant plus forte qu'il n'avait personne avec qui la partager. Il n'était pas question pour lui de se confier à des gens de son âge : ils étaient d'une légèreté insondable (leur attitude avec Bran l'avait bien démontré !) et ce à quoi il pensait nécessitait une discrétion absolue, chose dont il les savait parfaitement incapables. Quant à ses parents, ils ne répondaient pas à ses appels et il ne connaissait personne d'autre de suffisamment proche pour l'estimer digne de confiance. De toutes les façons, il aurait dû se perdre en explications innombrables qui, au lieu de l'aider à résoudre la situation, l'auraient rendue plus compliquée. Il fallait pourtant agir. Pourquoi Matzu lui vint-il à l'esprit ? Il n'y avait pas de raison apparente mais c'était le bon choix : son père en parlait assez rarement et il lui était donc assez peu familier mais il avait été frappé par la justesse de ses interventions pendant la réunion. C'était quelqu'un d'apparemment réfléchi et ses positions plutôt sensées avaient heureusement contribué à ce qu'un plan d'action ressortît finalement de discussions assez décousues. Il devait pouvoir s'entendre avec lui d'autant que la différence d'âge lui était moins un obstacle que, par exemple, avec Leh qui, lui, était franchement d'une autre génération. Sans parler d'une différence de culture qui faisait qu'il ne savait jamais très bien comment l'aborder.

Matzu comptait parmi les proches de son père, ses coordonnées ne devaient donc pas être difficiles à trouver : activant son holos, Mulan explora rapidement sa base de données et lança la communication.

-   « Que me vaut un appel à une heure si tardive, Mugan ? »
    La voix était amicale mais teintée de surprise mêlée de

reproche. Matzu ne le connaissait qu'à peine et indirectement, cela ne permettait normalement pas une prise de contact sauf à avoir d'excellentes raisons, ce dont il s'enquérait à juste titre.

- « Excuse-moi Matzu ! J'ai besoin de parler à quelqu'un de ce que j'ai évoqué tout à l'heure. » Ne sachant si le silence qui accueillait ses paroles était une marque de réprobation ou d'intérêt, il attendit la suite.
- « Pourquoi pas ta mère ? »

Piqué au vif par ce qu'il prit pour une référence déplacée à son jeune âge, Mugan faillit couper court à la conversation. Il poursuivit néanmoins :

- « Oh, ma mère ! Elle me couve et me protège comme si j'avais dix ans. Ce ne sont pas des choses dont j'aimerais m'entretenir avec elle !
- Il est probable que tu te trompes, tu ne la connais manifestement pas suffisamment mais ceci est un autre sujet. Tu ne m'appelles pas pour m'entendre philosopher sur tes parents, n'est-ce-pas ? Dis-moi donc, qu'est-ce qui t'amène et pourquoi moi ?
- J'ai apprécié ton intervention tout à l'heure, elle était très pertinente, en particulier quand tu as proposé de s'assurer auprès de cette force de ses intentions exactes.
- C'est une idée qui n'est malheureusement pas facile à mettre en œuvre. Quoi qu'il en soit, ce que tu as à me dire ne peut-il pas attendre demain matin quand nous serons à nouveau réunis ?
- Je crains que non : à mon avis, chaque minute compte.
- De quoi s'agit-il ?
- Ce groupe armé qui menace Beihaï, je crois savoir pourquoi ils sont là et je voudrais m'en assurer.

- Toujours cette idée que tu aurais voulu partager avec nous tout à l'heure si notre ami Ishma t'en avait laissé le temps ?
- Exactement !
- Où es-tu et d'où m'appelles-tu ?
- Je suis au bord du Fleuve, au pied de la Cité de la Jeunesse.
- As-tu une idée d'un endroit où nous pourrions parler tranquillement ?
- Eh bien, le Forum : il y a toujours un monde fou, mais je sais qu'on peut y avoir des conversations discrètes.
- On s'y retrouve dans trente minutes. On se rappelle une fois à l'intérieur. Ça te va ?
- Ça me va, à tout de suite. »

La rapidité de décision de Matzu conforta Mugan dans son choix. C'était exactement l'état d'esprit dont il avait besoin. Malgré l'assurance crâne qu'il affichait, il savait se mêler à un jeu qui le dépassait largement, qui les dépassaient probablement tous d'ailleurs.

Arrivé au Forum, Matzu l'attendait, preuve s'il en était qu'il avait pris son appel au sérieux. La foule était nettement plus clairsemée que lors de l'annonce de Bran mais Mugan ne put s'empêcher de vérifier alentour que personne de sa connaissance ne l'avait repéré. Ils trouvèrent sans peine un diabolo libre, suffisamment à l'écart pour discuter sans s'époumoner.

- « Explique-moi ce dont il s'agit mais fais vite, j'ai encore à faire, la nuit n'est pas terminée, loin s'en faut. »

Mugan lui raconta avec force détails ce dont il avait été témoin au Forum puis en vint à la conclusion qu'il en avait tirée : une intervention venue du futur visant la Mémoire et dont il pensait qu'elle était liée à Bran et à ses candidats au voyage. La réaction de Matzu fut immédiate.

-   « Excuse-moi, Mugan, mais ça ne tient pas debout : je suis tout à fait d'accord avec toi sur le fait que ce que prépare Bran est d'une importance vitale et je suis même très surpris que seul ton père en ait été averti. Il est très curieux qu'un projet de cette envergure soit passé inaperçu du GC et il nous faudra vérifier rapidement pourquoi nos systèmes et la Mémoire ont pu être à ce point défaillants. Mais que la Mémoire, justement, soit la cible de ce déploiement de force pour contrôler cette transition en masse, non, je n'y crois pas une seconde. Oublie cela, ce n'est pas la bonne voie. Ce serait contraire à tous les principes de la Dynastie : la Mémoire n'a jamais eu à contrôler nos transitions, elle en serait probablement incapable. Mais ton hypothèse d'un assaut sur la Mémoire n'en reste pas moins intéressante. Il faut voir. Et, effectivement, le lien avec Bran est à éclaircir. »

Pendant un long moment que Mugan, un peu dépité, se garda d'interrompre, Matzu se tut, perdu en conjectures diverses, pesant les tenants et aboutissants de ce qu'il venait d'apprendre. Mugan tenait sans doute quelque chose de sérieux. Il y avait surtout cet inconcevable projet de Bran. Là était le vrai danger, bien plus que la menace hypothétique que faisait porter sur Beihaï le déploiement de force, somme toute limité, qu'ils avaient détecté. Certes, celui-ci constituait une hypothèque qu'il faudrait lever au plus vite, mais ce n'était pas la véritable urgence. Bran, lui, c'était une autre histoire : Matzu, comme tout le monde, en savait suffisamment pour connaître les énormes risques des singularités temporelles. Ce projet de colonisation était inouï, une folie invraisemblable qui faisait courir un danger vital aux fondements même d'Eloine et il n'était pas certain de vouloir s'en remettre exclusivement à Ishma pour y parer.

- « As-tu une idée d'où peut être Bran maintenant ?

- Oh oui, presqu'à coup sûr, il est avec ceux qu'il appelle ses colons à préparer leur transition. Je sais qu'il y a une salle au bout du Forum où ils se réunissent.

- Cela vaut la peine d'aller y faire un tour. Viens-tu avec moi ?

- Mais le détachement qui stationne au Terj Nama ?

- Laisse-les où ils sont, à mon avis ils ne sont pas près d'en bouger, ne t'inquiète pas. Nous verrons par la suite. Je suis d'accord avec ton père : il ne présente pas de danger immédiat, pas avant la réunion du GC. Et si tel était le cas, nos forces sont d'ores et déjà averties et elles ne se laisseront pas surprendre. Non, la vraie menace qui pèse sur Eloine, c'est ton ami Bran.

- Si tu le dis. Mais Bran n'est pas mon ami » ajouta Mugan de cet air bougon qui trahissait parfois son âge. Il était amèrement déçu : sans trop savoir quoi, il s'était attendu à ce que quelque chose de plus substantiel ressortît de cette rencontre. Rendre visite à Bran et sa bande d'exaltés n'était en rien à la hauteur de l'aventure qu'il espérait. Certes, le danger était imminent, mais il ne voyait pas comment empêcher ce groupe de transiter si telle était leur intention. Il gardait le souvenir de la fièvre du Forum et retrouver ces excités ne lui disait rien qui vaille. En revanche, il était surtout empli de la froide détermination du détachement que lui et son père avait découvert. C'était indiscutablement là qu'il fallait agir.

Pendant un long moment, Matzu le dévisagea d'un regard à la fois intense et bonhomme auquel Mugan reconnut les signes du mode actif. Il était encore loin de maîtriser l'attention élargie et ce scan appuyé et tranquille le mit mal à l'aise. Il eut la sensation que Matzu lisait en lui à livre ouvert.

- « Excuse-moi, je n'ai pas pu m'en empêcher. Il fallait que je comprenne tes motivations. Tu aurais préféré quelque chose de plus substantiel pour notre affaire, n'est-ce-pas mon garçon ?

- Un peu, oui ! » Mugan se rengorgeait : Matzu avait dit "notre" affaire. Il avait pu le convaincre et cela lui suffisait.

- « Eh bien, on va s'en donner du substantiel. Viens, tu vas m'accompagner. Tu sais transiter au moins ?

- Oui, mais seulement le niveau un. Tu n'as pas l'intention de nous envoyer dans le passé, j'imagine ?

- Le niveau un suffira. Nous allons faire un petit tour du côté de l'Œil du Ciel. Mais d'abord s'équiper ! »

*   *   *

À une heure oubliée au plus profond de la nuit, la vallée autour de Fanyi Tian était figée dans une immobilité de spectre après que l'haleine brûlante du jour y eût fait place à l'atonie glacée d'une nuit sans nuage et sans lune. Là, deux ombres courbées se coulaient, invisibles entre les roches, telle une aberration de l'obscurité. Guidés par des lunettes de vision nocturne, Matzu et Mugan progressaient vers l'oued avec une lenteur de damnés. Faces noircies, le visage dissimulé sous un masque occultant la chaleur de leur souffle, ils étaient équipés de combinaisons isolantes indétectables aux infrarouges. Ils communiquaient par la voix intérieure, en sessions hachées et brèves à l'image de leurs déplacements silencieux et par à-coups. Ils parvinrent sans encombre aux abords de L'Œil du Ciel. Ils stoppèrent leur progression à distance, distinguant au loin les silhouettes trapues des trois transports immobiles dans la nuit, disposés en triangle, position défensive assez classique. Au centre, on percevait vaguement un mât ou une antenne, à cette distance, ils ne purent le préciser davantage. Il eût fallu s'en approcher pour en comprendre l'usage mais ils se méfiaient : quelque part, des guetteurs à l'affût veillaient, ils en avaient la certitude. Ce qui était moins sûr mais tout autant une menace était la présence probable d'un système d'alerte prévenant l'approche d'intrus. Quel pouvait-il être et à quelle distance du campement était-il activé ? Le mât peut-être ? Tapis et figés, ils sondaient avec circonspection la nuit hostile pour tenter de déceler autour d'eux quelque dispositif que le détachement aurait pu déployer. Mais il n'y avait que le silence, l'absence et des rochers muets. Mugan, la poitrine enserrée par la crainte, calquait avec application ses gestes sur ceux de Matzu. Il n'était pas particulièrement à son aise, la lenteur et la prudence de leurs mouvements lui avaient mis les nerfs à vif et, plusieurs fois ce soir-là, il avait eu l'occasion de regretter de s'être lancé dans cette aventure. Matzu, quant à lui, affichait une assurance méthodique et tranquille. Il se préparait à transiter pour s'approcher des transports mais il ne voulait s'y engager qu'après avoir scanné les lieux de façon approfondie. Après une observation systématique du site, tout lui sembla clair et, par la voix intérieure, il signifia à Mugan son intention de s'approcher. Avec interdiction formelle de le suivre : si quelque chose devait mal tourner, il transiterait de son côté et son compagnon avait obligation de faire immédiatement de même vers Beihaï, sans chercher à le secourir. Pour Mugan, le sentiment de menace imminente augmenta de plusieurs crans. Il voulut en avertir son compagnon mais, attribuant cette sensation quasiment vibratoire à son inexpérience, il ne voulut pas à nouveau porter le flanc à l'ironie mordante de Matzu et se tut. Déjà, la présence de son compagnon s'évanouissait à ses côtés. Il vit dans le lointain sa silhouette se matérialiser à proximité immédiate d'un transport. Presque instantanément, l'ensemble du site fut inondé d'une lumière âpre déversée par une poignée de projecteurs dirigés sur Matzu. Le fait qu'il ne portait pas d'arme le sauva. Mugan le vit se détacher dans la lumière, les mains tranquillement ouvertes devant lui alors que convergeaient vers lui une demi-douzaine d'hommes, armes au poing. D'autres enfourchaient précipitamment leurs veloths pour explorer les environs. Il n'y avait pas une minute à perdre : sans demander son reste, Mugan se prépara à transiter. Il eut un dernier regard sur la scène pour s'assurer du départ de Matzu et ce qu'il vit le saisit d'étonnement : une sorte de treillis électrique aux formes géométriques régulières s'étendait loin au-delà du camp, jusqu'à quelques dizaines de mètres seulement de là où il se trouvait. La silhouette de Matzu avait maintenant disparu mais elle avait imprimé au maillage une pression qui le déformait comme un poids. Il ne put en distinguer davantage, appliqué à sa propre transition qui le transportait vers Beihaï.

Beihai - Laboratoire Dynastique - vendredi 16 Septembre 2264 – 24h

- « Je voulais te voir, Jiù, parce que j'ai quelque chose d'important à te dire. Quelque chose de très important. »
- « Encore ! » pensa Jiù alors qu'il prenait place pesamment dans le fauteuil que lui désignait Ishma.
- « Je t'écoute.
- Si tu n'y vois pas d'inconvénient, je vais ouvrir une session avec la Mémoire Centrale, je voudrais qu'elle soit témoin de notre entretien pour pouvoir travailler ensuite avec elle. Si tu es d'accord, bien entendu ! » ajouta-t-il avec une note de déférence assez inhabituelle chez lui.

- « Je n'y vois aucun inconvénient bien sûr. Mais dis-moi plutôt la raison de ce rendez-vous tardif ?
- Je ne crois pas que tu trouveras chez Kohl la solution à ce qui se prépare. »

L'exaspération de Jiù fut immédiate. Parce que cette phrase résonnait désagréablement avec ce qu'il venait de vivre avec Akané et, par-dessus tout, parce qu'il détestait ce genre de cachotterie et toute la théâtralité qui l'accompagnait. Il y voyait un reliquat détestable des pratiques d'avant la Convergence quand le goût du secret permettait toutes sortes de manipulations, d'alliances à géométrie variable et de jeux d'influence. Encore une preuve, s'il en fallait une, qu'Ishma avait décidemment bien du mal à s'adapter aux nouveaux standards dynastiques. Il lui faudrait, une fois pour toute, aborder ce sujet quand tout serait réglé.

- « Bon sang, Ishma, pourquoi ne t'en es-tu pas ouvert tout à l'heure devant tout le monde ? C'était le moment idéal pour partager ce que tu sais. Si tu sais quelque chose qui en vaut la peine bien entendu ! »

Ishma ne daigna pas relever la pique, la mettant sur le compte de la tension additionnée de fatigue que révélaient les traits ternes du visage de son visiteur.

- « J'avais mes raisons pour cela : ce que j'ai à te dire est incertain, un peu compliqué et probablement dangereux pour Eloine et plus encore pour toi. J'ai jugé préférable de t'en parler en petit comité, je pense que tu comprendras. »

Jiù eut l'irrépressible envie de tout envoyer valser. Un danger de plus ? Des ennuis en plus ? Les choses n'étaient-elles pas déjà assez embrouillées pour en rajouter ? C'en serait trop vraiment, bien plus qu'il n'en pourrait supporter. Contrairement à ce que lui avait asséné Akané, tout un écheveau de complications s'accumulait sur sa tête comme s'il était le seul à pouvoir le démêler.

- « Jiù, écoute-moi bien. Je ne crois pas que ces troupes vont nous attaquer, pas pour l'instant du moins. Elles n'en sont pas moins une menace réelle pour Eloine. Très réelle.
- Je t'écoute » répartit Jiù d'une voix tiède et totalement fermée.

À tout le reste venait s'ajouter ce sacré tic verbal d'Ishma, plus que jamais insupportable. Ses perpétuelles répétitions étaient un sujet d'imitation sans fin parmi ceux qui le connaissaient mais dans les circonstances présentes, ça ne l'amusait pas du tout.

- « Je voudrais te parler du temps-espace, cette réalité que nous avons la faculté de traverser grâce à l'énergie temporelle. Énergie que vous, les anciens Dissidents, avez découverte et que vous avez pu transmettre. Comment vous est venue cette capacité a toujours été un mystère pour moi, un mystère que j'ai voulu approfondir.
- Excuse-moi, Ishma, mais est-ce bien le moment ?
- Jiù, ne m'interrompt pas, je te prie. Il est absolument vital que tu m'écoutes. Vital.
- Très bien, continue, essaie d'être bref.
- Je poursuis, tu vas comprendre. »

Ishma initialisa son holos et y chargea rapidement quelques schémas un peu brouillons qui apparurent en suspension devant eux et avec lesquels il joua avec dextérité.

- « Malgré les apparences, Jiù, notre monde n'est fait ni de matière, ni d'énergie.
- C'est un peu abrupt comme entrée en matière justement mais je veux bien te suivre. De quoi est-il fait alors ?
- D'information.

- D'information ? Effectivement, cela me rappelle quelque chose : on nous avait fait manipuler quelques théorèmes là-dessus quand je travaillais à l'Historique, mais je doute que ce soit ce dont tu veuilles me parler.

- Il y a en effet un lien avec l'Historique, peut-être y reviendrons-nous. Retiens simplement que l'information est la brique la plus élémentaire de la création : il n'y a rien qui ne soit information. C'est un objet qui n'est ni particule ni onde, ce n'est presque qu'un concept, un moment métaphysique, un état de conscience non orienté pour être précis. Notre monde n'est qu'interactions entre une multitude de niveaux d'information. La matière, en particulier, n'est qu'information. Pour qu'elle soit, il faut qu'un choix advienne dans l'éventail infini d'informations équiprobables et donc indifférenciées. Ce choix peut parfois sembler accidentel, il ne l'est pas. Il est nécessairement le résultat d'une intention ou d'une projection. En trois mots, je t'ai ainsi résumé la totalité de l'univers physique et de tout ce qui s'y déroule depuis l'origine des temps : information, conscience et intention, c'est cela qui est à la base de la causalité.

- Je ne suis pas tout à fait sûr de te suivre mais pourquoi veux-tu me parler de causalité ?

- Jiù, tu es bien placé pour le savoir : ce qui te préoccupe maintenant est précisément la cause, la raison d'être de ces troupes aux portes de Beihaï. Tu es même prêt à faire un saut temporel de quelques dizaines d'année pour répondre à cette question. »

Jiù se renfrogna, pris en flagrant délit de déficience logique, ce qui était presque aussi incivil dans Eloine qu'une remarque blessante ou déplacée. Il devait être bien fatigué pour en être arrivé là.

- « Tu n'ignores pas que ce qui nous préoccupe tous est de comprendre la cause de ce qui nous arrive. Mieux, anticiper les conséquences de ce que l'on décide. Tu sais comme moi que c'est l'un des fondements dynastiques les plus puissants.
- Certes.
- Jiù, c'est tout bonnement d'une simplicité phénoménale : la causalité se met en route dans l'univers dès qu'une intention particulière est appliquée à une information ou, plus largement, à un champ de conscience.
- Oui, c'est décrire d'une façon un peu compliquée ce qui nous arrive tous les jours.
- C'est effectivement ce qui se passe tous les jours, mais c'est surtout ce qui se passe au niveau fondamental du Temps. Le temps fonctionne comme cela et c'est grâce à cela que nous sommes capables de transiter. »

La conversation prenait un tour pratique auquel Jiù pouvait enfin se raccrocher et il y retrouva quelque intérêt.

- « Au repos, l'information est latente, elle correspond à un état de conscience non orienté. À ce stade, il n'y a pas de temps. Cet état latent, vous le connaissez très bien : vous l'appelez le présent potentiel qui est la conscience de la totalité de ce qui est possible à un instant donné.
- Ah, je commence à comprendre où ta théorie nous mène !
- Parfait ! Par exemple elle nous mène à la transition : Lorsque vous transitez, vous appliquez une intention à cet état latent : cette intention crée une réalité nouvelle et grâce à l'énergie temporelle, vous vous y translatez. Tu entends ? Un état nouveau créé par votre intention. Vous construisez en quelque sorte un raccourci chronologique, un accroc dans la logique du temps. »

Ishma ne put éviter la brève satisfaction d'entrevoir un éclair d'intérêt dans le regard de Jiù : il avait compris.

- « Mais ce n'est pas de cela dont je veux te parler. Ce qui m'importe ce soir, c'est que tu comprennes le mécanisme de la causalité. Parce que c'est là que réside la source de nos problèmes.
- Va, je t'écoute.
- Comme je viens de te le dire, il faut une intention pour que l'information sorte de son état latent, pour que quelque chose advienne. Il faut une intention pour que la matière soit, pour que l'image se crée, pour que l'évènement se produise. Sans intention, il ne se passe rien.
- Il y aurait une intention dans l'univers ?
- Oui, sinon il ne serait pas.
- Laquelle ?
- Il est scientifiquement démontré depuis longtemps que l'univers est conscient et qu'il s'observe. Mais cela ne signifie pas nécessairement une intention, au contraire.
- Alors, quelle est-elle ?
- D'abord la nôtre, nous qui l'observons et celle de tous ceux qui font de même, partout et de tous temps.
- Mais avant ? Avant que quiconque n'observe ?
- Es-tu sûr qu'il y ait un avant ? Tu te places ici dans une perspective chronologique qui n'existe qu'une fois que les choses se sont manifestées. Il nous est évidemment impossible de prendre un autre point de vue puisque nous faisons partie de ce monde. La conscience précède l'observation, Jiù. Il en est toujours ainsi, ce n'est jamais l'inverse, tu m'entends ? Jamais l'inverse. Au niveau fondamental du monde, il ne pouvait y avoir que deux

possibilités totalement équiprobables : soit tout est, de tout temps c'est-à-dire maintenant dans un présent sans limite, soit rien jamais. Or quelque chose semble exister. Donc nous sommes obligatoirement dans la première hypothèse.

- C'est-à-dire ?

- Tu as déjà compris : tout existe, tout est préexistant mais sans forme. Il n'y a rien que tu ne puisses imaginer qui n'existe pas déjà dans cet état conceptuel et latent, dans un champ de conscience non advenue.

- Hmm… » Un léger agacement gagnait Jiù dont il ne percevait pas l'origine.

- « Je vais te le dire autrement : ce ne sont que les événements que nous connaissons, que nous concevons ou dont nous faisons l'expérience qui nous influencent. Les autres sont hors de notre propre champ de conscience, ils n'existent pas pour nous et ne peuvent pas être des causes, ils n'ont aucun effet sur nous. Tu entends ? Aucun effet.

- Pourtant, je me souviens d'une remarque de Kohl qui m'avait marqué : *"ce que tu sais n'a pas d'influence sur ce qui t'arrive. Seulement ce que tu en fais."* Comment est-ce compatible ?

- C'est parfaitement compatible : la chaîne causale prend sa source dans la conscience qui rend formel ce qui ne l'est pas. Puis c'est ce que tu en fais qui va donner une réalité à cet enchaînement. La conscience n'est rien sans l'acte. Elle donne une forme aux choses et nos choix les font advenir. Tout est là, Jiù. Le choix !»

Il prononça ce dernier mot avec une sorte de jubilation, au point que Jiù lui décocha un regard étonné chargé d'un "oui, peut-être mais encore ?", qui resta sans aucune influence sur la satisfaction évidente d'Ishma. Déjà, celui-ci jouait avec d'autres schémas.

- « Mon cher Jiù, à partir de là, il ne te reste plus qu'à appliquer ce que je viens de te dire au détachement militaire qui te préoccupe !
- Je crains de ne pas te suivre.
- Comprends bien : ton détachement militaire est à la fois une menace et il ne l'est pas. Ce qui crée la menace est notre intention, notre façon d'y réagir.
- Le détachement de Nilgun !
- Exactement ! Selon la façon de réagir de Nilgun, nous aurons actualisé une force hostile ou nous l'aurons évitée. Tu commences à percevoir que c'est notre niveau de conscience qui détermine ce qui nous arrive.
- Oui, je comprends très bien » murmura Jiù pour lui-même alors que lui revenait en mémoire toute une vague de souvenirs qui confirmait en tous points ce que lui disait Ishma.
- « C'est pour cela que la capacité de vivre sans impact, sans influence sur les choses et les gens, repose sur celle d'observer sans aucune intention, sans jamais rien projeter et c'est très difficile parce qu'on a toujours envie de se positionner. Parce que les pensées nous viennent à la vitesse de l'éclair et une fois que la forme est pensée, elle existe, elle est prête à se manifester et le processus se met en route.
- C'est très clair.
- Allons un cran plus loin si tu veux bien : à partir de là, tu peux comprendre que c'est l'état dans lequel tu es qui crée les conditions de ce qui t'arrive.

- C'est l'état dans lequel je suis qui détermine ce qui m'arrive ?
- Les conditions de ce qui t'arrive, Jiù : ton état détermine un climat, une résonnance entre ce que tu es et ce qui peut t'arriver. Si tu as peur, tu crées les conditions pour avoir raison d'avoir peur. Si tu es en joie, tu crées les conditions de la joie. Tu les crées, Jiù. Nous sommes tous continuellement créateurs.
- C'est assez énorme ce que tu dis là.
- C'est énorme, oui et potentiellement ravageur. Pour deux raisons et c'est pour cela que je voulais te voir.
- Dis-moi ?
- D'abord parce qu'en utilisant l'énergie temporelle, nous rendons ce processus beaucoup plus opérationnel. Depuis vingt ans, tu as accumulé une capacité de création de réalités dont tu n'as pas idée.
- Et la deuxième ? » l'interrompit Jiù qui ne voulait pas s'éterniser sur un terrain qui le mettait en cause.
- « Ce processus est dangereux tant qu'on n'a pas conscience de son état. Sans conscience, nous créons les choses et les circonstances à notre insu. Si, ne serait-ce que par nos pensées, nous mettons en branle ce magnifique processus sans conscience, nous rendons possible un nombre incalculable d'événements qui, à un moment ou un autre, deviendront réalité. Ils adviendront dès que les séquences d'information seront alignées, dès qu'il y aura résonnance. C'est pour cela que je te dis que le détachement aux portes de Beihaï est là parce que les événements que nous vivons sont entrés en résonnance avec d'autres. Il est la manifestation de cette résonnance.
- Je vois.

- La création impose la conscience, Jiù. Ce n'est pas de la philosophie dont je te parle là, je n'ai que faire de la philosophie. Ce qui m'importe est le côté opératoire des choses. Ce qui m'intéresse est l'énergie derrière nos pensées et donc l'usage que l'on peut en faire. Tous mes travaux depuis vingt ans ont porté sur cette capacité opératoire de l'intention, capacité que vous avez maîtrisée avec brio. Au point de réussir la Convergence malgré tous les obstacles et il y en avait. » Ishma afficha une moue légèrement embarrassée qui laissa penser Jiù qu'il avait pu lui-même faire partie de ces obstacles. Certes, il était intéressé par ce qu'il entendait mais il commençait à sentir sur lui la pression des choses qu'il avait à faire.

- « Peux-tu me dire en quoi tout cela me concerne maintenant, sans rentrer dans les détails car je n'en ai pas trop le temps ?

- J'y viens. Ton ami Iksan avait formalisé les principes de la rétro-causalité. Excuse-moi pour ce terme pompeux mais il n'y en a pas d'autre. Cela veut dire qu'à chaque instant, il est possible d'identifier un futur souhaitable puis d'en déterminer, dans notre passé, les conditions qui y mènent. Tu me suis ? Agir dans le passé à partir d'un avenir souhaitable. Il n'y a pas plus belle définition du présent.

- Je comprends ! C'était exactement mon intention quand nous avions rencontré Iksan : stopper leur Collapsus pour éviter le nôtre. Et, bien que nous ayons échoué, c'est finalement grâce à cette rétro-causalité que la Convergence a pu avoir lieu.

- C'était ton intention, justement Jiù. C'est bien cela dont je te parle. Mais il n'est pas certain que vous ayez échoué.

Pas encore, nous verrons. Cela va sans doute te paraître curieux mais tout n'est pas joué. »

Nerveusement, Ishma balayait l'air, fouillant dans le désordre de ses notes à la recherche d'un graphique que Jiù comprendrait. Celui-ci ne lui prêtait qu'une attention distraite.

- « Rappelle-toi ! Dans le temps potentiel, on se situe dans une causalité figée qui attend une observation intentionnelle pour se manifester. Un présent éternel, ponctuel et sans forme, dans lequel nous passerions notre temps, si j'ose dire, à faire des choix et donc à définir des séquences causales qui se mettent en marche. Notre monde sous toutes ses formes est le résultat de nos choix. Tu comprends ? Nous choisissons en permanence. Par nos intentions nous créons ce qui advient.
- Tu me disais que tout n'était pas joué en ce qui concerne le Collapsus ? Que voulais-tu dire ? » Jiù n'avait pas vraiment suivi. Il en était resté à l'hypothèse d'Ishma sur le Collapsus, tant restait vivide dans son esprit le souvenir de son désespoir quand il n'avait pu ramener Iksan à la raison.
- « Quand tu as transité vers le Collapsus, tu avais une intention, une image préconçue de sa réalité. Donc tu as été le témoin de cette réalité. Si tu t'étais placé dans une perspective indéterminée, autre chose aurait pu se passer. Il n'est même pas certain que le Collapsus eût eu lieu.
- Même s'il se situe dans le passé ?
- Même s'il se situe dans le passé. On peut décider de ne pas faire de choix et d'être dans le passé comme on peut être dans le présent : en mode actif, dans la totalité de toutes ses potentialités. Si tu vas dans le passé, reste dans le temps potentiel sinon tu y importes les conditions qui

pourraient façonner un présent différent du nôtre, peut-être moins souhaitable. Peut-être même un autre temps et ce que nous sommes pourrait alors n'avoir jamais existé. Ce qu'il convient de faire quand on va dans le passé est d'observer mais surtout ne pas avoir d'intention. Alors le Collapsus devient indéterminé : il a eu lieu ET il n'a pas eu lieu.

- Beaucoup plus facile à dire qu'à faire !
- Oui. Pour revenir à ce que tu disais tout à l'heure sur l'Historique, tu en comprends maintenant les fondements et tu en comprends l'importance pour la Dynastie : ce lien entre temps et choix causal crée l'Histoire. L'Histoire qu'on façonne à volonté et qui oriente notre destinée. Une autre intention crée une autre Histoire qui crée un autre destin.
- C'était exactement le fondement théorique qu'on nous enseignait quand on travaillait à la Résurgence. » Tout cela était tout de même un peu loin pour Jiù et il n'y avait pas porté une attention très soutenue. Ce que lui révélait Ishma était beaucoup plus clair et construit.
- « Si je comprends bien, on peut rester dans le paradoxe ? J'aime assez bien ton idée de temps potentiel. En sortir, c'est déterminer une chaîne causale. En sortir, c'est choisir.
- Et réciproquement !
- Et réciproquement, oui bien sûr. C'est parfaitement logique. Logique, très intéressant et très puissant.
- C'est comme cela que vous transitez, Jiù : en émettant une intention suffisamment forte pour enclencher une nouvelle chaine causale.
- Je comprends, bien sûr.

- Oui, mais pense un peu à tous ces voyages dans le passé que nous avons effectués, chargés d'intentions. Tu vois ce dont je veux parler ?
- Je vois très bien ce dont tu veux parler. »

Jiù ne put que se taire, confondu par l'énormité de ce que Ishma venait de lui faire découvrir. Depuis vingt ans qu'ils avaient commencé à transiter, ils se comportaient en amateurs, jouant avec une énergie dont ils ignoraient tout. Il se remémorait bien sûr les consignes très strictes qui s'étaient imposées quand on avait généralisé les transitions. Notamment la vérification préalable et systématique de l'intention et de tout état émotionnel pour ne pas risquer de finir dans un monde limbique et sans forme. Malgré tout, il y avait eu des accidents, à commencer par ceux d'Akané et de Doràn au début de la Convergence et plus récemment celui de Marty. Il y en eut probablement d'autres dont il n'avait pas entendu parler. En revanche, ils ne s'étaient jamais trop préoccupés de l'impact de leurs transitions sur les mondes qu'ils visitaient. Ils avaient sacrément bricolé ! Cette évocation le ramena à la réalité pressante à laquelle ils faisaient face.

Ishma avait éteint son holos, lui-même perdu dans ses propres pensées. Puis il reprit :

- « Revenons à ces troupes qui te préoccupent. Je crois leurs intentions neutres, pour l'instant. Neutres. Je pense comme Doràn mais pour une raison différente : il n'est pas certain que cette force soit hostile. Pas encore. Ça dépend de notre choix. La direction qu'elles vont prendre dépend de l'état et de l'intention de l'observateur. Et l'observateur, c'est nous. C'est toi.
- Pourquoi moi ? » Jiù se cabrait, refusant la responsabilité que voulait lui faire porter Ishma.

- « Souviens-toi : comme par hasard, c'est toi qui as découvert le détachement. Tu savais même précisément où il devait apparaître. Et comme par hasard, la sentinelle en veloth ne vous a pas découverts ? Comme dans un rêve parfaitement contrôlé ! Que tu le veuilles ou non, tu as un rôle à jouer dans cette histoire ! D'où vient-elle, je ne sais ! Le désordre croissant dans Eloine et ton désir d'y mettre fin, ton propre besoin de contrôle, ton souci de nous protéger, toi, les tiens et tous les autres, l'aboutissement d'un cycle peut-être et d'autres choses encore qui ne dépendent pas d'Eloine, mais de ceux qui sont de l'autre côté de la chaîne causale et qui sont entrés en résonnance avec nous, avec toi. »

Jiù se tut, vaincu, assommé par l'évidence : son implication à son insu dans les problèmes qu'il essayait de régler.

- « Je suis désolé de te le redire mais l'état d'Eloine, ton état, nous ont fait entrer en résonnance avec d'autres, ailleurs, dont nous ignorons tout et qui se manifestent à nous par ce détachement qu'ils nous ont envoyé. Ça, c'est pour le côté sombre des choses.
- Ah bon ? Parce qu'il y a un côté lumineux ?
- Bien entendu ! Comme toujours ! Ces armées qui t'inquiètent sont aussi une solution si nous sommes capables d'identifier ce qui en est à l'origine. Alors, ce qui était un problème devient ce qui nous fera tous passer au niveau suivant dans le cycle, un autre état de conscience. Comme au moment de la Convergence, il y a vingt ans. Je te le répète, que tu le veuilles ou non, tu as décidemment un rôle à jouer dans cette histoire.

Jiù essayait de réfléchir. Vite.

- Si je me désolidarise d'Eloine, si je cesse de l'intérioriser, cela ne suffira pas ?
- Je crains que non, Jiù. Je suis même sûr que non. Il y a d'autres facteurs qui entrent en jeu. Ce serait trop simple.

Ce fut dur à digérer : Jiù prenait conscience que le temps potentiel était gros d'"une infinité de situations préexistantes et inconnues, conçues par toutes les intentions, les peurs et les désirs des humains, les siennes en particulier, en attente des conditions propices pour devenir réalité. C'était effrayant.

- « Tout ?
- Oui, tout, Jiù, absolument tout. » répondit brièvement Ishma, comme s'il l'avait accompagné dans le cheminement de ses pensées.

Il accepta alors sa responsabilité, la responsabilité de tous ceux qui y seraient impliqués dans ce qui était en train de se passer. Il entrevit fortuitement une solution qui lui parut plausible. Elle lui échappa avant même qu'il pût la formuler. Frustré, il resta silencieux un long moment, espérant qu'elle lui revienne. Silence qu'Ishma respecta. Elle ne revint pas.

- « Je comprends », dit finalement Jiù. « Je comprends mais je ne vois a priori pas de solution. Cette imbrication entre le passé, le présent, le futur qu'on projette et la complexité des relations causales est inextricable. Je ne vois absolument pas comment la résoudre.
- Puis-je te proposer une expérience ? »

Jiù ne put se départir d'une certaine inquiétude à la fois par l'appréhension de ce qu'Ishma allait lui proposer et par sa conscience aigüe du temps qui s'écoulait : leur temps local était en train de filer inexorablement.

- « Es-tu sûr que ce soit le moment ?

- Je pense que oui. Les circonstances me semblent favorables et je ne suis pas certain qu'elles se reproduisent avant un moment. »

Jiù frémit à ce qu'il perçut comme un mauvais présage. Ishma était décidément un personnage dont il était prudent de tenir à distance raisonnable si on ne voulait pas avoir d'ennuis. Celui-ci avait réactivé son holos et une sorte de huit allongé dansait maintenant devant eux, dont les pans s'inversaient lentement.

- « Regarde ! Nous sommes là, au centre du huit, c'est le présent. La boucle à sa gauche représente le passé, celle de droite le futur. Comme tu vois, tous ces instants sont intimement liés par une boucle interminable. Dans cette boucle, n'importe quel futur repose dans notre passé sur les conditions qui le feront advenir. Tu te souviens ? Je te disais tout à l'heure qu'on pouvait agir dans le passé pour préparer l'avenir. Avec cette expérience que je te propose, il s'agit exactement de ça : à partir du présent, projeter un futur qui soit bénéfique, ce qui impose de régler dans le passé les circonstances qui y mènent. Ainsi, le présent devient un point d'équilibre harmonieux entre un futur souhaitable et un passé propice. Tu comprends ? »

En même temps qu'il parlait, Ishma suivait du doigt la trace du huit qu'il parcourait lentement pour, à chaque fois, revenir à son point central.

- « Je comprends », répondit Jiù pensivement. « C'est la première fois que j'appréhende si simplement les relations entre passé, présent et futur. Tout est absolument lié. Mais où est le choix dans tout cela ?

- Notre choix, c'est l'intention avec laquelle, à chaque instant, nous décidons de regarder le monde. C'est cela qui détermine tout le reste.
- Je crois que j'ai saisi » dit Jiù « mais j'aimerais mieux que ce soit plus concret.
- Eh bien, justement ! Passons à l'expérience. Ne crains pas, tu ne risques rien : je m'y suis prêté, moi-même, de nombreuses fois. Ici, maintenant, tu vas projeter un futur qui te semble bénéfique pour Eloine. Quelque chose de positif posé dans le futur, quelque chose de suffisamment fort et précis pour ancrer une chaine de rétro-causalité qui trouvera obligatoirement une correspondance dans notre passé à l'autre extrémité du huit. De telle sorte que nous, dans le présent, retrouvions un équilibre. Choisis bien ! Il faut que tu visualises quelque chose en résonnance avec notre situation actuelle. Sinon, ta projection correspondra à un autre présent dans une autre réalité et nous n'en saurons jamais rien. » Il eut un petit rire de gorge qui laissait penser qu'il en savait probablement quelque chose mais qu'il ne dirait rien.
- « Je vois où tu veux en venir. Tu nous places dans la situation inverse de celle où nous avions tenté d'arrêter le Collapsus. C'est astucieux.
- Très précisément. Tu es prêt ? Je te conseille de vérifier ton état émotionnel avant de t'y lancer… Pour mettre toutes les chances de notre côté », ajouta-t-il avec ce qu'il voulut être une pointe d'humour qui échappa à Jiù.

Il ferma les yeux et chercha à se détendre pendant qu'Ishma l'observait avec attention : pendant un long moment il ne se passa rien, puis les plis marqués aux coins des yeux par la fatigue et la tension accumulée se relâchèrent, le souffle se fit régulier, soulevant en rythme léger et presque imperceptible le revers de la tunique chamoisée sur lequel brillait discrètement l'insigne du Grand-Conseil. C'était là la seule décoration que Jiù eût jamais voulu porter. Ishma nota la calvitie naissante qui agrandissait le front et donnait au visage une maturité nouvelle, soulignée par quelques cheveux blancs en fouillis au-dessus des tempes. Jiù était pourtant encore jeune mais il avait, plus que d'autres, accusé le poids des ans. Les poings serrés se relâchèrent laissant place à un léger tremblement, signe d'un épuisement nerveux prononcé.

Au contraire d'un abandon au sommeil, il bascula dans cet état de conscience active et élargie qu'il appréciait tant. Le calme l'envahit graduellement en même temps que tous ses sens s'éveillaient. Il ne pensait à rien. Vibrait autour de lui la quiétude de Beihaï et, au-delà, la paix d'Eloine qui s'enfonçait dans la nuit et qu'il affectionnait tant. Il devint d'une sérénité blanche, dans un état proche de l'endormissement, l'imagination totalement au repos. À partir de cette sensation apaisée de lui-même et de ce qui l'entourait, il tenta de construire une projection placée quelque part dans le futur. En vain. Ses pensées s'embrouillaient et il peinait à fabriquer une vision qui ne soit pas issue de sa réalité immédiate. Sentant monter la confusion, il décida finalement de renoncer à utiliser sa volonté et se laissa complètement aller. Dans le silence des pensées assagies, un nom lui vint soudain, telle une évidence venue de nulle part, qu'il prononça à voix haute.

- Ibzan Malkhal !
- Projette une intention, Jiù, surtout n'oublie pas de projeter une intention !

La voix d'Ishma lui parvint comme lancée d'une distance extravagante. Il s'exécuta : encore empli du désordre de la journée, il voulut associer à ce nom inconnu un sentiment d'ordre tranquille et de prospérité sans être sûr d'y être exactement parvenu. Il redoutait un peu d'y avoir au contraire projeté le conflit dont il se savait habité, mais il jugea préférable de garder ses craintes pour lui. Il ouvrit enfin les yeux, l'esprit rempli d'images indistinctes, venues d'on ne sait où.

- « Qu'est-ce que cela veut dire pour toi ?
- Je n'en sais strictement rien. En fait, j'ai l'impression que cela s'est imposé à moi plutôt que d'être le fruit de mon imagination. C'est curieux que ce soit un nom plutôt qu'une image. J'imagine que c'est quelque part dans le futur d'Eloine ? Je suis incapable de te dire à quoi cela correspond mais je crois que les choses sont en place : quoi qu'il en soit, il me semble qu'il y ait une réalité autour de ce nom. Une réalité que je sens reliée à la nôtre. »

Il répéta, comme pour lui-même : Ibzan Malkhal ! Quelque part, ce nom sonnait comme quelque chose de connu, de presque familier, un souvenir auquel il peinait à donner une forme plus exacte. Ce n'était pas aussi précis qu'il l'aurait imaginé mais assez présent tout de même. De toutes évidences, l'état de confusion dont il était sorti quelques minutes auparavant n'avait pas créé l'environnement propice escompté.

- « Je suis désolé, Ishma ! Je n'ai rien de mieux à te proposer.
- Il va nous falloir nous en contenter, je le crains. »

Ishma était manifestement déçu. Il avait espéré quelque chose de plus consistant, une projection plus construite. Il doutait que cela constituât un ancrage suffisant mais le temps allait manquer pour approfondir l'expérience. De toutes les façons, ce qui était fait était fait. Une chaîne causale naissant dans le passé et aboutissant dans le futur avait probablement été mise en place et il allait s'employer à l'identifier.

- « C'est bien, Jiù, repose-toi. Je verrai ce que nous pouvons en faire avec l'aide de la Mémoire.
- Ah ! Quelque chose me vient justement ! La Mémoire est intimement liée à tout cela, j'en suis certain ! »

Cela les rassura un peu, comme une référence à quelque chose de familier. La Mémoire était un facteur de pondération omniprésent dans tous les aspects de leur civilisation. On pouvait même dire que c'était elle, plus que quiconque, qui dirigeait Eloine.

- « Que me suggères-tu maintenant ? »

La fatigue lui plomba soudain les os. Il aurait donné beaucoup pour pouvoir s'allonger là, dans l'instant. S'allonger et dormir.

- « Il va te falloir poursuivre, Jiù. Régler le passé à partir de cette projection, poursuivre le long de la chaîne causale et la reprendre à son début. Ce qui veut dire probablement retourner au vol des documents chez Iksan, avant le Collapsus.
- Seigneur ! » L'exclamation fit sursauter Ishma.
- « Eh oui ! »

Jiù eut un rire bref.

- « Non, ce n'est pas ça. Quelque chose vient de me venir à l'esprit : je comprends tout à coup la résistance farouche d'Akané à ce que je mêle notre fils Mugan à tout cela : cela prend tout son sens avec ce que tu viens de me révéler.
- Je ne sais pas trop de quoi tu parles », lui rétorqua Ishma, prudent.
- « Je comprends pourquoi elle le protège : elle veut éviter que je l'inclue dans mes projections. Tout faire pour que ma réalité ne devienne pas la sienne. Je réalise que, sans vraiment le vouloir, en l'associant à mes projets, je rends

son futur directement dépendant de mes propres liens de causalité, au lieu de le laisser libre de choisir les siens. »

Il demeura pensif un moment, absorbé par ce qu'il venait de découvrir, par l'amplitude de ce que cela signifiait et de ses conséquences.

- « Il faudrait vraiment pouvoir protéger ses enfants de tout. En particulier de leurs parents !
- Tu ne crois pas si bien dire !
- Que veux-tu dire ?
- Rien qu'il me soit autorisé de te révéler mais tu viens de marquer un point, Jiù ! On va peut-être pouvoir la résoudre, cette crise ! Que décides-tu ?
- Je ne sais pas encore. Sans doute suivre ton conseil et remonter à l'origine des choses : transiter avant le Collapsus. J'ai besoin de réfléchir. Tout prend soudainement une dimension qui me dépasse. Cela me rappelle la Dissidence. Sauf qu'à l'époque il y avait Kohl et Orion. C'était plus simple. »

Il finit sa phrase en s'étirant longuement et se leva, sur le point de partir.

- « Oui et peut-être non ! »

Jiù jeta un dernier regard interrogateur à Ishma.

- « Que veux-tu dire ?
- N'oublie pas qu'à l'époque tu étais dépendant de leurs projections sans oublier celles de Shu. Aujourd'hui, tu es seul, certes, mais cela peut être un avantage. Et tu n'es pas si seul que cela », ajouta-t-il en soulignant une ultime poignée de main d'un sourire qui mit longtemps à s'effacer après que Jiù fût parti.

-

Ibzan Malkhal - QG État-major - vendredi 18 Septembre 2499 - 02h

Le Général Naranbataar tapotait discrètement le bureau d'impatience. Les choses ne se passaient pas comme prévu. Pas du tout même. Comme lui, l'État-major au complet attendait dans un silence un peu électrique. Ils étaient réunis autour du complexe Visu-Com, jetant par intermittence des regards interrogateurs vers le projecteur sémiotique étonnamment inerte. C'était l'interface protocolaire d'échanges avec le Comparateur Canonique mais, contrairement aux habitudes, il n'affichait rien d'autre qu'un fatras de statiques. Derrière les silhouettes immobiles et silencieuses, s'agitaient, alertes mais tout autant silencieux, des robots assez nombreux et de formes diverses : les smobs ou systèmes mobiles d'assistance. Chaque responsable avait le sien. Les mieux nantis pouvaient en avoir plusieurs, par exemple pour leur travail, leurs loisirs et la gestion domestique, mais la norme en usage était l'attribution d'un smob par habitant, dès lors qu'il avait l'âge requis. Dans tout le système Ibza, Malkhal était considérée comme la civilisation expérimentale la plus aboutie et de loin : le Comparateur décidait, les smobs agissaient et les hommes supervisaient. En théorie du moins. La vie était tellement rôdée qu'ils assumaient cette tâche d'une manière plutôt routinière et lâche, il fallait bien le reconnaître. Seule l'Armée faisait encore preuve de la discipline nécessaire pour se conformer exactement au Protocole et à la rigueur des Normes.

Naranbataar laissa son regard planer sur les officiers autour de lui. Il fut un temps distrait par le ballet des smobs en arrière-plan, tentant de repérer le sien. De toutes les façons, une fois la session entamée, celui-ci viendrait se tenir juste derrière lui conformément au Protocole. Les smobs étaient l'objet de toutes les conversations : on comparait leurs performances, leur esthétique, leur fiabilité.

Passer à la version supérieure était le signe qu'on était promu et que votre statut avait progressé quelque part dans le Comparateur. Un moment clé dans cette vie si bien ordonnée était celui où on allait enfin recevoir son premier smob : il était considéré comme un événement majeur, le passage à l'état adulte en quelque sorte. Il était préparé avec soin et donnait lieu à des festivités parfois grandioses. Cela dépendait du statut du héros du jour et du quartier où il habitait, ce qui était souvent lié. On avait vu des fêtes réunir quelques milliers de personnes et tout autant de smobs, elles pouvaient durer plusieurs jours, et naturellement plusieurs nuits dans une liesse éclectique où se mêlaient confusément des mécaniques de toutes sortes.

Le Général jeta à nouveau un regard appuyé sur la quinzaine d'officiers présents. Quelque chose le tracassait, il ne savait trop quoi, l'attente sûrement. Il essaya de deviner si ce trouble qu'il se gardait bien de manifester, était partagé mais ils lui semblèrent tous plutôt impassibles, attendant patiemment le début de la session. Ils étaient tous hauts gradés, chacun portant l'uniforme de sa spécialité. Plusieurs, aux physionomies parfois exotiques, venaient des Colonies, les systèmes périphériques du Système Ibza. Ceux-là, il le savait, prenaient part aux réunions de façon automatique et assez distraite : Dans le cadre des échanges réglementaires entre Systèmes, ils étaient mutés de façon temporaire sur Malkhal pour observer et rendre compte. Ce qui se passait ici les concernaient donc d'assez loin. Mais c'était l'usage et ils s'y conformaient. Ils faisaient preuve d'une politesse absolument exquise comme il se devait, ce qui les rendait fréquentables et leur présence supportable.

Tous avaient été convoqués en procédure d'urgence, sans que le Général en eût été préalablement averti ni qu'il en connût la raison, ce qui, aussi, était très inhabituel. Ce qui l'était encore plus était cette attente interminable. Toutes les réunions, surtout celles d'urgence, devaient obligatoirement disposer des informations nécessaires pour pouvoir statuer. Encore que leur rôle fût simplement protocolaire : les décisions étaient préalablement analysées et préparées par le PAS, le Programme Automatique de Synthèse. Son rôle et celui de l'État-major, comme celui des humains en général, était de les entériner puis de les diligenter vers les différents échelons hiérarchiques. Pourquoi n'était-ce pas le cas aujourd'hui ? Il manquait le rapport Informations Systèmes sans lequel la procédure n'était pas conforme. Probablement une interférence quelque part dans le Workflow. De toute façon, tout allait bien sur Ibzan Malkhal et depuis longtemps, si bien que les réunions de l'État-major, y compris celles d'urgence, n'étaient plus que des événements de pure forme.   Il n'empêche, celle-ci s'engageait assez mal.

Cela faisait maintenant quatre minutes qu'ils attendaient et cela avait largement dépassé la Norme. Ils étaient habitués depuis les temps immémoriaux à la régularité métronomique du Comparateur qui avait totalement supprimé toute possibilité d'improvisation. Tout allait bien certes, mais tout était planifié de longue date. Les smobs et les humains avaient évidemment des rôles différents mais tous étaient soumis aux mêmes standards et aux mêmes règlements. Malkhal avait été parmi les premières expériences du Système Ibza à atteindre le Stade Fonctionnel, l'état où les procédures sont totalement intégrées par les individus et où la probabilité d'écart aux standards était inférieure à un pour dix mille. Soit l'équivalent d'un district pour l'ensemble de la population. C'était relativement peu et, de surcroit, les Plans de Progrès contribuaient à réduire continument les écarts sachant que, de toutes les façons, leur amplitude était déjà considérée comme négligeable : Ibzan Malkhal avait mis un point d'honneur à supprimer toute déviance supérieure à dix occurrences par an. C'était donc un système certifié sans interférence, ce qui lui conférait une relative autonomie. Ainsi, le retard dans la réception du Rapport IS était non seulement inhabituel, il devenait surtout problématique : les statistiques de l'année seraient indubitablement moins bonnes et ils risquaient de voir leur certification remise en cause. La perspective des tracasseries documentaires qui s'en suivraient augmenta la mauvaise humeur de Naranbataar.

Pour la troisième fois, il relança le processus de démarrage de la réunion. Tout d'abord sans effet, puis la console s'anima, comme réveillée par cette nouvelle impulsion. Elle s'éclaira soudainement devant chaque participant alors que données et graphiques s'y inscrivaient en transparence. Une oreille entraînée aurait entendu l'imperceptible tintement caractéristique du passage de l'intercom en mode émission (il était par défaut en mode réception, ce qui expliquait le silence parfait des participants, aucun ne voulant ajouter de données inutiles à son compte). Le Comparateur ouvrit la séance.

- « Procédure d'urgence Malkhal-2499-6. Ouverture de la séance. Informations entrantes : l'État-major est averti de l'émergence d'un risque significatif dans notre Trame temporelle. Le Monitoring Continu des Périodes Anciennes fait apparaître une possibilité de divergence, année d'origine 2264. Le risque afférant pour Ibzan Malkhal est de niveau cinq.
- Niveau cinq ?! »

Les participants se regardèrent absolument interloqués. Jamais au grand jamais, depuis que le contrôle temporel existait, ce niveau de risque n'avait été atteint. Le plus élevé qu'ils avaient eu à connaître était le niveau trois. C'était si ancien qu'ils en avaient oublié jusqu'aux détails de la procédure. Un niveau cinq signifiait purement et simplement la possibilité de l'annihilation d'Ibzan

Malkhal. Du jamais vu, nulle part dans aucun système ! L'attente dans laquelle ils avaient été maintenus prenait tout son sens : le Comparateur Canonique avait dû lancer une chaîne invraisemblable d'itérations pour vérifier les calculs avant de se prononcer.

Le risque temporel était le dernier risque sérieux auquel leur civilisation était confrontée. Elle avait donc évidemment affecté des moyens colossaux à son évaluation et à son contrôle. Ce risque était par exemple bien supérieur à celui que l'on courrait lors des déplacements interstellaires, maintenant assez bien maîtrisés, même s'il y avait encore quelques accidents. À une autre échelle, il était sans commune mesure avec celui d'une collision de leur planète avec un astéroïde. C'était d'ailleurs de l'analyse des trajectoires, très poussée au vingt-quatrième siècle, qu'avait été dérivée la protection temporelle.

Tant que le temps avait été considéré comme une dimension linéaire, cela remontait maintenant aux périodes préhistoriques, le risque temporel était inexistant : il n'y avait aucune interférence autre que directement causale entre le passé et le présent. Le problème avait surgi au vingt-troisième siècle, dès les premiers déplacements temporels. Ces déplacements, mal contrôlés pour la plupart, avaient été la cause de divergences sérieuses dans la Trame quand, par des incursions dans le passé, des voyageurs imprudents avaient modifié à leur insu des pans entiers de séquences temporelles. On soupçonnait même, sans pouvoir en être sûrs bien entendu, que des civilisations entières avaient pu disparaître. Le risque cinq, c'était ça : un ensemble paradoxal d'enchaînements causaux pouvant faire basculer toute une société dans l'indétermination. De ce fait, les voyages temporels étaient depuis longtemps très normalisés avec des procédures et des couloirs d'une rigueur telle qu'en comparaison les déplacements aériens, pourtant d'une densité inégalée, étaient des jeux d'enfants.

Là était le niveau de risque inouï auquel ils se découvraient confrontés : l'émergence dans le passé d'un événement en mesure purement et simplement de modifier l'enchaînement des séquences causales qui avaient conduit à l'existence du Système Ibza. Toute leur civilisation était en danger de passer en aporie quantique : Ce n'était pas seulement le futur d'Ibzan Malkhal qui était menacé, mais également leur présent, leur passé, des milliards de vies subitement virtualisées ! Ce qu'ils avaient toujours pris pour une abstraction scientifique un peu théorique et aberrante devenait soudain une réalité qu'ils allaient devoir confronter et à laquelle ils n'étaient évidemment pas du tout préparés. Le contraste entre la régularité quasi monotone de leur existence et l'impuissance qu'ils se découvraient subitement confinait au tragique.

C'était tout bonnement inimaginable et la surchauffe émotionnelle qui s'en suivit créa un trouble notable dans l'assistance, peu habituée à de tels épanchements. Cela n'avait rien à voir, bien entendu, avec l'intensité des temps anciens mais la stupeur, les hésitations et les craintes que Naranbataar lisait dans les regards échangés dénotaient une réelle agitation qui le surprit d'autant.

- « Nous demandons confirmation : le risque cinq MCPA est-il confirmé ? »

Sa voix était ferme mais ses voisins immédiats y reconnurent une tension identique à celle qu'ils ressentaient. Soudainement, la perspective des jours à venir se compliquait sensiblement : ils savaient qu'ils allaient devoir les passer enfermés dans cette salle et ils ne doutaient pas que leur implication dans le processus de décision dépasserait largement le simple acquiescement protocolaire. Les transports vers les Colonies allaient être évidemment suspendus, comme tous les déplacements temporels bien entendu, avec des répercussions sans fin sur l'ensemble des

Systèmes. Quant aux statistiques, elles étaient foutues, cela allait de soi. Mais si le risque cinq était confirmé, tout cela serait vraiment le cadet de leurs soucis.

- « Risque cinq confirmé. Voici les données : Le Système contrôlant la civilisation Eloine nous transmet l'anticipation d'une singularité probable - année d'origine 2264. Cette singularité est de nature à dévier la Trame dont les séquences dérivées mènent à Ibzan Malkhal. L'objet de cette réunion est d'organiser l'intervention destinée à préserver la Trame. »

Une intervention militaire en 2264 ? Cela aussi était totalement inédit ! Jamais l'État-major n'avait eu à se préoccuper d'expéditions aussi lointaines et cela ajoutait à l'incertitude sur la procédure niveau cinq. Tous y avaient été formés, bien sûr, cela faisait partie du protocole d'admission à l'État-major mais sa probabilité insignifiante l'avait reléguée au statut d'exercice théorique, rapidement oublié et on ignorait tout de son efficacité puisque jamais personne n'avait eu à la mettre en œuvre. En cela, les smobs démontraient leur indéniable supériorité sur eux : ils se souvenaient de tout. Le Général Naranbataar se retourna vers son smob de camp :

- « Rappel de la procédure R5MCPA, s'il te plait. »

Comme s'il n'avait attendu que ça (la précipitation des smobs à se rendre utile était tout bonnement exaspérante et un sujet de raillerie continue sans qu'aucun correctif n'y pût rien : quoiqu'on y fît, c'était une évolution inévitable de leurs fonctions supérieures), le smob se connecta à la console et d'autres données remplacèrent les graphiques qui y figuraient depuis l'ouverture de la session. De toutes les façons, ils n'y avaient jeté que des regards distraits. Ils connaissaient tous ce que ces tableaux contenaient : la représentation de la Trame avec l'arbre des conséquences de ce funeste événement en 2264 et toutes ses séquences d'analyse probabiliste. Ce qui les intéressait était uniquement la conclusion : ce qui pouvait se passer maintenant, en cette fin d'année 2499.

L'arbre logique avait fait place à la procédure fatidique : L'ordonnancement précis des directives s'afficha avec plus ou moins d'intensité selon leur degré de priorité. Chacune était présentée avec la couleur des options normalisées, vert pour action immédiate, orange quand elle était différée (il fallait alors entrer la date et l'heure de l'action prévue et toutes les justifications nécessaires) et rouge pour l'annuler (celui-ci était trop lourd de conséquences, personne ne s'y serait jamais risqué !). Chacun allait devoir valider pas à pas la liste lui faisant face. Tout cela était inévitable mais allait être extrêmement fastidieux. Il fallait qu'une directive fût validée par tous en fonction de leurs propres responsabilités pour que l'ordre correspondant soit automatiquement transmis par le Comparateur dans chaque secteur et les diverses spécialités. C'était très simple et a priori efficace. En apparence du moins. Ils savaient aussi que le Comparateur analysait en temps réel la rapidité avec laquelle chacun s'exécutait : ils devaient montrer ni trop de lenteur, ni trop de précipitation, gage de leur maîtrise émotionnelle et de la rigueur qu'ils mettaient au respect de la procédure. Leur propre statut et leur évolution hiérarchique en dépendaient.

La première directive fut validée assez rapidement : il s'agissait de la mise en alerte du système énergie et transports. Les canaux d'urgence allaient être sécurisés et les communications dans Ibzan Malkhal protégées d'une éventuelle défaillance énergétique. Dans un silence appliqué, ils déroulèrent l'ensemble des directives. Quand ils eurent terminé et cela ne prit pas moins d'une demi-heure, la totalité de Malkhal jusqu'aux confins les plus reculés de la planète, était passé en stade cinq et les informations correspondantes envoyées à tous les Systèmes. S'ils s'étaient rapprochés des parois, ils auraient constaté le ralentissement déjà perceptible des flux et la raréfaction des transports : ceux-ci étaient dorénavant exclusivement réservés aux institutionnels et aux urgences ainsi qu'à tous ceux disposant d'une dispense en bonne et due forme. Ils devinaient la surprise et peut-être l'inquiétude chez leurs concitoyens dont aucun n'avait jamais connu de telles mesures. Chacun devait déjà converser intensément avec son smob pour tenter d'en savoir davantage. En pure perte, ils le savaient pertinemment mais cela ne les empêchait pas d'essayer : les smobs étaient programmés pour ne donner que les informations autorisées par le Comparateur. Autant dire rien quand on était en stade cinq. Ils imaginaient surtout les répercussions de la procédure dans la totalité d'Ibza avec la certitude que l'image de Malkhal en serait ternie pour de nombreuses générations : ils étaient devenus la planète par laquelle la totalité du Système était menacé d'aporie : Des parias, rien de moins ! Pour chacun d'eux, l'enjeu était énorme et dépassait très largement ce à quoi ils avaient été formés.

Une fois la procédure engagée, chaque participant s'était plongé dans ses pensées comme retiré du monde, essayant de se remémorer ce qui serait attendu de lui et tentant de visualiser ce qui devait se passer chez ses proches. Certains murmuraient à leur smob des consignes qui seraient à exécuter par lui et ses équivalents domestiques. Bref, chacun se préparait à sa façon.

- « Passons à l'expédition. »

La voix du Comparateur Canonique retentit dans la vaste salle intensément muette.

- « Nous avons identifié une dizaine de mégapoles comme étant des cibles possibles. »

La sphère de la console s'illumina d'une lueur bleutée et ondoyante et la totalité d'Eloine s'y imprima en rotation lente et continue, selon un axe légèrement incliné. Cette inclinaison en surprit quelques-uns, les plus attentifs : Ibzan Malkhal évoluait depuis longtemps sur un plan exactement perpendiculaire à l'écliptique et cette obliquité leur parut des plus étranges.

- « Nous demandons l'envoi d'un premier détachement en observation sur un centre urbain d'importance significative.

- Pourquoi un seul ? Pourquoi un nombre aussi limité ? » Naranbataar ne manqua pas d'exprimer sa surprise. C'était totalement insuffisant pour une attaque. Il avait de ce fait contredit le Comparateur et il espérait qu'il ne lui en serait pas tenu rigueur.

- « Il s'agit d'une mesure conservatoire. Tant que le risque n'est pas avéré, nous estimons inutile d'engager des forces offensives. Celles-ci resteront en alerte pour un engagement sous six heures si la situation devait évoluer. La stratégie recommandée est de parer aux éventualités et non d'initier un engagement direct pour éviter toute interférence. Nous allons déployer rapidement un bouclier temporel pour isoler la civilisation Eloine mais nous n'agirons sur la Trame qu'en dernière extrémité. »

Le Comparateur enchaîna immédiatement, tant il n'attendait pas de contradiction sur ce qu'il venait d'énoncer.

- « Général, sous quel délai les détachements peuvent-ils être prêts ? »

Naranbataar savait les programmes d'entraînement respectés. C'était une précaution élémentaire pour tout membre de l'État-major un tant soit peu soucieux de sa carrière. Si tel n'avait pas été le cas, sa prochaine affectation eût été dans une Colonie lointaine et non stabilisée.

- « Ils sont opérationnels. Nous pouvons les engager sous trois heures.
- Parfait. Pouvez-vous autoriser la communication des ordres de mission à leurs officiers respectifs, s'il vous plaît ?
- Quel est le temps de latence pour des opérations en 2264 ? »

Les vieux réflexes opérationnels du Général reprenaient le dessus : il savait que le décalage dans les communications extratemporelles était de l'ordre de cinq cents millisecondes par année, mais il avait la flemme de faire les calculs.

- « Le temps de latence pour les communications est d'une minute cinquante-sept secondes, cinquante centièmes.
- Merci. » Naranbataar ne fit aucun commentaire, mais cette réponse n'était pas pour le rassurer : près de deux minutes d'écart entre l'émission d'un ordre et sa réception, cela laissait au minimum cinq minutes pour prendre la mesure d'une situation et y répondre de façon appropriée. C'était un délai énorme, certainement de nature à faire la différence entre la réussite et une catastrophe.

Devant chaque membre de l'État-major, d'autres directives s'affichèrent. Chacun les valida à son rythme. Les ordres étaient propres à chaque spécialité et ils furent transmis de façon non coordonnée.

Les choses étaient lancées. Qu'il s'agisse de la logistique, des armements et des affectations jusqu'aux imputations administratives, tout allait être pris en charge dans les moindres détails par le Comparateur. La simplicité apparente du Protocole permettait d'éviter questions, hésitations et atermoiements. Quelque part dans Ibzan Malkhal, cent transports étaient mis sous tension et près de cinq mille hommes mobilisés avec armes et équipements adéquats. Avant que ceux-ci ne soient engagés, il savait qu'une compagnie triée sur le volet allait être expédiée vers cet objectif lointain. Qui la commanderait ? Probablement Bjo Diskansar, une vieille connaissance dont le CC faisait grand cas mais c'était loin d'être une certitude et il lui était évidemment strictement interdit de prendre contact avec lui. L'État-major n'en saurait guère plus à ce stade. Quels ordres exacts avaient été transmis par le Comparateur, quelle était la mission réelle de ces hommes et les risques qu'ils courraient ? Ils l'ignoraient et la question ne leur venait même pas. Ils seraient destinataires des rapports opérationnels, cela suffisait. Ils se savaient dorénavant reclus dans cette salle pour une durée indéterminée, tenus de demeurer en alerte et de prendre acte des informations qui leur seraient communiquées sans qu'ils ne connussent par avance en quoi ils auraient à intervenir dans le cours des événements. La tension n'en était pas moins inhabituelle : c'était le baptême du feu pour la plupart d'entre eux. Plus d'un se levèrent, se servirent quelques filtres au dispenseur et firent quelques pas nerveux entre les trajectoires hésitantes des smobs, dans l'attente de la suite.

Tous ces événements donnaient à réfléchir à Naraubataar. Certes, ils avaient déjà déployé des boucliers temporels, notamment pour isoler des colonies rétives, cela les calmait assez vite généralement : les seuls déplacements possibles étaient alors strictement limités au plan local et l'impact économique était évidemment immédiat. Il savait qu'un tel bouclier était prêt à être déployé autour d'Ibzan Malkhal mais jamais l'occasion ne leur en avait été donnée et il le regrettait presque. Son principal souci était l'énergie colossale que ces boucliers exigeaient. Il n'était pas sûr que le corps expéditionnaire en disposât suffisamment sur place et cela serait sans doute un problème s'il avait à déployer ce type de défense. De plus, les éléments transmis par le Comparateur ne laissaient pas de le surprendre : il était familier des expéditions de préservation de la Trame et elles faisaient généralement l'objet d'une documentation précise. Il avait fait ses classes dans les bataillons temporels et avait participé à plusieurs opérations dont certaines assez délicates. Il se souvenait notamment des difficultés récurrentes liées au peuplement progressif d'Ibzan par les colons du sous-système Jove. Cela n'avait pas été sans mal et tout n'était pas réglé : pour ce qui concernait Malkhal et malgré ses progrès indéniables, la planète n'était pas totalement stabilisée, loin s'en fallait. Il y avait par exemple Jatine et ces difficultés continuelles liées à l'Intui, un système de communication propre à ses habitants que, malgré leurs efforts, ils n'avaient pas encore pénétré. C'était un problème évidemment mineur au regard de cette expédition plus de deux cents ans dans le passé qui était bien plus délicate mais, quant à lui, il était parfaitement documenté. En comparaison, il était assez surpris du peu de détails fournis pour un risque de niveau cinq ! L'information transmise était totalement insignifiante, inexistante presque, au regard de sa portée. C'était vraiment étrange, comme si le Programme Automatique de Synthèse avait manqué de données, ce qui serait totalement inédit. Le PAS manquer de données ? C'était absolument invraisemblable ! Cela, plus que n'importe quoi, suffisait à expliquer le retard mis à leur fournir le rapport Information Systèmes. Mais dans ce cas, pourquoi ordonner une expédition à un tel distemps et sur des bases aussi peu tangibles ? Jamais le Protocole n'aurait permis de risquer des hommes dans ces conditions. À la rigueur, quelques sondes ? Soit le Protocole n'avait pas été respecté, soit le Comparateur n'avait pas tout transmis.

Les deux hypothèses étaient proprement ahurissantes. De la même magnitude que d'imaginer la rotation d'Ibzan Malkhal s'inverser ! Quelque chose ne collait pas. Tout pouvoir avait été donné au Comparateur uniquement parce que le Protocole avait été mis en place et qu'il devait être respecté à la lettre par tous ses protagonistes. De même les Actes de Transparence stipulaient qu'en toute occasion, le Comparateur transmettrait l'absolue totalité des informations en sa possession. C'était précisément la raison d'être des Rapports IS. Tout cela était tellement bien rôdé que, depuis longtemps, ils n'y attachaient plus qu'une attention toute relative, mais justement. N'était-il pas temps de regarder à nouveau tout cela d'un peu plus près ? À la réflexion, cette expédition lui sembla très précipitée, il n'osa penser qu'elle était improvisée mais pas loin ! Il se sut dangereusement proche d'un état d'esprit schismatique et il se garda bien d'exprimer à voix haute ne serait-ce qu'une fraction de ce qui le préoccupait.

Pour la première fois, il devinait le Comparateur en prise avec l'inconnu, c'est-à-dire une situation qu'il ne maîtrisait qu'imparfaitement et il se demanda ce qu'il devait faire de cette supposition. Il pressentit des incertitudes dans l'approche de la Trame avec des risques de décalage énormes, qui ne firent qu'augmenter le sentiment du danger couru par le corps expéditionnaire. Après tout, il était un militaire et son job était certes d'obéir, mais il était aussi de faire des hypothèses et de s'y préparer. Il était surtout de protéger ses hommes sans compter que Bjo était quelqu'un de valeur et il n'apprécierait que modérément qu'il lui arrivât malheur. Il réalisa qu'il était, ni plus ni moins, en train de remettre en question l'intégrité du Comparateur alors que ses subalternes se préparaient à en exécuter les consignes. Une tension immédiate se fit jour en lui, à laquelle il n'était pas du tout habitué. Il était au bord d'un gouffre obscur et sans fond et surtout d'une solitude immense. Il aurait voulu en parler à quelqu'un, échafauder des hypothèses, valider des scénarios et travailler à des plans, mais avec qui ? Le réflexe usuel était d'en référer à son smob, mais cela était bien entendu hors de question. Alors qui ?

Abîmé dans ses pensées, Naranbataar n'avait pas remarqué que le Comparateur Canonique avait affiché la dernière question à l'ordre du jour et que tout le monde attendait son intervention. L'Intui, justement. Il fut poliment rappelé à l'ordre à la surprise de ses subalternes, peu habitués à ses absences. Décidemment, cette session ne figurerait pas en bonne place dans ses données personnelles.

-   « Général, où en êtes-vous du programme d'élucidation de l'Intui ?
-   La procédure est lancée et les volontaires recrutés. Nous avons commencé les expérimentations mais sans résultat probant pour l'instant. En revanche, nos personnels sur place ont approché les réseaux de Jatine et nous devrions en savoir davantage d'ici quelques jours. Nous restons sur une trajectoire nominale avec un objectif opérationnel à huit jours.
-   Général, vous savez mieux que personne l'importance de ce programme pour le Système Ibza. Il dépasse largement le périmètre de Malkhal. Je pense que vous mesurez ce que cela signifie. »

L'avertissement n'était que trop clair et Naranbataar ne put que bredouiller quelques excuses sans réelle portée qui, de toute façon, ne furent pas portées à son crédit, la session ayant déjà été coupée.

Beihaï – Quartiers Nord - samedi 17 Septembre 2264 – 02h

Jiù avait grand besoin de prendre l'air. Quand les choses étaient par trop confuses et, plus que jamais, c'était le cas, il avait pour habitude de s'offrir à toute heure une balade autour de son quartier, histoire de se clarifier les idées. Au moins poser les problèmes à défaut de les résoudre. Son entretien avec Ishma lui laissait une désagréable impression d'inachevé à laquelle s'ajoutaient des sentiments contradictoires. Il était passablement épuisé et empêtré dans un désordre de réflexions auquel ses dernières conversations ajoutaient une note d'urgence et de gravité. Il ne savait trop que faire et n'était même pas sûr de ses intentions, sans parler de quelconques décisions ! À cette confusion s'ajoutait la conscience irritante que tout s'accélérait dans une précipitation de fin d'ère. Il peinait à aborder cette menace aux portes d'Eloine de la façon adéquate et son esprit restait vide des options qu'il avait espéré trouver sur la marche à suivre.

Il décida de marcher jusqu'à son bureau pour reprendre ses esprits et y laisser son fusant. Il n'en aurait pas besoin, se méfiant par ailleurs de ce genre d'objet qui avait une fâcheuse tendance à trouver l'occasion de se rendre utile. "Question de résonnance sans doute !" se dit-il avec un petit rire las, se remémorant la discussion avec Ishma.

Sa courte promenade lui fit du bien. La circulation était fluide et, au cœur de la nuit, ce quartier de Beihaï vibrait d'une atmosphère paisible : depuis la Convergence, il y avait toujours beaucoup de monde dehors et la décontraction des heures tardives donnait aux déplacements et aux rencontres un rythme de flânerie débonnaire, comme si le temps des trajets avait au moins autant d'importance que leurs points d'arrivée. Il appréciait cette sensation particulière d'un présent bon enfant et disponible qui s'offrait à vivre en équilibre parfait entre passé et futur proches. Un moment de bonnes nouvelles, l'un de ceux où l'on offre à n'importe quoi la possibilité d'arriver. Cette ambiance le revigora et il eut l'impression de recouvrer un tant soit peu de paix et de lucidité. Quelque part, plus loin, des jeux de lumière lui firent deviner l'Œil en train de se déplacer. Cette décision là, au moins, avait été bonne. Si tout se passait comme prévu, elle devrait éviter la surtension et protéger le réseau pendant les quelques jours autour de la Session Majeure.

L'Œil était une configuration particulière de la gestion énergétique des hyperpoles : en périodes de pénurie d'énergie, il y en avait toujours une demi-douzaine par an, l'approvisionnement électrique de la ville était alors réduit de façon aléatoire et successive sur différents quartiers : quand on regardait la ville d'assez haut et il y avait assez de tours pour cela, on pouvait suivre le déplacement de la zone d'obscurité. Elle était de taille variable et avait généralement une forme circulaire d'un à deux kilomètres de diamètre, rarement plus, d'où le nom qui lui avait été donné en référence à l'œil d'un cyclone. Quand on était dans l'Œil, la tension énergétique était si faible qu'on ne pouvait accéder à aucune biométrique, tous les accès étaient temporairement bloqués ainsi que les transports. Personne ne pouvait rien faire, il fallait simplement patienter. Cela ne durait pas plus de dix minutes maximum, le temps que l'Œil se déplaçât lentement sur un autre quartier. Beihaï n'était pas encore en période basse mais en prévision de l'afflux massif de touristes, la Mémoire ne voulait prendre aucun risque et l'Œil avait été enclenché.

Une fois à son bureau, l'intuition lui vint, précise et déterminée, de ce qu'il allait faire. Rien de ce que les uns et les autres lui avaient conseillé, ce qui ne le surprit qu'à moitié et l'ombre d'un sourire éclaira brièvement le masque vitreux de son visage fatigué. Il transiterait vers le Jardin, le lieu parfait où se poser avant de s'engager dans cette histoire. C'était Le lieu, l'endroit exact où être là, maintenant, le passage d'où il pourrait renaître. L'étape incontournable, salutaire presque, entre ce qu'il avait appris et ce qu'il avait à faire. C'était un parc de grande dimension, une succession de collines herbeuses et partiellement boisées aux portes de Juno, à la fois célèbres et fréquentées, un lieu mythique pour Eloine. Pour lui, il restait chargé de souvenirs et d'émotions puissantes dont il n'était jamais parvenu à se défaire. Pour des raisons évidentes, le Jardin avait été maintenu dans son état originel, une nature vivante et diverse mais toujours remarquablement ordonnée. Les gens, surtout les jeunes, s'y rendaient pour se détendre, méditer ou simplement se faire holographier dans un cadre pittoresque et de dépaysement total. Lui-même n'y était allé que très rarement depuis la Convergence. À chaque fois, il avait apprécié son énergie régénératrice, s'était laissé bercer par le rythme atemporel qui continuait d'y flotter, occasionnellement troublé par des rires et des exclamations de surprise ou de joie. Par on ne savait quelle bizarrerie, le Jardin continuait de donner à ses visiteurs cette sensation de parenthèse paisible et hors du temps qui contribuait à entretenir le mythe et faisait qu'il n'était jamais totalement désert. On y trouvait toujours au moins une centaine de personnes en quête de solitude ou de quiétude. Jiù était de celles-là. C'était évident, cette paix l'attirait et c'était là et nulle part ailleurs qu'il voulait être à ce moment précis. La décision prise, il se détendit, se laissant absorber par la transition qui devait l'y mener. Il la vécut comme on sombre dans le sommeil, conscient de la disparition progressive de la tiédeur mate et confinée de son bureau, graduellement remplacée par la fraîcheur vive du Jardin.

Il retrouva avec plaisir la petite maison qu'il connaissait si bien et déborda aussitôt d'une émotion qu'il ne chercha pas à contenir. Dans la douceur de la lumière opaline qui régnait sur le Jardin (il y avait dix heures d'écart entre Beihaï et Juno), il s'assit sur le banc, là même où il avait trouvé Kohl lors de leur première rencontre. Il apprécia des doigts la rugosité irrégulière et fraîche de la pierre et chercha machinalement du regard son bâton, depuis longtemps disparu. Déjà, la paix du lieu l'enveloppait et, au-delà de la nostalgie qui l'avait saisi, il se relâcha, se laissant aller contre le mur, les yeux clos. Une vague de bien-être naquit quelque part en lui, qu'il laissa se répandre jusqu'aux extrémités de son corps. Que n'était-il venu ici plus tôt !

Il sourit, s'étira lentement et laissa flotter ses pensées, emportées par le détachement qui naissait comme par un courant imperceptible. Tout allait bien, plus rien n'avait vraiment d'importance. Ses préoccupations, les choix possibles, tout se présentait à lui avec un attrait égal comme les livres d'une bibliothèque : des perspectives différentes, des histoires distinctes plus ou moins compliquées mais, au bout du compte, équivalentes. Mieux, les événements récents perdaient progressivement de leur intensité et de leur drame. Dans cette demi-somnolence apaisée, lui vinrent une clarté d'esprit et une vivacité qu'il n'avait pas ressenties depuis longtemps. Il était libre, absolument libre sans attache ni lien d'aucune sorte, avec une appréhension égale de ce qui pouvait advenir. Le moment était à nouveau magnifique. L'intensité du sentiment d'être, là, immobile au cœur de l'instant, entouré de sons et de bruits, de parfums et d'odeurs, toutes pensées arrêtées, fit monter en lui une joie inextinguible devant la perfection et l'équilibre qui l'entouraient. La pensée lui vint, presque exaltée, qu'il vivait un temps extraordinaire, le meilleur qui puisse être. Il se remémora quelques-uns de ses voyages vers des époques lointaines pour revenir chaque fois à la conclusion que cette période de la Dynastie était de loin la plus aboutie et certainement la plus plaisante à vivre. Une question lui vint qui le surprit, autant par sa teneur que par le fait qu'il ne se l'était jamais vraiment posée auparavant : était-il possible de transiter pour ne pas revenir ? De quitter son temps d'origine et d'en choisir un autre, de se fabriquer un autre présent, une autre histoire ? Non qu'il ait particulièrement envie ou besoin de changer, mais cette perspective lui plaisait, comme la possibilité de vacances que l'on prolongerait indéfiniment et il se demandait quelles implications pouvait avoir une telle décision. Sa récente conversation avec Ishma le laissait penser qu'elle n'était pas sans conséquence mais il peinait à les imaginer : Quel paradoxe insoluble, quel accroc irréversible dans la trame du Temps cela pouvait-il causer ? Pouvait-il être certain à ce propos que personne, jamais, dans Eloine ne s'y était aventuré ? Il faudrait interroger la Mémoire sur ce point. Elle qui enregistrait la totalité des mouvements de chacun des habitants aurait sûrement eu vent de quelque chose si cette expérience avait été tentée. Par association d'idée lui revint à l'esprit ce futur qu'il avait envisagé : Ibzan Malkhal ! À quelle époque s'était-il projeté ? C'était assez difficile à évaluer mais ce nom lui plaisait décidément. Il lui en venait un parfum étrange et familier, la saveur d'un temps qu'il aurait pu connaître mais qu'à son plus grand étonnement, il aurait plutôt situé dans le passé.

Un déjà-vu survint, bégaiement d'une fraction de seconde dans la succession parfaite des heures qui se suivaient, liées irrémédiablement les unes aux autres. Comme d'habitude, il débordait d'impressions et d'images furtives, bien réelles mais impossibles à fixer. Jiù était suffisamment expert dans la pratique de l'énergie temporelle pour pouvoir retenir la sensation et y demeurer le temps nécessaire à ce qu'elle imprimât sa conscience. Le déjà-vu, il le savait d'expérience, était le signe infaillible de l'ouverture d'un interstice dans la trame temporelle, la possibilité d'un passage, une invitation pour peu qu'on sache s'y engager. Et ces choses-là quand elles vous arrivaient, il ne s'était jamais trouvé personne, surtout pas lui, pour vouloir les manquer.

Passé, futur, présent… Les temps s'entrechoquaient maintenant en lui comme des billes lourdes roulent dans la main : denses, lisses, pesants et parfaitement interchangeables. Il prit plaisir à les manipuler sans intention précise et imperceptiblement son esprit s'égara : il perdit ses repères, comme pris à ce jeu où une main experte déplace de plus en plus vite des coupes renversées et que l'on peine à suivre. Il perdit pied, incapable de suivre le rythme et de se fixer sur le présent. De linéaire, le temps devint multidimensionnel et opaque tel un brouillard enveloppant toute chose ; Jiù flottait maintenant dans l'atmosphère nébuleuse d'un moment sans histoire et sans forme, sans direction et sans poids. Il mit tout d'abord cela sur le compte de la fatigue, cela lui était déjà arrivé : après des transitions trop rapprochées, il avait pu perdre brièvement toute notion du temps mais, le plus souvent, après un bref effort pour recouvrer ses esprits, la sensation s'était effacée et il s'en était tiré avec une légère gêne, au pire une forte migraine, tel un décalage horaire d'autrefois. Cette fois cependant, le vertige ne le lâchait pas et rapidement, il n'eut plus aucune idée de sa réalité d'origine. Où était-il ou plutôt quand était-il ?

Une sensation étrange et assez nouvelle prit corps en lui : la non-appartenance aux choses et au temps, un sentiment d'être distant à lui-même et assez désincarné. Était-ce sa conversation avec Ishma ou le grand nombre de voyages temporels récents ? Il ne savait trop d'où cette impression venait mais elle se planta en lui, effaçant tout le reste : Il appartenait à ailleurs. Il était quelque chose d'ailleurs. Il ne pouvait plus se référer à lui-même comme à celui qu'il connaissait et qui lui était familier. Plutôt une sorte de conscience d'être, vivante et vague, mâtinée de curiosité. Absorbé dans ses pensées et porté par la paix du Jardin, il avait laissé le déjà-vu l'emporter dans une transition inconsciente comme le froid vous plonge progressivement dans le sommeil pour ne plus en sortir. Faute d'intention, il avait dérivé hors du temps : il avait ainsi abouti dans le Sans-Nom, ce néant qui, dans la tradition éloinine, ceinture le monde créé et observable. Il flottait dorénavant dans une sorte de virtualité préliminaire et en suspens, un temps inexistant et premier, avant que n'importe quel flux temporel ne se déterminât et organisât ses chaines causales. Il tenta, sans succès, d'évaluer le moment où il s'était laissé basculer, histoire de se retrouver une origine comme on cherche la Terre quand on est dans l'espace. Le temps avait maintenant une sorte de viscosité lâche et équiprobable qui l'empêchait de dater ou de reconstituer quoi que ce soit. C'était peine perdue : il lui était impossible dans cette matière molle de rétablir le fil de son parcours et il réalisa avec un trouble croissant que cette virtualité atemporelle et vaguement lumineuse était devenue sienne, son état naturel, son lieu de référence.

Quelque part s'alluma en lui comme une alerte, la conscience que c'était grave mais il ne fit rien pour l'empêcher. Il avait définitivement perdu pied et il était en train de sombrer : le réel s'effaçait irrésistiblement, son corps devenu comme un souvenir distant, étranger. Un habit qu'il aurait porté autrefois, sans trop bien savoir quand. Le déjà vu lui avait apporté une réponse absolue à la question qu'il venait de se poser, une réponse grandeur nature : non seulement on pouvait changer de présent, mais il était possible d'être de tous temps, sans lien avec aucun temps local. Son monde, le monde connu, était comme une pelote informe, grisâtre et lointaine, faite de la totalité de l'imbrication des choses, des pensées et des événements. La densité des chaînes causales, ténues comme des fils, dessinait une trame dans laquelle il s'était construit mais sur laquelle il venait de rebondir. Il était en train d'en sortir inexorablement, flottant en impesanteur au cœur d'un monde qui n'était pas le sien et voyant s'éloigner celui auquel il se savait appartenir. D'un coup, il était dégagé du temps et de ses chaînes comme on se libère de la gravité. Le temps lui apparut comme le matériau premier du vivant. De lui naissait la matière comme tout événement, il était indissociable d'elle et l'on pouvait passer de l'un à l'autre indifféremment. C'était comme s'il découvrait toutes les profondeurs mécaniques d'un vaisseau dont il n'aurait connu jusqu'alors que les parties habitées. Le temps dorénavant l'habitait dans son entier quand auparavant c'était l'inverse. Son sentiment de réalité se réduisit à la seule sensation ponctuelle et infinitésimale d'être et c'était une sorte de total détachement sans appréhension ni crainte. Un champ de conscience vibratoire et prodigieux l'entourait. Il avait pénétré une réalité étrangère, un monde autre, fait de virtualité et empli d'une infinité de potentialités, toutes équiprobables et parfaitement symétriques. Un monde antécédent de celui qu'il avait toujours connu.

Pendant un temps indéterminé, Jiù se laissa immerger sans précaution particulière dans une sorte de conscience anténatale, préexistante à toute chose, à la fois latente et multipolaire. Il lui vint que ce fabuleux champ vibratoire était organisé mais selon des dimensions qui lui échappaient. Il était baigné d'intention comme son propre monde l'était de lumière. Sa propre conscience s'y déployait d'une façon totalement incontrôlée, gorgée de concepts entièrement nouveaux indépendamment de toute pensée et de tout raisonnement. Ici l'idée était première et la pensée s'en emparait avec une sorte d'avidité, quand elle lui était accessible. Ainsi tout univers quel qu'il fût et il y en avait un nombre incommensurable, naissait d'une conscience particulière qui portait chaque monde comme une matrice. L'intention était comme l'élément structurant de cette réalité immatérielle et Jiù s'exerça à l'appréhender : Elle était comme un rayonnement voisin de la lumière, émanant simultanément de toutes parts et dans toutes les directions. Il sut avec une certitude innée que l'intention était ici le support de déplacements instantanés et sa nécessité dans les transitions sur Eloine devint alors une évidence logique et profonde. Il devina son rôle dans l'effondrement des états probabilistes et la vit comme gravide d'une infinité de réalités qui tôt ou tard viendraient à se manifester. Il était transporté de joie tant il faisait partie intégrante de ce monde. Il était enfin chez lui.

Comme pour confirmer son nouvel état de conscience, surgirent autour de lui une multitude de taches lumineuses de formes diverses, brèves et diffuses comme des éclairs derrière des nuages. Puis d'autres plus proches. Toute la substance dans laquelle il baignait pouvait être ponctuellement excitée sous le choc d'intentions comme elle le serait de radiations, provoquant ainsi ces brèves explosions de lumière. Plus encore, ces taches semblaient vivantes, elles étaient habitées et bienveillantes, comme attirées par lui.

- "Tout ce que m'a expliqué Ishma ! Ce n'est pas qu'un concept, je suis en train de le vivre ! C'est invraisemblable ! "

Jiù était totalement fasciné par l'expérience : comme cela lui était arrivé tant de fois auparavant, la réalité de ce qu'il avait conçu se manifestait à lui de façon inévitable et, en apparence, indépendante de lui. Une réalité qui serait née dans son esprit et qui se donnait à connaître. À chaque fois il s'en était bien porté alors pourquoi pas encore cette fois-ci ? Il ne se posait pas trop la question de savoir comment en sortir. Pas encore. Il voulait goûter, observer et, immédiatement, cette intention le mena plus profondément encore au cœur du champ à l'orée duquel il se tenait.

Il baigna alors dans une luminosité vive, mordorée et changeante. Tout l'espace était animé. De longues sinuosités lumineuses allaient et venaient, ondulantes et majestueuses. Il aurait pu se croire à la surface du soleil : les mêmes volutes échevelées se lançaient dans l'espace, dans des arabesques majestueuses. Il ne put les approcher : chaque pensée vers elles les éloignait ou les agitait comme on déplace la fumée que l'on veut attraper, insaisissable. Inlassablement, elles revenaient cependant et reprenaient place autour de lui comme une frontière mouvante.

Soudain, il fut étranger à ce monde étrange. Bienvenu peut-être mais différent. Une gêne légère le prit et, encore une fois, la compréhension se fit. Ce champ vibratoire l'avait absorbé comme il le ferait d'un corps allogène. Il l'enveloppait puissamment de couches multiples, fines, vivantes et relâchées comme d'une membrane qui l'en séparait et les formes qui l'entouraient faisaient écran entre lui et ce monde. Il était conscient mais ne pouvait qu'observer. Ce monde-ci n'était pas le sien, pas encore. Il n'était pas admis.

- "Elles me protègent !"

Il ne chercha pas de quoi. Il se savait simplement entouré d'une paix attentive et bienveillante mais la sensation lui vint, d'une exigence absolument impérieuse, que, quoi qu'il fît ou pensât, il fallait que ce fût d'une prudence et d'une vigilance extrêmes. Surtout ne pas penser n'importe quoi. Cette perception le ramena à la conscience de lui-même et d'où il venait.

- "Ce doit être l'effet du Jardin. Il n'a jamais perdu totalement sa nature intemporelle et c'est probablement ce que viennent chercher ceux qui s'y promènent, mais moi, sans le vouloir, j'ai trouvé", se dit-il comme au bord de l'ivresse et avec un léger détachement.

C'est alors qu'il perçut l'énergie. Ce champ était vibrant d'une énergie omniprésente et gigantesque. Ses pulsations ébranlaient son être avec force, en résonnance avec quelque chose situé quelque part autour de lui, dans un ailleurs au-delà du concevable. C'était de cette énergie invraisemblable que le protégeait la frontière mouvante qui l'entourait.

- " Ça n'en finira donc jamais ? "

Jiù se vit perdu, en chute libre dans un vertigineux empilement de réalités gigognes, chacune en écho ou en ombre l'une de l'autre, en abîme comme au milieu de deux miroirs se faisant face. Son monde avait irrémédiablement disparu, happé dans une multitude de réalités connexes, aspiré dans l'infini des temps. Lui-même s'y était dissout, réduit à l'état de rien, une conscience infime entremêlée d'énergie pharamineuse.

Cette vibration était devenue à la fois obsédante, plaisante et totale. Il avait maintenant toute son attention fixée sur elle, comme si c'était la seule chose qui n'existât jamais, comme si c'était elle et rien d'autre qui le maintenait dans le monde des vivants. Elle s'amplifia brutalement jusqu'à devenir dévorante, emplissant à la fois tout ce temps-espace et la totalité de lui-même. Il n'était plus que cette énergie, surpuissante, titanesque. Une détermination phénoménale animée d'une force irrépressible. Elle qui avait pris possession de lui, devait impérativement advenir, se transformer en quelque chose. En lui grandissait le besoin incoercible, la volonté absolue d'être. Oui, mais être quoi ?

La tension en lui se fit insurmontable et la fulgurance de la douleur envahit son esprit : l'antagonisme était dantesque entre le besoin d'être et l'impossibilité de naître. Toute la fragilité de sa propre existence s'imposa à lui comme un cri, un équilibre vacillant, ébranlé par un dilemme qu'il ne pouvait résoudre, tellement au-delà de ses capacités propres. Un rien pouvait le rompre et le faire basculer dans une réalité inconnue, monstrueuse et totalement immaîtrisable. Au-delà de la douleur, la peur le saisit, soudaine et tout aussi violente. Avec une intuition immédiate et salutaire, il sut d'instinct que c'était le moment ou jamais, au plus profond du sens que ces mots ne pourraient jamais prendre pour lui ou pour quiconque, un point de non-retour, la nanoseconde où il devait absolument contrôler ce qu'il pensait.

Son expérience le servit : au lieu de céder à l'affolement et aux pensées débridées qui l'auraient irrémédiablement perdu, il se détendit. Il se réfugia dans la tranquillité de ce qui lui restait de lui-même, ne s'essayant à rien et ne voulant rien. L'énergie perdit graduellement de son intensité, l'instant redevint supportable et tout sentiment d'urgence le quitta. Il avait de nouveau le choix. Il prit grand soin de se maintenir dans cet état d'apaisement au point que, saisi par le contrecoup de l'effort qu'il venait de fournir, la somnolence le gagna : il flottait à nouveau dans une bulle de bien-être, une torpeur blanche qui le cernait et où il se laissa littéralement sombrer d'épuisement.

- "Reste conscient, Jiù ! "

L'urgence du rappel lui traversa l'esprit comme une stridence, lui causant une violente surprise et le forçant à la conscience comme à regret. Ce n'était pas fini. Il avait réussi à ne pas se perdre, il fallait maintenant revenir à lui. Se sortir de cette léthargie qui le tenait d'une emprise mortelle.

- "*Où suis-je ?* " Sa voix intérieure résonnait, faible, distante, imperceptible, « *frêle comme une pensée de mourant* » pensa-t-il et cela ne le réjouit pas. Il se savait bien au-delà de l'exténuation et ne se maintenait dans cet état de semi-coma qu'au prix d'un dernier effort. Surhumain. Surtout ne pas se laisser aller.

- "Mon vieux Jiù, tu es encore dans l'ailleurs et si ça continue, tu vas y rester. Débrouille-toi, mais tu dois en sortir. " Incontestablement, cette voix venue de nulle part, du plus profond de lui-même, voulait lui venir en aide.

Comme un vieux souvenir oublié auquel il peina longtemps à redonner forme, il sut qu'il fallait exprimer une intention, quelle qu'elle fût, ce serait elle qui le ramènerait au monde. Il rassembla ses ultimes forces pour s'en fabriquer l'envie, pour élaborer une pensée suffisamment volontaire et construite. Elle lui fit défaut. Comme un paralytique qui tente de se dresser, son esprit ne parvenait pas à organiser ses pensées de façon intelligible et durable. À peine échafaudées, elles s'évanouissaient sans forme et sans désir. Après quelques tentatives, il cessa de vouloir comme on accepte l'idée de sa mort.

- "Jiù, fais le choix, maintenant, d'un moment, de quelque chose, de quelqu'un ! Vite ! "

À ces paroles, quelque chose s'éveilla en lui, un souvenir plus précis, une forme, un nom. Jetant ses dernières forces dans un chuchotement à peine intelligible, il murmura d'une voix éteinte :

- " Akané ! "

Comme un éclair, cette pensée le propulsa hors du brouillard lactescent dans lequel il baignait et le précipita à une vitesse phénoménale vers la pelote informe et grise qu'il vit arriver à lui : elle prit instantanément les dimensions de son monde et il la pénétra d'un éclair. Avec un choc d'une violence inouïe qui se répercuta jusqu'au plus profond de son être, il fut projeté dans son corps et une voix distante lui parvint enfin :

- « Jiù ? Jiù ? Réponds-moi. »

Il revint très péniblement à lui. Il était étendu dans l'herbe humide derrière ce qu'il reconnut comme la maison de Kohl. Il était à nouveau dans le Jardin et, penchée au-dessus de lui, Akané le regardait, le visage tordu d'inquiétude, une main passée sous sa nuque.

-   « Ah ! Te voilà enfin ! Bon sang, Jiù, tu m'as fait une de ces peurs ! »

Il resta un long moment prostré, sans force, regardant autour de lui et reprenant lentement ses esprits. Akané se mit à lui masser doucement les membres et les épaules. Elle attendait, guettant avec patience les signes d'une vitalité retrouvée. Elle devinait à ses traits ravagés et à son teint cireux qu'il revenait d'un long voyage, très très au-delà de lui-même. Elle l'aida finalement à s'asseoir.

-   « J'ai soif. Tu sais où il y a un peu d'eau ?
-   Tu es sûr que je peux te laisser ? Tu ne repars pas, hein ? »

En guise de réponse, il hocha vaguement la tête avant de la regarder s'éloigner. Revigoré par la fraîcheur du Jardin, il parvint enfin à se lever et faire quelques pas, d'abord hésitants puis un peu plus affirmés. C'est dans cette posture chancelante qu'Akané le retrouva.

-   « Tiens, bois. »

Il but à grandes goulées. Jamais l'eau ne lui était parue aussi désaltérante, aussi vivifiante, vivante presque. Une immense vague de gratitude l'envahit. Pour Akané, ce qu'elle avait fait et comment elle l'avait aidé. Parce qu'il n'avait pas de doute, c'était elle qui était allée le chercher dans ce monde au-delà du temps.

-   « Quelle heure est-il ?
-   Ici ? Six heures du soir, à Beihaï, quatre heures du matin.»

Six heures ? Cela faisait donc près de deux heures que Jiù était dans le Jardin. Deux heures d'absence à ce monde ? Il avait dû aller sacrément loin.

Il se tourna vers Akané :

- « Merci ! Je ne sais pas comment, mais je crois que tu m'as sauvé la vie ! » lui dit-il avec un sourire pâle et reconnaissant.

- « Je crois bien ! Cela fait plus d'une heure maintenant que j'essaie de te sortir de ta léthargie. Tu étais complètement parti ! Tu peux me dire ce qui s'est passé ?

- Toi d'abord, comment m'as-tu trouvé ?

- J'essayai de me reposer et j'ai senti que tu m'appelais. Je ne savais pas où tu étais. J'ai donc décidé de transiter directement vers toi, et je t'ai trouvé là dans l'herbe, inanimé, comme mort. À mon tour je t'ai appelé. Je n'ai pas arrêté de t'appeler, de te secouer. En vain. J'étais morte d'inquiétude ! À un moment, j'ai cru que tu revenais puis je t'ai senti repartir pour de bon. Je t'ai alors hurlé de rester conscient. C'est ça qui t'a ramené.

- C'était donc ta voix ! Je croyais que c'était la mienne ! Heureusement que tu étais là !

- Ce n'est qu'un prêté pour un rendu ! Tu te souviens ? » lui répondit-elle radieuse, toutes joies revenues.

- « Je me souviens très bien ! » Bien entendu, il se souvenait. Comment aurait-il pu oublier ce combat mémorable qu'il avait mené avec Leh pour faire revenir Akané à ce monde lorsqu'elle s'était perdue.

- « Mais toi, que t'est-il arrivé ?

- J'ai fait un truc stupide. Ce qu'il ne faut jamais faire : par inattention ou par fatigue, je ne sais plus, j'ai transité sans intention, totalement par inadvertance. Je n'avais même pas remarqué que j'avais transité, c'est te dire ! »

Jiù parlait avec peine, cherchant à regrouper des souvenirs éphémères, s'évaporant inexorablement comme des gouttes sous la chaleur.

- « J'ai fait une expérience incroyable ! Je ne sais pas trop où j'ai abouti. Je garde la sensation d'un champ de conscience, vivant et lumineux, bourré d'une énergie invraisemblable. Invraisemblable. »

Il se tut un moment, cherchant les mots qui lui feraient partager les sensations si puissantes qui l'avaient animé.

- « Tu vois, c'est étrange, je garde en moi la conscience très présente et précise de tout ce qui s'est passé, mais elle est impossible à formuler, impossible à mettre en mots. »

Akané resta songeuse un moment.

- « N'en dis pas plus, pas pour l'instant. Ce qui doit te revenir reviendra. Je ne peux que croire que tout ceci a un sens qui nous échappe pour l'instant. Cette énergie que tu as reçue te sera utile, forcément. Nous comprendrons plus tard. En revanche, il va vraiment falloir qu'on trouve quelque chose pour sécuriser les transitions. On ne peut pas vivre en permanence avec l'éventualité d'une transition sans intention, qu'un tel accident arrive à nouveau et tous les risques que cela comporte. »

Elle marqua une pause pour continuer, songeuse : « Je suis certaine qu'il y en a eu d'autres. Certaine !

- Tu te mets à parler comme Ishma ! »

Ils partirent tous deux d'un grand rire, heureux d'être au monde et de s'y être retrouvés. Des réminiscences en bribes revenaient à Jiù.

- « Je crois que j'étais dans l'Aéon ou quel que soit le nom qu'on lui donne, ce temps dont nous avait parlé Iksan, tu te souviens ? Le précurseur des mondes. Comme un temps-espace au-delà de la lumière, une sorte de champ où le temps prend forme. C'était très agréable au demeurant, très intense mais agréable ! »

Il s'arrêta brièvement, rassemblant ses souvenirs.

- « C'est exactement cela, j'ai l'impression d'avoir transité jusqu'aux sources du temps, tu sais, avant qu'il ne s'écoule dans une direction déterminée. Pas étonnant que j'aie eu tant de difficultés à en sortir. C'est comme si j'avais désespérément nagé à contre-courant.
- Tu sais que tu aurais pu t'y perdre ?
- Je sais. J'ai vraiment eu un mal fou à revenir : je n'en avais plus envie. Sans toi, je ne serais pas là ! » Il la regarda avec une attention nouvelle.
- « Merci d'être là. »

Il se tut, ne voulant rien ajouter qui puisse être dit comme une banalité. Quant à tenter d'expliquer davantage ce qu'il avait vu et vécu, c'était inutile. Plus tard, peut-être ? Pourrait-il seulement lui faire partager avec des mots ? Ce serait vain d'essayer. Était-ce le souvenir de l'expérience ? Il eut une méfiance accrue, une aversion presque pour les mots et pour ses pensées même. Il gardait en lui la mise en garde silencieuse mais précise qu'il avait reçue dans ce qu'il ne put décrire autrement que par un au-delà : *"Surveille ce que tu penses ! "*

Sa dernière conversation avec Akané lui revint en mémoire. Elle lui sembla d'un autre monde, d'un autre temps, nimbée de l'irréalité des cauchemars mais qu'il savait bien réelle. Combien de pensées inutiles, dangereuses même, avaient-ils échangées ? Avec quelles conséquences ? Était-ce irrémédiable ? Il la regarda à nouveau et gouta cette paix retrouvée entre eux. Décidément, la magie du Jardin n'était pas morte.

Elle se rapprocha davantage de lui, sans un mot. Il sentit la chaleur de son bras contre le sien et cela lui fit du bien. Le silence les entourait tous deux comme une couverture fraîche et bienfaisante, que Jiù rompit finalement.

-   « Je te demande pardon.
-   Pourquoi ?
-   Pour beaucoup de choses que j'ai comprises ce soir. Tu avais raison dans tout ce que tu m'as dit. Merci de ta patience.
-   N'en parlons plus, Jiù, en tout cas pas maintenant. Je crois surtout que tu n'as pas vécu cette expérience par hasard. Surtout pas toi. Donc des choses que je sais importantes se préparent et je suis contente de les vivre avec toi. Je suis heureuse que tu m'aies appelée.
-   Je ne suis pas sûr de l'avoir fait volontairement. »

À nouveau, le rire franc et clair d'Akané éclata dans le silence du Jardin.

-   « Voilà que je te retrouve, Jiù ! Tu te souviens ? C'est ainsi que nous nous sommes rencontrés. Tout ce que tu faisais était involontaire, et pourtant, tu avais tant d'à-propos et tant de précision ! »

Il rit à son tour. Ce que venait de lui rappeler Akané acheva de le ramener à lui-même : tout le poids de ce qu'il avait pris d'Eloine, ce temps fantoche à présider le Conseil se dissolvaient comme nuées sous le soleil. Il était revenu aux sources de lui-même. Il avait retrouvé sa dimension propre, l'intégrité de son être, affranchi de ce qu'il avait cru devoir faire, délié des fonctions et des charges. Lui et Akané se savaient dégagés du poids des événements et des crises, libres des causes parce qu'insouciants de leurs effets. Ils pouvaient à nouveau se laisser porter par le flux du temps comme des voyageurs poussés par le vent. À nouveau la vie était simple.

- « Akané, je sais où je dois aller pour résoudre ce qui se passe dans Eloine.

- Tu ne vas pas recommencer ? Tu viens de me dire l'inverse, que tu te sentais dégagé de toutes tes obligations !

- Oui, mais ce n'est pas la même chose, c'est finir quelque chose que nous avons commencé, ensemble, il y a longtemps quand nous avons rencontré Iksan et cette histoire de documents volés par Kohl. Il y a des choses dans le passé que nous devrons régler. Mais avant, il y a autre chose que nous devons faire. Quand j'étais dans l'Aéon, j'ai senti clairement la présence d'Ibzan Malkhal. C'est là que je dois aller.

- Ibzan Malkhal ?

- Oui, laisse-moi t'expliquer. » Jiù lui raconta alors son entretien avec Ishma et l'idée qu'il avait eue d'ancrer un futur positif pour Eloine au-delà des circonstances présentes.

- « Ce n'est pas bête. Cela nous place dans une sorte de charnière, où Eloine serait l'intermédiaire entre le Collapsus et cet Ibzan dont tu parles. » Akané se fit songeuse, poursuivant le raisonnement pour elle-même.

- « Ce serait bien d'y aller ensemble, veux-tu bien ? » poursuivit Jiù, attendant tranquillement que la réponse vienne. Elle vint.
- « Bien sûr, je viendrai avec toi, c'est évident mais cette idée de rétro-causalité ancrée dans le futur n'est pas sans risque néanmoins.
- Que crains-tu ?
- Au lieu de devoir gérer une relation causale, une chaîne temporelle, nous pourrions avoir à en résoudre deux.
- À moins que ce soit la même ? » dit Jiù machinalement.

Elle le regarda, étonnée. Décidément, elle l'avait vraiment retrouvé.

- « C'est génial ce que tu viens de dire, Jiù, positivement génial ! J'espère que tu dis vrai.
- Je ne sais pas trop. J'ai dit ça comme ça, sans trop réfléchir.
- Continue, Jiù, continue, c'est quand tu réfléchis que tu dis des bêtises. »

Il l'enlaça en riant. Leurs mains se trouvèrent, puis leurs lèvres et tout leur être. Ils refermèrent sur eux la bulle de leur silence et de leurs gestes, dans le trouble doux et soyeux de corps qui s'explorent, se cherchent et retardent le plus possible le moment où ils se trouvent.

Plus tard, on eût pu les voir, enlacés, faire quelques pas sur le chemin avant de disparaître derrière la colline.

Ibzan Malkhal – Ville Interdite - Samedi 19 Septembre 2499 - 06h

À peine leur transition achevée, Jiù sut que quelque chose n'allait pas. Il était oppressé, le souffle court, ayant peine à respirer un air immobile, lourd, d'une touffeur qui prenait la gorge et ne disait rien qui vaille. Ils étaient à quelques mètres d'une sorte de bunker complètement abandonné, un cube immense et massif, aux murs délabrés dont le béton s'en allait par plaques et où de rares ouvertures béaient à tous vents comme les orbites creuses d'un crâne blanchi par le temps. Vers le sommet, on devinait un enchevêtrement de poutrelles métalliques, calcinées et tordues, les restes probables d'un colossal incendie.

Tout alentour était comme pétrifié, saisi dans un silence de mort, impressionnant et lugubre. Dans le ciel, deux soleils bas et assez éloignés l'un de l'autre se disputaient une lumière pâle en halo laiteux qui peinait à éclaircir un ciel plombé par une obscurité trop lente à quitter la scène.

- *"Si ce n'était cet autre soleil, on aurait pu se croire revenus au temps après le Collapsus"*, lui dit intérieurement Akané, comme si elle hésitait à rompre le silence sépulcral qui les entourait.

Tout ce qui avait pu bouger alentour à une époque probablement ancienne, avait perdu cette faculté depuis longtemps et l'absence même d'écho ou de vent donnait à l'immobilité des lieux un côté définitif qui faisait frissonner et donnait envie de chuchoter. Manifestement, il n'y avait plus rien de vivant ici ni personne depuis des temps reculés et cette sensation de désertion pesait sur eux comme une menace trop proche.

Ils étaient sur le côté d'une grande place qui avait dû être animée autrefois, traversée par une avenue si longue et si vide maintenant que sons et regards ne pouvaient que s'y perdre. Partout le spectacle était désespérément identique : une succession de bâtiments sales et ternes aux ouvertures étroites, de hauteurs diverses mais tous attaqués par quelque mal mystérieux. En face d'eux, les restes désuets d'une verrière rongée par une rouille vorace lançait vers l'ocre du ciel, une formidable cage thoracique de ferrailles noires, rouges et fauves, irrégulière et sinistre. Tout n'était que ruine sans qu'on puisse en attribuer la cause à autre chose que le temps ou un accident gigantesque : à part quelques dégâts qui semblaient d'incendies, il n'y avait trace ni d'explosion ni de combats quelconques.

Une sorte de poussière sableuse recouvrait tout, telle une peau friable et desquamée, sur une épaisseur d'un centimètre ou deux, parfois plus, que Jiù éparpilla d'un mouvement machinal du pied, faisant apparaître une surface lisse dure et plane comme vitrifiée. L'horizon était entièrement bouché par un smog de la même couleur que le sable et qui enserrait le paysage dans une gangue brunâtre. Jetant un long regard alentour, il s'imprégna du sentiment de désolation qui pesait sur ces lieux désertiques, cherchant à deviner la vie qui avait dû y régner avant qu'il ne se vidât de tous ses habitants sous l'effet d'une catastrophe inconnue. De quelle origine fut-elle et quelle avait été l'ampleur du désastre dont ils visitaient les restes comme on fouille une tombe antique ? C'était comme le présage malvenu d'un malheur en suspension, quelque calamité tapie en embuscade quelque part au-delà de leur horizon temporel. Ils avaient vu bien des civilisations éteintes lors de leurs transitions dans des passés lointains mais l'idée que cette dévastation pût les attendre, posée telle un jalon funèbre dans le futur de la Dynastie, ajoutait à l'angoisse qui leur serrait la poitrine. Jiù était de plus en plus mal à l'aise : toute cette histoire s'engageait décidemment bien mal et, n'eût été la confusion qui l'attendait sur Eloine, il aurait transité immédiatement sans demander son reste. Une chose était sûre : ils avaient connu des transitions nettement plus gaies et il s'était fait une tout autre idée d'Ibzan Malkhal, si c'était bien là qu'ils avaient abouti.

Au fur et à mesure qu'ils s'engageaient dans l'avenue, grandissait en eux l'appréhension sourde qu'une surprise désagréable les attendît quelque part. Jiù regretta brièvement de ne pas avoir emporté son fusant mais il n'y avait âme qui vive et le silence était fantomatique. Ils traversèrent la place pour s'éloigner des ruines béantes et crasseuses qu'ils devinaient envahies par cette espèce de sable infiltré partout et qui s'accumulait aux encoignures en dunes conquérantes et minuscules. Il se baissa pour en évaluer la texture. Il était de couleur ocre tirant sur le brun, pulvérulent et doux comme de la cendre. Il n'osa le porter à son nez pour en identifier l'odeur, n'étant pas sûr de son innocuité. Bien lui en prit. Il le lâcha d'un geste et il se dispersa comme poussière, sans bruit, en un rideau léger emporté par un souffle imperceptible.

Pendant quelques minutes, Akané et lui poursuivirent leur exploration attentive et prudente. Ils se retenaient de parler, même de leur voix intérieure, toute leur attention déployée vers ce paysage inattendu pour tenter de comprendre ce qui s'était passé et ce qu'ils devaient faire. L'abandon avait dû être méthodique. Il n'y avait trace ni de précipitation ni de panique et leur brève déambulation leur révéla des lieux, certes dévorés par le temps et le sable, mais relativement ordonnés. Nulle part, ils ne trouvèrent de véhicules de quelque sorte que ce soit : aussi loin que leur regard pût plonger, les vastes avenues ensablées étaient vides et ils en vinrent presque à regretter l'intensité du trafic d'Eloine.

Akané marchait d'un pas mesuré mais résolu, trop rapide pour Jiù qui, plusieurs mètres derrière elle, peinait à la suivre. Leurs pas soulevaient à intervalles réguliers des bouffées de poussière qui retombaient lentement et s'infiltraient inexorablement dans le haut de leurs chausses. Jiù fixait ce sable avec une irritation croissante : il lui tapait sur les nerfs sans qu'il pût en dire la raison. Il était incongru, hostile et n'aurait pas dû être là.

Akané s'arrêta et se retourna, inquiète, le laissant la rejoindre. Elle l'appela de sa voix intérieure, comme respectueuse de l'immobilité alentour, moins par crainte de se faire repérer - n'importe quelle présence eût été une bonne nouvelle - que par une inquiétude lourde qui les faisait se retourner souvent et étudier avec soin renfoncements et encoignures.

-   "Quelque chose ne va pas, Jiù ? "

Son regard soucieux disait son appréhension à la vue de son compagnon décidément mal en point.

-   « Je ne sais pas, la fatigue peut-être ? J'ai du mal à respirer et ce paysage me donne le bourdon. Toi, ça va ?
-   Moi aussi, j'ai un poids sur la poitrine, respirer est pénible mais ça va. Je me demande si l'air n'est pas toxique. »

À peine l'idée émise, elle sut que c'était vrai : l'atmosphère était sûrement corrompue par quelque vapeur méphitique. Sans doute était-ce lié à son abandon si rapide ?

Jiù s'était appuyé contre le mur d'un bâtiment monotone qu'ils longeaient depuis un moment, cherchant à retrouver son souffle. Il dégrafa son col pour se donner un peu d'aisance et Akané qui l'observait, jugea son geste hâtif et malhabile. Elle s'alarma davantage : il leur fallait trouver une solution et vite.

-   « Crois-tu que tu puisses marcher ? Sinon, nous devons transiter immédiatement et retourner sur Eloine. »

Jiù, à la lutte avec une légère panique naissante, cherchait à maîtriser son souffle avec application. Une irritation croissante de la gorge lui déclencha une quinte de toux rauque et sèche qui le fit se plier sur lui-même, lui tirant les larmes des yeux. Akané lui massa énergiquement le dos pour lui redonner un peu de force puis lui tapota les épaules du tranchant de la main, dans un rythme lent et méthodique qui finit par le calmer.

- « Du soufre, je pense que c'est un mélange de soufre. Probablement du dioxyde, » dit-il d'une voix rauque et hachée, touillant machinalement le sol du pied. Je ne sais pas ce qui s'est passé ici pour que l'atmosphère en soit à ce point saturée.
- « Il a dû y avoir un accident ou quelque chose. C'est probablement cet air irrespirable qui ait fait fuir les habitants. Mais où sont-ils partis ? Là est toute la question. »

Ils déployèrent le col de leur tunique en tampon devant la bouche et ce masque improvisé leur procura un léger mieux-être.

- « Je ne pense pas être en mesure de transiter, ça pourrait mal se passer. »

Jiù continuait de s'interroger et d'étudier les quelques options qui leur restaient tout en gardant en mémoire l'avertissement d'Ishma : il était trop diminué pour courir le risque d'une transition ratée. Sa voix derrière le masque était à nouveau calme et posée, pour ce qu'il voulut être un constat rationnel plus que l'expression d'une quelconque anxiété.

- « Si je ne m'agite pas trop, ça devrait aller. Si tu le peux, tu devrais transiter pour comprendre où nous sommes et... » Il marqua un temps, hésitant à admettre qu'il fût dans un état qui demandât assistance, « ...trouver de l'aide, éventuellement. »

Cet aveu lui coûta : il donnait à leur expédition un air de perdition qui ne lui plut guère.

- « Attends, cherchons d'abord un abri d'où tu pourras m'attendre. »

Plus lentement, ils reprirent leur marche le long de l'avenue désolée jusqu'à un bâtiment qui leur sembla moins dégradé et moins exposé que les autres. C'était une tour assez haute dont le rez-de-chaussée et les premiers étages avaient dû être une galerie marchande : par les portes grand-ouvertes, ils pénétrèrent directement dans des allées vides de tout contenu, aux plafonds hauts et relativement intacts, qui partaient en étoile dans toutes les directions. Tout, jusqu'aux endroits les plus reculés, était couvert de sable dont les empilements recouvraient çà et là ce qui avait dû être des comptoirs.

Jiù et Akané se perdaient en conjectures : il ne restait évidemment rien de ce qui avait été dû être offert à profusion dans ce lieu démesuré, mais que cela pouvait-il bien être ? Tout avait été débarrassé minutieusement et le temps n'avait manifestement pas manqué pour ce qui avait sûrement été une évacuation de très grande envergure.

- « A propos, sympa, ta projection positive du futur d'Eloine ! »

La voix claire et amusée d'Akané sonna sourde et sans écho dans ce lieu pétrifié qu'elle sembla momentanément extirper du sort qui lui avait été jeté. Le silence retomba et ils s'ébrouèrent, comme pour se dégager eux-mêmes de l'impression morbide qui les gagnait.

- « C'est assez déroutant, en effet ! J'espère qu'on ne s'est pas égarés en route ? Cela nous est déjà arrivé.
- Raison de plus pour approfondir notre exploration et savoir où nous sommes », dit-elle pensivement. « En général, c'est instructif. »

Elle poursuivit d'un ton plus décidé :

- « Tu vas m'attendre là, je ne serai pas longue. Le plus urgent est que je trouve des masques. On avisera ensuite. Cela doit bien pouvoir se trouver : si ceux qui vivaient ici ont eu le temps d'organiser leur départ, ils ont dû passer un bon moment sous la menace de ce que nous respirons maintenant. Donc il y a des masques quelque part. Je les trouve et je reviens. »

Elle l'embrassa légèrement, plongea son regard dans le sien en fourrageant affectueusement dans ses cheveux puis s'immobilisa un temps et disparut dans un léger flottement de l'air, une vibration comme d'une colonne d'air chaud, qui persista quelques secondes après son départ.

Une fois seul, Jiù s'assit, essayant de trouver dans l'espace oppressant qui l'entourait des raisons de le trouver confortable. Il eut immédiatement conscience du problème qu'il allait devoir résoudre. La soif. Tout à leurs découvertes, il n'en avait rien perçu en présence d'Akané mais dans la solitude qui suivit sa transition, sa bouche desséchée à la salive pâteuse le rappela à une évidence désagréable : il lui fallait impérativement trouver de l'eau.

Ignorant combien de temps Akané serait absente, il ne pouvait l'attendre sans rien faire, d'autant que, pour une raison inconnue, il ne parvenait pas à entrer en communication intérieure avec elle. Il se mit donc à la recherche d'un débris, quelque chose qui lui permettrait de laisser un message si d'aventure elle choisissait de focaliser sur ce lieu pour son retour, plutôt que directement sur lui. Un petit éclat de béton à l'arête acérée fit l'affaire. Il grava un court message sur le comptoir auquel il s'était appuyé « *Jiù - eau ?* » suivi d'une flèche vers le bas. Il empila un petit cairn à proximité et se mit résolument en marche.

Il suffisait de trouver une canalisation : tout bâtiment de quelque époque que ce soit était nécessairement équipé de conduites d'eau potable, il devait y avoir une centrale quelque part et elle se trouvait logiquement en sous-sol. Son holos diffusait une lumière bleutée qui éclairait sur un rayon de quelques mètres autour de lui alors qu'il s'enfonçait dans l'obscurité du bâtiment, en quête d'escaliers ou de rampes accédant aux étages inférieurs. Si ce centre commercial était construit sur le même modèle que ceux d'Eloine, ces étages devaient s'enfoncer assez profondément sous terre. Il fallait s'armer de patience.

Il trouva rapidement une batterie d'escalators recouverts de sable qui le guidèrent vers les premiers niveaux. Ceux-ci baignaient dans une lueur blême et triste, diffusée par de grandes plaques disposées aux plafonds. Il éteignit son holos pour s'habituer à la pénombre et avoir une perception plus large des lieux où il se trouvait. Comparés à ce qu'ils avaient trouvé à la surface, ces étages obscurs et silencieux étaient plus sinistres encore. Le bruit de soufflet de sa respiration semblait emplir l'espace, masquant celui de ses pas étouffé par le sable omniprésent. S'arrêtant à intervalles réguliers pour reprendre son souffle, il en profitait pour guetter d'éventuels bruits alentour mais ne rencontrait que l'immobilité. Il poursuivit ainsi sa progression, comptant les niveaux, vers les soubassements du bâtiment. Ce n'était pas particulièrement éprouvant de descendre mais il se refusait à anticiper l'effort à fournir pour la remontée.

-   " *Pourvu que j'aie trouvé de l'eau ! Sinon cela risque d'être particulièrement pénible* ", se dit-il, la bouche cartonneuse et le crâne enserré sous les coups de boutoir de la soif qui commençait de lui marteler les tempes.

Il devait être au sixième ou septième sous-sol, il ne savait plus trop. Les escalators avaient fait place à des escaliers étroits, en caisson, qu'il avait dénichés derrière une porte béante qu'il avait fallu décoincer dans un grincement de ferraille récalcitrante, un bruit sec et déchirant qui l'avait affolé quelques minutes. À nouveau, il s'éclairait de son holos, ce qui réduisait son champ de vision, l'atmosphère confinée ajoutant à la sensation d'oppression. Il n'était pas trop à la fête et aurait donné cher pour être à nouveau dehors au grand air, commençant à se demander s'il n'avait pas fait une erreur, mais il était trop tard pour reculer. La perspective des difficultés de la remontée sans avoir bu lui était intolérable.

Au cours d'un de ses arrêts innombrables, il voulut jeter un coup d'œil rapide dans ce qui lui sembla être une salle plus vaste ouvrant sur l'escalier. Il crut y entendre un bruit, une vibration rythmée quelque part en dessous de lui : un battement sourd presque inaudible cognait à intervalles réguliers, interrompu par ce qui lui sembla être un claquement étouffé. À cette profondeur, le sable avait disparu et le son portait davantage, lui faisant percevoir les dimensions hors normes d'un lieu qui paraissait sans limite où que son regard portât.

Quelque chose de mécanique bougeait effectivement plus bas dans ce sous-sol labyrinthique et caverneux. Ce bruit nouveau qui n'était ni de son souffle ni de ses pas lui fut un véritable choc après tout ce temps où la solitude était montée en intensité à mesure qu'il descendait. Pétrifié, il était tous sens décuplés, s'attendant à tout, ne sachant s'il devait se réjouir ou s'inquiéter de cette trace de vie sous ses pieds. Un vertige soudain le prit, écrasé de fatigue et de solitude, entouré de tant d'étages et d'espaces inconnus. Il se vit perdu et vulnérable, oublié de la lumière et des hommes, dans des abysses obscurs qu'il découvrait habités. L'absurdité de cette descente interminable devenait une évidence un peu tardive et il était maintenant bien trop faible pour pouvoir transiter. Cet instant de désarroi dura plus qu'il ne l'aurait souhaité : il lui fallait à tout prix reprendre des forces avant que le découragement n'eût raison de lui. Il s'éloigna de quelques pas des escaliers et dénicha un recoin aux dimensions suffisamment réduites pour qu'il lui parût confortable. Il s'y assit et, terrassé d'épuisement, se laissa sombrer dans un sommeil profond et agité.

C'est là qu'ils le trouvèrent.

*   *   *

Akané, quant à elle, n'avait pas perdu de temps : sa transition l'avait directement menée au cœur d'un bazar haut en couleurs et à l'animation confuse. Elle s'était matérialisée à l'ombre d'un porche dans une discrétion relative mais suffisante néanmoins pour ne pas attirer l'attention. Son apparition soudaine n'était cependant pas passée inaperçue aux yeux inquisiteurs et chafouins d'un homme de petite taille, vêtu d'une sorte de gandoura monochrome et assez élimée, qui la suivit d'abord du regard avant de lui emboîter le pas.

Elle entreprit de se mêler comme naturellement à la foule joyeuse et serpentine des passants, principalement des femmes, qui déambulaient, se croisaient et s'arrêtaient en s'interpellant bruyamment. Toutes semblaient se connaître ou même s'apprécier, ce qui donnait à la scène les apparences d'une réunion de famille dense et agitée. La vie, sonore et chamarrée, était partout, dans la rue bien entendu autour des échoppes innombrables, dans les amoncellements désordonnés de produits de toutes sortes, mais aussi dans les étages adjacents où se devinaient d'autres galeries remplies des mêmes chalands curieux et diserts, se bousculant dans une noria d'allers-et-venues incessants. L'air était chargé d'odeurs et de parfums ainsi que du bruissement continu de mille conversations mêlées dans une langue vive et colorée qu'Akané ne reconnaissait pas. De temps à autre une expression plus forte, un éclat de rire ou de colère, une altercation brève ou une interpellation joyeuse sortaient du lot puis le tumulte reprenait ses droits.

Elle avait instinctivement adopté l'attitude désinvolte et le pas nonchalant des habituées, jouant occasionnellement des coudes pour se faufiler dans le flot à la fois fluide et saccadé, considérant avec un intérêt appliqué la profusion qui l'entourait. Toute en vigilance, Akané observait. Elle sondait l'ambiance, curieuse du sens des choses et attentive aux passants de tous âges qu'elle croisait ou dépassait en s'effaçant d'une esquive légère. Malgré la promiscuité envahissante et le mélange presque suffocant d'odeurs épicées qui la prenait à la gorge, elle était étrangement chez elle dans ce chahut, comme si sa vie avait toujours été ainsi. Elle y naviguait avec aisance, frappée de l'élégance naturelle de femmes aux formes pleines, au teint à peine rehaussé d'un fard discret autant que par la diversité des tenues et des toilettes : elle aurait été bien en peine d'en trouver deux identiques tant chacune avait pu donner libre cours à son imagination dans la multiplicité des accessoires et des couleurs, des goûts et des ajustements. En comparaison, elle trouva sa tunique éloinine trop stricte et bien terne. Elle s'étonna même qu'elle ne la fit pas remarquer mais les regards semblaient glisser sur elle comme l'eau sur quelque déperlant. Elle ne put retenir un geste machinal pour la réarranger autant que possible et la débarrasser discrètement du sable qui s'était accumulé dans les plis. Pour un peu, elle se serait laissée aller à chiner à son tour parmi les étoffes, les parures et les breloques pour se constituer une garde-robe plus seyante à son goût.

Toute à son plaisir, elle flâna ainsi durant plusieurs minutes, en silence dans cette langue qu'elle ne comprenait pas mais qu'elle enregistrait soigneusement et qui, à la longue, lui parut familière. Une impulsion subite lui fit prendre une venelle latérale, étroite, plus sale et moins courue, comme un raccourci vers une autre partie de la ville. C'est là qu'elle le remarqua. Elle perçut immédiatement la trace de cet homme sur ses pas à une vingtaine de mètres derrière elle. Elle fit mine d'hésiter, feignit de vouloir rebrousser chemin et accéléra soudain pour se perdre dans l'affluence d'une ruelle parallèle à celle qu'elle venait de quitter. Elle s'enfonça vivement dans l'encoignure d'une porte, derrière un étal massif d'où pendouillaient d'innombrables colifichets ; elle se baissa comme pour fixer sa chausse et attendit. L'homme survint, pressé, hésitant, la cherchant du regard. Il ne la vit pas et s'éloigna finalement, indécis, se morigénant dans la foule. Elle attendit un temps, s'interrogeant sur la signification de cet incident, comprit le danger, plus encore sur ses gardes malgré l'atmosphère pourtant inoffensive. Elle se ressaisit et se concentra à nouveau sur les masques. Il lui fallait les trouver et vite. Elle pensa alors à Jiù et voulut le rassurer en l'appelant intérieurement.

-   " *Jiù ? Tout va bien ! Je suis dans une ville qui m'a l'air tout à fait amicale. Tu m'entends ?* " L'absence de réponse, bien qu'inhabituelle, ne l'inquiéta pas plus que nécessaire. Elle renforça simplement sa résolution à faire vite.

Une main sur son épaule la fit soudainement sursauter. Elle fit volte-face, tous les sens en alerte et prête à toute éventualité. Un grand gaillard costaud et assez jeune, au physique avenant et à la barbe finement taillée, lui faisait face. Il souriait calmement, un regard tranquille posé sur elle avec une note d'interrogation. Sans retirer sa main, il lui dit quelque chose à voix basse mais elle ne le comprit pas. La voix était calme mais elle peinait à identifier l'intention réelle de son interlocuteur. S'agissait-il d'une approche galante ou d'autre chose ? Si elle ne percevait pas dans son attitude la tension contenue des hommes qui convoitent une femme, elle n'en était pas moins décidée à lever toute équivoque : elle se dégagea d'un geste brusque, sans relâcher sa garde. Le sourire de l'homme s'élargit et il croisa les mains sur sa poitrine dans un geste d'apaisement. Elle put se détendre légèrement et, passant en mode actif, entreprit de le scanner prudemment. De cet étranger affable émanait une sorte d'intérêt curieux et amical, entremêlé néanmoins d'un trouble qu'elle ne s'expliqua pas. En tout cas, pas de danger immédiat.

Sans quitter du regard les yeux de l'inconnu, elle mit lentement une main en coupe sur sa bouche et son nez, respira ostensiblement à deux ou trois reprises et finit par un geste d'interrogation. S'il connaissait l'existence de masques respiratoires, il ne pouvait manquer de comprendre sa requête. Il acquiesça d'un bref mouvement de tête et par un discret mouvement de la main, l'invita à le suivre. Elle obtempéra, toujours en veille active et focalisée sur Jiù dans l'éventualité où elle aurait à transiter précipitamment.

Ils cheminèrent ainsi quelques minutes, lui se frayant un passage dans la foule, l'écartant parfois de la main pour lui ouvrir la route, lâchant un mot d'excuse ou deux, elle le suivant à quelques pas, toute en alerte. À intervalles réguliers, il se retournait pour s'assurer qu'elle ne le perdait pas. Une ou deux fois, il bifurqua sans raison apparente mais d'une façon clairement intentionnelle et elle se demandait alors qui il cherchait à égarer. La foule se fit progressivement moins dense et la tension baissa imperceptiblement. Ils se trouvaient manifestement dans un quartier moins populaire ou plus résidentiel.

Il ralentit enfin puis s'arrêta. La rue était déserte et, parmi les boutiques plus rares et apparemment moins prospères, il lui montra une échoppe assez miséreuse d'apparence, profonde, sombre et basse de plafond. Dans la pénombre encombrée de vieilleries disparates et d'antiquités de toutes sortes, elle repéra immédiatement une poignée de masques respiratoires pendus à un pilier au milieu du capharnaüm. Bien que manifestement très anciens, ils lui parurent en état de marche. Elle se rapprocha de son guide pour lui demander par gestes s'il pouvait les négocier pour elle. Elle conclut en indiquant, les doigts tendus, qu'il lui en faudrait deux. Il acquiesça, à nouveau avec un demi-sourire et, sans un mot, s'approcha du marchand. Après un rapide échange, celui-ci se dirigea vers les masques. Il les observa avec attention et choisit ceux qu'il jugea les plus aptes à servir. Il fouilla ensuite dans un coffre pour en extirper quelques cartouches apparemment neuves. Après un bref salut, son guide passa la main devant une petite colonne près de la porte et sortit. Il tendit son achat à Akané, déroutée de la facilité avec laquelle tout cela avait pu se passer puis ils s'éloignèrent de concert.

Quelques pas plus loin cependant, il s'immobilisa, lui faisant face, paumes en avant en signe d'apaisement. Il lui montra les masques et l'invita à le suivre. Que faire ? Jiù avait un besoin urgent de son masque et il fallait le rejoindre au plus vite. Dans le même temps, il y avait dans le calme de son interlocuteur quelque chose qui incitait à l'accompagner. Après s'être donné le temps de réflexion, Akané obtempéra.

Ils avançaient maintenant d'un pas plus rapide, comme s'il avait voulu marquer un tournant dans leur relation. De fait, elle cheminait maintenant à côté de lui, non plus derrière et le silence était comme une intention qu'ils partageaient plutôt qu'une contrainte qui s'imposait à eux. Elle eut tout à coup l'impression que des informations passaient de l'un à l'autre. Il la scannait ! Surprise par ce qui passait pour être passablement discourtois sur Eloine, elle y vit néanmoins la preuve qu'ils maîtrisaient les neurosciences applicatives et il était rassurant, d'une certaine manière, que cette civilisation eût atteint un niveau de connaissances suffisamment avancé. Ils allaient pouvoir s'entendre une fois dépassée la barrière de la langue. Comme un signe d'intelligence, elle fit de même en retour et tenta d'entrer en contact par la voix intérieure. En vain. Il eut seulement vers elle un regard entendu comme si, d'une façon ou d'une autre, ils s'étaient compris.

Il s'arrêta enfin devant une bâtisse imposante et, après une rapide inspection alentour qu'elle ne manqua pas de noter, frappa avec un rythme particulier à une porte massive et finement ouvragée. Cette soudaine atmosphère de conspiration la mit mal à l'aise et, lorsque la porte s'ouvrit, c'est presque à regret qu'elle pénétra dans la maison. Il y eut un rapide conciliabule entre son guide et la femme qui leur avait ouvert et les invitait à entrer. Ils se trouvaient dans une sorte de vestibule soigné dont les murs d'un blanc éclatant étaient recouverts d'inscriptions dans un jeu d'entrelacs compliqués et multicolores. Son guide se déchaussa, elle en fit autant. Sur un appel de leur hôte, deux jeunes servantes, pieds nus sous des pantalons bouffants serrés aux chevilles, vinrent à leur rencontre. Un protocole étrange s'ensuivit auquel Akané se prêta non sans défiance : avec dextérité, chacune maniait à quelques centimètres de son corps un petit appareil au manche court équipé d'une boule d'un blanc opaque dont les crépitements en rafales lui firent deviner qu'elle était électrosensible. Par de longues passes régulières, elles entreprirent de l'examiner avec application : ses cheveux, son visage, ses vêtements, son torse, son dos et ses jambes, ses mains et ses pieds, tout y passa dans un protocole méthodique et précis. Elle y devina une sorte de contrôle, comme si ses hôtes souhaitaient s'assurer préalablement qu'elle n'était pas porteuse d'armes ou de traceurs quelconques. Cela renforçait le climat de prudence qui l'avait alertée, comme une menace latente dont il fallait se protéger. Le rituel n'en avait pas moins un caractère débonnaire et routinier, signe que l'urgence n'était pas immédiate. Une fois achevé, elles s'éclipsèrent et ils purent pénétrer plus avant dans la maison, le long d'un corridor d'une propreté scrupuleuse et à la décoration chargée.

Ils parvinrent à une sorte de cour carrée de dimensions modestes, un patio ombragé à la fraîcheur bienvenue, parsemé de poufs ouvragés répartis autour de quelques plateaux. Le ruissellement discret d'une fontaine placée au centre donnait à ces lieux un calme qui lui sembla hors du temps après l'agitation confuse de la rue. Ils s'assirent.

Après quelque temps d'attente sans qu'ils n'eussent échangé le moindre mot, la maîtresse des lieux survint sans bruit et s'installa avec cérémonie sur un divan assez richement décoré. Elle resta quelque temps en silence. Akané l'observait, à la fois attentive et achevant de se détendre, goûtant le confort passager de cette étape bienvenue. Leur hôte était une femme déjà âgée, soixante-dix ans sans doute plus. Elle portait un foulard de soie finement ouvragé qui masquait l'essentiel de ses cheveux blancs lâchement retenus sur l'arrière. Elle avait les mains très fines aux doigts longs, qu'elle frottait doucement l'une contre l'autre dans un geste machinal et lent. Elle était vêtue d'une tunique ample aux reflets sombres et veloutés, avec des incrustations de perles et de pierres le long du revers, au col et aux poignets. De larges broderies délicatement travaillées semblaient indiquer qu'il s'agissait là d'un vêtement d'apparat et elle s'en étonna : était-ce en son honneur ou voulait-elle lui indiquer son rang ? Malgré l'air énigmatique, pour ne pas dire mystérieux, qu'affectait son hôte, Akané se sentait en sécurité. Elle était surtout plus fourbue qu'elle ne voulait l'admettre. Elle espérait ne pas perdre un temps précieux en cérémoniaux compliqués, songeant à Jiù qui l'attendait dans la ville abandonnée. Elle se replaça en mode actif pour une observation plus complète de ce qui l'entourait, s'essayant à comprendre plus avant les usages de cette maison et de cette contrée.

Les deux servantes réapparurent, portant des boissons qu'elles déposèrent avec des gestes mesurés sur un plateau à ses côtés, lui marquant une déférence tranquille. Bien que sobrement apprêtées, elles étaient dénuées de toute servilité. Assurément des gardes autant que des serviteurs, capables d'intervenir si le besoin s'en faisait sentir. Leurs silhouettes sveltes et gracieuses s'esquissaient à peine sous des tuniques ornées sans affectation et l'immobilité des visages ne laissait transparaître aucune émotion. Leurs pommettes saillantes étaient discrètement soulignées par un maquillage à peine appuyé et leurs yeux d'un noir profond, soulignés d'une fine ligne de khôl, avaient une intensité qu'elle jugea préférable de ne pas sonder. Leurs ongles clairs étaient faits avec application, leurs cheveux lisses et soigneusement retenus étaient bordés d'un collier fin chargé de quelques breloques identiques à celles dont leurs oreilles étaient parées. Son guide l'avait manifestement amenée chez quelque personne de haut rang et elle eût l'intuition vague que tout ce cérémonial ne devait rien au hasard. D'où venait donc cette sensation extravagante d'être attendue ? À nouveau, elle chercha à évaluer les intentions de ses hôtes sans, pour autant, y percevoir de menace. Au contraire, ils avaient pour elle un mélange d'espoir et d'interrogation assez similaire à celui qu'elle avait observé au début de leur rencontre, ce qui l'engagea à attendre la suite sans précaution exagérée.

Elle but lentement et à longues gorgées le mélange inconnu mais rafraîchissant qui leur avait été servi, non sans l'avoir au préalable scanné pour s'assurer de son innocuité. La maîtresse de céans retint une des servantes d'un geste et lui glissa quelques mots à l'oreille. Elle s'inclina et disparut pour revenir rapidement, porteuse d'une boîte en bois précieux qu'elle présenta à Akané: elle contenait une demi-douzaine d'audiophones soigneusement disposés. Elle se saisit d'un appareil qu'elle ajusta à son oreille pendant que ses hôtes s'équipaient de même. Son guide l'invita à dire quelques mots.

- « Je m'appelle Akané, je viens d'Eloine en l'an 2264. J'ai transité ici avec mon compagnon Jiù car nous sommes à la recherche d'une contrée nommée Ibzan Malkhal. »

Il y eut une légère pause avant que ses paroles ne produisissent une réaction chez ses interlocuteurs, délai qu'elle attribua au temps nécessaire à la traduction ou à l'identification de sa langue. De concert, ses hôtes eurent un bref sursaut de surprise et ne purent retenir un échange de regards rapide et entendu. Leur hôte lui répondit d'une voix étonnamment grave et douce, instantanément traduite par l'oreillette.

- « Je te salue, étrangère venue de loin. Mon nom est Mereel Ibal Khasr et ton guide se nomme Dajan al Maar. » À ce nom, son compagnon eut une brève inclinaison du torse comme pour la saluer de manière plus formelle. « Tu es ici chez moi. Tu y es en sécurité et tu y es la bienvenue. Cette maison est la tienne aussi longtemps que tu voudras y demeurer. Si ce n'est pas abuser de ton temps, nous serions curieux d'en savoir un peu plus sur toi, sur ce temps d'où tu dis venir et sur ce qui t'amène dans nos contrées. Mais nous sommes prêts à répondre d'abord à tes questions. Car nous devinons que tu en as de nombreuses. »

Ces paroles étaient empreintes d'une courtoisie non feinte qui ne cherchait pas à masquer l'autorité tranquille de quelqu'un habituée à être obéie. Akané y décela une éducation raffinée et une femme attentive à ce qui n'apparaissait qu'aux observateurs avisés. Elle devina une longue habitude du pouvoir qu'elle devait exercer sans excès, ce qui compléta l'impression qu'elle avait retirée de la simplicité joviale de la ville lorsqu'elle l'avait traversée avec son guide. Elle lui répondit à l'unisson, avec la déférence dénuée de servilité qui lui sembla appropriée et par laquelle ils comprendraient qu'elle les respectait tout en ne les redoutant pas.

- « Illustre Ibal Khasr, je tiens à te remercier pour ton hospitalité. » Elle eut une brève inclinaison de la tête vers la Khasrine puis vers son guide. « Je remercie également Dajan al Maar de m'avoir conduite ici... »

Puis elle ajouta après une suspension si brève qu'elle aurait pu passer inaperçue à des esprits non avertis, ce qu'ils n'étaient certainement pas :

- « ...sans que j'en connaisse la raison pour l'instant. »

Elle n'était pas dupe. Elle avait la certitude qu'ils attendaient quelque chose d'elle : ce n'était pas simplement pour lui permettre de se reposer qu'ils l'avaient fait venir en ces lieux. De surcroît, elle gardait un fond de méfiance : les pratiques d'Eneter sur Eloine lui avaient appris de longue date que des entretiens qui commençaient sur une note cordiale pouvaient aussi se poursuivre de façon désagréable.

- « Avant d'accéder à votre curiosité, je dois vous indiquer que mon compagnon, Jiù, m'attend dans une ville abandonnée, quelque part au-delà de ces murs et que je dois le rejoindre pour lui remettre ceci. »

Elle souleva brièvement les masques qu'elle n'avait pas lâchés. Elle crut percevoir un soupir dans le silence qui suivit ainsi qu'un flottement dans le regard des étrangers qui lui faisaient face. Quelque chose n'allait pas et elle fut à deux doigts de transiter immédiatement.

- « Que signifie votre silence, nobles hôtes ? »

Mereel Ibal Khasr reprit la parole d'un ton appliqué par lequel Akané devina qu'elle voulait la préparer à quelque funeste nouvelle.

- « Il signifie, étrangère, qu'à cette heure ton compagnon est sans doute entre les mains de ceux que nous appelons les Imposteurs. »

Bien qu'elle s'y attendît, cette annonce fit pâlir Akané qui se tassa imperceptiblement sur son siège. Son inquiétude pour Jiù ne l'avait pas quittée mais elle se doublait à présent de culpabilité et du sentiment de lui avoir fait défaut : elle le savait fatigué, diminué physiquement et l'imaginer captif dans ces conditions lui était insupportable. Il lui fallait le rejoindre le plus rapidement possible, mais d'abord savoir où ils étaient et ce qui se tramait.

- « Que voulez-vous dire et où sommes-nous ? Suis-je bien à Ibzan Malkhal ? Quelle année sommes-nous ? Quels sont ces lieux et qui sont ces Imposteurs ? »

- « Nous savions que tu aurais beaucoup de questions, étrangère, nous allons y répondre, sois sans crainte, » lui répondit la Khasrine dans un sourire apaisant.

- « Tu es bien sur Ibzan Malkhal. C'est le nom donné à l'une des planètes du Système Ibza qui en compte douze organisées autour de deux soleils : Sol et Jov. Nous sommes en l'an 2499. Quant à nous, tu te trouves à Alma Jatine, une région riche et prospère où subsiste ce qui reste de la plus ancienne civilisation de Malkhal. Le nom de Malkhal est également celui de la principale ville par laquelle notre planète a été nommée, où nous pensons que ton ami est actuellement détenu. Il y a longtemps, tout notre Système est tombé sous la coupe de ceux que nous avons nommés les Imposteurs pour des raisons que je te donnerai dans un instant si tu le souhaites. Pour revenir à ton ami, nous sommes quasiment certaines qu'ils se sont emparés de lui. Il ne peut en être autrement. Pour ta part, en venant ici, tu leur as échappé de peu mais cela nous intéresse beaucoup de savoir pourquoi, comment tu es venue ici et qui tu es. Tu comprendras bientôt notre vigilance concernant tous les étrangers qui parviennent à Alma Jatine.

- Comment pouvez-vous être sûrs et comment l'auraient-ils trouvé ? »

Akané continuait d'interrompre son interlocutrice par des questions un peu trop vives à son goût, à la fois parce qu'elles trahissaient son appréhension, ce qui n'était jamais une bonne chose et parce qu'elles rompaient avec l'ordonnancement policé de cet entretien : elle luttait pour faire bonne figure tout en intégrant les informations qu'elle recevait, ce qu'elles signifiaient et ce qu'elle devait en faire. Elle n'ignorait pas que son impatience constituait une information utile pour ses hôtes et qu'ils sauraient en profiter si le besoin se faisait sentir.

De fait, ils ne purent retenir un nouvel échange de regards, au point qu'Akané en vint à se demander si, d'une façon ou d'une autre, ils n'étaient pas en liaison continue pendant leur conversation.

- « Dans la ville abandonnée, y avait-il du sable ?
- Effectivement, il y en avait partout en quantités immenses. D'où vient-il ?
- Ce sable est ce qui reste du Grand Accident. Une erreur de manipulation des Imposteurs lors d'une expérience dont je te parlerai plus tard a causé une régression en chaîne qui a progressivement minéralisé tout ce qui était végétal sur Malkhal. Les arbres, les plantes, toute végétation s'est graduellement fossilisée, transformant notre monde en un désert inerte et sans vie. L'érosion

causée par un vent sauvage et ininterrompu est rapidement venue à bout de ces roches friables et le sable a progressivement tout envahi. Il est éminemment toxique et toute vie a quitté la surface de Malkhal, obligeant la plupart des Imposteurs à retourner sur Eurp, leur planète d'origine, il y a un peu plus de trente ans. Est resté une sorte d'avant-poste constitué de gestionnaires et de militaires en charge de l'administration de ce qu'ils considèrent toujours comme une colonie. Ils ont asservi quelques milliers des nôtres et ont reconstitué une civilisation très automatisée dans les profondeurs de la ville. Selon nos dernières informations, ils auraient découvert un antidote à la toxicité du sable et seraient en train de reconquérir la surface. Mais cela leur prendra du temps. Quant à nous, nous en avons été protégés car Alma Jatine est la plus vaste oasis qui soit au cœur du Danakaar. C'est ce désert, le plus grand de la planète, qui nous a préservées du Grand Accident, ainsi que notre agriculture et toute la végétation environnante. Surtout notre agriculture ! La mutation n'a pu arriver jusqu'à nous et nous avons presque instantanément stoppé tout contact avec l'extérieur. Chaque personne qui nous rejoint est soigneusement neutralisée pour éviter toute infection fatale, c'est ce que nous t'avons fait subir quand tu es entrée dans cette maison.

- Pourquoi les Imposteurs ?
- Ah ! » Ses interlocuteurs eurent un soupir de satisfaction : enfin, ils entraient dans le vif du sujet ! Akané ne put éviter de remarquer le changement imperceptible dans la voix de Mereel lorsqu'elle poursuivit : sous son affabilité extrême perçait une âpre détermination qui en disait plus

long à Akané que toutes les explications qu'on voudrait bien lui faire. Ce peuple était en guerre ou cela y ressemblait fortement.

-   « Nous les appelons ainsi depuis leur arrivée sur Malkhal, il y a plus d'un siècle et demi de cela. Comme ils disposaient d'une technologie sans aucune commune mesure avec la nôtre, ils ont pris le contrôle de nos villes et de nos villages sans coup férir ou presque : comme tu as pu le constater, notre mode de vie est des plus simples et, bien que nous maîtrisions de nombreuses sciences, nous avons choisi des voies de développement autres que techniques. Nous avons su plus tard qu'ils venaient d'Eurp dans le sous-système Jov mais qui sont-ils, nous l'ignorons, le secret ayant toujours été jalousement gardé sur leurs origines. Du fait de leur indéniable puissance technologique, nous avons pensé qu'ils venaient d'ailleurs, une autre galaxie voire, comme le disent certains qui se prétendent mieux informés, de quelque époque dans le futur et que, pour des raisons que nous ignorons, ils étaient à la recherche d'un monde habitable.

-   Ils ont envahi votre monde ?

-   Leur culture repose sur un recours massif à la technologie. Ils ont commencé par partager avec nous quelques avancées techniques secondaires et très séduisantes, il faut bien le dire, en particulier leur maîtrise de la cybernétique. Ils ont fini par prendre le contrôle de nos institutions et de nos systèmes : nos villes, nos moyens de transport et d'échanges ainsi que tous nos systèmes d'informations sont progressivement tombés sous leur coupe. À la fin du vingt-quatrième siècle, ils avaient totalement conquis Malkhal et ils emmenèrent un grand nombre des nôtres vers d'autres planètes du système pour les coloniser à leur tour. Il ne restait que quelques centaines des habitants originels et nous nous sommes installées ici, à Alma Jatine où, malgré la précarité de l'oasis, nous avons pu reconstituer une société plus conforme à nos usages. Comme tu pourras le constater, nous avons une culture plus élaborée que celle de Malkhal. Nous avons subsisté grâce à l'agriculture que nous avons continué de développer. Grâce aussi au commerce du kyle dont je te parlerai plus tard. Nous leur vendons à prix d'or nos denrées qui sont une curiosité extrêmement rare pour eux qui ne se nourrissent que de synthétique. Je crois aussi que nous devons notre tranquillité relative à l'insatiable curiosité de leur Système Central : une intelligence artificielle douée de programmes d'apprentissage particulièrement sophistiqués. »

Akané gardait pour elle les parallèles qu'elle ne pouvait manquer de faire entre ce que Mereel lui décrivait de Malkhal et le fonctionnement d'Eloine. Tout ceci ne pouvait être fortuit mais une gêne sourde grandissait en elle : il lui semblait qu'elle n'était pas du bon côté de l'histoire.

-   « Pour quelles raisons, cette curiosité ?
-   Il semble qu'il y ait dans notre fonctionnement des éléments d'incertitude et des façons de faire qu'il ne maîtrise pas encore et qui font l'objet de nombreuses investigations. Par exemple, l'Intui, notre mode de communication.
-   L'Intui ?
-   Tu vas découvrir rapidement qu'à des degrés divers, les femmes de Jatine, surtout les plus âgées, maîtrisent une science très ancienne : elles communiquent par la pensée

sans aucun support technique, ce qui ne manque pas d'intriguer leur Système Central. Je ne sais pas comment ils l'ont découvert mais cela fait l'objet de recherches constantes de leur part, surtout depuis quelques temps. »

Akané eut un sursaut de joie ! Jatine lui était plus familière encore et elle ne put s'empêcher de couper Mereel.

- "Vous maîtrisez la voix intérieure ! Mais c'est formidable ! Nous avons, nous aussi, découvert ce procédé il y a une vingtaine d'années."

Mereel lui répondit sur le même mode, tous ses traits restant impassibles :

- "Je m'en doutais un peu ! Grâce au traducteur relié à tes ondes cérébrales, je peux te comprendre aussi par ce biais mais n'indisposons pas Dajan, je te prie."

Elle poursuivit alors à voix haute comme si elle n'avait pas été interrompue :

- « L'Intui est comme un vaste espace ouvert en nous : il te suffit d'imaginer une sorte de forum où nous nous retrouvons et où nous pouvons converser. C'est un peu notre jardin secret.
- Les hommes de Jatine n'y ont pas accès ?
- Malheureusement non ! » interjeta Dajan dans un demi-sourire un peu déconfit.
- « Et le Grand Accident ?
- Il date du temps où les Imposteurs multipliaient les recherches sur le kyle.
- Parle-moi du kyle
- C'est un composé extrêmement volatile, très difficile à exploiter et pourtant indispensable aux générateurs et aux sustenteurs magnétiques du fait de ses propriétés

ultra-conductrices. Nous avons la capacité d'identifier et suivre ses gisements sur Jatine, qui sont très mobiles du fait de sa grande volatilité. C'est en cela surtout que nous leur sommes utiles. Ils ont voulu le fabriquer de façon synthétique et avaient imaginé un complexe gigantesque pour le produire en vastes quantités et s'affranchir de nos services. Un jour, une énorme explosion a ravagé leurs installations et le kyle non stabilisé s'est dispersé dans l'atmosphère, créant la réaction en chaîne dont je t'ai parlé. »

La bienveillance avec laquelle Mereel répondait à ses questions ne laissait pas de surprendre Akané ; elle accumulait toutes ces informations comme une trame de réalité en train de se construire et où elle pressentait qu'elle aurait bientôt à décider et se mouvoir. Telle une adulte qui aurait été privée d'enfance.

- « Revenons à mon compagnon, je te prie. Où est-il ?
- Pour prévenir toute surprise, les Imposteurs ont déployé un système d'alerte avancée pour protéger leurs métropoles souterraines. Ils ont mêlé au sable des villes fantômes des milliards de nanosens, des particules sensibles ultrafines qui transmettent continûment au Système toute variation même infime de leur état. Un immense réseau d'alerte sensitif. Cela ne leur aura pas été difficile de le trouver. »

Akané eut un mouvement d'inquiétude.

- « Mais, du sable, j'en ai amené quantité avec moi ! »

La Khasrine la rassura.

- « Je te l'ai dit tout à l'heure, nous nous sommes assurées de ta neutralité quand tu es entrée ici. S'ils ont pu te suivre jusqu'à cette maison, ta trace s'est arrêtée à son seuil. »

Elle ajouta sur une note légère et amusée :

- « Cela sera sans doute une énigme pour eux mais cela nous a rassurées sur ton compte, même si Dajan m'avait certifié au préalable que tu n'étais pas un risque pour Jatine. Comment le savait-il, il me le dira. Tu n'es plus un danger pour nous, même s'il est possible que des espions à la solde des Imposteurs t'aient repérée, mais c'est sans conséquence tant que tu es avec nous. »

Sous la voix posée, Akané nota l'avertissement. Ces gens étaient effectivement subtils. Instantanément, elle revit le visage de cet homme qui l'avait suivie. Elle avait été décidemment bien inspirée mais d'autres pouvaient la surprendre. Elle n'eut pas le temps de décider si elle devait en parler à ses hôtes, la Khasrine poursuivait.

- « Pour plus de prudence, si tu n'y vois pas d'inconvénient, nous te demanderons de te changer et de porter les vêtements que nous te donnerons. Ils sont plus adaptés à nos contrées et cela te permettra par ailleurs de circuler de façon plus discrète. »

Akané était de plus en plus déroutée par le tour que prenait leur entretien. Toutes ces précautions et cette longue introduction témoignaient du soin qu'ils prenaient d'elle mais dans quel but ? Lui serait-il révélé le temps venu ? Elle hésitait sur la conduite à tenir, à la fois en sécurité et sur ses gardes, sachant ne pas pouvoir faire totalement confiance à des hôtes pourtant prévenants et à la politesse exquise. Les manières de ce pays la désarçonnaient singulièrement. Elle se sentit loin d'Eloine et la solitude la prit. À nouveau, elle pensa à Jiù.

- « Êtes-vous en guerre contre les Imposteurs ? Que risque mon compagnon et que puis-je faire pour lui ? »

Elle était surprise qu'ils ne l'aient pas déjà interrogée sur le moyen qu'ils avaient utilisé pour venir sur Ibzan Malkhal. Ce manque de curiosité et la préoccupation qu'ils avaient manifestée pour son bien-être mais également pour leur propre sûreté lui indiquaient une civilisation tranquille et méthodique, aux usages bien différents de ceux d'Eloine.

- « À nouveau tu poses de nombreuses questions. Je ne crois pas que ton ami soit en danger pour l'instant. Comme nous le faisons actuellement avec toi, il est à prévoir que les Imposteurs vont l'interroger, pour savoir qui il est, ce qu'il fait chez nous et en quoi il peut leur être utile. »

"Je peux donc leur être utile." Akané y vit confirmation des hypothèses qui s'échafaudaient presque à son insu depuis son arrivée dans ces lieux et elle avait une perception de plus en plus exacte de la situation. Curieusement, elle n'était pas démunie de ressources pour prendre l'initiative : ces gens avaient manifestement des usages et des rites plus élaborés que ceux d'Eloine mais ils semblaient dépendants de protocoles compliqués et sans doute assez peu efficaces. Néanmoins l'assurance discrète de ses hôtes jusqu'à leurs servantes lui laissait supposer une maîtrise cachée dont elle résolut de se méfier. Elle ne connaissait d'eux que ce qu'ils voulaient bien lui dire et ils étaient à l'évidence en train de jouer une partie d'échecs dont elle et Jiù étaient l'enjeu. Elle n'était cependant pas sans armes ni atout, d'autant qu'elle disposait, elle aussi, de capacités dont ils ignoraient tout. Cette pensée la revigora, ce qu'elle s'employa à dissimuler : elle préférait choisir les informations qu'elle-même transmettait à ses hôtes.

- « Tu n'as pas répondu à mes autres questions, illustre Khasrine. Êtes-vous en guerre contre les Imposteurs et comment est-il possible de venir en aide à mon compagnon ?

- Il n'y a pas, depuis longtemps, de guerre ouverte entre Malkhal et Alma Jatine. Nous sommes dans ce que nous pourrions appeler, comment dire, une observation hostile et continue. Si Malkhal trouve le moyen de nous réduire en son pouvoir, ils le feront. Pour l'instant, il y a pour eux plus d'avantages que d'inconvénients à tolérer Jatine. Tant que nous demeurons une énigme, ils continueront d'analyser en quoi nous pouvons leur être utiles et nous laisseront en paix. Ce qui ne les empêche pas de se préparer à toute éventualité. Quant à nous, nous ne cherchons pas à renverser les Imposteurs. Mais disons que, si une occasion se présentait, nous saurions la saisir. Je pense que tu me comprends ? »

Akané avait parfaitement compris. Elle eut un bref hochement de tête qui lui permit de masquer l'éclair qui brilla dans ses yeux. *"C'est donc cela que je suis pour eux : une occasion possible de reprendre le contrôle de Malkhal et qu'ils veulent évaluer. Je ne suis pas prisonnière mais je ne suis pas libre pour autant. Ce peut être intéressant de voir comment ils envisagent de me faire coopérer."*

- « Je te remercie pour ces précisions, Khasrine. Je souhaiterais maintenant me reposer puis déambuler en ville pour me faire une idée d'où je me trouve. Est-ce possible ?
- Il n'y a aucune difficulté à cela. Tu es notre hôte. Quant à ta visite de la ville, je suggère que Dajan al Maar t'accompagne. Pour ta sécurité, bien entendu.
- Bien entendu et je t'en remercie. »

Ses craintes étaient confirmées : elle était libre de se déplacer à sa guise mais manifestement sous surveillance. Ce qu'elle comprenait par ailleurs et ne la gênait pas outre mesure : elle avait besoin de Dajan ne serait-ce que pour s'orienter ou comprendre les usages et quoiqu'il arrive, il lui resterait toujours la possibilité de transiter. Elle resta silencieuse un moment. Il lui fallait peser chacune de ses options dans le jeu qui lui était proposé et la partie était complexe : elle en savait beaucoup trop peu avec trop d'incertitudes en particulier sur les liens possibles avec ses nouveaux alliés et l'inconnue liée à la situation de Jiù. Il ne fallait pas le mettre en danger et il restait une ressource pour elle, dont elle ne pensait pas que ses hôtes pussent saisir l'importance. Elle n'était pas en mesure de déterminer une ligne d'action dans l'immédiat et décida donc de faire confiance à ses hôtes et prolonger son séjour à Jatine. Elle était à la fois sûre d'elle-même et des options qui lui restaient tout en se sentant dangereusement seule et démunie de moyens. Ah ! Que ne disposait-elle des ressources de la Mémoire pour mener à bien cette exploration ! Sur Eloine, ils y avaient recours quotidiennement et cela leur simplifiait immensément les choses. Ici, elle était piégée dans un jeu qui n'était pas le sien et pour lequel elle n'avait que ses ressources propres. Ses interlocuteurs, quant à eux, maîtrisaient à la fois le contexte, les enjeux, le temps et la manière. Il était temps justement de reprendre l'avantage. Déjà, elle avait identifié la route qui lui apporterait les meilleurs résultats dans l'immédiat tout en gardant ses options ouvertes pour le futur : au lieu d'accepter de se perdre dans leur jeu, elle allait leur imposer le sien, elle qui ne jouait pas. La franchise était toujours sa meilleure alliée au milieu de gens à l'esprit retors ou habitués à des combinaisons compliquées.

- « Honorée Khasrine et digne Al Maar, je viens d'une culture où l'on ne triche pas, où l'on ne joue pas. Nous essayons en toutes circonstances de saisir la meilleure opportunité pour tout le monde. Il y a longtemps que nous avons découvert que prendre en compte les intérêts de tous permettait de parvenir le plus rapidement possible à des solutions acceptables. Nous avons ainsi l'habitude de poser ouvertement les options auxquelles nous faisons face, pour chercher la solution la plus bénéfique pour tous. Je vous répondrai donc ceci : Je comprends en quoi je peux éventuellement vous être utile (elle se tourne vers Al Maar) et je comprends pourquoi tu m'as amenée ici. Pour ma part, il apparaît que, pour une raison que j'ignore encore, nos histoires sont étrangement liées. Sachez que mon compagnon et moi sommes venus du passé sans aucune intention particulière, si ce n'est de comprendre ce lien entre Malkhal posée quelque part dans un futur qui pourrait être le nôtre et notre propre civilisation qui se situe si loin dans votre passé. Nous espérons découvrir la raison pour laquelle cette relation entre nos histoires respectives pourrait contribuer à ramener calme et équilibre chez nous, alors que nous vivons des temps troublés. Je comprends que, vous aussi, cherchez une solution à des temps particuliers. Il y a, dans les circonstances que vous m'avez décrites, un parallèle que Jiù mon compagnon saurait probablement vous expliquer. Il est donc possible que notre venue ne soit finalement pas fortuite et que nous puissions nous être réciproquement utiles. C'est en tout cas l'hypothèse que je privilégie à ce stade. Donc si je puis vous être utile, je le serai, dans l'espoir que vous nous aidiez en retour. Je suis prête à y travailler à deux conditions : que cela ne mette pas en péril mon compagnon dont il serait souhaitable que je le retrouve rapidement et que nous puissions jouer cartes sur table, de façon ouverte et sans faux semblant. Enfin, je préférerais, même si c'est vous que cela regarde au premier chef, que notre collaboration n'entraîne pas de violence, ce que vous ou vos semblables pourriez avoir à regretter. Si je vous dis cela, c'est que nous avons appris à nos dépends à nous méfier de nos actes et de leurs conséquences : quels qu'ils soient, ils ont toujours un effet retour. Qu'en pensez-vous ? »

Le soleil était maintenant proche du zénith et la suffocation du désert gagnait la petite cour. Au fur et à mesure qu'elle parlait, le silence s'était fait palpable comme si ses paroles adhéraient à la touffeur de l'air pour édifier autour d'eux une réalité tangible qui les enserrait de toutes parts. Mereel Ibal Khasr et Dajan al Maar l'avaient écoutée d'abord avec respect puis avec étonnement lorsqu'ils avaient senti la force de ce qui reliait Akané à son histoire et à son compagnon. Penchés vers elle dans une attention de plus en plus tendue, ils formaient maintenant un cercle étroit où le moindre souffle, la moindre parole étaient partagés sans effort. Quand elle eût terminé, ils baignaient dans une atmosphère dense et compacte, une intimité presque physique, un mutisme suspendu qu'aucun ne voulut rompre. Au bout d'un temps que chacun laissa s'écouler à sa libre mesure, Mereel Ibal Khasr brisa le silence, d'abord dans un murmure feutré puis de façon plus affirmée.

- « Akané, ta réponse nous honore. Nous t'en remercions. Il est remarquable que nous ayons pu arriver à ce niveau d'échange en si peu de temps. Ceci est à l'honneur de votre civilisation si cette pratique y est aussi répandue que tu le dis. Pour notre part, nous vivons, depuis le temps que nous t'avons décrit, dans un monde devenu compliqué et qui impose les précautions que nous avons prises à ton égard. Nous ne te connaissions pas et nous avons l'habitude de sonder nos hôtes pour nous assurer de leurs intentions. D'où les réserves que tu as pu sentir. Tu as choisi la transparence et tu as bien fait : tes intentions sont limpides et démontrent une âme que nous respectons, aussi belle que tu peux l'être. Nous pensons, effectivement, que tu peux nous être utile et c'est l'espoir que nous avions en t'accueillant chez moi. Nous devons cependant évaluer ce que représente ta venue pour l'avenir de Jatine et si possible de Malkhal, si tu constitues un risque autant que l'opportunité que nous pressentons. Nous accédons bien volontiers à tes deux conditions. Elles ne sont pas difficiles à accepter et elles vont dans le sens de nos intérêts respectifs. Je te renouvelle mon invitation à considérer cette maison comme la tienne. Tu y es libre, autant que tu puisses le souhaiter et pour le temps que tu voudras. Si tu veux découvrir la ville ou les champs qui la ceinturent, fais-le avec ou sans Dajan. Je pense cependant qu'il peut être un guide utile et que tu seras plus en sécurité avec lui. Je pense aussi qu'il peut te donner les explications dont tu peux avoir besoin pour évaluer pleinement la situation. Il serait en revanche précieux que tu rencontres rapidement une personne à qui je voudrais te présenter et qui sera heureuse de te connaître. Je pense que ce sera réciproque. Soyez ici vers la fin d'après-midi. Nous nous rendrons alors chez elle, je vais la faire prévenir. D'ici là, que la Vie te soit favorable. »

Elle se leva, s'inclina avec une sorte de désinvolture qui ne manquait pas d'allure et se retira, suivie des deux gardes qui s'étaient approchées au premier mouvement qu'elle fit. Akané se leva à son tour et, après un regard échangé avec Dajan, se prépara à la visite d'Alma Jatine.

II/ Façonner le passé

La stridence d'une alarme suraigüe réveilla Jiù en sursaut. Il lui fallut quelque temps pour reprendre ses esprits alors que les restes d'une fatigue de plomb le clouaient encore au lit : il n'avait pas récupéré, loin s'en fallait et il aurait donné beaucoup pour dormir tout son soûl. Il s'éveillait, libre de ses mouvements, dans une pièce aux dimensions réduites mais confortable, aux murs clairs mais sans fenêtre, meublée simplement d'un lit, d'une tablette et d'une chaise sans autre égard pour le style ou la décoration. Chambre d'hôpital ou cellule de prison ? Il n'avait aucune idée d'où il était ni de qui l'y avait amené mais il sentait en lui une sorte de régénérescence en cours bien que non encore aboutie. En dépit d'un épuisement sans fond, il décida qu'il allait mieux. Il fit jouer chacune de ses articulations pour y amener un relatif sentiment de bien-être, repoussant à plus tard les réponses aux questions qui lui venaient : quiconque l'avait amené là l'avait fait pour son bien et il était moins en danger immédiat que lorsque, tenaillé par la soif, il errait dans ces sous-sols interminables. Cette pensée le fit se lever et boire à une petite carafe mise à sa disposition, non sans avoir vérifié au préalable qu'elle ne contenait rien de suspect. Il tenta à nouveau d'entrer en contact avec Akané, toujours sans succès. Quelque chose dans ces lieux devait puissamment contrarier les communications intérieures. À peine eut-il fait quelques pas que la porte s'ouvrit sans bruit sur une femme alerte et aux manières résolues. La cinquantaine probable et bien portée, la silhouette marquée par une combinaison près du corps et une crinière auburn dont les boucles dansaient légèrement au rythme de ses pas, elle dégageait une sensualité puissante, vive et énergique. Elle se posta à un pas de lui, lui saisit les poignets pour en ôter les capteurs biométriques avant de lui prendre le visage pour une rapide observation des pupilles. Jiù se laissa envelopper par un parfum ambré dont il ne savait si c'était de ses mains ou de son corps si proche. Il eut le temps d'observer ses yeux pers en amande et ses lèvres largement ourlées qu'un même petit sillon vertical divisait également. Elle eut un hochement de tête satisfait.

- « C'est parfait ! Je suis désolée de ce réveil en fanfare mais vous êtes attendu, jeune homme ! Je suis le Professeur Askajan. Je dirige le service qui a pris soin de vous après que la patrouille vous eût découvert. Vous en aviez besoin, dites-moi ! Comment vous appelez-vous et comment vous sentez-vous ? »

Un peu surpris de cette entrée en matière batailleuse, Jiù ne sut trop comment lui répondre et cherchait un peu ses marques :

- « Bonjour ! Mon nom est Jiù. Je vais bien et vous remercie des soins que vous m'avez apportés. Avant de me dire où nous sommes, pouvez-vous m'indiquer comment il se fait que nous nous comprenons ?
- Oh, c'est très simple. Nous avons profité de votre sommeil pour vous appareiller. Vous portez à l'oreille un petit combiné identique à celui-ci, le Système fait le reste. »

Avec une inclinaison de la tête pour dégager l'oreille, elle eut un petit geste de la main qu'il ne put s'empêcher de trouver charmant, vers une pastille collée à l'intérieur du lobe. Il vérifia : lui-même était équipé d'un dispositif similaire dont il se demanda en passant si sa seule vocation était de le faire bénéficier d'une traduction ou s'il avait une autre fonction, comme par exemple celle de le suivre à la trace. C'était plus que probable.

- « Cela vous permettra de comprendre et de vous faire comprendre où que vous alliez. Quant à vous dire où nous sommes, je vais laisser la réponse à ceux qui m'ont demandé de venir vous chercher. Mon rôle s'arrête là, en dehors de celui de vous avoir remis sur pied. » Elle eut une moue étrange qui lui sembla indiquer une légère distance - voire une désapprobation ? - avec ceux qu'il allait rencontrer.

- « Je suppose que je dois vous suivre ? »

Jiù était assez décontenancé par cet entretien qui allait prendre fin avant même d'avoir commencé. Cette femme avait décidemment quelque chose d'à la fois intense, naturel et attirant qui rendait sa présence éminemment préférable à ce qui s'annonçait.

- « Moi non, mais mon assistant, oui. »

Elle s'effaça pour lui permettre d'entrevoir un homme jeune, aux allures d'étudiant qui attendait, immobile, dans l'embrasure de la porte. Elle marqua une brève hésitation avant de poursuivre.

- « Nous n'aurons a priori pas de raisons de nous revoir, sauf en cas de nécessité, bien entendu. Dans ce cas, n'hésitez surtout pas à me contacter (était-ce une idée ou il eut la sensation qu'elle avait légèrement insisté sur ce mot ?). Je vous rappelle mon nom : Anji Askajan. »

C'était clair : elle insistait pour qu'il s'en souvienne. Dans quelle intention ? Décidément cette femme l'intriguait. Il la sentait animée d'une intention secrète et ce n'était certainement pas à son égard. Ou pas seulement. Il eut conscience, par une attention soudainement élargie, que le lieu où il se trouvait était le siège d'enjeux qui le dépassaient mais qui également le concernaient. À nouveau totalement alerte, il se mit en mode actif de manière à percevoir quelque détail qui pourrait l'informer sur le contexte dans lequel il se trouvait. Elle dût sentir son changement d'état d'esprit car elle ajouta à voix basse comme une confidence lâchée dans l'urgence :

-   « Vous vous en souviendrez ? Il vous suffit de demander au Réseau de vous guider jusqu'à moi, c'est aussi simple que cela. Vous saurez rapidement comment faire. Ce n'est pas très discret mais c'est très efficace, vous verrez. D'ici là, je vous souhaite une bonne journée…et bonne chance ! »

Cette dernière remarque lancée d'un ton badin sonna comme un avertissement qui acheva de le mettre en garde. De quoi voulait-elle le prévenir ? Cette remarque ne pouvait qu'être intentionnelle chez une femme qui semblait savoir exactement ce qu'elle faisait. Elle ne lui laissa pas le temps d'en demander davantage : déjà elle avait fait volte-face et Jiù eut à peine le temps de suivre du regard son déhanchement leste et décidé que son assistant l'engageait à le suivre. Il se laissa conduire le long de couloirs à la lumière vive et aux sonorités étouffées qui achevèrent de lui faire perdre ce qui lui restait de repères.

En quelques minutes, ils parvinrent à une porte ouvrant sur ce que Jiù identifia comme un transport individuel en forme de capsule assez exiguë. Il s'y installa, observa l'assistant effectuer quelques réglages. La porte à glissière se referma dans un chuintement imperceptible puis il démarra dans le murmure de la sustentation magnétique. Il s'engagea immédiatement dans un tunnel étroit, pâlement éclairé par des cloisons luminescentes sur lesquelles il peinait à discerner au passage des signes et indications dans un alphabet qui lui était inconnu. *"Combien de temps cela va-t-il durer ?"* Tout depuis son réveil en fanfare était à la fois trop rapide, prémédité et mystérieux. Depuis sa transition, il se sentait trimballé par les circonstances, sans aucune prise sur ce qui lui arrivait, à l'image exacte de ce voyage brutal au travers de galeries semi-obscures. Pour le moment, il était impossible de prendre une quelconque initiative. Autant attendre la suite.

Le transport accéléra soudain et il se sentit propulsé à grande vitesse le long de boyaux plus vastes où d'autres capsules parfois identiques à la sienne, parfois plus longues, se croisaient ou se dépassaient, son appareil négociant les virages latéraux et ascendants avec une brusquerie de wagonnet de mine. Il fut évidemment dans l'incapacité de se repérer au point qu'il se demanda si cette vitesse excessive n'était pas pour l'affaiblir ou, à tout le moins, le désorienter. Il fut soulagé quand la capsule décèlera brutalement pour stopper dans un hall puissamment éclairé qui le fit ciller. La porte s'ouvrit en même temps que le sas auquel il s'était arrêté. Un garde l'y attendait et le précéda sans un mot jusqu'à une porte immense et majestueuse. Il devait être dans quelque bâtiment officiel et s'attendit logiquement à la suite : sa présence dans ces lieux n'avait certainement pas manqué de soulever des questions auxquelles il lui faudrait maintenant répondre. En la circonstance, l'énergie temporelle qui se réveillait en lui serait sa meilleure alliée. Il allait falloir à la fois parler, écouter, observer, comprendre ; dans ce qu'il verrait et ce qu'on lui dirait, il lui faudrait distinguer les faits des intentions, discerner ce qu'on voudrait lui faire croire et ce qu'on lui cacherait. Dans le bref intervalle où on le fit patienter, Jiù s'arma donc de toutes les ressources dont il pouvait disposer. Toutes sauf une : sa connexion avec Akané commençait à furieusement lui manquer.

La porte s'ouvrit dans un silence complet : au fur et à mesure que les panneaux s'écartaient, s'offrait à Jiù la perspective d'un auditorium de grande dimension, ceinturé de colonnades supportant une galerie. Les rangs hémisphériques étaient occupés par ce qu'il évalua à quelques deux cents dignitaires qui l'observaient avec une attention mêlée de curiosité alors qu'on le dirigeait vers une sorte de pupitre.

- « Veuillez, je vous prie, décliner votre identité et votre origine : d'où venez-vous ? »

Le ton était précis et relativement courtois, la voix était polie, aimable presque, étonnamment proche. Sans doute l'effet du petit implant dont on l'avait muni. Comme à son accoutumée, Jiù résolut d'y répondre avec franchise, ce qui lui libérait l'esprit tout en lui permettant d'étudier l'impact de ses paroles sur ses interlocuteurs. Il avait souvent remarqué la puissance presque implacable du verbe dès lors qu'il était chargé de vérité, surtout si les esprits auxquels il s'adressait étaient tortueux ou animés d'intentions antagonistes. C'était pour lui le premier test, celui par lequel il pouvait jauger une situation et évaluer le rôle qu'on voudrait l'y faire jouer.

- « Je me nomme Jiù, j'occupe une position de responsabilité dans une civilisation dont je pense que vous ignorez tout : la civilisation d'Eloine dans le Système Sol et je viens du vingt-troisième siècle-temps universel. »

Comme de juste, ses paroles provoquèrent un brouhaha intense et immédiat auquel nulle autorité ne sembla s'opposer. Il mit à profit ces quelques minutes pour scanner l'assistance et tenter d'y identifier une réaction qui lui serait utile, une hostilité particulière ou au contraire une marque d'intérêt, voire une intention amicale. L'assistance lui parut nerveuse, inquiète même sans qu'il pût en comprendre l'origine. Il ne pouvait en être la seule cause : pourquoi une civilisation apparemment avancée se sentirait-elle menacée par un individu isolé ? Il devait y avoir autre chose. Jiù était un homme d'expérience : par ses nombreux voyages alliés à une attention aigüe aux choses et aux gens, il avait développé une perception très fine de son environnement et une sorte de talent pour détecter ce qui pouvait l'agiter sous la surface. Il entreprit donc d'analyser l'énergie désordonnée qui se dégageait de cette assemblée d'apparence pourtant homogène. Malgré sa vigilance, il ne put cependant remarquer, dans l'élan de surprise générale, le mouvement de recul d'un homme assis à quelques pas de lui dans le renfoncement d'une loge de forme ovoïde et auquel ses proches marquaient des égards empreints d'évidente subordination. Il portait un uniforme gris sombre, orné de quelques décorations tapageuses.

Le général Naranbataar n'en croyait pas ses oreilles : cet homme qu'ils avaient trouvé dans les étages interdits venait précisément de la civilisation et de l'époque d'où était originaire le risque 5 MCPA ! Lui-même s'était rendu à cette convocation du Comité par obéissance routinière, pestant d'être distrait de ce qu'il considérait être un sujet autrement plus critique et voilà qu'avec cet étranger blafard et au visage défait, le risque 5MCPA prenait d'un coup une réalité tangible. Cet enchaînement stupéfiant de circonstances ne pouvait être une coïncidence. Cet homme était donc pour eux soit une ressource inespérée dans ce qu'ils avaient à résoudre, soit un danger dont il était le seul à mesurer l'importance. Seul avec le Comparateur Canonique, cela allait de soi. En toute hypothèse, il était un élément éminemment providentiel dans les décisions à prendre pour regagner le contrôle de la Trame et donc dans la maîtrise des événements qui allaient suivre. Il fallait donc garder l'initiative en évitant de soulever l'antagonisme tatillon des bureaucrates qui étaient légion autour du Comparateur. Ce qui n'allait pas forcément de soi.

- « Je demande la parole. »

L'agitation s'éteignit presque instantanément comme si toute l'assistance parfaitement synchrone n'eût attendu que ce signal pour revenir à un calme relatif. Jiù y vit un protocole puissamment réglé et, au passage, se prit à rêver de procédures similaires au sein du Grand-Conseil.

- « Je demande que les paroles de cet étranger soient soumises au Comparateur Canonique et que ses conclusions nous soient transmises sur le champ. Je demande également que la totalité des hypothèses du CC soient accessibles pour analyse par le Quartier Général. Je demande enfin à disposer de cet homme pour l'étude approfondie de ses dires et de leurs implications. »

En même temps qu'il avait pris la parole, Naranbataar avait pressé un bouton sur sa console, ouvrant ainsi la communication avec son QG. Celui-ci était dorénavant en ligne et averti que ce qui se passait au sein du Comité était de son ressort. Tout cela n'était que dérisoirement protocolaire mais le général n'en avait pas moins le sentiment très satisfaisant de reprendre le fil de l'histoire exactement là où il l'avait perdu. Les conclusions du Comparateur l'intéressaient au plus haut point, dans la mesure où elles lui permettraient d'évaluer avec certitude en quoi les événements en cours faisaient partie d'une trame causale maîtrisée ou accidentelle. Il poursuivit à l'intention de l'étranger :

- « Dans quel but vous trouvez-vous à Ibzan Malkhal et y êtes-vous venu seul ? »

Jiù eut la satisfaction d'apprendre qu'ils avaient atteint leur but. C'était la première fois qu'il en avait confirmation et c'était une excellente nouvelle : la situation lui paraissait suffisamment complexe et leur sort assez incertain pour que s'y ajoutât la déconvenue d'une erreur de transition. Cependant, tous ses sens l'avertirent : le potentiel d'hostilité de l'homme qui lui faisait face était énorme, bien au-delà des enjeux de sa situation propre. Cet homme était dangereux pour Eloine, il en avait la conviction absolue et il comprit par contrecoup la menace que lui-même pouvait représenter pour leur propre système. Il se sut, là et à cet instant précis, au cœur d'un jeu démesuré entre les trames temporelles reliant leurs deux civilisations et qui, pour une raison inconnue, menaçaient d'entrer en collision. Sans le recours de la Mémoire, sans Ishma et surtout sans Akané, perdue il ne savait où quelque part dans cette cité, il était seul à avoir conscience de ce danger et il ne pouvait compter que sur ses maigres ressources. Bien insuffisantes, en l'occurrence, pour la partie qui s'engageait. Il n'en décida pas moins d'appliquer les principes dynastiques de totale transparence qui ne s'imposaient pourtant pas en de telles circonstances. Il serait toujours temps d'entrer en dissimulation quand les jeux respectifs se seraient clarifiés.

- « Je suis ici en exploration, sans autre but que celui de comprendre en quoi l'histoire de votre civilisation est mêlée à la nôtre. Je suis venu seul avec ma compagne dont j'ignore actuellement où elle se trouve. Nous n'avons aucune intention hostile même si je sens que nos systèmes sont sur une route de collision, sans que je sache précisément quand ni pourquoi. »

Ses paroles eurent sur l'assistance un effet assez inattendu : À peine eut-il fini de parler que le désordre s'empara de l'assistance, égarée dans un brouhaha inintelligible de conversations de toutes sortes. Jusqu'alors, il avait eu la sensation de faire face à un public plutôt uniforme, certes constitué d'individualités diverses mais où chacun lui avait semblé être d'un poids absolument équivalent dans l'ordonnancement des choses. Seul, ce militaire qui l'avait interrogé, avait fait montre d'une quelconque autorité sans qu'il eût perçu si celle-ci s'exerçait à son égard ou celui de ses collègues.

Il était manifestement dans un cénacle similaire au Grand-Conseil, comparaison qui l'aida à comprendre ce à quoi il était confronté : les factions commençaient d'apparaître au grand jour, les tendances et les théories de s'affronter ; les jeux de pouvoir allaient battre leur plein et il était primordial pour lui et pour Eloine qu'il en comprît vite les rouages. Il attendit avec une grande curiosité l'intervention inévitable de l'organe régulateur de ces débats et dont la nature l'intéressait au plus haut point. Elle ne tarda pas : Une voix synthétique dont la douceur le surprit, emplit la pièce, achevant de ramener le silence dans l'assemblée qui lui sembla même écouter ses paroles avec une sorte de dévotion.

- « Session du Comité – 2499-21B- Conclusions d'analyse CC. »

La voix marqua une pause légère durant laquelle le silence se chargea d'une certaine religiosité, comme si le système qui s'exprimait détenait l'autorité absolue sur le public auquel il faisait face. C'était pour lui mauvais signe : était-ce un reste des réflexes de la Dissidence ? Il avait appris à se méfier des organisations contrôlées par une autorité unique sans alternative et il doutait que l'assemblée disparate qu'il avait à contempler pût constituer le moindre contrepouvoir efficace. Cependant, le rôle du système sur le point de rendre ses conclusions devait être similaire de celui de la Mémoire sur Eloine, à l'exception de cette autorité absolue qui semblait lui être conférée.

- « Cet étranger est lié à la Procédure d'urgence Malkhal-2499-6. (" *J'en étais sûr*" se dit Naranbataar "*la suite promet d'être intéressante* ") Sa venue correspond à la perturbation de la Trame signalée dans cette procédure. Elle pourrait en être la cause. Il est de première importance de s'assurer de sa coopération par tous les moyens possibles. Il est critique non seulement pour Malkhal mais également pour tout le système Ibza d'éviter toute communication entre lui et quiconque, en particulier avec Alma Jatine. Il doit être mis au secret et confié à la responsabilité de la Force pour être interrogé. Jusqu'à analyse des résultats de cet interrogatoire, nous confirmons le maintien d'alerte au niveau cinq. »

Un silence tendu suivit le grésillement caractéristique de la fin de la session audio. Le rappel de la procédure, l'alerte de niveau cinq, le lien possible avec Jatine, tout cela plongeait l'assistance dans un désarroi profond pendant que Jiù réfléchissait frénétiquement : il était donc mêlé à quelque événement extraordinaire pour ce peuple. De quelle Trame s'agissait-il et de quelle perturbation était-il la cause ? Il trouva une autre raison de se préoccuper : le niveau d'hostilité qu'il avait ressentie chez le militaire qui l'avait interrogé en séance devait être lié à ces circonstances exceptionnelles que leur système avait évoquées. Il y avait là un fil directeur qu'il faudrait exploiter. Enfin, ignorant tout de ce que pouvait être ce Jatine (un individu ? Un groupe ?), il était manifeste qu'il serait un allié si les circonstances le rendaient nécessaire. Quelle importance pouvait-il avoir et quel rôle pourrait-il jouer pour lui venir en aide ? Il fallait rapidement mettre toutes ses forces à la résolution de cette énigme. Alma Jatine était probablement un point d'appui essentiel pour survivre dans cet environnement compliqué, inconnu et hostile. Autre chose le préoccupait : ils avaient parlé du système Ibza, aurait-il quitté son propre système solaire ? Dans ce cas, jamais une transition n'avait mené quiconque aussi loin et, d'après ce que lui avait confié Ishma, rien n'était moins sûr que les conditions de leur voyage de retour.

Akané ! il pensa soudainement à elle. Où pouvait-elle bien être ? Ils ignoraient apparemment son existence mais comment avait-elle fait pour en réchapper ? Cette pensée le réconforta : l'absence de sa compagne démontrait que ces gens n'étaient pas tout puissants et qu'il y avait des moyens de se soustraire à leur contrôle, mais elle soulignait en contrepoint la précarité de sa propre position. Le besoin de la retrouver sans tarder le prit plus qu'il ne voulut l'admettre. Il tenta sans trop se faire d'illusion de la joindre par la voix intérieure. Il ne put entrer en contact, c'eût été trop beau. En revanche, il perçut nettement sa présence, si brièvement que, par la suite, il douterait de sa réalité. La sensation fut paisible, presque bienfaisante et il en déduisit que, pour ce qui la concernait, tout allait bien. Quant à lui, c'était une autre histoire, cette transition-ci l'avait littéralement épuisé et il avait fallu la science de cette civilisation pour le remettre partiellement sur pied. Il n'était pas certain d'avoir récupéré tous ses moyens et pourtant, s'il avait bien compris ce qui venait de se passer, il allait en avoir besoin. Donc, dans l'immédiat, il fallait à la fois se préserver et trouver de l'aide.

C'était pour lui une situation qu'il n'avait pas connue de longue date : sans ressource aucune, si ce n'était sa maîtrise de l'énergie temporelle, sans contact ni allié, dans un monde dont il ignorait tout, de la langue jusqu'aux règles et normes les plus élémentaires, il faisait face à un danger inconnu auquel il était manifestement lié. Il avait un besoin urgent d'information pour dégager rapidement une ligne de conduite mais où l'obtenir ? Et de qui ?

L'assemblée devant lui était perdue dans une infinité de conciliabules et de prises de paroles plus ou moins véhémentes. Tout cela s'agitait beaucoup et lui rappelait les débats incessants au sein du GC. Il fut surpris du temps que tout cela prenait, comme si celui-ci n'avait aucune importance pour ces gens. Le tumulte se prolongeait, nourri des factions nombreuses qui divisaient l'assistance mais également comme un jeu qui se déroulait de façon parfaitement planifiée et maîtrisée. Aucun des participants ne faisait plus attention à lui, si ce n'étaient des coups d'œil nombreux, curieux, appuyés même, que lui jetaient quelques femmes dans l'assistance. Était-ce le hasard ? Songeant à son échange rapide avec Anji Askajan, il envisagea la possibilité d'un appui. Les femmes avaient-elles ici un rôle particulier ? Cette hypothèse contrastait agréablement avec l'attaque directe dont il avait fait l'objet et lui sembla être comme une indication qu'il devait suivre, un fil pour se sortir de ce dédale de menaces, d'invectives et de jeux d'influences.

Il s'immergea complètement dans le mode actif où il s'était placé depuis qu'il faisait face à cette assemblée. L'esprit flottant et totalement libre, il se donna le temps d'éprouver avec précision la connexion presque charnelle entre lui, cette salle et les gens qui l'entouraient. Il étendit sa perception jusqu'à l'extérieur de ce hall immense, un dédale de couloirs qui menaient on ne savait où mais dont il pouvait sentir l'animation et les flux vibrer à la surface de sa peau comme d'une vitre. Il y avait nettement une continuité indiscutable entre ce temps qu'il était en train de vivre et celui qu'il avait laissé sur Eloine. Il faisait littéralement un avec tout ce qui l'entourait. Il n'y avait plus ni lui ni les autres, il n'y avait plus d'enjeu ou de danger, qui il était n'avait plus d'importance. Il n'y avait que ce moment ponctuel et très dense, dont les ramifications s'étendaient comme autant de perspectives dans toutes les directions et dont il était le témoin. C'était à la fois très précis et très puissant. À condition de s'oublier, cette sensation de faire un avec l'instant était particulièrement forte, jouissive presque, tant elle lui permettait de décupler la perception de ce qui se tramait. Ce qu'il découvrit le laissa coi de surprise : en sous-jacence de l'animation à laquelle il faisait face, l'assistance était constamment parcourue d'une énergie qui la traversait de part en part, oscillant en vagues lentes comme une couverture ondoyante posée sur l'assemblée qu'elle irriguait de ses flux. Quelque chose comme le Zeitgeist, cette onde qui, sur Eloine, reliait toute chose et tout être et nourrissait la

Mémoire d'une invraisemblable quantité d'informations instantanées.

Du coup, il eut le sentiment distinct d'un jeu très codé, auquel tout le monde se prêtait dans un simulacre de responsabilité. Des fantoches, il avait affaire à des fantoches ! Des individualités agitées par une énergie diffuse, engagées dans un méli-mélo d'échanges et de décisions mais sans aucune personnalité. Ces gens devant lui n'avaient aucune consistance. C'était bien pire qu'au GC sur Eloine. Tous, à l'exception des femmes, semblaient dérouler une partition jouée d'avance, déconnectée du réel. Même l'agitation causée par sa présence paraissait être le résultat de quelque programmation ou protocole qui en déterminait d'avance la forme, l'expression et les aboutissements. Le vrai pouvoir était manifestement ailleurs, mais où ? Une inquiétude soudaine le prit. Comment lui, Jiù, si loin de ses repères, de ses bases et de ses alliés, allait-il pouvoir évoluer dans un terrain aux contours aussi imprécis, si difficile à appréhender et si changeant ? C'était comme un début d'enfoncement dans des sables mouvants au point que, pendant un temps, il n'osa plus ni bouger, ni réfléchir à une quelconque voie de sortie. L'étendue des difficultés auxquelles il était confronté était démesurée : le mode actif lui avait donné accès aux dimensions totales de la situation et son esprit peinait à les intégrer et circonscrire le problème pour en faire apparaitre des pistes de solution. Sur qui allait-il pouvoir compter pour démêler cette inconsistance, cet écheveau de perceptions si diverses, lui à qui le temps était compté ? Il gardait à la conscience les dangers que courait Eloine et, s'il était ici pour y trouver remède, il devait le trouver vite. Le Grand-Conseil était prévu pour le lendemain et il voyait arriver l'échéance alors qu'il n'avait pas le début du commencement d'une solution.

À nouveau, il pensa à Akané et où qu'elle fût, lui demanda son aide d'une voix imperceptible. Instinctivement, cette pensée lui fit à nouveau porter son attention sur les femmes de l'assemblée et, progressivement, cette attention sélective lui fit percevoir une autre réalité : il lui sembla que l'onde qui recouvrait la foule devant lui, prît grand soin de contourner les femmes de l'assistance, comme une rivière le ferait de rochers qui s'opposeraient à son cours, comme si quelque chose les en protégeait. Écartant les mains de part et d'autre du pupitre auquel il était appuyé, pour sentir ce qui se passait, il ne put éviter un léger mouvement de recul tant le contraste était saisissant : dans ses paumes ouvertes, il eut la sensation quasiment vibratoire non seulement d'une présence tangible et active, mais, sans l'ombre d'un doute, d'une puissante détermination. Ces femmes étaient animées d'une énergie différente, en contrepoint radical du manteau uniforme qui couvrait l'assemblée, quelque chose de plus dense et de plus focalisé, comme un dessein partagé qu'il lui faudrait connaître. Pour la première fois depuis sa transition, il avait la certitude d'avoir trouvé une piste. Anji Askajan d'abord puis elles ? Il se préparait quelque chose sur Malkhal, il en avait la certitude et les femmes étaient au cœur de ce qui se tramait. Son intuition l'avait placé au seuil d'un chemin qu'il n'avait qu'à suivre pour aboutir à la solution qu'il était venu chercher sur cette terre si étrange et distante. En se laissant guider par cette perception quasi providentielle, il sut que ce qui reliait ces femmes était ignoré des hommes de l'assistance. C'était très présent et très intriguant comme quelque chose de solide, à l'opposé de l'insignifiante assemblée qui s'agitait devant lui. Chacune d'elles était animée d'un projet, quelque chose de l'ordre du secret, enfoui profondément en elles et qui attendait son heure. Quoique ce pût être, il fallait qu'il y eût accès. Il le voyait comme le double fond d'une boite où il serait enfermé, une voie de sortie hors de cet imbroglio. Il ne se l'avouait pas encore mais il avait hâte que cela se terminât. La fatigue aidant, sa solitude lui pesait et il lui semblait même avoir perdu ses réflexes, cette agilité spontanée et flexible qui avait été la sienne lorsqu'il avait fait partie de la Dissidence, il y a combien de temps de cela ? Il n'en éprouva pas moins un certain soulagement : il avait un fil à suivre et même un point de départ en la personne du Pr Askajan. Ses paroles lui revinrent en mémoire : elle-même devait faire partie de ce réseau et, quelle qu'en soit la nature, il devait être puissant.

Il sortit de ses pensées pour réaliser que deux femmes, assises au premier rang de l'auditoire, le dévisageaient intensément. En un échange de regards, elles surent qu'il les avait devinées. Quant à Jiù, il trouva dans ce contact subreptice la confirmation de ce qu'il avait pressenti : ces femmes étaient reliées. Il essaya de les appeler de sa voix intérieure et, un bref instant, il crut qu'elles l'avaient entendu : elles lui répondirent par un imperceptible hochement de tête et, dans un mouvement si discret qu'il aurait pu lui échapper, l'une d'elle mit imperceptiblement le doigt devant sa bouche. Ils s'étaient compris. Poursuivant son geste, elle le laissa comme mourir, faisant lentement retomber son bras sur l'accoudoir de son fauteuil. Il suivit du regard cette indication discrète jusqu'à une silhouette immobile dans un coin de la vaste galerie périphérique qui surplombait la salle. Instantanément, il reconnut Anji Askajan. Tout s'enchaînait à la perfection : en quelques minutes, sans en comprendre encore les tenants et aboutissants, il avait pénétré la trame d'un jeu qui se jouait de façon muette sous ses yeux, un jeu aux multiples facettes et où les femmes avaient un rôle clé. Et à l'évidence, elles étaient ses alliées.

- « *La séance est levée.* » Il y avait cette fois plus d'autorité que d'aménité dans la voix qui emplit subitement le vaste auditorium.

L'un après l'autre, les membres du Comité quittaient maintenant la salle et quelques bousculades assez peu protocolaires en disaient long sur le degré d'urgence dans lequel ils devaient se trouver. Pas une des femmes avec lesquelles il était entré si brièvement en contact ne se retourna vers lui. Un garde vint le chercher mais cette fois il fut encadré par un peloton entier, l'arme à la ceinture. Son statut n'était plus celui d'invité, il était bel et bien prisonnier.

On le conduisit à un transport hermétiquement clos qui se fraya sans à-coup une trajectoire à grande vitesse dans un trafic qu'il imagina assez dense. Il profita de ce temps de transit pour étudier ses gardiens à la recherche d'indices ou de détails qui lui permettraient de comprendre comment ces gens fonctionnaient. Leurs armes ne lui disaient rien mais, même sur Eloine, il n'était pas expert de ce genre de choses. C'étaient de simples poignées en boucles rectangulaires, assez compactes comparées aux fusants mais il ne se faisait aucune illusion sur son sort s'ils étaient amenés à les utiliser. Ils ne portaient pas de casque, simplement une sorte de visière qui leur couvrait à moitié le visage. Il devina qu'ils étaient reliés en permanence à leur système central par quelque support de réalité virtuelle. Il s'amusa à imaginer quelles informations lui étaient associées dans leur système, pas grand-chose probablement mais il avait la certitude qu'à son tour, il faisait l'objet d'analyses en continu, à la différence que, pour leur part, ils disposaient d'un système mnésique au moins aussi puissant que la Mémoire Centrale. Leur corps était recouvert d'une sorte d'armature molle et caoutchoutée qu'il sentit chargée d'une énergie particulière. Probablement un système d'auto-défense. Il ne s'aventura pas à la toucher pour vérifier son hypothèse mais, les yeux clos, il revint à cet état d'attention élargie qui venait de lui réussir si bien.

Il se vit entouré de champs énergétiques intensément vibratoires, comme une trame sensitive très dense et très vaste qui se déployait à l'intérieur du transport et se poursuivait en plusieurs couches en dehors. De nouveau, la comparaison avec Eloine s'imposa à lui. Cette civilisation lui était étrangement similaire : eux aussi, disposaient d'une sorte de Zeitgeist mais beaucoup plus actif. Cela allait lui être très utile : loin d'être en milieu parfaitement inconnu, il devait pouvoir utiliser cette similitude pour s'orienter et élaborer ses plans comme s'il était sur Eloine. Il concentra donc toute son attention pour capter la trame vibrante qu'il avait approchée. La formidable intensité de la décharge énergétique le fit violemment sursauter et le déconnecta instantanément. Complètement sonné, il lutta en silence pendant quelques instants pour ne pas perdre connaissance et mit longtemps à recouvrer ses sens, le corps traversé des répliques d'un choc électrique surpuissant. Il maudit son imprudence : se connecter sans précaution à une trame énergétique inconnue était de la dernière imbécilité. Il lui faudrait être beaucoup plus circonspect s'il voulait à la fois démêler les jeux qui l'entouraient et s'en sortir sans dommage. À l'évidence, ce champ assurait la protection de ses gardes et c'était probablement lui qui transmettait aux transports l'énergie nécessaire à leurs déplacements. La puissance était largement suffisante pour cela. Ce qu'il avait pris pour un équivalent du Zeitgeist fonctionnait en fait de manière inverse : il communiquait aux êtres et aux choses l'énergie dont ils avaient besoin. Outre l'énergie, il était probable que ce champ véhiculât leurs flux de données. Mais il lui faudrait trouver le moyen de s'y connecter sans danger. Il n'était pas près de renouveler l'expérience, en tout cas pas sans précautions préalables. De toutes les façons, il n'eut pas le temps de s'en préoccuper davantage. Déjà, les gardes l'empoignaient sans ménagement et le poussaient vers la porte ouverte du transport. Il était arrivé et leur façon de le rudoyer ne lui indiquait que trop bien sa destination.

Beihaï – Forum des Étudiants – samedi 17 Septembre 2264 – 08h

La vaste salle était jonchée de meubles renversés, de débris et restes de toutes sortes au milieu desquels ronflaient une petite centaine d'étudiants vaincus par l'ébriété et le sommeil, la plupart enchevêtrés de façon telle qu'il était difficile de discerner qui était qui, qui était avec qui. Ils gisaient éparpillés et inertes, dans un embrassement léthargique parfois agité de brefs soubresauts comme un reste de transe qui se transmettait en écho, une contamination mollement résorbée. Bran avait organisé une de ces fêtes dont il avait le secret et qui n'étaient pas sans influence sur la passion que les jeunes d'Eloine lui vouaient. La bacchanale avait duré jusqu'au petit matin et tous reposaient dans une hébétude proche de l'inconscience, noyés dans les effluves des euphorisants et psychotropes qu'il avait approvisionnés avec une profusion non dénuée d'arrière-pensées.

Il n'avait été que médiocrement satisfait de son allocution de la veille et avait voulu noyer sa frustration avec les habitués qui constituaient sa garde rapprochée. Comme à l'accoutumée, il avait pourtant parfaitement maîtrisé les ressorts et rouages d'un discours dont il connaissait précisément les effets sur des audiences de plus en plus gagnées à sa cause : la mise en scène avait été impeccable et tout avait concouru à ce qui aurait dû être une soirée d'apothéose. Il s'y connaissait en foules et avait développé un quasi septième sens pour en déceler les aspirations ou les états d'âmes et il savait moduler ces derniers comme avec un potentiomètre. Pourtant au lieu de l'enthousiasme auquel il s'était attendu, il n'avait pas été insensible au sentiment de flottement qui avait parcouru l'immense hall du Forum. Malgré son savoir-faire, il avait senti la foule hésitante et la conclusion lui échapper. De fait, le nombre des volontaires qui s'étaient fait connaître ce soir-là pour la grande aventure avait été très en deçà des estimations prévues et il avait vécu cela comme un échec dont il ne savait à qui en attribuer la cause. Pour des raisons autant pratiques que tactiques, il était pourtant de la première importance que les effectifs de ce qu'il appelait la Grande Transition fussent au rendez-vous ; il fallait impérativement qu'ils fussent plus de mille sous peine de faire échouer son projet de colonisation. C'était aussi le nombre nécessaire pour imposer le projet à la Session Majeure sans oublier le fait qu'en deçà, Eneter était probablement en mesure de l'empêcher.

Bran était réveillé depuis longtemps. À la différence de ses compagnons, il avait été d'une grande sobriété, distribuant beaucoup et absorbant peu, voulant conserver toutes ses capacités d'analyse et de décision. Pour l'heure, il était appuyé au balcon qui surplombait le Forum, regardant sans la voir l'agitation molle des lendemains de nuit blanche qui se déployait à ses pieds, le corps penché vers elle comme s'il voulait s'en imprégner. Ses pensées étaient ailleurs. Il lui fallait reprendre l'initiative et il évaluait les différentes manières de bouleverser ses plans, de leur imprimer un rythme nouveau. Ce qui s'était passé la veille lui avait fait comprendre que la dynamique s'émoussait et il n'avait que peu de temps pour corriger la trajectoire avant la Session Majeure. Il n'en avait que trop conscience, le succès de son entreprise reposait plus que jamais sur son indéfectible détermination et sa parfaite maîtrise du timing.

Bran était loin d'être un imbécile. Il devait sa fortune à une approche méthodique des choses et une vision objective du monde qu'il avait toujours su tourner à son avantage. Il savait notamment les risques qu'une transition à grande échelle faisait courir à Eloine, il connaissait les complications que son projet avaient fait naître chaque fois qu'il en avait parlé, il avait une conscience aigüe de la scission qui était à l'œuvre dans Eloine et à laquelle il avait pris une large part, mais rien de tout cela ne le gênait outre mesure. Ce projet était sa revanche sur l'adversité, sur le temps, sur Eloine qui l'avait accepté sans l'avoir reconnu, sur tout ce qui s'était imposé à lui à son corps défendant. Il en était venu à haïr cette civilisation qui n'en était pas une, toute faite de normes et de contrôles de toutes sortes, enchâssée dans des protocoles et des processus soigneusement lissés qui empoisonnaient la vie de tous ceux qui aspiraient à autre chose. De la même façon, il haïssait l'énergie temporelle dont il pensait, tout en faisant abusivement usage, qu'elle avait fait plus de tort que de bien à ses concitoyens. Tout cela le dépassait et il le vivait comme une contrainte insurmontable. Il n'avait pas fait partie de la Dissidence et il était trop tard pour le regretter. Il n'avait pas même tenté d'y goûter par une ou deux expériences temporelles, tel un petit shoot d'aventure auquel nombre de ses amis s'étaient essayés. Il avait vécu le conflit entre les Dissidents et Eneter comme un jeu de renforcement mutuel et il avait tenu à s'en tenir éloigné. Il avait été de ceux et ils étaient nombreux, pour qui la rupture créée par la Convergence avait finalement eu l'effet exactement inverse de celui espéré : au lieu d'un renouveau et d'une vitalité exacerbée par l'immensité du champ des possibles, la profusion des choix et la confusion liée à leur incertitude avaient été la cause d'une frustration immense, en contrecoup du carcan procédurier dans lequel Eloine les avait enserrés pendant des siècles. Comme tous ceux qui étaient venus grossir ses rangs, il avait vécu la Convergence en contrepoint de l'enthousiasme général et elle avait eu sur lui le même effet que la lumière soudaine eût pu avoir sur un aveugle. Il n'en avait perçu que la violence faite à ce qu'il croyait être, la colère l'avait pris sur la débilité de son état jusqu'alors et il n'avait su que faire de sa révolte autrement qu'en donnant libre cours à des projets toujours plus faramineux, quelles que soient les conséquences pour Eloine.

Absorbé par le spectacle tranquille du Forum presque silencieux à cette heure matinale et qui vaquait maintenant à ses occupations coutumières, il décida de changer ses plans : au lieu d'une transition unique et en masse, comme il l'avait tout d'abord imaginé à la fois pour marquer les esprits, donner un maximum de publicité à son entreprise et surtout éviter toute manœuvre qui aurait pu les en prévenir, ils allaient procéder par grappes. Il avait déjà prévu de petites escouades pour organiser les choses dès leur arrivée sur l'île, il suffirait de s'appuyer sur ces groupes restreints pour transiter. Certes, cela les rendait moins visibles, mais il y voyait justement un gage supplémentaire de réussite. Il savait que se resserrait irrémédiablement sur lui l'étau sécuritaire d'Eloine, cette capacité innée de sa civilisation à se protéger de ce qui pouvait la menacer et il devait en tenir compte. De même, il avait prévu de démarrer le processus juste à l'ouverture de la Session Majeure (*"Mesdames et Messieurs les Conseillers, au moment où je vous parle, la Grande Transition a commencé !"* Quelle annonce !) mais il allait falloir prendre de l'avance sur les événements, commencer à transiter dès que possible et finir de recruter en même temps. Lui s'occuperait de la transition pendant que Peg, son zélé second, assurerait la fin du recrutement. Il partirait avec les premiers, ce qui lui permettrait d'organiser les choses sur place et garantissait au moins à sa personne le succès de l'aventure. Avec un minimum de préparation, ils devraient pouvoir commencer l'après-midi même. Il fixa l'horaire à 12h00, qu'il jugea être une heure suffisamment esthétique pour conserver toute sa solennité à l'annonce qui serait faite le lendemain. Bien entendu, il lui faudrait l'enregistrer et confier à Peg le soin de la faire diffuser devant le GC. Fort de ces réflexions, Bran avait retrouvé une certaine assurance sinon une réelle tranquillité. Il fit volte-face et retourna dans la pièce à la recherche de son factotum.

Le lieu de leurs agapes s'éveillait dans le tumulte étouffé d'étirements et de bâillements embrumés. Plusieurs étudiants avaient déjà quitté les lieux à la recherche d'autres aventures ou d'un solide remontant selon l'état dans lequel le matin les avait trouvés et Bran se fraya un chemin parmi les couples épars. Il retrouva Peg où il l'avait laissé, dans les bras d'une fille rencontrée ce soir-là. Il lui fit rapidement part de ses décisions et lui transmit sa feuille de route : avant le lendemain midi, il devait avoir recruté au moins deux cents volontaires supplémentaires et s'être assuré que les diverses transitions s'étaient déroulées dans le bon ordre. Quant à lui, il ouvrit son holos et prit quelques temps à paramétrer le programme qui distribuait les instructions et horaires de transition entre les différents groupes. Tout était dorénavant prêt avec un lancement des opérations prévu trois heures plus tard. Il lui restait juste le temps de régler quelques dernières affaires et de se préparer.

Quelque part dans le vaste système mnésique d'Eloine, un signal d'alerte était déclenché à destination du QG d'Eneter. Malheureusement celui-ci, toujours déconnecté de la Mémoire, ne put en prendre connaissance.

Nahei, car c'était elle, n'avait rien perdu des instructions données à Peg. Une poussée d'angoisse la prit au creux du ventre telle une crampe douloureuse et tenace. Lors de son altercation avec Mugan, elle avait été déçue du peu d'attention qu'il lui avait manifestée et elle s'était laissé emporter par Peg et ses amis dans une nuit qu'elle commençait de regretter. Était-ce un reliquat des effluves de la nuit, un changement de plan qui lui paraissait trop précipité ou encore un remord tardif ? Elle y vit quelque moyen de se racheter. Elle décida de retrouver Mugan pour lui faire part de ce qu'elle avait appris. Il n'était pas chez lui.

Beihai – Appartement de Leh - samedi 17 Septembre 2264 – 09h

-   « Il doit y avoir quelque chose qui cloche. »

La remarque de Leh, faite d'une voix plus grave que d'habitude, était presque un murmure indistinct, une observation faite à lui-même. Il regardait ses compagnons du même air bourru que s'il avait eu un reproche à leur faire. Leh détestait ne pas comprendre. Chaque fois qu'un événement fortuit survenait qui empêchait un plan de se dérouler comme prévu, il s'en attribuait instinctivement la responsabilité comme s'il eût été chargé de l'éviter. Combien de fois avaient-ils eu recours à sa force et à sa placidité pour se tirer de situations dangereuses et combien de fois avait-il été présent pour leur éviter un impair qui eût tourné au tragique ? Il avait ainsi endossé progressivement le rôle du protecteur dans l'équipe et il avait le sentiment que, cette fois, il n'avait pu éviter l'irréparable : Jiù et Akané manquaient et leur absence était inexplicable. Sans doute, quelque chose avait mal tourné et il n'avait pas été à leurs côtés. Il lança un autre regard désapprobateur à ses compagnons, attendant un signe, un encouragement, la trace que tout allait rentrer dans l'ordre. Chacun regardait devant soi, muré dans un silence qui ne lui disait rien qui vaille.

Leur équipe s'était retrouvée comme ils en étaient convenus mais l'absence de Jiù et Akané donnait à cette réunion un tour inusité, un ton de gravité et d'urgence auquel ils n'étaient pas préparés. Outre le fait qu'ils n'avaient pu se réunir à leur appartement et avaient dû se rabattre sur celui de Leh, Jiù et Akané leur faisaient cruellement défaut et leur absence était un assez mauvais présage pour la suite. Ce que, par-dessus tout, ils ne comprenaient pas était le fait qu'ils n'aient pu transiter de quelque endroit où ils eussent pu être pour se rendre au rendez-vous qu'ils avaient eux-mêmes fixé. Cela ne leur ressemblait pas. Quelque chose de grave devait les en avoir empêchés et à cette hypothèse s'ajoutait la nouvelle que Mugan et Matzu leur avait transmise dès leur arrivée : le corps expéditionnaire préparait quelque chose, ils en avaient la certitude. Ce qu'ils avaient surpris n'était pas un campement au repos, loin s'en fallait. Ils avaient manifestement interrompu une opération en cours, sans être capables d'en préciser la nature. Cela faisait beaucoup et leur aventure leur parut soudainement engagée sous de bien médiocres auspices.

-   « Qu'en pensez-vous, vous autres ? » Leh revenait à la charge : il lui fallait coûte que coûte se débarrasser de ce silence qui lui enserrait les tempes à lui étouffer le cerveau.
-   « La priorité est d'en finir avec ces transports. » Les paroles de Doràn furent accueillies entre sourires et soupirs, personne n'étant réellement surpris. Comme à son habitude, il était partisan des solutions simples et de la manière forte. En cela, il tranchait fortement avec ses compagnons, plus habitués quant à eux à des approches plus sophistiquées qui évitaient le choc frontal.
-   « Cela nous permettra de régler deux problèmes d'un coup : on se rend maîtres de ce détachement qui nous empoisonne la vie et on les interroge pour en savoir plus long sur leurs intentions. Une fois ce problème réglé, nous n'aurons plus qu'à nous attaquer à ce qui se passe sur Eloine, car n'oublions pas que le GC se tient demain matin et que nous n'avons pas l'once d'une solution aux problèmes qui nous préoccupent.
-   De quels problèmes parles-tu, Doràn ?

- Avez-vous oublié ce dont je vous ai parlé hier : la généralisation des troubles ? Cela me semble en tout cas plus grave et plus insidieux que ce petit détachement d'opérette qui n'appelle qu'une réponse décisive. Nous avons tous les avantages : celui du nombre, celui de la connaissance du terrain et celui de la surprise. Si vous m'y autorisez, je peux, de ce pas, en avertir l'état-major et ce sera chose faite. » Doràn eut un geste vers son holos que Matzu arrêta d'un geste.

- « Ce n'est pas à nous de t'autoriser à engager nos forces, tu le sais bien. C'est du ressort du GC et il te faudra attendre demain pour cela.

- C'est grotesque ! Si c'est justement le GC qui est la cible de ce déploiement, il n'aura pas le temps de donner l'ordre de se défendre. Et cela aussi, tu le sais bien !

- Tu crois vraiment que ces militaires ne s'attendent pas à une action de ce genre ? Tu crois que nous allons les surprendre et qu'ils ne s'y sont pas préparés ? »

Il était temps que quelqu'un intervînt pour calmer les esprits et réduire la nervosité qui emplissait la pièce, nourrie d'impuissance et de perplexité. Seul, Ishma bénéficiait à la fois d'un peu d'autorité sur ce groupe et d'éléments de réponse inconnus de ses compagnons.

- « Je crois savoir où ils sont. Je pense le savoir. » La nouvelle fit son effet, le silence fut instantané, cette fois chargé d'expectative.

- « Jiù a transité hier vers le futur, vers une zone nommée Ibzan Malkhal et je pense qu'Akané l'accompagne.

- Mais que font-ils là-bas ? » La surprise de Jon n'était pas dénuée de reproche : il y avait tant à faire sur Eloine, tant de menaces à parer que cette transition avait pour lui des airs de villégiature assez peu appropriée.

- « Je vais vous expliquer. » Au fur et à mesure qu'Ishma relatait l'entretien qu'il avait eu avec Jiù avant son départ, chacun fut habité d'une agitation croissante : ses révélations ne convenaient pas à tout le monde, loin de là et l'animosité envers celui qui fut l'un des symboles dynastiques les plus réputés ne fit que croître.

- « C'est insensé ! Les risques que tu as fait prendre à Jiù sont énormes, totalement inconsidérés ! Comment as-tu pu et comment a-t-il pu surtout te faire confiance à ce point !

- Jon, il faut que tu essaies de comprendre que la solution à un problème ne se trouve pas nécessairement dans l'instant où il se pose. Pas nécessairement. Il est parfois utile d'aller la chercher plus tôt ou même plus tard.

- Ce que tu dis, Ishma, est exactement contraire à ce que nous savons de l'énergie temporelle : on n'a pas besoin d'aller chercher des solutions à perpète. Au contraire, chaque instant porte littéralement en lui les réponses aux questions qu'on se pose. Mais passons. » Leh n'avait manifestement pas envie d'en rajouter. Il tenait surtout à suivre la démonstration dans laquelle Ishma s'était engagé.

- « Pourquoi parles-tu du passé ? Tu viens de nous dire qu'ils avaient transité vers le futur ?

- Oui, mais dans l'intention de définir une ligne d'évolution souhaitable pour Eloine, dont les racines se trouvent dans notre passé. Que nous devrons ajuster en toute connaissance de causes, justement ! » Il eut un petit rire las. Ils ne comprenaient pas, ils ne comprendraient sans doute jamais.

- « Je répète : En toute connaissance des causes ! Vous comprenez ? C'est dans les options prises dans le passé

que se règlent les trajectoires qui mènent à un futur qu'on se choisit et dont le présent ne serait qu'une étape. En l'occurrence il s'agit selon moi de résoudre une fois pour toute la dramatique singularité que Kohl a créée en copiant les documents d'Iksan. Pour moi, tout repose là.»
Il se tourna vers Doràn :

-   « Et je ne serais pas surpris que les troubles qui te préoccupent trouvent aussi leur origine dans cette singularité.
-   Mais alors, celle que prépare Bran serait encore plus massive !
-   De quoi parles-tu, Mugan ?
-   Vous avez déjà oublié la transition de près de mille colons que prépare Bran et dont je vous ai avertis hier ? Je vous signale que c'est pour demain ! »

Ils eurent un échange de regards gênés devant l'oubli manifeste d'une chose aussi importante.

-   « Nous avions oublié, Mugan. Excuse-nous de n'y avoir pas accordé suffisamment d'attention.
-   L'important est que Matzu avait décidé de rencontrer Bran pour le dissuader et c'est à cause de moi que, finalement, nous sommes allés à Terj Nama.
-   Tout cela commence tout de même à faire beaucoup ! »
    La complexité de la situation n'avait échappé à personne et la remarque bougonne de Leh fit du bien à tout le monde.
-   « Qu'en penses-tu, Ishma ? »

Ils furent nombreux à percevoir dans la question de Leh une pointe d'inquiétude qui résonnait avec la leur. En l'absence de Jiù et Akané, ils ne savaient trop comment aborder cette situation nouvelle alors que tant d'incertitudes et de périls s'accumulaient autour d'eux. Ils n'étaient plus tant cette équipe efficace et assez insouciante aux côtés de ceux qui avaient pris en main la destinée d'Eloine, qu'un groupuscule d'aventuriers sans véritable plan d'action et en mal de direction. Pour l'heure, aucun n'osait se risquer à élaborer une quelconque ligne de conduite : trop de choses pouvaient mal tourner s'ils prenaient une initiative inconsidérée, la moindre n'étant pas de créer des conditions faisant obstacle au retour de ceux qui leur manquaient si cruellement. Il était donc logique qu'ils se tournassent vers celui qui, parmi eux, était le plus à même de leur éviter un faux pas et, pourquoi pas, d'entrevoir une voie de sortie. Plus que jamais, malgré leur défiance et leurs préventions, le vieux professeur faisait figure de recours : Lui seul disposait de la connaissance nécessaire pour démêler cet écheveau de situations imbriquées, lui seul avait la capacité d'y trouver un sens. S'il y en avait un.

Ishma se taisait. Il avait parfaitement perçu le risque qu'il courrait s'il acceptait ce rôle de leader que la question de Leh lui proposait implicitement. Il s'était depuis longtemps libéré de l'influence insatiable de l'ego, toujours prêt à capter ce qui pourrait le renforcer. Il n'en avait cure. À la différence de Jiù, il savait les dangers de l'homme providentiel et il avait une conscience aigüe de combien cette solution était captieuse et les éloignerait de celle qu'ils recherchaient. Il était surtout suffisamment féru d'Historique pour savoir que c'était exactement le travers dans lequel étaient tombées tant de civilisations passées et qui les avait finalement toutes menées à leur perte. C'était comme un réflexe primal : face à la complexité, au lieu que chacun se vive comme une partie animée d'une solution en cours d'élaboration, au lieu que chaque membre du groupe se voie comme un élément mobile d'un tout en mouvement, au lieu de percevoir la totalité au travers de ses parties si diverses, depuis toujours ou presque l'on imagine, on cherche un être providentiel, on projette un archétype qui se met à vivre dans l'immatérialité du temps et, naturellement, il se trouve toujours quelqu'un pour incarner le rôle vers qui tous se tourneront pour donner à ce mythe tragique sa réalité. À chaque fois, les mêmes résultats s'en suivent : au pire, on aura fabriqué un désastre, au mieux on n'aura fait que retarder le moment où la conscience collective aurait pu s'ouvrir à un autre degré, digérer la complexité pour passer à l'étape suivante de son évolution. Il savait qu'à nouveau des circonstances similaires, non parfaitement identiques, frapperaient à la porte, à nouveau le choix serait proposé pour que le cycle se renouvelât. Juste qu'à ce qu'enfin, une route différente fut prise. Jusqu'à ce que le groupe, aussi vaste et divers fût-il, prît en charge sa destinée, reconnût son unité et se propulsât dans un degré supérieur de conscience de son être. Oh, combien en cet instant précis, était puissante la promesse de l'instant qu'ils étaient en train de vivre ! L'inconcevable vérité du moment. Comme si, loin d'être fortuite ou regrettable, l'absence de Jiù et Akané était exactement à sa place, un cadeau qui était offert à ce groupe pour qu'il s'ouvrît à son renouveau, à ce qu'il pouvait être dans la totale conscience de l'instant. Dans une exaltation qu'il se garda bien de manifester, il savoura l'indicible perfection de ce moment comme de tous les autres, de toute circonstance dès lors qu'on l'appréhendait dans son entièreté : toutes les options étaient offertes, tous les choix étaient possibles, toutes les routes pouvaient être explorées dès lors qu'on acceptait d'y prendre sa part de responsabilité. Il goûtait ce moment impensable et si bref où l'on réalise ce que c'est qu'être vivant. Cette situation, nouvelle pour le groupe, était dans l'exacte continuité de l'échange que Jiù avait eu avec Akané. Elle en était le contrepoint exact, la confirmation de la justesse de perception d'Akané et il n'était pas certain que Jiù en eût saisi toute la portée.

Il le savait : leur véritable ressource, celle où ils avaient puisé cette force irrépressible qui avait ébranlé définitivement l'immuabilité d'Eloine, était leur capacité à s'immerger dans le présent potentiel. Il savait que c'était là, à la condition de s'abandonner complètement à l'instant, qu'ils pourraient toujours trouver et reconnaître l'option qu'ils cherchaient. Elle leur apparaitrait alors comme une évidence mais eux seuls auraient la capacité de la discerner, du fait de leur singulière réceptivité à l'énergie temporelle mais aussi par la remarquable cohésion de leur groupe.

Fort des travaux qu'il menait depuis si longtemps, Ishma était sans doute l'un des seuls à comprendre les conditions qui favorisaient l'émergence de cette énergie si subtile, réticulée et diffuse. Il y avait notamment une loi très ancienne, celle de Metcalfe, qui en déterminait le potentiel en fonction du carré du nombre de liens possibles dans un réseau. Mais cela ne suffisait pas, un autre facteur était indispensable pour que ce potentiel se libérât dans toute sa puissance : il fallait la confiance. Une confiance indéfectible et absolue. Le moindre doute était l'antidote la plus sûre à l'émergence de l'énergie temporelle. Il en avait fait l'expérience : dès qu'il s'insinuait, elle disparaissait, comme absorbée par quelque corps invisible et mou. Ce mélange de phénomènes physiques et d'influences métaphysique ne laissait pas de le surprendre et il en avait fait un de ses thèmes favoris de recherche dans les neurosciences. Parlant de confiance, Ishma savait combien elle était forte dans ce groupe, après toutes ces aventures menées en commun. À tel point qu'il n'était pas rare que l'énergie se manifestât spontanément dès qu'ils étaient ensemble et chacun pouvait en sentir les effets, comme un frisson à la surface de leur peau, une vibration puissante qui parcourait leur groupe et agitait leur être. C'était exactement dans ces moments-là que jaillissaient leurs plus belles intuitions, que pouvaient se matérialiser leurs projets les plus fous. C'était précisément cette énergie, bien plus que leur courage ou leur détermination, qui avait eu raison des lourdeurs technocratiques d'Eloine.

Plongé dans un silence interrogateur, Ishma observait ses compagnons tour à tour, comme pour évaluer à quel point chacun était proche de cet état qu'il venait de connaître, pour tenter de percevoir entre eux cette vibration qui leur aurait permis de piocher dans l'infini potentiel de l'instant. Il fut bien obligé d'admettre que le silence était plus embarrassé que porteur de cette énergie salvatrice qu'il attendait : ils n'étaient pas encore dans l'état d'esprit adéquat.

- « Mes amis, je vous retourne la question : et si tout ce qui arrivait était normal ? Tout à fait normal ? Si rien de ce qui se passe en ce moment et qui nous désarçonne n'était fortuit ? Si tout cela procédait d'une logique bien plus vaste que celle que nous avons l'habitude d'appréhender ? Cela ne vous dit rien ? Tout de même, ce n'est pas à moi de vous le rappeler ! La Convergence, c'était très exactement ça : bien plus que l'inclusion de l'énergie temporelle dans nos systèmes, ce fut la prise de conscience pour Eloine qu'il y avait une logique immensément plus vaste que la logique L1 ! Immensément. Cette logique à laquelle vous nous avez initiés au travers du présent potentiel et par laquelle nous avons appris à transiter. Souvenez-vous, que diantre ! C'est tout ce que porte l'instant, cet instant précis que nous vivons, comme tous les autres, qui nous permet d'accéder à cette logique à la fois précise et totale. L'avez-vous donc oublié ? »

Ishma avait touché juste : les regards qui, il y a quelques minutes encore, étaient murés dans une attente lourde de perplexité, se cherchaient dorénavant comme ouverts et quelques-uns se croisaient. L'énergie qu'invoquait Ishma se remit à circuler dans le petit groupe et, très graduellement, emplit la pièce. Ils baignaient désormais dans un champ vibratoire subtil et vivant, qui chargeait l'atmosphère d'une sorte de frémissement électrique les parcourant comme une onde.

-   « Oui, mes amis, partons de l'hypothèse que tout cela est lié, que tout cela n'arrive pas pour rien et que ces événements disparates ont quelque chose en commun. Tout est lié, c'est la bonne approche. C'est la seule, en fait, qui nous permette d'y voir clair. À partir de là, à quoi aboutissons-nous ? »

Un soupir discret, long et non retenu, traversa le groupe comme la manifestation de cette secousse qui les réveillait et les ramenait à la vie. Ishma n'avait pas besoin d'en dire davantage : ils l'avaient rejoint dans cet état de sensibilité particulier où rien n'était séparé de rien. Il suffisait de sentir, de s'ouvrir à l'immensité du présent, de la façon la plus vaste possible. Par réflexe, ils passèrent en mode actif pour tout percevoir, tout appréhender. Leur nervosité inquiète et désordonnée fit place à une euphorie silencieuse, un état de sérénité comblée où tout est donné, tout est à sa place et toute agitation est vaine. Le calme était parmi eux et les nourrissait de l'intérieur. Les visages se firent lisses, paisibles et détendus où naquirent des sourires tranquilles alors que tous contemplaient les options qui s'offraient à eux, comme un paysage posé dans la tranquillité du présent potentiel. Aucun n'avait de raison de rompre ce charme qui les avait pris, chacun voulant goûter de cet état autant qu'il se donnait à ressentir. Il s'évanouit pourtant à la longue comme un parfum se dissout très lentement dans l'air immobile.

- « Ah ! ça va mieux ! On devrait faire ça plus souvent ! »
  Une salve de rires répondit à Leh et acheva de leur faire
  oublier la confusion où ils venaient de se perdre.

- « Il me semble que j'ai entrevu quelque chose. » La voix
  légère et sans insistance de Mia fit converger vers elle tous
  les regards dans une expectative un peu surprise. Mia
  parlait peu. D'un naturel assez effacé, elle avait gardé de
  sa mésaventure avec Eneter une discrétion presque
  maladive : elle écoutait beaucoup, préférant ressentir les
  choses pour évoquer ensuite ses impressions en petit
  comité, s'il apparaissait que ce pût être d'une utilité
  quelconque. Elle s'entendait à merveille avec Akané et
  elles se voyaient beaucoup. Mia était un peu sa confidente
  et elle n'avait pas été sans avoir à connaître les tensions
  avec Jiù, ce qui ajoutait une complication qu'elle se gardait
  bien d'évoquer. Cette fois cependant, il lui faudrait agir
  sans la présence de son amie, faire seule face à ce groupe
  d'hommes qui l'impressionnaient un peu et dont elle
  n'était pas certaine qu'ils la comprenaient.

- « J'ai ressenti la présence de ce détachement militaire
  comme faisant partie de nous. Je ne sais pas pourquoi,
  mais d'une façon ou d'une autre, ils font partie de notre
  histoire. Nous devrions cesser de les percevoir et de les
  traiter comme des étrangers. Peut-être même sont-ils
  réellement des nôtres, qu'en savons-nous ? Peut-être
  devrions-nous nous interroger sur des absences
  éventuelles dans quelque bataillon ? La Mémoire en sait
  peut-être un peu plus qu'hier à ce sujet ?

- Tu as raison, Mia ! Selon moi, la véritable question est
  moins de savoir qui ils sont que ce qui les anime. Je veux
  dire, ne cherchons pas quel est leur objectif, pas encore,

mais plutôt ce qui les a mis en mouvement. Par quelle impulsion se sont-ils mis en route ? J'ai le sentiment que là, réside la réponse aux questions que nous nous posons. C'est là qu'est la réponse. Continue, je te prie, Mia, continue ! »

-   « Rien, j'en ai terminé. Nous devrions interroger la Mémoire. »

La voix impersonnelle emplit la pièce telle un murmure venu de toutes parts :

-   « Elle confirme. Le 5ème régiment du Bataillon du Désert a reporté ce matin l'absence d'une patrouille partie il y a deux jours : il s'agit de trois transports et de quelques veloths. Cinquante hommes sont portés manquants. Des recherches sont en cours pour retrouver leurs traces. Sans résultat pour l'instant. »

Une patrouille manquante. Ce serait donc cela ? Mais comment ces hommes avaient-ils pu abattre incognito une telle distance en si peu de temps ? Et pour quels motifs ? Si l'origine de ces troupes était élucidée, il n'en était pas de même pour les raisons de leur mouvement, toujours aussi obscures. Mia, prise d'une inspiration subite, se leva et d'un geste, interrompit la session avec la Mémoire.

-   « Pouvez-vous débrancher vos holos ? » Chacun l'imita machinalement. Doràn était au comble de la stupéfaction : ce petit bout de bonne femme, sans aucun lien avec son état-major, arrivait exactement aux mêmes conclusions que Lauwers. Il attendit la suite dans un état d'excitation à peine contenue. Il était dorénavant certain que, dans tout ceci, quelque chose tournait autour de la Mémoire. D'une façon ou d'une autre, elle était mêlée à ce qui était en train de se passer. Accessoirement, il avait la certitude d'avoir des informations utiles pour la réunion qu'il devait tenir ensuite avec son état-major.

- « Que voudraient-ils provoquer et que sont-ils peut-être déjà en train de faire que la Mémoire ignore ? De quoi voudraient-ils se protéger ou nous protéger et n'ont-ils pas déjà commencé ? Croyez-vous réellement que ce détachement puisse stationner une journée et demie à proximité immédiate de Beihaï sans rien faire ? Juste pour attendre et se reposer ? Peut-être, je ne suis pas militaire mais cela me semble hautement improbable. Tellement improbable que cela me semble une erreur grossière de le croire et d'attendre jusqu'à demain. »

Mugan rayonnait : Mia avait mis les mots exacts sur ce qu'il n'avait pu formuler. Elle était parvenue à la conclusion qu'il cherchait en vain, mais cette fois à l'issue d'une intuition lumineuse et un raisonnement sans faille. Bien sûr, elle avait raison ! Le corps expéditionnaire était passé à l'action et son arrêt à Fanyi Tian était voulu, préparé et le fait que la Mémoire ne les en avait pas prévenus était éminemment suspect. Ce détachement par la faute duquel tout avait commencé prenait maintenant une réalité telle parmi eux que Mugan pouvait presque en ressentir la présence aussi nettement que la veille, lorsqu'ils l'écoutaient passer au pied du plateau. À nouveau, il percevait dans ce détachement une tension qu'il ne pouvait pas totalement attribuer à son professionnalisme et à sa détermination. Il devait y avoir d'autres raisons, comme une hostilité interne et larvée, un conflit qui leur avait échappé. À l'égard de qui ? Quoiqu'il en soit, ce petit corps expéditionnaire était devenu moins un sujet de crainte que d'investigation.

- « Peut-être, Mia, peut-être as-tu raison, mais dans ce cas, il est d'autant plus urgent que nous parvenions aux conclusions et à un vrai plan d'action ! Nous parlons, nous parlons mais pendant ce temps-là, des choses graves se préparent à nos portes ! ».

Doràn, comme à son habitude, avait eu du mal à contenir l'impatience qui grondait en lui : Bien sûr, ces quelques transports n'étaient pas en position d'attente, bien sûr ils étaient opérationnels mais c'était une raison de plus pour agir enfin et mettre fin à ces bavardages.

L'interruption était brutale et l'exaspération de Doràn imprima à la réunion un sentiment d'urgence qui confinait au malaise. Mugan n'en souhaitait pas moins poursuivre le fil de sa pensée, préoccupé par la sensation qu'un élément essentiel leur avait échappé.

- « Pourquoi as-tu souhaité nous déconnecter de la Mémoire ?
- Si nous poursuivons cette hypothèse, s'il y a quelque chose en train de se passer, pourquoi ne nous en a-t-elle pas avertis ? C'est en aboutissant à cette question que je me suis dit qu'il valait sans doute mieux avancer dans nos réflexions sans nécessairement l'y associer.
- J'ai envie de poursuivre le raisonnement de Mia. » Jon pouvait difficilement cacher son admiration pour sa compagne et ne manquait jamais une occasion de lui apporter son soutien, y compris quand celui-ci n'était pas nécessaire.
- « Pourquoi ce détachement se serait-il arrêté là ? En dehors de l'accès à Beihaï et autres aspects pratiques probablement secondaires ? Non, il y a une autre raison, évidente et qu'on a pourtant loupée !
- Laquelle ?
- Les champs solaires ! Ils sont stationnés à proximité immédiate d'un des plus vastes champs solaires de la région. »

Ils en restèrent sans voix. Les champs solaires, bien sûr ! Ishma, quant à lui, avait compris les précautions prises par Mia :

- « Tu t'es dit qu'ils s'étaient connectés aux champs solaires comme source d'énergie, n'est-ce pas ? Et dans ce cas, la Mémoire aurait dû nous en avertir instantanément, c'est cela ?

- Exactement, oui, bien que j'ignore complètement pourquoi la Mémoire deviendrait tout à coup déficiente.

- Un de mes hommes a émis une hypothèse là-dessus » intervint Doràn, pour qui tout s'enchaînait de façon éminemment logique.

- « Il pense que la capacité neuro-vectorielle de la Mémoire est dépassée par le niveau de complexité que nous avons atteint avec la Convergence et qu'il faut entreprendre une reprogrammation.

- Pfff ! Rien que cela ! On n'est pas sortis de l'auberge ! » Nul ne savait si Leh faisait allusion à la complexité invraisemblable qu'impliquait une reprogrammation de leur système mnésique ou s'il y voyait un sujet de plus à ajouter à ceux qu'ils étaient en train de traiter.

- « C'est très simple » continua Doràn. « Il n'y a qu'à aller voir. Nous pouvons mettre immédiatement sur pied une équipe de maintenance pour contrôler la zone. Ce n'est pas très compliqué et nous serons vite fixés. »

Tous se rangèrent à cet avis, comme rassérénés par la possibilité d'agir qui leur était offerte. Tous ? Pas tout à fait : nul ne remarqua l'expression désappointée d'Ishma : la montagne accouchait d'une souris. Ce résultat était bien maigre au regard des possibilités auxquelles il avait voulu les faire accéder. Il leur avait ouvert cet espace immense en espérant que leur groupe trouverait la solution qu'il cherchait au seul vrai problème qui lui paraissait devoir être résolu : comment aider Eloine à élever son champ de conscience au-delà de là où l'avait menée la Convergence ? C'était à ce prix qu'ils pourraient enfin résoudre le lien avec le Collapsus et annuler les effets désastreux de la singularité temporelle créée par Kohl. Il avait la certitude que, d'une façon ou d'une autre, c'était la raison pour laquelle Jiù et Akané avaient manqué leur réunion. Il était même surpris que ses compagnons n'en aient finalement pas fait plus grand cas. Non dénué de sagesse, il se réconforta en se rappelant ce que lui-même leur avait rappelé : toute situation porte en elle les solutions qu'elle appelle. La tâche de l'homme est uniquement de choisir et c'est déjà beaucoup. Trop peut-être ? Il reprit finalement le chemin de son laboratoire avec la satisfaction de celui qui savait que la douleur de l'instant inachevé était un leurre. Il voyait chaque moment comme un arbre et son bouquet de branches, chacune tendue dans sa direction propre et qu'elle se continuât par une autre branche, un fruit, une fleur, une feuille ou une brindille morte n'avait finalement pas beaucoup d'importance. Il goûtait chaque instant dans sa finitude et sa suspension propres et tout était parfait. Ishma était heureux et pleinement satisfait. S'épanouissait en lui la certitude qu'avait été accompli ce qui devait l'être et quelque part, dans l'infinie réalité de l'intérieur du temps où tout était lié, quelque chose s'était mis en route qui les rapprochait de l'épilogue. Quel qu'il pût être.

*　　*　　*

Quelques heures plus tard, un rapeed banalisé se rapprochait de l'Oued Nzaïr à la vitesse mesurée d'une équipe d'entretien qui sait qu'elle dispose de la journée entière voire des suivantes pour accomplir ce qu'elle avait à faire. Il longeait la piste en bordure du plateau, soulevant un nuage de poussière nécessairement visible à grande distance et s'avançait avec une tranquillité toute routinière en direction de l'Œil du Ciel. Dès qu'ils furent en vue de l'oued, le rapeed fit halte. Ses occupants pouvaient apercevoir dans le lointain les transports entourés de leurs veloths. Comme Mugan et Matzu lors de leur équipée, ils devinaient le mât muni d'une sorte d'émetteur parabolique qui ne laissa pas de les intriguer.

-    « Ils sont toujours là » chuchota Mugan.

Leh et Matzu quittèrent ostensiblement le rapeed pour inspecter quelques-uns des multiples boîtiers de contrôle disséminés dans le champ solaire. Celui-ci étendait jusqu'à l'horizon une mer cristalline et uniforme de panneaux bleutés scintillants de mille feux, oscillant par vagues imperceptibles sous l'effet d'une houle mécanique et très lente à mesure qu'ils suivaient le soleil. Ils disparurent rapidement entre deux rangées de panneaux, noyés dans le cliquetis incessant des mécanismes d'orientation. Mugan et Jon, restés dans le rapeed, scrutaient les transports à l'affût d'une réaction quelconque. Tout paraissait tranquille mais il était évident qu'ils étaient également observés.

-    "Nous sommes prêts à transiter. Prévenez-nous en cas de mouvement suspect.
-    Leh, attends ! " Mugan se souvenait soudain de ce qu'il avait remarqué lors de sa propre transition : " Je suis sûr qu'ils ont mis en place un réseau sensitif ! C'est peut-être la raison d'être du mât. C'est comme ça qu'ils ont détecté Matzu.
-    Eh bien, merci de t'en souvenir ! Il était moins une ! "

Même dans l'urgence, Leh ne pouvait se départir de la désinvolture qui l'habitait y compris lorsqu'il était dans l'action.

D'un geste, il désigna à Matzu le coffre auprès duquel ils s'étaient arrêtés.

- " Il doit y en avoir deux au droit des transports. Chacun le sien. Il y a de fortes chances que leur réseau soit déployé au ras du sol. Sur le coffre, ils ne devraient pas être en mesure de nous détecter. "

Pour donner le change et maintenir sur eux l'attention des guetteurs dont ils étaient sûrs qu'ils les surveillaient, Jon sortit à son tour du rapeed et resté à quelque distance, feignit une conversation avec ses collègues dissimulés par les panneaux. Pendant un long moment, rien ne se passa. Jon s'était assis à l'ombre du rapeed et tripotait son holos pour occuper le temps.

- « Alerte ! » Au cri que lança Mugan, Jon ne fit qu'un bon pour réintégrer le rapeed.
- « Ils lancent leurs veloths ! »

Six soldats avaient prestement enfourché leurs machines et se dirigeaient à toute vitesse à la verticale du plateau, précisément dans la direction de leurs compagnons.

- *"Leh, Matzu, transitez immédiatement, on se retrouve à Beihaï, confirmez !"* La voix de Jon était pressante, alors que, déjà, il lançait le rapeed sur la piste.
- " Bien reçu, terminé. "

Ils avaient démarré en trombe juste au moment où deux tirs de fusant faisaient exploser la roche exactement là ils avaient stationné. Ils n'étaient pas tirés d'affaire pour autant : Jon avait espéré que le nuage de poussière soulevé par leur véhicule masquerait leur fuite mais rien n'était moins sûr : les capteurs devaient les suivre à la trace et les fusants déjà être verrouillés sur leur cible. Un autre tir parfaitement ajusté explosa sur la route alors que le rapeed venait de faire une embardée brutale. La poussière mêlée à l'odeur irritante de la pierre pulvérisée emplit l'habitacle. Connaissant la redoutable précision des fusants, Jon pilotait complètement au jugé, imprimant au rapeed la trajectoire erratique d'un insecte affolé.

- « Mugan, transite immédiatement. Vers l'appartement de Leh. Vite ! Le prochain tir sera le bon. »

En un instant, son compagnon avait disparu et il put transiter à son tour. Le rapeed était vide quand, dans une gerbe de feu et de carboplast en fusion, un coup au but le pulvérisa, ne laissant sur la piste qu'une trace noircie jonchée de débris calcinés, sous un champignon de fumée noirâtre vite dissipé par le vent.

* * *

- « Mia avait raison. »

Le constat bref, lâché comme à regret, fit peu pour rompre le mutisme maussade qui s'était imposé dans l'appartement de Leh. La destruction du rapeed était un fait de guerre que nul ne pouvait ignorer, comme étaient sans équivoque les résultats du mouchard posé sur le réseau à proximité de Fanyi Tian : le détachement pompait à tout va dans le champ solaire et la puissance dérivée était énorme. Il y avait évidemment le risque accru d'un blackout majeur sur Beihaï, mais c'était le moindre de leurs soucis. De toutes les façons, l'Œil était déployé et il saurait s'en accommoder. Il y avait plus grave : à quoi pouvait bien leur servir une telle énergie et pourquoi donc la Mémoire ne les en avait pas avertis ? Ne pas pouvoir compter sur leur système mnésique pour résoudre cette énigme leur était d'autant plus insupportable qu'il était lui-même au cœur du mystère. Leur expédition ne leur avait finalement pas servi à grand-chose et, malgré les risques qu'ils avaient pris, ils étaient revenus à leur point de départ sans véritable réponse à des questions qui se posaient au contraire avec encore davantage d'acuité.

Juno – Quartier Général Eneter – Samedi 17 Septembre 2264– 10h

Doràn avait quitté l'appartement de Leh passablement agité : il n'avait pu se joindre à l'expédition qu'il avait lui-même suggérée alors qu'il aurait donné cher pour juger sur pièce de ce qu'il persistait à voir comme un danger de la première urgence pour Eloine.

Ce fut donc les traits roides d'impatience rentrée qu'il ouvrit la séance prévue avec son état-major. Au moins ceux-là, il avait prise sur eux. Il ne supportait plus les circonvolutions compliquées des discussions à n'en plus finir du groupe de soutien. Ce décorticage continuel et puéril le mettait hors de lui. Pour lui, pétri de discipline militaire, une réunion devait avoir un objectif, un début, une fin et l'inanité de ces échanges lui était devenue insupportable. Au moins ici, il était dans son élément et son intention était d'aller droit au but. Son humeur n'avait échappé à personne et chacun avait pris place autour de la table avec une résignation mêlée de crispation.

- « Vous commencez, Lauwers.
- Commandeur, voici les derniers résultats des actions menées par mes équipes dans le principat de Newton. Comme vous pourrez en juger, l'état est stationnaire et on peut noter une légère régression des troubles sur les dernières quarante-huit heures.
- Légère régression ? Des chiffres Lauwers, je veux des chiffres.
- 3,5%, insuffisamment cependant pour que ce soit une évolution significative. »

Lauwers avait lâché son chiffre d'un air las en activant divers contrôles pour afficher une carte détaillée de son district. Sa situation n'était pas la pire, loin s'en fallait, mais il n'en était pas satisfait pour autant. Quant à Doràn, il en fallait plus, beaucoup plus, pour étancher la colère qui l'étouffait.

- « 3,5% ? Mais vous vous foutez de moi, Lauwers ! Je vous avais prévenu, tout ceci est totalement insuffisant !

- J'ai mieux à vous proposer, Commandeur. » Il ne put empêcher une impalpable note de satisfaction de teinter un ton apparemment tout en déférence. Elle fut saisie néanmoins par l'ouïe quasiment paranoïaque de Doràn qui la traduisit par une impertinence inadmissible.

- « Ah oui ? » La voix sourde s'étirait lentement, détachant les voyelles, tendue comme une fronde que l'on arme et dont Lauwers se savait la cible.

- J'ai voulu vérifier l'hypothèse que j'avais émise en séance : j'ai demandé au système toutes les corrélations entre les troubles et les voyages temporels effectués sur mon secteur. Vous allez apprécier par vous-même.

- Je l'espère pour vous. » Lauwers, imperturbable, laissa passer la mitraille et continua d'afficher ses paramètres.

- « Regardez ces courbes. Elles montrent une corrélation presque exacte entre le nombre de voyages temporels et l'intensité des troubles. Mieux encore, regardez ici : les incidents étaient d'une importance beaucoup plus limitée jusqu'à il y a deux jours.

- Et ?

- C'est la date où nous pouvons supposer que le détachement dont vous nous avez parlé s'est mis en route pour Beihaï. »

Doràn accusa le coup, ébranlé en retour par l'intensité de l'antagonisme qui l'opposait à Lauwers. En quelques secondes, celui-ci venait de lui démontrer de façon irréfutable ce que Ishma avait tenté de leur faire toucher du doigt moins d'une heure auparavant : tout était lié. Tout ce qui les préoccupait depuis ces derniers jours baignait dans une trame de relations causales dont l'intrication étroite le laissait sans voix. Voyages temporels, troubles et corps expéditionnaire, d'autres incidents aussi probablement… La corrélation entre tous ces événements ne faisait aucun doute, tout cela ne faisait qu'un. Il était confondu et passablement désarçonné par une construction à la fois complexe, solide et parfaitement aboutie.

-   « Remarquable, Lauwers, je dois dire absolument remarquable. Bien, écoutez-moi tous. Ce que vient de découvrir Lauwers est vital pour Eloine. J'en ferai évidemment référence demain au Grand-Conseil. D'ici là, nous devons agir sur chacun de ces paramètres. D'abord, je viens d'apprendre qu'une émigration temporelle massive était en préparation, assurément au départ de Beihaï et probablement dans chacun de vos districts. Je suis surpris qu'aucun de vous n'en ait entendu parler et vous demande de prendre les mesures nécessaires. Au vu de ce que nous venons de découvrir, il est de la première importance que nous empêchions coûte que coûte ces transitions. Vous connaissez les moyens : assurez-vous des personnes suspectes et placez-les sous inhibiteurs jusqu'à nouvel ordre. Je me fous complètement des dégâts collatéraux, vous avez carte blanche. Je répète : faites immédiatement le nécessaire pour rendre impossible toute transition de niveau deux dans vos districts en particulier chez les étudiants ainsi que toute personne dont le statut est suspendu ou en veille. Par ailleurs, nous devons en finir avec ce corps expéditionnaire qui stationne à la périphérie de Beihaï et qui pourrait être lié aux troubles que nous connaissons. Enfin, je veux vos propositions pour la mise au pas de vos districts et surtout pour la sécurisation des centres de Mémoire. Je veux tous vos plans opérationnels sur chacun de ces sujets sur mon bureau demain huit heures zéro zéro. Messieurs, avez-vous quelque chose à ajouter ? Non ? vous pouvez disposer. Lauwers et Lu Peng vous restez. »

Doràn n'avait pas oublié que les hypothèses de son subordonné s'étaient trouvées parfaitement vérifiées, mais pour ce qu'il avait à dire, il valait mieux être en comité restreint avec le Principal de Beihaï dont la présence s'imposait naturellement : tout ça se passait dans son district.

- « Messieurs, avant toute chose, donnez vos ordres pour que mes instructions soient également exécutées dans vos principats. Je veux vous parler d'un sujet autrement plus préoccupant. »

Alors qu'ils obtempéraient, Doràn réfléchissait à la ligne de conduite à tenir pour ce qu'il considérait comme une mission autrement plus difficile : comment se rendre maîtres de la Mémoire ? Comment évaluer l'étendue des dommages mnésiques sans déclencher les systèmes d'auto-défense d'une intelligence artificielle sans cesse améliorée depuis près de cent ans ? Tout avait été pensé pour que, justement, le système fût inattaquable et qu'il restât fonctionnel quelles que fussent les circonstances. Sans trop d'idées sur la question, il se leva et, comme Lauwers la veille, isola entièrement la grande salle de ses connexions avec la Mémoire. Ses subordonnés le regardaient faire alors qu'ils achevaient leur communication avec leurs propres équipes.

Lauwers avait compris. À son tour, il déconnecta son holos, rapidement suivi par Lu Peng.

- « Nous avons un problème mnésique, n'est-ce-pas ? »

Doràn leur relata les conclusions auxquelles le groupe de soutien était arrivé après l'expédition vers l'Œil du Ciel et chacun se perdit en conjectures, tentant de se représenter à la fois la situation et l'étendue de ses conséquences.

- « Commandeur, s'ils se connectent au réseau pour leurs besoins en énergie, ne peuvent-ils pas accéder à la Mémoire, via le multiplex ?
- Évidemment, Lauwers ! » Doràn suspendit sa phrase devant le regard suggestif de son subordonné.
- « Vous êtes un as, Lauwers, évidemment ! Comment n'y avons-nous pas pensé ?
- Ils n'auront pas manqué d'implanter dans la Mémoire quelque algorithme leur permettant d'inhiber ses processus de contrôle, au moins pour ce qui les concerne.
- Et c'est la raison de l'absence totale de données sur ce détachement !
- De plus, ils n'ont pas besoin d'accéder physiquement au centre de la Mémoire pour en prendre le contrôle. Nous perdons sans doute notre temps en voulant sécuriser son périmètre. Ces hommes ont décidemment tout prévu !
- Il leur faut cependant une sacrée maîtrise algorithmique pour réussir ces opérations sans que les systèmes de défense ne les aient détectés ! Comment et qui a pu élaborer tout cela en si peu de temps ? Cela me rappelle la

Dissidence et toute la flopée de microprogrammes qui avaient infesté la Mémoire. »

Lu Peng jugea bon d'intervenir.

-   « Pour ma part, je ne comprends pas deux choses : leur énorme besoin en énergie et leur mobile. Tout cela est bien beau mais que diable font-ils aux portes de Beihaï ?
-   Nous avons peut-être le moyen de le savoir.
-   Allez-y, Lauwers, on vous écoute.
-   Je ne suis pas expert en cybernétique mais s'ils sont connectés au réseau, il devrait y avoir moyen, à notre tour, de pénétrer leur système via le multiplex et d'y implanter un mouchard.
-   Il serait immanquablement repéré, je ne vois pas l'utilité.
-   Ça dépend. A-t-on une idée de la structure du multiplex dans cette zone ? Pouvons-nous accéder à une carte du coin sans passer par la Mémoire, ce qui leur donnerait l'alerte ?
-   Il suffit de se connecter aux archives, on peut les séparer du système principal. »

Lu Peng afficha sur le vaste écran mural la représentation 3D du réseau de Beihaï : l'enchevêtrement invraisemblable de ses entrelacs disait l'extrême densité des systèmes autour de la capitale des régions de l'Est, sans qu'il fût possible d'en tirer la moindre information opérationnelle.

-   « Il faudrait filtrer, essaie par exemple la densité minimale des flux ou la date de dernière utilisation. »

L'écheveau compliqué se réduisit finalement à quelques tracés filiformes et multicolores dont une des branches longeait l'oued pour aller se perdre dans l'arrière-pays.

- « Celui-ci devrait faire l'affaire, c'est quoi ce réseau ? » Lu Peng zooma sur le graphe dont les données défilèrent.
- « Un ancien réseau de contrôle d'irrigation. Il date de l'époque où nous avions encore une agriculture.
- Pfff, il y a plus d'un siècle ! Comment se fait-il qu'il n'ait pas été désactivé ?
- Peu importe, mais c'est là l'intérêt : le code utilisé est sûrement totalement obsolète. Je suis prêt à parier qu'il ne sera pas détecté par leurs codecs.
- Lu Peng, vous pouvez me trouver un programmeur capable de nous développer illico un mouchard sur cette antiquité ?
- Affirmatif.
- Débrouillez-vous, il me le faut à 12h00 au plus tard. Nous lançons l'opération dans l'après-midi. Le GC est à 10h00 demain et je veux leur présenter une ligne d'attaque.

Quelques heures plus tard, le petit groupe se trouvait à nouveau réuni mais cette fois dans l'atmosphère électrique et ordonnée des veilles d'opérations. Doràn et Lauwers se tenaient debout derrière Lu Peng, positionné à une console qu'il manipulait avec des gestes précis.

- « Allez-y, Lu Peng. »

Tout d'abord, il ne se passa rien. Puis un grésillement de statiques emplit la salle dans un fouillis à la limite de l'audible. Il le réduisit graduellement par quelques réglages et ils purent reconnaître des échanges de conversations qui se superposaient. Ils avaient réussi : ils étaient connectés aux systèmes audio des transports. Rompant avec la légère euphorie qui les avait pris, Lauwers eut un geste pour attirer leur attention.

- « Écoutez ! »

Derrière les échanges ordinaires d'un corps expéditionnaire en opération, ils perçurent moins distinctement et en arrière-plan des voix étouffées dont ils peinaient à reconnaître la langue. Après un temps de perplexité, Doràn eut une illumination :

- « La Mémoire !
- ???
- Lors de notre discussion d'hier (Était-ce seulement la veille ? Doràn eut l'impression que cette réunion avec Jiù datait de beaucoup plus longtemps), la Mémoire a évoqué la possibilité d'une combinaison entre trois facteurs : des rebelles, la reprise de la Dissidence et une armée étrangère à Eloine.
- Étrangère à Eloine ? » Lauwers et Lu Peng ne purent retenir un sursaut dubitatif.
- « Oui, nous avons eu la même réaction mais ce que nous entendons semble confirmer cette hypothèse. Nous devons nous rendre à l'évidence : des étrangers sont entrés sur Eloine. Il ne s'agit pas seulement de rebelles.
- Vous enregistrez, Lu Peng ?
- Affirmatif.
- Filtrez-moi ces sons pour séparer les pistes. Je veux pouvoir analyser tout ce qu'ils se disent. Ne lancez surtout pas le Traducteur pour l'instant. Jusqu'à nouvel ordre, la Mémoire doit rester en dehors de tout cela. Nous ne savons pas à quel point elle a été corrompue. De toutes les façons, je doute que cette langue soit référencée. »

À nouveau, Doràn fut saisi par une sorte de réminiscence : la Mémoire avait évoqué quelque chose de ce genre, le souvenir restait imprécis et il s'en voulait de son manque d'attention lors de cette réunion, mais il n'en eut pas moins la sensation vague que la Mémoire avait tenté de les avertir d'un dysfonctionnement sans vouloir ou pouvoir le formaliser explicitement. Il faudrait qu'il en parle à Matzu : Jiù mis à part, il était certainement le plus compétent en matière de systèmes mnésiques. Il y avait là sans doute une voie possible pour en reprendre le contrôle.

Une fois les pistes séparées, ils purent distinctement suivre une conversation assez animée dans une langue qu'ils ne comprenaient pas. C'était la première fois depuis des générations qu'une langue inconnue apparaissait sur Eloine. Une ride de perplexité inquiète leur barrait le front alors qu'ils tâchaient d'en saisir un mot ou deux. En pure perte.

- « Je ne sais pas pourquoi, mais je n'aime pas du tout ça. Ces voix me donnent le frisson. Il y a derrière tout ça un sentiment de menace que je ne m'explique pas. Je ne sais pas pour vous, mais en ce qui me concerne, tout ça pourrait bien ressembler à un début d'invasion.
- Taisez-vous, Lauwers, ne dites pas de bêtises. On ne lance pas une invasion avec un ou deux transports et quelques veloths. Évitons les hypothèses non étayées par des faits.
- Parlant de faits, me permettez-vous une supposition ?
- Je vous écoute, Lu Peng.
- Je me demande si les nôtres ne seraient pas prisonniers de ces étrangers. Si vous écoutez bien, il n'y a aucun échange entre eux, pas de contact, aucun lien apparent entre leurs conversations, comme si elles étaient parfaitement disjointes, comme si les uns étaient à la merci des autres. Comme des prisonniers en présence de leurs gardiens. »

Ils se turent, écoutant avec une attention accrue les enregistrements distincts, opinant du chef comme en approbation silencieuse de l'hypothèse qui leur était proposée.

-   « Bien vu ! Vous tenez peut-être un truc. Ça vaut la peine de fouiller, d'autant plus que je préfère nettement ça : si des nôtres sont en train de trahir, j'aime autant que ce soit sous la contrainte, même si cela n'excuse pas tout. »

Lentement, une image plus claire de la situation commençait à se faire jour. Ils n'avaient pas tous les éléments en main, loin s'en fallait mais ils n'en avaient pas moins un début de scénario sur la question qui les préoccupait : il ne s'agissait probablement pas de rebelles mais d'un détachement otage d'un groupe armé étranger. Comment avaient-ils été placés sous contrôle et dans quels buts ? Même s'il leur restait beaucoup à découvrir pour dégager une ligne d'action efficace, ils n'en avaient pas moins le sentiment d'avoir marqué un point décisif dans la compréhension de ce qui était en train de se passer. De combien de temps disposaient-ils pour concevoir et dérouler leur stratégie ? Doràn sentit peser sur ses épaules le poids écrasant de l'urgence et du temps qui allait lui manquer. Il n'était pas au bout de ses peines. Une vibration de son holos l'avertit d'une communication en attente et, identifiant son interlocuteur, il plaça son appareil en mode privé.

-   « Je t'écoute, Matzu, tu peux parler.» Son visage prit sur le champ une expression de la gravité la plus extrême. La conversation fut brève, entrecoupée d'exclamations de surprise et de colère croissante. Les deux officiers ne disaient mot, conscients que quelque chose d'important était en train de se passer.
-   « Ah, mais ça change tout ! Je te remercie de ces informations, Matzu, je vous tiens au courant, on se retrouve à quinze heure zéro zéro. »

Survolté par une excitation qu'il ne pouvait contenir, Doràn se tourna vers ses hommes.

- « Vous prenez vos quartiers ici, convocation immédiate de l'État-Major. Je mets Eloine en alerte maximale.
- Il y a du nouveau ?
- Un peu qu'il y a du nouveau ! Ces salopards viennent de nous détruire un rapeed. Désintégré par un tir de fusant. Pas de victime, heureusement. Les choses sont claires dorénavant. Je ne sais pas contre qui nous sommes en guerre, mais nous le sommes. Il paraît qu'en plus ils pompent tout ce qu'ils peuvent du champ solaire Ouest de Beihaï.
- On ne peut pas isoler la zone ?
- Nous le ferons. Cela ne les empêchera pas de continuer à s'approvisionner en mode limité mais au moins cela les déconnectera du réseau.
- Ce ne serait pas mal de le faire rapidement : cela nous permettrait d'investiguer tranquillement la Mémoire à la recherche de programmes viraux. »

Doràn acquiesça d'un geste de l'index pointé nerveusement vers Lauwers, alors que Lu Peng arborait une moue contrariée qui, évidemment, ne put échapper à sa vigilance ombrageuse :

- « Vous me regardez ça, Lauwers. C'est quoi le problème, Lu Peng ?
- Commandeur, il va nous falloir du doigté. N'oubliez pas qu'il y a des hommes à nous dans ces transports et nous ne sommes pas certains qu'ils soient libres de leurs mouvements.
- Croyez-vous que j'allais l'oublier ? Mais vous avez raison. Demandez au bataillon leurs noms et matricules, nous tenterons d'entrer en contact avec eux. Si nous réussissons, ils seront plus utiles que dangereux. Rendez-

vous avec tout le monde dans trente minutes, d'ici là j'ai à faire. »

Une demi-heure plus tard, Doràn faisait face à son État-Major au grand complet.

- « Messieurs, la situation est très simple : nous sommes en guerre. Le détachement aux portes de Beihaï a déclenché les hostilités ce matin en nous détruisant un rapeed. Deux, si je compte celui de Nilgun endommagé. » Il jaugea rapidement l'effet de ces paroles sur ces hommes et son rapide examen dut le satisfaire car il continua d'une voix presque détendue.
- « Vous me mettez chacun de vos districts sous alerte maximale, mobilisation générale des troupes et des unités de réserve. Je demande immédiatement une session exceptionnelle avec le groupe sécurité du GC pour autoriser l'engagement de nos forces. Nous n'avons pas le temps d'attendre la Session Majeure et je tiens à avoir l'avantage du choix du moment et des options tactiques. Des questions ?
- Que savons-nous précisément de ces forces ?
- Lauwers, expliquez-leur. » Le Principal de Newton entreprit d'expliquer à ses collègues les éléments qu'ils avaient réunis et les conclusions qu'ils en avaient tirées. Lu Peng présenta ensuite tout un ensemble de cartes détaillées de la zone d'opérations et de ses principales caractéristiques dans la perspective d'un assaut imminent.
- « Lauwers, où en êtes-vous de l'isolement de la zone ?
- Lu Peng s'en charge.
- Nous pouvons isoler immédiatement le champ Ouest » poursuivit celui-ci, « les champs Nord et Sud peuvent

prendre le relais, à la condition d'étendre l'Œil de 40%. Cela fait beaucoup mais cela passe sans problème, d'autant que la mise en alerte de la ville va considérablement réduire les besoins.

- Inutile d'attendre l'assentiment du GC pour cela. Lu Peng, vous engagez la procédure, elle est de votre ressort. Lauwers, la Mémoire ?

- Dès que la zone est isolée, nous pouvons lancer l'analyse. Il faut faire vite, un scan complet dure au moins deux heures et allez savoir où ces foutus programmes sont allés se nicher.

- Commandeur, si nous isolons la zone, ils sauront que nous préparons quelque chose.

- Ils le savent déjà, Janel ! Croyez-vous qu'ils pensent que nous laisserions détruire un rapeed sans réagir ? Ils s'attendent évidemment à une réaction de notre part. D'autres questions ? »

Ses hommes savaient ce qu'ils avaient à faire et chacun d'eux, déjà penché sur sa console, eut un geste de dénégation.

- « Parfait, dès que la zone est isolée, vous activez vos programmes pour prévoir un engagement sur le district de Beihaï. Je veux le déroulé précis de vos ordres de combat à treize heure zéro zéro, exécution !

- La zone est isolée, Commandeur !

- Parfait, à vous de jouer, Lauwers. »

Ibzan Malkhal – Alma Jatine - Samedi 19 Septembre 2499 - 11h

Akané avait tenu à faire quelques pas dans Jatine, accompagnée de Dajan Al Maar qu'elle appréciait davantage maintenant qu'elle pouvait communiquer avec lui. Elle ne pouvait cependant se défaire d'une certaine défiance à son égard qu'elle ne s'expliquait pas. Elle n'en avait pas moins voulu s'immerger à nouveau dans le tumulte bon enfant des ruelles et se lier aux habitants au hasard des échoppes et des rencontres. Elle cherchait à mettre une réalité derrière ce que lui avait dit Mereel, non qu'elle eût douté de ses paroles mais elle voulait s'en imprégner dans tous les détails : pour elle, ce qui faisait la saveur de la vie était plus affaire d'expérience que de récit et plonger au plus profond de chaque situation était sa façon de vivre. Il lui fallait surtout retrouver et comprendre ce sentiment étrange d'être chez elle dans le dédale de venelles encombrées de mille êtres et tout autant de choses, alors qu'elle se frayait un chemin déjà familier au milieu de turbans, kurtas et gandouras, dont les couleurs chamarrées rivalisaient de munificence et d'éclat. Des enfants de tous âges couraient au milieu des passants, la bousculant parfois avant de poursuivre leur course avec un éclat de rire et un regard complice jetés en lieu d'excuses. Akané prenait son temps, apaisée par cette vie qui l'entourait et la portait, une parmi d'autres dans la tenue qu'ils lui avaient prêtée. Elle avait entraperçu des champs au-delà des portes de la cité, qui en fermaient la perspective comme une ponctuation de verdure et cela aussi était nouveau pour elle. Elle était conquise : inondée d'un sentiment de prospérité tranquille, elle flânait à son aise le long des étals, se laissant aller à une sorte de curiosité distraite et oisive, chose qu'elle n'avait plus faite depuis si longtemps. Par contraste, le souvenir de sa propre cité lui parut morne et froid, dénué de cette activité villageoise désordonnée et bruyante, dont elle se délectait. Alors qu'elle déambulait au hasard des placettes, des rues et des marchés, s'épanouissait en elle un sentiment de déjà-vu qui se prolongeait et se transformait en une réminiscence diffuse de quelque chose de connu qu'il lui était impossible de préciser davantage, un parfum insistant ou un air de musique, un souvenir agréable dont elle aurait oublié le nom.

Elle était frappée par l'affabilité de cette foule dont l'animation l'entourait en une marée puissante, à la fois dense, inoffensive et joyeuse. Maintenant qu'elle en portait les vêtements, ce peuple l'avait adoptée. Des femmes la hélaient et lui faisaient des signes et elle ne croisait plus ces expressions à la fois réservées et interrogatives qui s'étaient posées sur elle quand elle était encore vêtue de sa tenue éloinine. Elle faisait partie d'elles et dans les regards qu'elle croisait, l'aménité le disputait dorénavant à la grâce et à la bienveillance. Toute conversation était possible et si elle ne s'engageait pas, l'esquisse d'un sourire venait la remplacer comme un rendez-vous reporté à plus tard. Jatine la douce la charmait, l'envoûtait presque, elle y était comblée : alors qu'elle y était venue l'observer, c'était elle qui était prise. Elle savait maintenant qu'elle allait aider ce peuple, quelle que fût sa quête et éventuellement son combat.

Dajan lui toucha légèrement le bras et se pencha vers elle :

- « Nous devons y aller, on nous attend. »

Akané lui répondit par un bref assentiment mais ne put se départir d'un regret : elle savait que si cette parenthèse bienvenue se refermait, elle n'était pas certaine de pouvoir la rouvrir, que ce soit ici ou sur Eloine où des tâches plus difficiles et ingrates l'attendaient. Elle suivit donc Dajan dont le pas accéléré les ramenait sans détour vers les quartiers résidentiels. Akané ne reconnut pas le chemin et elle s'en étonna.

- « Nous ne retournons pas chez Mereel. Quelqu'un a demandé à te voir. »

Elle n'avait pas compris cela de son échange avec la Khasrine et ne put s'empêcher d'être désagréablement surprise de ce qu'elle considéra comme un changement de plan dont on eût pu l'avertir. Cependant, il y avait dans le ton de son guide quelque chose de l'ordre de la déférence mêlée d'intérêt qui l'intrigua et elle se retint de manifester son agacement. Elle allait sans nul doute être mise en présence de quelqu'un d'important et elle savait que ces rencontres permettaient généralement aux situations d'évoluer. Dans un sens ou un autre. La décontraction la quitta pour de bon, ce n'était décidemment plus le temps des flâneries. Elle se remit en mode actif à la recherche de quelque détail qui pourrait l'informer de ce qui allait suivre. Il ne révéla rien d'autre que cette sorte d'excitation qui l'avait surprise chez Dajan : il ne devait pas avoir si souvent l'occasion d'aller là où il la menait. Elle fut bientôt déconcertée de le voir s'arrêter devant une masure vieillotte aux murs craquelés et défraîchis, restes mal entretenus d'une maison jadis simple mais maintenant miséreuse, un taudis presque, assez loin de ce à quoi elle s'était préparée. Cette demeure ancienne et mal en point, dans le même état de délabrement que ses voisines, ne lui paraissait pas vraiment en conformité avec le rang supposé de la personne qu'elle devait rencontrer. La porte était entr'ouverte et cette fois nul protocole ou serviteur ne vint les accueillir. Ils s'enfoncèrent donc dans un couloir étroit que la vive lumière extérieure rendait un peu trop sombre pour s'y engager sans hésitation et ils aboutirent à une pièce modestement éclairée par une ouverture haute et sans vitre. Elle était encombrée de tapis élimés et de quelques poufs crevassés entourant un sofa assez fatigué près duquel une petite desserte en cuivre martelé portait une théière en argent et quelques tasses. Une petite femme y était assise, menue et très vieille à en juger par son visage ciselé et ses mains ravinées, tachées par l'âge. Elle les accueillit d'un simple regard les invitant à prendre place. Ils se saisirent chacun d'un pouf et s'approchèrent de leur hôte. Curieusement, le manque de décorum et la simplicité de cet accueil impressionnèrent Akané davantage que les protocoles interminables qu'elle avait imaginés. Intimidée autant par l'âge de son interlocutrice que par le respect que lui marquait Dajan, elle eut une lente inclinaison du buste pour la saluer dignement. Son guide, quant à lui, s'était assis un peu en retrait pour signifier que c'était Akané l'invitée et que lui n'avait fait que l'accompagner.

-   « Bonjour Akané, sois la bienvenue sous mon modeste toit. Je m'appelle Maha et je suis la Doyenne de Jatine. » La voix était haut perchée, chevrotante et douce, un timbre du fond des âges presque inaudible comme si, chez cette ancêtre, les années avaient passé sur le besoin de parler au point de le réduire à un souffle.
-   « Je vous remercie, Maha, de l'honneur que vous me faites à me recevoir. Je suis touchée par votre accueil comme je l'ai été par celui de Mereel, ou même du peuple de Jatine dont je sens qu'il m'aurait presque adoptée. »
-   « Tu ne crois pas si bien dire, éclairée Akané, tu ne crois pas si bien dire. »

Maha laissa le silence s'installer, comme recueillie, les yeux clos par des paupières tellement plissées qu'Akané n'aurait pu dire en quel endroit elles se rouvriraient. Elle observa brièvement ce corps chétif, drapé dans des habits qui lui semblèrent trop grands tant il ne les habitait point. Le visage était diaphane, les joues creuses et froissées sous des sourcils absents et quelques cheveux blancs dont la longueur masquait la rareté à grand-peine. C'était réellement une très vieille femme et Akané ne put s'empêcher de s'interroger sur son âge. Elle avait dû connaître Jatine avant l'arrivée des Imposteurs. Elle savait que c'était cela dont elles allaient parler et elle attendait.

Le silence se prolongeait et Akané eut la sensation que Maha, l'esprit absent, en appelait à des énergies invisibles. Elle se résolut à l'imiter. Les pensées au repos, elle se laissa à son tour emporter par le calme de l'endroit vers ces rivages intérieurs où toutes choses sont posées. Plus rien ne bougeait, le temps s'était arrêté sur la petite masure et leurs silhouettes statufiées étaient comme absorbées dans les demi-teintes froides d'une pièce gagnée par la pénombre. La fatigue plombait ses membres et le sommeil la prit. À son corps défendant, elle se laissa glisser dans une sorte de torpeur accueillante à laquelle elle crut pouvoir céder sans se perdre. Elle s'y essaya un temps, oublieuse de là où elle était et se laissa doucement envahir par l'absence. Tout en elle attendait. Pourtant, il ne fallait pas dormir mais le silence était comme une invitation à laquelle elle ne sut se refuser. Après quelques minutes longues, tranquilles et fraîches comme une nuit d'été, elle ouvrit enfin les yeux pour découvrir le regard de Maha posé sur elle. Depuis combien de temps l'observait-elle ? Sans trop savoir pourquoi, pour lui signifier peut-être qu'elle était bien chez elle ou pour excuser son bref assoupissement, elle lui sourit. Maha lui retourna un sourire étonnamment gracieux et plein de bienveillance. Elle le reçut comme la quintessence de ce qu'elle avait ressenti dans les rues de la ville. Elle sut alors que cette affabilité qui l'avait tant frappée était un trait inné du caractère des habitants de Jatine. Ce peuple était paisible tout simplement, comme sa doyenne dont elle était l'invitée.

Celle-ci eut un regard vers Dajan. Aussitôt il frappa dans ses mains et une servante presque aussi âgée que sa maîtresse, courbée par la dévotion autant que par les ans, apporta une petite bouilloire d'eau qu'elle versa délicatement sur le thé. Elle attendit un temps, agenouillée, puis la servit ainsi que ses hôtes d'une petite tasse sans anse et sans soucoupe, avant de se retirer. Maha attendit encore un temps avant de humer sa tasse et d'y boire à très courtes gorgées. Puis elle la reposa.

- « Nous avons à parler, Akané, si tu le veux bien.
- Je suis naturellement toute dévouée et à votre service.
- C'est bien, je t'en remercie. Mais avant, je te dois quelques explications qui pourraient t'éclairer sur ta présence ici, à Jatine. »

Akané eut un regard surpris qui n'échappa pas à Maha. Celle-ci lui présentait la situation comme si elle en était à l'origine, comme si elle et Jiù avaient été attirés sur sa planète, ignorant ou feignant d'ignorer que c'étaient eux qui avaient pris l'initiative de transiter jusqu'à elle.

- « Oui, c'est en partie à cause de nous que tu es ici. Les choses ne sont pas toujours aussi simples qu'elles le paraissent, très chère Akané et, pour que quelque chose se passe, il faut toujours qu'une relation préexiste, il y a toujours un lien préalable entre une cause et son effet, quels qu'ils soient. Toujours. Sinon, tu vois, rien ne se passe. Toi et ton compagnon avez émis l'intention de nous rejoindre sur Ibzan Malkhal alors que nous, de notre côté, cherchions une solution à une difficulté. C'est ainsi que nous avons pu nous rencontrer. Sans notre besoin et sans votre intention, nous ignorerions encore à ce jour jusqu'à nos existences mutuelles. Toutes les situations, quelle que soient les circonstances, qu'elles paraissent voulues ou simplement fortuites, ont besoin de cette correspondance préalable pour advenir. C'est ce qui fait le sens merveilleux et caché du monde où nous vivons. Tu comprends ? Tout a un sens. Les choses sans sens ne sont pas. Ne se font tout simplement pas.

- Je comprends. Notre science nous dit quelque chose de semblable dont mon compagnon pourrait vous parler mieux que moi, même si j'ignore tout de ce besoin que vous évoquez.

- Je vais t'éclairer, sois sans crainte. Ma chère Mereel a dû t'indiquer qu'ici à Jatine nous sommes les habitants originels de Malkhal ?

- C'est effectivement ce que j'ai compris.

- Ce qu'elle ne t'a pas dit est que nous le sommes à double titre. Notre planète a été colonisée, il y a cinq générations de cela » - à l'évocation de toutes ces années, elle eut un petit rire retenu qui secoua brièvement son corps frêle - « j'étais très jeune à l'époque mais je garde encore quelques souvenirs heureux de cette période bien lointaine. Cela s'est fait presque sans heurt, tant nous n'y étions pas préparés. Les Imposteurs se sont tout simplement installés et leur technologie a fait le reste. Nous n'avons pu que nous retirer, ici sur Jatine et tant que nous ne constituons pas une menace pour eux, ils nous laissent en paix. Du moins en apparence.

- En apparence ? » Akané savait que ce qui avait précédé n'était qu'une entrée en matière, un rappel de ce que Mereel lui avait confié, une introduction convenue à l'intention des visiteurs en quelque sorte. Combien en avaient-ils eus pour que ce discours soit si rôdé et parfaitement prêt à l'emploi ? Elle ne se laissa pas distraire alors que Maha poursuivait.

- « Le plus important de ce que tu dois savoir est ceci : les Imposteurs ne le sont pas seulement parce qu'ils ont colonisé nos terres. Ils le sont surtout parce qu'ils ne sont pas humains.

- Pas humains ? » Akané ne put retenir un cri d'effroi.

- « Les Imposteurs sont des algorithmes très sophistiqués, des formes pensées envoyées chez nous par les habitants d'Eurp, une planète du système Jov. Ceux qui les ont envoyés ne sont pas fous : tant que les systèmes qu'ils colonisent ne sont pas stabilisés et la situation sur Ibzan Malkhal est loin de l'être, ils envoient à leur place des fleshoïdes, des avatars qui ont toutes les apparences et les fonctions des humains mais ne sont que des constructions engendrées par un système de contrôle cybernétique qu'ils appellent le Comparateur Canonique. Sa fonction est de comparer en permanence les données sur Malkhal avec celles d'Eurp pour décider du moment où l'habitabilité de notre planète sera sans danger pour leur espèce. Ces fleshoïdes donnent l'apparence d'une vie sociale normale mais tout est contrôlé par le CC. Celui-ci les imprime à la demande, oui tu as bien entendu, il les imprime en fonction des besoins. Ils ne diffèrent en rien de nous, du moins en apparence, puisqu'ils sont le fruit des analyses longues et poussées dont nous avons fait l'objet. Y compris pour ce qui est des émotions, parfaitement programmées ou encore par leurs relations avec des robots de catégories inférieures. Le seul point où nous différons véritablement de ces monstruosités est l'intuition : les fleshoïdes sont totalement incapables d'une pensée hors contexte et c'est par ces pensées hors contexte que nous avons appris à nous reconnaître, nous les êtres humains. Ce que nous appelons l'Intui. »

Akané était confondue. En quoi ce cauchemar sur Ibzan Malkhal avait-il quelque chose à voir avec un futur souhaitable pour Eloine ? Qu'est-ce-que Jiù avait donc fabriqué ? Ce qu'elle entendait était effroyable, bien loin de la paix relative d'Eloine et certainement aux antipodes de la bonhommie tranquille de Jatine. Que faisaient-ils donc là ? Il lui apparut d'un coup que leur venue avait beaucoup plus à voir avec le besoin des humains ici sur Jatine qu'avec leur propre projection supposée d'un futur pour Eloine. Elle commençait à comprendre la tournure bizarre de l'introduction de Maha mais elle n'était pas au bout de ses surprises. Celle-ci continuait :

- « Autre chose que tu dois savoir à propos des fleshoïdes : pour une raison que nous avons mis longtemps à découvrir et qui nous a abasourdies quand nous l'avons découverte, leur Comparateur Canonique n'imprime pas de femmes : il n'y a pas de fleshoïde femme sur Malkhal, uniquement des hommes. La seule explication que nous avons pu y trouver est que le CC, tout à sa logique d'efficience et d'économie de ressources, ne considère les femmes que pour leur fonction reproductrice et comme il n'en a pas besoin, il n'y a pas de fleshoïde femme. »

Akané n'en croyait pas ses oreilles. L'effarement mêlé d'un écœurement bilieux la prit et une révolte sourde jaillit au milieu de sentiments passablement agités. Si elle connaissait l'aptitude de Jiù à les projeter exactement là où ils étaient nécessaires, elle commençait à lui en vouloir de les avoir amenés dans une civilisation dont, par tout son être, elle refusait d'imaginer qu'elle avait quelque chose à voir avec le futur d'Eloine. Masquant difficilement une réprobation de glace, elle reprit :

- « Même sur Jatine, si je rencontre un homme, il y a des chances que ce soit un fleshoïde ? » Elle ne put s'empêcher d'avoir un regard en biais vers Dajan.

- « A priori non. Ils n'ont pas manqué de nous envoyer des espions mais nous savons les détecter : n'oublie pas, ils sont incapables d'intuition. Dajan, ton guide, en est en revanche particulièrement doué. Il a, par exemple, deviné instantanément qui tu étais et t'a amenée parmi nous. »

- *"Ce n'était pas bien difficile"* ne put s'empêcher de penser Akané mais elle préféra garder sa réflexion pour elle.

- « A l'inverse, si je rencontre une femme, je sais qu'elle ne l'est pas ?

- Jusqu'à preuve du contraire, oui. Nous restons bien sûr vigilantes mais a priori toutes les femmes que tu rencontreras sont d'ici, elles sont toutes originaires de Malkhal. Ce qui a plusieurs conséquences, cela va de soi. D'abord, il a été convenu avec les hommes que le pouvoir serait confié aux femmes pour éviter tout risque de contamination par les fleshoïdes. Étant la doyenne, j'en assume une large part, mais je ne suis pas seule, loin de là. De plus, il me faut te parler de l'Intui. Il est devenu une sorte de sixième sens inaccessible aux fleshoïdes, mais pour une raison que nous commençons seulement à comprendre, cet espace est depuis longtemps beaucoup plus développé chez nous que chez nos alter-egos masculins. Il est devenu comme une seconde langue maternelle, qui nous permet de nous comprendre de l'intérieur, même quand nous ne disons rien. J'imagine que mon amie Mereel t'en a déjà parlé ?

- *"Effectivement"* répondit Akané de sa voix intérieure, pour lui démontrer qu'elle aussi pouvait utiliser ce moyen pour communiquer entre elles.
- « Mais comment utilisez-vous l'énergie qui le porte ?
- De quelle énergie parles-tu, chère Akané ?
- L'énergie temporelle bien sûr ! Cette énergie contenue dans l'instant qui nous permet en outre de transiter d'un lieu ou d'une époque à l'autre. »

Maha se tut, à nouveau songeuse, cherchant parmi ses souvenirs entremêlés et innombrables celui qu'était en train de réveiller Akané. Celle-ci mettait en lumière tout un pan oublié de sa mémoire, plus une impression vague que quelque chose de tangible, qu'elle ne put préciser plus avant.

- « Il me semble en effet avoir entendu parler de quelque chose de ce genre, mais je suis malheureusement incapable de t'en dire plus. Tout ça est trop loin.
- Cela n'a pas d'importance pour l'instant, je vous en parlerai à nouveau plus tard. Cela pourrait s'avérer utile à Jatine. Mais poursuivez, je vous prie et pardonnez mon interruption.
- Elle est tout excusée, Akané, il faudra que nous en parlions davantage. Pour revenir à ces capacités sensorielles dont je te parlais, elles ont bien sûr créé une très grande confiance entre nous et nous avons construit un réseau de communication intuitif très efficace dont j'espère qu'il nous permettra un jour de débarrasser Ibzan de cette infection technologique. Et c'est pour cela que ta venue est… comment dirais-je… providentielle. »

À son tour, Akané ne put empêcher un petit rire à l'expression employée par Maha : elle savait à quoi s'en tenir. Ainsi elle se trouvait au siège du plus haut pouvoir sur Jatine ? Cette bicoque qui n'avait l'air de rien ? Ce petit bout de femme sans âge ? Elle eut soudain le pressentiment d'immenses changements à venir sur Eloine : emportés par leur élan technologique, ils avaient manifestement manqué quelque chose et, si ce peuple de Jatine se situait quelque part dans leur futur, l'amplitude des mutations qui s'annonçaient pour eux lui paraissait vertigineuse. La Convergence n'aurait alors été que l'un des prémices d'un colossal plan d'évolution qu'elle devinait à l'œuvre et il lui sembla tout à coup qu'ils avaient perdu beaucoup de temps depuis vingt ans.

- « Me permets-tu de poursuivre mes explications ?
- Je t'en prie, Maha ! » Emportée par la confiance, Akané l'avait tutoyée et appelée par son prénom. Maha lui en sut gré. Dorénavant, Akané faisait partie d'elles et cette proximité était bienvenue. Plus encore, certainement nécessaire.
- « Pour finir sur notre mode de communication à partir de l'Intui, il y a une petite difficulté dont nous ne désespérons pas de venir à bout : Nos pensées ne peuvent franchir un mur temporel dont je te parlerai, qu'ils ont érigé autour de Jatine et nous sommes donc coupées de nos sœurs dans la ville ; elles peuvent communiquer avec nous mais, pour notre part, nous devons avoir recours à des émissaires que nous leur envoyons régulièrement. Tu comprends aisément, je suppose, la très grande vulnérabilité de la chose. Seule Anji et moi avons trouvé le moyen de contourner cet obstacle mais c'est excessivement fatiguant pour moi et nous n'y avons recours que rarement. »
- " Je comprends maintenant pourquoi je suis moi-même coupée de Jiù " pensa Akané par devers elle.

- « Tu dois aussi savoir que nous ne sommes nulle part ailleurs que sur cette Terre que tu croyais avoir quittée. Malkhal est le nom que nous lui avons donné, nous les survivants de la Grande Migration. Quand la Terre a commencé d'être inhabitable, des crises sans fin se sont succédé, les hommes se sont entretués et tous ceux qui l'ont pu n'ont eu de cesse que d'émigrer vers d'autres planètes. Nous, les Jatiniens sommes les descendants de ceux et celles qui sont restés. Nous avons travaillé très dur à rendre notre planète à nouveau habitable et à y instaurer un mode de vie plus conforme à nos véritables besoins. Nous avons définitivement abandonné la voie technologique pour nous appuyer sur l'agriculture et les réseaux sylvestres ou des concepts humains radicalement nouveaux. C'est ce qui nous permet, entre autres, d'accéder à une longévité à laquelle aucun humain n'a pu prétendre dans le passé. Je t'en dirai plus quand nous en aurons l'occasion. Toujours est-il que lorsque ceux d'Eurp ont capté des signaux indiquant que cette Terre qu'ils avaient abandonnée était de nouveau viable, ils ont envoyé leurs fleshoïdes pour la recoloniser. »

Akané en était muette de stupéfaction : cette conversation d'un autre temps avait réveillé en elle une crainte sourde qui ne l'avait jamais vraiment quittée. Le Collapsus ! Encore une fois toute cette histoire les ramenait au Collapsus ! Mais il leur apparaissait cette fois dans le futur alors qu'ils avaient été si souvent le chercher dans le passé. Cette calamité les poursuivait comme un sort, elle était leur ombre décidemment, une nuit de cauchemar collante et insidieuse, inséparable de la tranquillité de leurs jours. Mais quand tout ceci cesserait-t-il donc ? Comment pourraient-ils jamais se sortir de cet enfermement ? L'horizon de leur histoire se révélait irrémédiablement borné : dans quelque direction qu'elle eût regardé, le Collapsus ne pouvait manquer de surgir telle une fatalité. D'un coup, la logique dans laquelle Jiù l'avait entraînée s'imposait à elle : faire le saut vers un futur favorable, enjamber le Collapsus et régler dans le passé les conditions qui y menaient. Sortir enfin Eloine de ce cycle infernal. La raison de leur présence sur Malkhal fut comme une évidence : faire en sorte d'éradiquer définitivement de leur histoire et donc de celle de Jatine, ces pulsions, ces dérives et ces crises où le Collapsus prenait racine, cette calamité qui les ceinturait tel un néant infranchissable. Il leur fallait s'en libérer coûte que coûte. Ce fut une évidence presque douloureuse qu'ils devraient à nouveau retourner dans ce passé, régler définitivement ce moment où le monde avait basculé et dont les conséquences se faisaient sentir comme en ricochets cosmiques près de cinq cents ans plus tard. Après un long silence empli de mille questions et d'autant de doutes, elle tourna vers Maha un regard qu'elle voulut résolu mais dans lequel la Doyenne de Jatine n'eut pas de peine à entrevoir le voile sinistre du découragement.

- « Qu'attends-tu de moi ?
- Votre venue peut déclencher beaucoup de choses. De bonnes et de moins bonnes. Que vous le vouliez ou non, votre présence a perturbé le fragile équilibre qui prévalait entre nous et les fleshoïdes. Le Comparateur Canonique ne peut longtemps l'ignorer et s'il avait connaissance de ta présence parmi nous, il serait sans doute amené à considérer que Jatine constitue dorénavant une menace pour eux, ce que nous n'étions pas avant votre venue. Il nous faut donc nous préparer à une invasion de Jatine qui, à mon sens, ne saurait tarder. Mais nous avons les moyens de nous prémunir contre cela. Ou à tout le moins de nous y préparer.

- Lesquels ?
- Tu sais, pendant toutes ces années, nous ne sommes pas restés inactives. Si notre société peut te sembler débonnaire ou même frivole, nous n'en avons pas moins mené des recherches extrêmement poussées, en particulier sur les neurosciences et la science temporelle, à partir de ce qui nous en était resté de nos périodes antiques. » (*" Leur période antique ? Mais c'est nous ça ! "* se dit Akané, se sentant d'un coup plus vieille encore que son interlocutrice.)
- « C'est vrai, tu parles de science mais nulle part je n'en ai vu trace dans Jatine.
- Parce que nous prenons grand soin de faire la différence entre science et technologie. Toute science n'est pas applicable à nos yeux, loin de là ! Par exemple, nous marquons toujours un délai que nous appelons de validation entre une découverte et sa mise en pratique, délai que nous mettons à profit pour en étudier toutes les conséquences possibles dans tous les domaines de la vie.
- C'est long ? » Akané était beaucoup plus intéressée qu'elle ne voulait laisser paraître par les perspectives que cela ouvrait pour Eloine.
- Oui, toujours ! Cela peut prendre parfois jusqu' à dix ans. Quand nous parlons d'analyser les conséquences de nos actes, nous allons assez loin, tu sais ! » Un éclair d'amusement rétrospectif illumina brièvement les yeux embrumés de Maha, ce qui la rajeunit un peu.
- "Par le Ciel ! Si nous pouvions avoir cette sagesse dans Eloine, combien de choses pourraient être différentes pour la Dynastie ! " pensa Akané qui

commençait d'entrevoir ce que Jatine pouvait leur apporter.

Maha eut une longue inspiration comme pour se préparer à une apnée interminable.

- « Pour ce qui concerne la science temporelle, nous l'avons essentiellement développée à des fins préventives. Par exemple, nous savons depuis longtemps que les Imposteurs ont déployé des brouilleurs, une sorte d'alternateurs temporels, pour protéger leurs villes : les murs dont je te parlais tout à l'heure. Ces brouilleurs constituent un bouclier absolument impénétrable parce que le temps n'y a plus court : la flèche du temps y est constamment brisée dans son élan à une fréquence de quelques picosecondes. Ils ont enfermé Jatine dans un tel dispositif et, lorsqu'il est activé, notre temps devient disjoint de celui de Malkhal. Ils ont même mis en place un réseau de satellites capable d'étendre cette enceinte à la planète entière. Ce mur temporel, très efficace, nous prive évidemment de toute communication avec l'extérieur mais il est asymétrique : il a été conçu de telle manière que l'on puisse entrer mais non sortir, sinon nous serions tous privés de lumière et plongés constamment dans une nuit noire sans étoile.
- Quand l'ont-ils déployé pour la dernière fois ?
- Il est constamment en veille autour de Jatine mais, au moment où je te parle, ils viennent de le réactiver. Ce qui veut dire que, d'une façon ou d'une autre, quelque chose les menace. D'après ce que je sais de ce qui se passe sur Malkhal, ce ne pourrait qu'être ton compagnon, mais ce serait étonnant puisqu'il est entre leurs mains.
- Donc ?

- Donc ma conclusion serait plutôt que, d'une façon ou d'une autre, ils ont pris connaissance de ta présence ici. Ce qui confirmerait l'imminence des périls dont je te parlais à l'instant. Nous ne devons pas perdre de temps, Akané. »

En un éclair, le souvenir revint à Akané du petit homme au regard chafouin qui l'avait suivie dès son arrivée. Elle en fit une description sommaire à Maha.

- « Tu as sans doute raison, mais là n'est pas l'essentiel. Laissons là cet homme. Nous ne sommes de toutes les façons pas prises au dépourvu. Comme je te le disais à l'instant, ce mur nous a fait beaucoup travailler et nous savons quoi faire de ce bouclier érigé autour de Jatine qui, normalement, devrait nous empêcher de sortir.
- Devrait ?
- Oui, nous avons trouvé le moyen d'en inverser la polarité : quand nous le voudrons, nous pourrons interdire d'entrer dans Jatine et permettre d'en sortir. » Maha eut un autre petit rire discret, comme devant une bonne plaisanterie qu'elles faisaient aux Imposteurs.
- « Mais, si vous faites cela, vous plongez Jatine dans l'obscurité ?
- C'est exact, si nous avons à inverser le mur, nous le ferons au milieu de la nuit, ce qui présentera des inconvénients minimes. En revanche nous ne pourrons le faire que pour un temps limité parce que cette manœuvre fait appel à une énergie considérable dont nous ne disposons pas sur Jatine. Non, nous ne pouvons le faire que pour un temps vraiment très court surtout si, comme aujourd'hui, nous sommes amenées à l'inverser en plein jour, le temps…
- Le temps ?

- Que tu t'échappes de Jatine pour rejoindre ton ami.
- Qu'as-tu à l'esprit, digne Maha ?
- Je t'ai dit que, grâce à l'Intui, nous avons constitué un réseau d'amies sur Malkhal, au plus près du commandement des Imposteurs. Je viens d'être informée que ton compagnon est entré en contact avec elles mais également que les Imposteurs étaient sur le point de l'interroger. Je pense qu'il est temps que tu le rejoignes, si tu peux. Rapprochez-vous de notre réseau et voyez ensemble ce que vous pouvez faire pour nous venir en aide. Je peux demander à Dajan de t'accompagner si tu le souhaites. »

Cette nouvelle fut à la fois source de réconfort et d'inquiétude pour Akané. Elle avait laissé Jiù très diminué et le fait de le savoir sur pied était un souci de moins dans la gigantesque énigme dans laquelle ils étaient plongés. Mais la perspective d'un interrogatoire qu'il subissait déjà peut-être, la mettait dans un sentiment d'urgence dont elle ne pourrait se départir que lorsqu'elle serait de nouveau près de lui. Elle jugea prudent de répondre à Maha de sa voix intérieure :

- "Je vais rejoindre Jiù, chère Maha, c'est un bon conseil mais je ne crois pas utile à ce stade que Dajan m'accompagne. Pour de multiples raisons. La principale étant que nous maîtrisons un moyen de déplacement que je n'ai pas le temps de lui enseigner : c'est par ce moyen que nous avons rejoint votre temps. Je te l'expliquerai plus en détails à mon retour, d'autant qu'il a recours à une source d'énergie disponible et inépuisable dont vous pourriez faire votre profit. Il faudra pour cela que Jiù mon compagnon soit avec moi. Il en sait beaucoup plus que moi à ce sujet."

Ce qu'Akané tenait à garder pour elle était un sentiment de prévention inexpliqué à l'égard de Dajan al Maar. Que faisait cet homme au plus près de Mereel et de Maha ? Qui était-il vraiment, était-il sûr et avaient-elles raison de lui accorder la confiance qu'elles lui témoignaient ?

- « Je suis prête à partir quand tu le souhaites.
- Avant que tu ne partes, j'ai quelques instructions à te donner. Quand tu seras dans leur ville, rends-toi chez Nadje, elle est de Jatine, elle est sûre et pourra te guider. Tu reconnaîtras facilement où elle demeure : une porte rouge derrière le mausolée de la Grande Place.
- As-tu un visuel ou quelque chose qui me permettrait de la repérer ?
- Dajan ? »

Dajan al Maar s'exécuta : il déroula prestement une sorte de ruban qu'il portait attaché à la taille et qu'il activa. C'était une sorte d'écran assez fin et souple comme une toile, sur lequel il afficha rapidement quelques vues de la place. Akané était fixée, il lui serait maintenant facile d'y transiter.

- « Une dernière chose, si tu veux communiquer avec elle, concentre-toi puissamment sur son nom. Cela devrait suffire, tu as compris pourquoi. »
- *"J'ai compris, Maha"* répliqua Akané de sa voix intérieure.
- « Maintenant tu peux partir. Nous allons inverser le bouclier, le temps que tu le traverses, fais vite ! Nous nous reverrons, sois-en certaine et que la Vie te protège !
- Que la Vie te protège, Maha et merci de ta confiance. »

Akané se tourna vers Dajan.

- « Toi aussi, je te remercie, Ô Dajan. Je serai heureuse de te retrouver ici à mon retour. »

Il la salua d'une profonde et lente inclinaison mais ne put masquer aux yeux attentifs d'Akané un éclair de dépit dans son regard. Était-ce l'impossibilité pour lui de l'accompagner comme il l'avait fait dans leur pérégrination dans la ville ou était-ce autre chose ?

Ibzan Malkhal – Ville souterraine - Samedi 19 Septembre 2499 - 11h

Jiù n'était pas resté inactif. Jeté sans ménagement dans une sorte de boyau étroit, insonorisé et sans fenêtre, il n'en était pas moins libre de ses mouvements, sans doute en raison de l'imminence de son interrogatoire. Il pouvait donc agir et avait décidé de transiter immédiatement sans demander son reste. Le seul endroit dans Malkhal qu'il pût choisir sans risque de se perdre ou de retomber entre leurs mains était l'amphithéâtre d'où il venait : il le supposait vide, probablement destiné à n'accueillir que des assemblées comme celle qu'il venait de quitter. C'était de toutes les façons un risque à prendre pour sa destination, il n'en voyait pas d'autre. Il y serait en sécurité pour un moment, le temps de décider à tête reposée d'une ligne d'action. Il n'était pas question pour lui de se fourvoyer à nouveau et les choix qu'il allait faire devaient impérativement être les bons.

Sa transition se fit sans encombre. Dans la pénombre du vaste hémicycle où il devinait les rangées de fauteuils inertes comme autant de fantômes inquisiteurs et vigilants, il goûta un court instant au plaisir de sa liberté retrouvée : certes, l'aiguillon de la fatigue continuait de lui harceler les reins mais jamais depuis son départ d'Eloine, il n'avait été autant maître de lui-même et de ses décisions. Il fallait néanmoins faire vite : la découverte de sa fuite n'était qu'une question de minutes et ils ne manqueraient pas de venir le chercher ici. Il savait n'avoir pas trop d'atouts dans son jeu pour la partie qui allait se jouer et sa méconnaissance du terrain et des enjeux n'était pas le moindre de ses désavantages. Il ne se faisait aucune illusion sur ce qui l'attendait s'ils le retrouvaient, sa fuite ayant fait de lui un ennemi déclaré et il lui fallait impérativement conserver une longueur d'avance ou deux s'il voulait s'en sortir sans dommage. Il était évidemment en mode actif et, dans l'impressionnante immobilité de la pièce à l'extrémité de laquelle il se trouvait, il eut un soupir comme de délivrance, percevant la situation sous un jour un peu meilleur : il avait déjà appris beaucoup et s'était trouvé des alliées. Il avait surtout identifié un moyen d'accéder à leur réseau énergétique et il appréciait cette découverte comme une trouvaille dont il devinait qu'à son heure il pourrait tirer parti. Tout cela était très bien mais un peu court tout de même pour décider d'un plan d'action.

Comme à son accoutumée en de pareilles circonstances, il acheva de se détendre et laissa son esprit flotter au gré des choses et du temps. Son véritable souci restait Anji Askajan : au-delà de sa présence bénéfique, il savait son importance dans les événements qui allaient suivre mais non comment entrer en contact avec elle, comme elle le lui avait suggéré. Il devait y avoir un moyen : elle lui avait parlé du réseau et son intuition lui disait qu'il devait être du même type que celui qu'il avait identifié. Ce devait être très simple ! Dans le vaste silence qui l'entourait, il crut entendre la voix chaude d'Ishma, comme un rappel, une mise en garde : " *l'intention, Jiù, tout est dans l'intention.*" Ces paroles flottèrent dans son esprit, indécises et sans vie et il allait les laisser s'évanouir sans y prêter davantage attention lorsque, par une association d'idée inattendue, il comprit. Il devait être possible de communiquer avec elle par sa voix intérieure. D'une façon ou d'une autre, elle pourrait l'entendre. Il gardait néanmoins gravé en lui le souvenir traumatique de sa dernière expérience, lorsqu'il s'était connecté par mégarde à leur flux d'énergie. Poussé par l'urgence, il s'y essaya néanmoins.

- "Professeur Askajan ? Professeur Askajan ? C'est moi Jiù."

Ses appels restèrent sans réponse. En revanche, au lieu du choc violent qu'il redoutait, il eut la sensation d'une intense profusion de statiques en flux continu : il avait l'esprit envahi d'une myriade de signaux bruissants et inintelligibles comme s'il avait branché simultanément des dizaines d'émetteurs dans un désordre inextricable de fréquences. Il était seul dans ce désert d'ondes qui lui vrillaient le cerveau, sans connaître la clé permettant d'y repérer une trace ou un chemin qu'il pût suivre. Soit ce n'était pas la bonne méthode, soit quelque brouilleur faisait obstacle à sa pensée inquiète et à son corps fatigué. Il jeta en vain ses forces déclinantes dans un effort qu'il tenta de soutenir aussi longtemps que possible pour finir par une dernière tentative.

- "Anji Askajan ?
- *Jiù ?*"

Dans la demi-inconscience qui l'avait submergé, il reconnut immédiatement la voix d'Akané. C'était inespéré ! La surprise était telle qu'il l'attribua d'abord au délire fiévreux dans lequel il était sur le point de sombrer.

- "Akané, c'est toi ?
- Ne bouge pas, Jiù, je te rejoins dans un instant."

Jiù allait lui répondre lorsqu'une lumière intense et brutale emplit l'amphithéâtre, écrasant ses yeux sous sa violence crue, alors que l'écho rythmé d'une section au pas de course s'approchait de la porte sur sa gauche. Déjà ! Il était repéré et pris au piège : Akané était en train de transiter vers lui mais s'il l'attendait, ils seraient pris tous les deux. Il ne serait pas davantage en sécurité à la clinique du

Pr Askajan dont il présumait qu'elle serait également la cible de ses poursuivants. Ne sachant où aller, il décida d'attendre sa compagne : au moins ils feraient face ensemble à leurs assaillants. La porte s'ouvrit avec fracas et un groupe de soldats se déploya en position à l'entrée de l'amphithéâtre. Jiù décida au jugé de transiter sur la galerie à l'endroit où, l'après-midi, il avait entr'aperçu le Pr Askajan. Bien lui en prit : un rayon d'une blancheur aveuglante avait fusé, se déployant en une fraction de seconde comme un filet qu'on jette sur la totalité de l'espace, rebondissant en arabesques furieuses sur les fauteuils qu'il laissait intacts, jusqu'au pied du pupitre où il s'était trouvé. Jiù s'enfonça dans l'encoignure de la porte d'accès à la galerie. Il avait quelques secondes de répit. Où Akané pouvait-elle bien être ? Il ne pouvait quitter les lieux sans s'être assuré qu'elle était indemne. Une vibration de l'air à ses côtés lui indiqua son arrivée. Il ne put retenir un soupir de soulagement, à la fois de la retrouver et de la savoir saine et sauve. Instantanément, il entendit sa voix intérieure l'appeler :

- "Focalise sur moi et transite immédiatement, je sais où nous allons."

* * *

Le Général Naranbataar ne décolérait pas. Il arpentait la grande salle en long et large, traînant dans son sillage une ribambelle de smobs qui le suivaient mécaniquement dans ses aller-retours.

- « Ah, ces smobs ! Assez ! » Il fit volte-face, éructant de fureur et déversant sa colère sur la petite cohorte qui se figea instantanément alors qu'il reprenait ses va-et-vient à grandes enjambées.

Il avait fallu que cela tombe sur lui : non seulement c'était la première fois dans toute l'histoire du système Ibzan que la procédure cinq MCPA était déclenchée mais, de surcroît, le responsable présumé venait de leur échapper. Échapper ! C'était proprement inconcevable. On ne s'échappait pas de Malkhal ! Il ne pensait évidemment plus aux statistiques déplorables qu'il était en train d'accumuler à très grande vitesse. Sa carrière était fichue, là n'était plus le problème. Ce qui le préoccupait davantage était la forte probabilité que cet étranger ait pu bénéficier de complicités dans Malkhal. Il ne pouvait en être autrement et cette hypothèse le souciait grandement. Ce ne pouvait qu'être Jatine. Il se figura soudain Ibzan Malkhal comme étant devenu le siège d'une conspiration aux dimensions cosmiques, capable de corrompre jusqu'à Eurp s'ils n'y prenaient garde. À cette pensée détestable, il prit une décision, regrettant de ne pas l'avoir prise plus tôt, dès l'apparition de cet étranger.

- « Renforcez le mur de Jatine et déployez le bouclier autour de Malkhal. »

Au moins avec ça, ils étaient parés. De toutes les façons les transports spatiaux étaient déjà interdits par la procédure cinq MCPA, cela ne changeait pas grand-chose de ce côté-là. On ne pourrait surtout pas lui reprocher d'avoir pris les choses à la légère. Dans le même ordre d'idée, il fallait en finir avec Jatine, mais cette décision-là appartenait au Comparateur Canonique. Reprenant sa place autour de la grande table, il demanda l'ouverture d'une session d'urgence. La réponse du système fut immédiate.

- « *Ibzan Malkhal, procédure d'urgence 2499-7 pour le Général Naranbataar.* » Pendant un instant, il crut entendre la voix susurrante mettre imperceptiblement l'accent sur son titre ; dans ce cas ses pires craintes se trouvaient confirmées : il était bel et bien grillé. Il serait relevé de ses fonctions sous peu et, il n'en doutait pas, son remplaçant avait déjà été identifié dans les profondeurs du CC. Sa nomination effective n'était plus qu'une affaire de minutes. Quant à lui, il serait sans doute dégradé et ramené à un rang subalterne. Au mieux. Pour l'heure, Naranbataar était décidé à combattre et gagner cette bataille qui s'annonçait être la sienne.

- « Je demande que soit levée l'option de la prise de contrôle de Jatine. Je soupçonne que l'étranger y dispose d'alliés et d'appuis qui l'ont aidé dans sa fuite.

- Nous sommes d'accord avec cette conclusion à laquelle nous sommes également parvenus. L'invasion de Jatine sera effective ce jour à 13h00. Veuillez prendre les dispositions nécessaires. »

Naranbataar s'attendait à ce que la session soit close mais la voix continua.

- « Procédure 2499-6. Le corps expéditionnaire Cinq MCPA a été engagé. Un véhicule adverse détruit, pas de perte chez les nôtres, réaction imminente attendue. Le bouclier temporel local est déployé. Si la situation continuait d'évoluer défavorablement, le déploiement global est programmé au Dimanche 18 Septembre 08h00 temps local. »

Naranbataar se détendit, laissant échapper un soupir de satisfaction : Malgré les mauvaises nouvelles, tout allait finalement pour le mieux. Les procédures s'appliquaient, les événements se déroulaient sous un jour plus favorable et s'accéléraient enfin. Cette période trouble ne serait bientôt plus qu'un mauvais souvenir. Le Système Ibza en avait vu d'autres. Là-bas, bien au-delà de l'horizon du temps, l'étape décisive de la correction MCPA se mettait en place. Même si l'imprévu restait possible, ils avaient les moyens d'y faire face : la capacité d'anticipation d'Ibza ne pouvait être prise en défaut et l'affaire était parfaitement engagée. Quant à Jatine, cette anomalie allait enfin être réglée une fois pour toute et elle serait vite oubliée. Ibza démontrait une fois encore l'impeccabilité et l'efficacité irréfutables de son organisation : Naranbataar jeta un regard circulaire sur ses officiers, tout à la fierté d'appartenir à un système aussi abouti et relativement rassuré sur son avenir propre.

En prévision de l'attaque sur Jatine, lui et ses hommes se virent assigner une longue série de contrôles et d'instructions à transmettre à leurs équipes. La mise sur pied du dispositif leur prit une bonne partie de la journée : ce n'étaient plus une poignée de transports et quelques hommes qu'il fallait mobiliser, c'était toute une armée avec ses équipements lourds, terrestres et aériens qu'ils mettaient sur le pied de guerre. En même temps que la mobilisation de son armée, Naranbataar ordonna la mise en alerte de la ville : tous les déplacements étaient suspendus. La surveillance habituelle des communications fut renforcée, les individus figurant sur la liste des suspects seraient consignés à domicile et déconnectés du réseau. Les patrouilles se multiplièrent de façon simultanée dans les différents quartiers de Malkhal, démontrant s'il en était nécessaire la perfection de leurs qualités d'exécution. Plus encore, les autres planètes du système Ibza étaient également placées en alerte, chacune mettant à disposition de Malkhal les renforts nécessaires, prêts à être acheminés en cas de besoin.

Ce déploiement de force envers Jatine, contrée plutôt paisible et dont la population comme les moyens étaient très inférieurs en nombre à ceux de Malkhal, pouvait paraître largement disproportionné, il le savait mais n'en avait cure. C'était l'application à la lettre d'une doctrine parfaitement établie : anticiper tous les risques et n'en prendre aucun. Cela démontrait surtout l'intention du Système Ibza d'en finir une fois pour toute avec le chancre de cette oasis autonome au cœur du Danakaar. Au point que nombre de chroniqueurs qui s'intéressèrent par la suite à l'histoire d'Ibza et aux événements qui menèrent à sa chute, purent se demander si tous ces incidents n'avaient pas simplement été provoqués pour servir de prétexte à l'invasion.

*   *   *

Akané et Jiù émergèrent de leur transition au milieu d'une agitation telle que leur apparition dans un recoin de la place passa totalement inaperçue. L'endroit débordait d'une activité désordonnée et fébrile mêlant citadins, militaires et smobs dans une nervosité qui ne leur parut pas ordinaire. Sans s'en préoccuper plus avant, ils repérèrent la demeure de Nadje à laquelle ils vinrent frapper discrètement. Un petit judas s'ouvrit sur une interrogation muette et Akané se présenta rapidement :

-   « C'est Maha qui m'envoie ! » Sur ce sésame, la porte s'ouvrit prestement et une femme jeune, encore adolescente presque, la referma derrière eux.
-   « Tu sembles en connaître, du monde ? » Jiù était assez déconcerté de la maîtrise qu'Akané paraissait avoir de la situation et elle lui sembla avoir utilisé bien mieux que lui le temps de leur séparation. Elle lui lança un bref regard d'amusement puis salua avec un sourire la personne en train de les accueillir par un scan approfondi, identique à celui qu'elle avait subi à son entrée chez Mereel.

- « Bonsoir, je vous attendais.
- Merci. Pourquoi cette agitation ? Est-ce habituel ?
- Oh non, c'est très exceptionnel, je vais vous expliquer. Mais ne restez pas là, suivez-moi.
- Akané, peux-tu me dire ?
- Pas maintenant, Jiù, plus tard." Elle ajouta, avec une pointe d'ironie envers son compagnon qui lui emboîtait le pas : " Il va falloir te faire une raison. Ici, sur Malkhal, ce sont les femmes et uniquement les femmes qui commandent. Peut-être est-ce cela le futur souhaitable d'Eloine ? " Elle pressa le pas pour rejoindre leur compagne avec un rire non exempt de malice à l'intention de son compagnon.

Ils prirent rapidement place dans une petite pièce de séjour chichement meublée, non sans ressentir l'inquiétude de leur hôte.

- « Que se passe-t-il, Nadje ?
- Ils ont décidé l'invasion de Jatine, c'est pour demain midi.
- Seigneur ! Maha avait raison !
- Akané, m'expliqueras-tu enfin ?
- Je vais tout raconter à Nadje, tu vas comprendre. »

Akané entreprit de narrer son aventure à leur hôte puis compléta son explication à l'intention de Jiù.

- « Jatine est une oasis au milieu d'un désert immense. C'est là que se sont retranchés les humains, ce qui reste de la population originelle de Malkhal. Nous sommes sur la Terre, Jiù, plus de trois cents ans après Eloine.
- Les humains ? Sur la Terre ? » Jiù était confondu.
- « Oui. Ceux que tu as affrontés jusqu'à présent ne sont que des fleshoïdes, des formes pensées par leur système central en vue de la colonisation finale de la planète par

un peuple venu d'Eurp. Parmi tous ceux que tu as rencontrés, seules les femmes sont humaines, aucun des hommes ne le sont.

- Seules les femmes ? Mais alors, tout s'explique ! » À son tour, Jiù exposa à Nadje et Akané ce qu'il avait vécu, en particulier le contact avec les femmes de l'amphithéâtre quand il leur avait été présenté.

- « Parfait, les choses sont plus claires maintenant. Ne perdons pas de temps. Nadje, as-tu un moyen de contacter tes compagnes ici à Malkhal ?

- Oui bien sûr, de la même façon que vous avez communiqué ensemble tout à l'heure.

- Ah, c'est vrai, j'avais oublié que vous maîtrisiez la voix intérieure. Peux-tu leur fixer un rendez-vous dans un lieu à l'écart où nous pourrions être tranquilles ?

- Il y a bien une salle où nous nous réunissons de temps à autre. Un vieil entrepôt désaffecté non loin des étages interdits, mais il est inaccessible puisque les transports sont arrêtés.

- Vérifie. Peut-être tes compagnes y sont déjà ? »

Nadje se tut un instant, le temps d'une conversation silencieuse qu'elle acheva le regard soucieux.

- « Anji les avaient prévenues. Elles devraient déjà nous y attendre mais je ne sais trop combien seront au rendez-vous… » Nadje n'acheva pas. Une rapide vérification de son intercom devenu soudain inerte lui confirma ce qu'elle redoutait.

- « Ils m'ont isolée. Je dois faire partie des suspects. À partir de maintenant, je suis consignée à domicile. Vous ne pouvez pas rester ici, ils vont sûrement venir. Je ne vais pas pouvoir les rejoindre mais vous, vous devez partir, tout de suite, je suis désolée.

- Attends, Nadje, nous avons peut-être une solution. Si tu nous fais confiance, nous pouvons être tous les trois en sécurité d'ici... disons une demi-heure, crois-tu que nous disposions de ce délai ?

- Vingt minutes, je pense que oui. De toutes les façons, ils vont commencer par boucler la place, on les entendra venir. De quoi s'agit-il ? »

Akané entreprit d'expliquer à sa nouvelle amie les propriétés de l'énergie temporelle, en particulier les techniques élémentaires de transition.

- « Les transitions locales sont très simples et ne présentent aucun danger. Tu ne risques absolument rien. La clé réside dans le calme intérieur et dans ta capacité de focalisation. Elle doit être précise et très déterminée. Par exemple, une personne ou un lieu, comme celui que tu as évoqué. Ne t'inquiète pas, nous sommes ici pour vous aider. De toutes les façons, il nous est impossible de retourner chez nous.

- Comment cela ? » L'interjection surprise de Jiù n'était pas dénuée de colère et de reproche envers Akané dont il pensait qu'elle lui cachait manifestement trop de choses.

- « J'ai oublié de te dire : le bouclier temporel qu'ils ont mis en place autour de Malkhal empêche quiconque de sortir, y compris par une transition. Jusqu'à nouvel ordre, nous sommes coincés ici !

- Content de le savoir !

- Jiù, ne rends pas les choses plus compliquées qu'elles ne le sont déjà. L'urgence est d'apprendre à Nadje à transiter et elle va avoir besoin de ton aide. »

Ils se tournèrent tous deux vers Nadje pour poursuivre leurs explications.

- « Attendez ! » Un bref mouvement de tête d'Akané venait de dévoiler par hasard le petit appareil qu'elle portait à l'oreille. Instinctivement, Jiù avait porté la main à la sienne pour sentir sous ses doigts la petite pastille dont elle était pourvue.

- « Nadje, y-a-t-il un moyen de me défaire sans risque de ceci ?

- Oui, bien sûr, laissez-moi faire. » Après quelques manipulations prudentes, Nadje lui ôta la pastille sans lui arracher autre chose qu'un léger cri de surprise lorsqu'elle l'avait décollée. Jiù la prit d'un air soupçonneux.

- « Il y a un endroit où on peut se débarrasser de ça ?

- Dans l'incinérateur » lui répondit Nadje avec un geste vague vers une sorte de cube derrière lui. « Je comprends maintenant pourquoi ils m'ont isolée : ils ont dû vous pister jusqu'ici. Il faut faire vite. »

Jiù s'exécuta et s'en revint avec un large sourire.

- « Je dépends de toi pour me faire comprendre maintenant Akané, mais je préfère m'en être débarrassé. »

- « Nous devons y aller maintenant. Ils ne vont pas tarder à rappliquer s'ils ont perdu ton signal. Prépare Nadje, vite. »

Beihaï – Forum des Étudiants – Samedi 17 Septembre 2264 – 12h

Bran sortait de l'appartement qui lui était réservé au Forum. Tout de blanc vêtu comme à son habitude, il était de l'humeur euphorique des grandes occasions. Il était fin prêt, tout était en place et les nouvelles qu'il avait reçues de Peg permettaient enfin de penser qu'ils parviendraient à leurs fins : le nombre de candidats au grand voyage était en passe d'être conforme aux prévisions et il ne doutait pas d'atteindre ses objectifs le lendemain. D'un pas léger, il rejoignit le groupe d'une centaine d'étudiants qui avait pris possession d'une partie du dernier étage. Ils constituaient son avant-garde, ceux avec lesquels il allait transiter et prendre pied sur l'île, suffisamment nombreux pour parer à toute éventualité. Si elle était moins spectaculaire que prévu, cette transition restait malgré tout une première : jamais un groupe aussi important n'avait transité simultanément et cela ajoutait au sensationnel de la situation. La plupart discutaient à voix basse et le mélange d'inquiétude et d'excitation qu'il perçut à leur contact l'électrisa.

-   « Mes amis, le grand moment est arrivé. Ensemble, nous allons vivre un jour historique qui demeurera dans les annales de la Dynastie ! Pour la première fois, des pionniers vont quitter Eloine pour s'établir dans un autre temps, coloniser un autre lieu. Vous, mes fidèles compagnons, êtes ces pionniers, vous êtes ceux dont le nom passera à la postérité et ne sera jamais oublié. Ensemble, nous sommes sur le point d'écrire une page inédite de notre histoire, ensemble nous allons réussir ! »

Il poursuivit alors que les rangs se resserraient autour de lui.

- « Je vous propose de procéder à une ultime vérification. Que chacun de vos groupes s'assure d'être en possession de tous les détails de notre destination. Faites-les passer parmi vous de telle sorte que, dans quelques instants, notre focalisation à tous soit la plus précise possible et que nous conduisions cette transition au succès qu'elle mérite. »

Bran prit quelques minutes pour circuler parmi les groupes d'étudiants et veiller à ce que ses instructions fussent suivies à la lettre. Il serra quelques mains au passage, eut quelques encouragements pour les plus inquiets puis reprit sa place face à sa petite troupe. Il allait lever la main lorsqu'une voix amplifiée par un mégaphone de forte puissance figea son geste.

- « Attendez ! Ne bougez sous aucun prétexte ! Nous avons une information vitale à vous communiquer. »

Bran explosa de fureur. Eneter ! Juste au moment de son apothéose, juste au moment du départ, de son grand départ ! Quelle était cette malédiction ? Penché au-dessus du balcon, il jeta un regard rapide vers le rez-de-chaussée du Forum, quinze étages plus bas. Il aperçut, au milieu d'une haie de curieux, une petite troupe à l'uniforme caractéristique des sections urbaines d'Eneter qui progressait rapidement vers les ascenseurs. À sa tête, il crut reconnaître Nahei au côté du fils de Jiù. Trahis, ils étaient trahis ! C'en était trop. Ce n'était pas cette soldatesque de pacotille guidée par des traîtres qui allaient l'empêcher de transiter. De toutes les façons, ils n'en auraient pas le temps.

- « Ne transitez pas, je répète, ne transitez sous aucun prétexte, nous avons une information cruciale pour vous !
- Ne vous laissez pas impressionner, mes amis, ils ne peuvent rien contre nous et ils le savent. À mon signal, nous transitons. »

Un rapide coup d'œil à ses compagnons lui indiqua immédiatement que la partie était perdue : déjà les plus indécis avaient reculé de quelques pas pour se désolidariser du groupe : la belle unité de façade se lézardait sous le coup de la peur, de la résignation et du doute. Il ne pouvait plus compter que sur les plus résolus d'entre eux mais il était trop tard pour reculer. En dépit de circonstances désastreuses pour la réussite d'une transition d'une telle amplitude, Bran donna le signal fatidique et, accompagné d'une dizaine d'étudiants, disparut.

Ceux qui s'étaient résolus à ne pas transiter restèrent longuement prostrés comme si Bran et ses compagnons avaient emporté le temps avec eux. Spectateurs impuissants de la scène, ils étaient déchirés entre le sentiment d'avoir bien fait, le remord d'avoir lâché leurs amis et le pressentiment que quelque chose de sérieux dont ils ne mesuraient cependant pas la gravité, venait de se passer. Pendant un temps qui leur parut infini, il ne se passa rien. Ils étaient enveloppés d'un silence de tombe qui les isolait du reste du Forum, étonnamment calme et vide de son effervescence coutumière, comme suspendu dans l'attente de quelque dénouement. Nahei et Mugan suivis par la poignée de miliciens les rejoignirent enfin et, passant de l'un à l'autre, tentèrent de les réconforter. Pourtant, le cœur n'y était pas. Pour une raison inconnue, il leur était impossible d'entrer en contact avec Bran dont ils connaissaient pourtant les coordonnées temporelles et le doute leur venait sur la réussite de l'entreprise. Tous étaient gagnés par la sensation oppressante que quelque difficulté inattendue s'était interposée et qu'un drame venait de se produire. Le temps passa et le désarroi se mua en la certitude qu'une catastrophe avait eu lieu. C'était avec effroi maintenant qu'ils contemplaient ce vide marquant la place occupée par Bran et leurs camarades il y avait quelques instants encore et qu'ils n'osaient combler.

Alors que les miliciens rendaient compte de la situation par intercom, Mugan se voulut rassurant auprès des étudiants désemparés :

- « Vous avez bien fait, le projet de Bran était impossible. Vous êtes saufs ! Vous alliez créer une singularité beaucoup trop forte, vous étiez en grand péril et, de toutes les façons, c'était voué à l'échec ! »

Une bousculade l'interrompit : une jeune femme venait de s'effondrer et gisait au sol, entourée de quelques camarades empressés. Le front brûlant et couvert de sueur, elle gémissait dans un demi-coma et commençait de délirer. Nahei saisit le bras de Mugan avec force.

- « Mugan, je la connais, c'est l'amie de Kaz qui vient de transiter avec Bran. Il y a quelque chose qui ne va pas. Il se passe quelque chose. Je t'en prie, va chercher ton père, va chercher quelqu'un. »

Mugan, saisi par la pâleur effroyable de l'étudiante, appela de sa voix intérieure :

- "Matzu, Leh, Jana, c'est Mugan! J'ai besoin de vous, quinzième étage du Forum, faites vite s'il vous plaît ! "

Quelques minutes plus tard, ils étaient rejoints par Leh et Matzu qu'ils informèrent de leur inquiétude alors que les miliciens évacuaient la jeune femme sans connaissance.

- « Nous ne pouvons rien pour elle pour l'instant. Allons chez Ishma, lui seul pourra comprendre ce qui se passe. Je crains le pire. »

*   *   *

Ishma les écouta avec une gravité qui ne fit que renforcer leurs craintes. Ce qu'ils venaient de lui décrire lui rappelait précisément les témoignages recueillis après une transition ratée. La stupeur des étudiants, le malaise de la jeune femme et l'impression partagée de désastre, tout concourrait à indiquer que Bran et ses compagnons avaient manqué leur transition. De cela, il était à peu près sûr, d'autant qu'aucune communication avec eux n'était possible, mais ce qui le préoccupait davantage était la raison de l'échec. Bran était un voyageur prudent et averti, ce ne pouvaient être les circonstances un peu chahutées de son départ qui eussent pu le gêner. Il devait y avoir autre chose, mais quoi ?

- « Nous devons y voir clair. C'est à n'en pas douter d'une importance cruciale pour Eloine : leur initiative nous faisait courir un risque énorme mais je crains que leur transition ratée ne nous révèle un autre péril qui ne le serait pas moins.
- Ils ont manqué leur transition ?
- Je crains que oui.
- Tous ?
- Oui. »

Cette révélation abrupte qui ruinait leurs derniers espoirs les écrasa de tout son poids tant ils savaient l'errance éperdue que signifiait une transition manquée et c'est d'une voix blanche que Matzu continua :

- « Que suggères-tu ? Peut-on les sauver ?
- Comprenez-moi bien. C'est une chose d'aller récupérer un imprudent ou deux. Ici, ils sont près d'une douzaine. Je ne sais déjà pas le temps que cela prendrait dans des conditions normales mais il ne vous a pas échappé qu'Eloine est en état d'alerte. Dans ces conditions, j'ignore les ressources que le GC acceptera d'accorder à ce sauvetage. Pourtant....
- Pourtant ? »

Ishma essayait de clarifier sa pensée. Cette situation imprévue, si dramatique qu'elle fût, ne pouvait manquer d'être liée à tout ce qu'ils venaient de vivre et il tentait d'en mettre tous les éléments bout à bout.

- « Je pense qu'il devrait être possible de les récupérer sans mettre en place d'opération trop compliquée qui nécessiterait par trop de moyens. Je vous rappelle ce que je vous disais ce matin : tout est lié. Je cherche donc à comprendre en quoi ce qui vient de se passer est une explication ou une solution aux problèmes qui nous agitent.
- Comme l'absence de Jiù et Akané par exemple.
- Qu'as-tu dit ? » Ishma s'était saisi de la main de Leh et la pressait entre les siennes comme pour en extraire le sens caché de ses paroles.
- « Rien, cette histoire de transition ratée me fait penser à l'absence de Jiù et Akané, c'est tout !
- Mais c'est primordial, ce que tu dis là, primordial !

- À quoi penses-tu, Ishma, arrête de parler sous forme d'énigme, je te prie.
- Mais vous ne voyez pas ? Leh a raison ! Il ne peut qu'avoir raison. Si Akané et Jiù ne sont pas parmi nous, c'est qu'ils ont raté leur transition », il marqua volontairement une pause pour assurer son coup « ou que quelque chose les empêche de transiter, c'est aussi simple que cela !
- Tu penses que quelque chose a empêché Bran et ses amis de transiter ?
- C'est cela même.
- Comment pouvons-nous nous en assurer ?
- C'est relativement simple : tâchez de connaître l'identité de chaque compagnon de Bran. Nous allons tour à tour nous connecter à chacun d'eux. Chacun d'eux. Si nous en retirons la même information, la même, quelque chose de commun les aura tous empêchés de transiter.
- Mais c'est énorme ce que tu dis là, Ishma, énorme ! » Leh eut un petit rire dont il garda les raisons pour lui : il commençait à prendre les tics de langage d'Ishma et c'était mauvais signe.
- « Oui, si cela est vérifié, cela signifie que quelqu'un, quelque part, a les moyens de nous empêcher de transiter. Cela ne vous dit rien ?
- Le corps expéditionnaire ! » Matzu s'était exprimé à voix basse mais tout le monde avait entendu et partageait la conclusion consternée à laquelle il venait d'aboutir.
- « Le corps expéditionnaire ! La voilà la raison de leur énorme besoin en énergie. Mais pourquoi, bon sang ? Pourquoi ?
- Attendez ! Ne vous précipitez pas sur la conclusion. Nous devons d'abord vérifier par nous-mêmes. Tu as fini,

Matzu ? » Celui-ci avait profité de cet échange pour établir la liste des étudiants disparus.

- « Il doit m'en manquer un ou deux mais cela devrait suffire. » Il afficha sur l'écran du laboratoire une dizaine de noms qui furent affectés à chacun d'eux sauf à Nahei qui avait préféré ne pas prendre part à cet exercice qui lui faisait plus peur qu'elle n'acceptait de le reconnaître.

- « Allons-y. »

Chacun prit ses aises dans la perspective d'une séance qui s'annonçait longue et passablement inconfortable : nul ne savait ce qu'il allait découvrir en tentant de se connecter à des voyageurs perdus dans une transition de plusieurs siècles et qu'il fallait retrouver sans connaître ni leur localisation ni leur état. Certains en vinrent même à douter du bien-fondé de l'expérience. Le silence vint et tout dans la pièce se fit immobile alors que chacun, tourné vers l'intérieur, se préparait au voyage. Sous les yeux de Nahei, témoin muet de la scène, les quatre amis plongèrent graduellement dans une sorte de demi-conscience agitée que secouaient par intermittence des transes identiques. Elle scrutait leurs visages, comme captivée par la transformation qui se déroulait sous ses yeux. Très progressivement, ils prirent chacun une teinte terreuse comme si la vie les quittait, au point qu'elle fut soudainement saisie de terreur à l'idée de rester la seule survivante de la pièce. De brefs tressautements de leurs membres accompagnés d'exclamations confuses et des murmures informes leurs venaient qui ne la rassuraient qu'à moitié et elle ne quittait plus Mugan des yeux comme pour partager avec lui la peine qui l'enserrait.

Enfin, à son plus grand soulagement, ils revinrent lentement à eux, les yeux ouverts dans une sorte d'aphasie générale et la séance cessa. La pièce était murée dans le silence comme s'ils étaient revenus à la vie privés de parole, les uns se désaltérant ou faisant quelques pas, les autres se massant les membres, tous plus affectés qu'ils ne voulaient le laisser paraître.

- « Terrible ! » dit enfin Leh, « vraiment terrible.
- Pour moi, c'est clair : tous ont vu la même chose : une sorte de mur de fin du monde, plus obscur que la nuit, qu'ils n'ont pu franchir et le long duquel ils errent, perdus à la recherche d'une issue. Et pour vous autres ?
- La même chose exactement. La même.
- C'est la première fois qu'une chose pareille arrive. Pour moi, l'hypothèse d'Ishma est la bonne. Quelque chose a bloqué leur transition.
- Si c'est le cas, c'est énorme ! Surtout si c'est le détachement qui en est l'origine ! Cela veut dire qu'ils ont une maîtrise totalement inédite de la science temporelle.
- C'est une information absolument cruciale à partager immédiatement avec la totalité d'Eloine.
- Oui, il faut prévenir tout le monde et interdire les transitions jusqu'à nouvel ordre. Ça va être une sacrée panique. Bonjour l'ambiance au GC !
- Tout le monde, comme tu dis, Matzu, comme tu dis.
- Tu penses à Jiù et Akané ?
- Je pense à eux mais je ne vois pas comment les en avertir : si ce mur empêche toute transition, je ne vois pas comment les atteindre, même de la voix intérieure. Encore moins comment transiter pour les rejoindre. Pour ma part, j'ai besoin de travailler : je dois comprendre ce que nous avons découvert. Si c'est une arme, nous devons rapidement trouver son point faible sinon Eloine est en grand danger !
- Matzu et Leh, je vous charge d'avertir Eneter : interdire absolument toute transition temporelle chez qui que ce

soit. Je ne crois pas que les transitions géographiques soient en cause, ce sera facile à vérifier. Je ferai une communication au groupe de soutien et nous verrons comment prévenir le Grand-Conseil qui ne peut être tenu à l'écart de tout ceci. Je pense que si nous prenons les bonnes décisions, nous pouvons encore éviter la guerre mais aucune erreur n'est permise. Nahei et Mugan, rendez-vous auprès de cette jeune femme et assurez-vous de son état. S'il nécessite mon intervention, prévenez-moi. Maintenant laissez-moi, je vais voir ce que je peux faire pour les sauver. Pour nous sauver.

- Attendez ! » La voix pressante de Mugan les arrêta dans leur élan. « Je crois savoir comment faire pour les sauver.
- Maintenant ?
- Oui, maintenant, surtout maintenant ! Réfléchissons ! Si quelque chose les a empêchés de transiter, ils ne peuvent pas être bien loin, le distemps doit être raisonnable ! J'en veux pour preuve la facilité relative avec laquelle nous nous sommes connectés.
- Oui, peut-être, mais les faire revenir est une autre paire de manche ! Où veux-tu en venir ?
- Je ne pense pas comme Ishma qu'il faille attendre. Nous devons agir tout de suite. Peg est mon cousin donc je suis bien placé pour aller le chercher, il y a un lien réel entre nous et nous saurons nous reconnaitre. Si nous pouvons avoir l'aide de Jala, nous aurions aussi un relais vers Kaz. Deux relais, ce n'est pas énorme mais ce devrait être suffisant surtout si le distemps est limité. Ishma, explique-nous comment nous pouvons procéder. Vite !
- Nahei, va auprès de ton amie et enquiers-toi de son état. Si elle est suffisamment vaillante, ramène-la avec toi.

Pendant ce temps, nous allons préparer le processus de récupération.
- De quoi s'agit-il Ishma ?
- Mugan, tu es sûr que tu veux participer à cette opération ? Tu ignores tout de ce dans quoi tu t'engages et récupérer des naufragés du temps n'est pas chose facile ou que l'on entreprend à la légère !
- J'en suis certain.
- Dans ce cas, écoutez-moi bien, voilà comment je vois les choses : à cause du mur temporel, l'intention qui soutenait la transition de nos amis n'a pu aboutir et ils sont bloqués dans un état intermédiaire. À défaut d'intention, ils n'ont aucun moyen de retrouver notre temps ou un temps quelconque. Aucun moyen. C'est exactement ce qui arrive quand on transite sur une intention insuffisamment focalisée.
- C'est quoi cet état intermédiaire ?
- Mon cher Mugan, tu demanderas cela à ta mère ou à Doràn ainsi qu'à ceux de tes compagnons qui en ont fait l'expérience. Pour ma part, la seule chose que je sais est que nous l'appelons le Sans-Nom, rien n'y a de forme, on n'y existe qu'à l'état de conscience et encore, celle-ci se dilue vite si elle se laisse absorber par le néant qui l'entoure. C'est assurément une expérience très déplaisante : tous ceux qui en sont sortis indemnes ne l'étaient pas totalement. Il faut à chaque fois de longs mois de régénérescence pour qu'ils reviennent à eux. Demande à ton copain Marty ! C'est pourquoi je te pose à nouveau la question : es-tu certain de vouloir y participer ?

- Comment fait-on pour les sortir de là ? » Mugan ne daigna pas même répondre à la question d'Ishma tant sa décision ne faisait aucun doute.

- « Il faut d'abord renouer un contact avec eux puis leur transmettre une intention suffisamment forte pour qu'ils puissent se l'approprier, de façon qu'elle les mette en mouvement et les ramène dans notre temps.

- Par exemple ?

- C'est impossible à décider d'avance, il faudra te laisser guider par les circonstances. »

Cette réponse embarrassa quelque peu Mugan alors que tous demeuraient en silence, comme pour prendre la mesure de ce vers quoi ils étaient en train de s'engager. Ses pensées devenaient confuses et incertaines, il redoutait en particulier de ne pas trouver une intention suffisamment puissante pour faire revenir son cousin, a fortiori ses compagnons d'infortune. Il n'eut pas le temps de s'appesantir davantage sur la question car Nahei revenait avec son amie qu'elle soutenait d'un bras ferme.

- « Elle a insisté pour venir. Elle veut à tout prix venir en aide à Kaz.

- Bonjour Jala, installe-toi confortablement et bois ceci, cela te remontera !» Ishma l'accueillit avec une bienveillance assez inhabituelle qui provoqua chez Mugan un surcroît d'inquiétude : ce devait être une expérience bien désagréable pour que le sévère Ishma manifestât autant de prévenance. Il commençait de regretter ses fanfaronnades mais il était trop tard, il ne pouvait plus reculer.

- «Je vous explique comment nous allons procéder. Mugan, tu vas transiter en te focalisant sur ton cousin. Matzu t'accompagnera en focalisant sur toi. De cette manière, il ne te perdra pas de vue et pourra te venir en aide si nécessaire. Une fois que vous serez engagés dans votre transition, je ne pourrai plus rien pour vous. Dès que tu as retrouvé ton cousin, tu dois lui transmettre une intention qu'il puisse faire sienne et, si possible, qui le ramène dans notre temps. Si cela ne s'avère pas suffisant, nous vous enverrons Jala qui vous rejoindra accompagnée de Leh. Avez-vous des questions ?

- Non, c'est relativement clair. Tout cela n'est pas exempt d'une certaine improvisation n'est-ce-pas ?
- Comme toujours avec l'énergie temporelle, mon cher Mugan, comme toujours !

Entourés d'un silence solennel qui ne l'encourageait que très modérément, Mugan imita Matzu qui, déjà, reprenait sa place sur le divan semi-allongé qu'il avait quitté quelques minutes auparavant. Les dés étaient jetés, il allait se lancer dans le plus étrange voyage qu'il n'eût jamais entrepris. Ils passèrent de concert en mode actif et Mugan se laissa glisser dans la sensation d'hyper-conscience qu'il savait y trouver. Totalement concentré et d'une vigilance extrême, il baignait dans un cocon énergétique bienfaisant qui les entourait tous les deux telle une eau à la température parfaite : chaque sensation était décuplée comme si leur capacité d'attention ne dépendait plus seulement de leurs sens mais de la totalité de leur être. Leur perception du monde s'élargit subitement bien au-delà d'Eloine pour embrasser le Temps dans sa totalité, espace sans dimension, sans limite, sans odeur et sans bruit. Il leur était dorénavant possible de s'y déplacer à volonté, uniquement par le pouvoir de l'intention et Mugan eut soudain conscience de la présence de Matzu à ses côtés, lui intimant brièvement *"focalise, Mugan, focalise !"* Ce conseil était inutile : tous les entraînements avec son père avaient porté leurs fruits, il était parfaitement à l'aise dans cet univers inhabituel mais assez familier. Il n'avait en tête que l'objectif qu'il s'était fixé pour cette transition qui ne devait pas être différente de toutes celles qu'il avait réussies. Puis, guidé par une unique pensée vers Peg, il bascula dans le néant et, en une fraction de seconde, se retrouva au cœur de l'absence : immensément seul, sans direction ni repère, le vide était en lui sans autre sensation de lui-même que la certitude *"je suis"*. Il n'était nulle part, comme au plus profond des abîmes, immobile au milieu d'un moment éternel, obscur et sans âme qu'il n'avait jamais fait que traverser sans y porter attention (et bien lui en avait pris !) et qui, maintenant, l'absorbait comme on ajoute une ombre à l'obscurité. La panique le prit. Ce qui lui restait de conscience d'être se dilua encore davantage tel un nuage disséminé par le vent et ce n'est qu'au bout d'un temps infini qu'il perçut enfin en lui la pensée de Matzu, comme une voix venue du fond des âges lui répétant tel un refrain continu *"focalise, Mugan, focalise !"* Doutant de sa réalité comme on doute d'un souvenir lointain, il obtempéra néanmoins et se concentra sur son cousin.

- "Peg ? Peg ?
- *Qui m'appelle ?"* Une voix sinistre, défiante et moqueuse, le surprit, étonnamment proche et chargée comme d'un souffle, d'une désespérance glacée où Mugan fut bien près de sombrer.
- "Peg, c'est moi, Mugan, je viens te chercher.
- Que viens-tu faire dans ces lieux d'obscurité, pourquoi erres-tu ici avec moi ?
- Je viens te chercher, toi et tes compagnons, où sont-ils ?
- Qui prétends-tu être pour nous enlever d'ici ? Qui es-tu ? Que me prouve que tu n'es pas quelque fourberie supplémentaire de ce lieu maudit ?"

Mugan sentait l'impuissance le gagner. Au lieu d'attirer son cousin hors de cette folie, inerte et sans vie, il était lui-même aspiré, comme aimanté par un pouvoir auquel il peinait à résister. Encore une fois, ce fut Matzu qui le sauva : *"L'intention, Mugan, pense à l'intention que tu dois lui transmettre, vite ! Sinon, même avec mon aide, tu n'en sortiras pas."* Mais quelle intention pouvait-il bien faire passer à son cousin qui le sortît de cet abîme où nul humain n'avait sa place ? Mû par une intuition salutaire, au lieu de réfléchir, Mugan laissa flotter ce qui lui restait d'esprit et cessa de lutter. Instantanément disparut la sensation de dilution lente qui le consumait, prête à le dissoudre définitivement dans ce néant sans fond. Il ressentit pour Peg une affection immense, un bonheur sans pareil d'être à côté de lui et de partager cet instant. Ils avaient tout leur temps pour eux, la paix était en lui et surtout entre lui et son cousin.

- " Peg, viens ! Nahei nous attend.
- *Nahei ?* " La voix était vibrante soudain, comme animée d'un soupçon de vie.

Puis, tout alla très vite. En une fraction de seconde, une multitude l'entourait comme des papillons attirés par la lumière. Il eut peur à nouveau, mais se cramponna à cette idée : *"Nahei nous attend"*. La nuit disparut, emportée à une vitesse vertigineuse. L'instant d'après, des mains épongeaient son front moite et un brouhaha confus l'entourait comme lors d'un réveil au Forum.

- « Où suis-je ?
- Tu as réussi, Mugan, vous avez réussi ! Mais sapristi, que vous êtes partis longtemps !» La voix d'Ishma, étonnamment claire et chaleureuse, lui faisait du bien comme la couverture qui recouvrait son corps de glace.
- « Ils sont là ?
- Oui, ils sont tous là… Ou presque.
- Presque ?
- Bran manque à l'appel mais vous avez ramené tous les étudiants. C'est magnifique, Mugan, magnifique ! »

Il jeta un regard autour de lui, pour découvrir Matzu dans le fauteuil où il l'avait quitté, qui lui décochait un large sourire de connivence, comme d'une bonne blague qu'ils avaient réussie. Il eut un geste de reconnaissance appuyé d'un pâle sourire. Il savait qu'il lui devait la vie. Au-delà, il distingua Peg, Kaz et Jala au milieu de leurs compagnons prostrés mais il peina à les reconnaître, tant ils avaient vieilli. Nahei vint à lui, radieuse.

-   « Bravo, Mugan, ah oui, bravo ! Je suis tellement heureuse que tu aies réussi, tellement heureuse ! »

Mugan lui sourit à son tour puis se tourna vers Ishma.

-   « Mais leur visage ?
-   Ne t'inquiète pas, c'est l'effet du Sans-Nom, quand tu en sors, tu n'as pas d'âge mais la régénérescence va arranger tout cela.
-   Et Bran ?
-   Nous ne savons pas. Nous ignorons où il est. Le retrouver prendra sans doute pas mal de temps.
-   Pas moi, si tu le veux bien ! Pas moi. Je crois que je vais mettre du temps à m'en remettre.
-   Dors, Mugan, dors ton saoul. Tu l'as bien mérité. »

Comme s'il n'attendait que cette autorisation, il s'assoupit sans demander son reste et se laissa sombrer dans un sommeil peuplé de fantômes, de rêves et de formes étranges mais dans lequel il se sentit bien vivant.

Ibzan Malkhal – ville souterraine – Samedi 19 Septembre 2499 – 12h

Dès leur arrivée, Jiù et Akané furent happés par la rumeur en basse continue qui emplissait le vaste entrepôt plongé dans la pénombre. En lieu et place de l'espace vide et lugubre auquel ils s'étaient attendus à la description que leur avait faite Nadje, ils trouvèrent un lieu habité et mouvant, occupé par des dizaines et des dizaines de groupes, chacun assemblé autour de petits lampions qui dispensaient une lumière si frêle qu'elle renforçait l'obscurité au lieu de la dissoudre. La haute voûte hors de portée de ces luminions minuscules les dominait de tout son mystère et jetait une ombre énigmatique et pesante tel un voile de ténèbres tendu au-dessus d'eux. Nadje était aussi surprise qu'eux et laissa éclater sa joie alors qu'avec ses nouveaux compagnons, elle comptait les femmes par centaines.

- « Anji a réussi, elle a pu les prévenir ! Elles sont toutes là ! Que je suis heureuse ! »

Touchés par le bonheur de leur nouvelle amie autant que par l'importance de la foule qui les entourait, ils se laissèrent pénétrer par le sentiment que le succès était à leur portée. Toute cette histoire prenait enfin un tour prometteur après tout ce temps passé à subir les événements. Ils étaient finalement réunis, unis et entourés d'alliés. Ils étaient surtout hors de portée du Comparateur Canonique et de ses fleshoïdes, du moins temporairement et ils avaient finalement un peu de temps pour ajuster leurs plans.

- « Nadje, peux-tu nous conduire à Anji, il faut que nous lui parlions.
- Venez, je devine où elle est. Elle aussi veut vous voir. »

Ils se frayèrent un itinéraire malaisé dans la nuit encombrée de silhouettes affairées, massées autour de tables de fortune chichement éclairées. Nadje interpellait à la volée celles qu'elle reconnaissait, amies qui se retrouvaient d'une brève embrassade, chacune heureuse de savoir l'autre en sécurité en dépit de la consignation à domicile. Akané et Jiù les saluaient à leur tour, portés par l'atmosphère si allègre et bon enfant qu'ils auraient pu se croire à quelque fête, au demeurant assez différente de celle qu'ils auraient trouvée sur Eloine en pareilles circonstances (à part peut-être à la petite maison de Kohl dans le Jardin à l'époque où la Dissidence s'y réunissait ?) La joie électrique qui les entourait était celle de retrouvailles entre parents qui se seraient perdus de vue depuis longtemps, une réunion de famille organisée en fonction d'origines communes ou de familiarités plus étroites. Tout cela était assez nouveau pour Jiù, plus habitué aux jeux relationnels convenus et compliquées du Grand-Conseil, même s'il n'avait jamais abandonné le souvenir de ses débuts candides et enthousiastes. Akané, pour sa part, retrouvait là ce à quoi elle avait touché à Jatine, ce cadeau d'un futur qu'elle espérait tant pour elle et pour les siens et qu'elle tenait à rapporter à Eloine. Ils parvinrent enfin au Pr Askajan, entourée d'un petit nombre de femmes qui, par leur contenance, leur parurent plus déterminées que la foule à l'entour. Elle eut un petit signe amical envers Jiù lui intimant de prendre patience alors qu'elle menait leurs délibérations à leur terme.

Ils s'assirent, rapidement entourés de curieuses demandant à Nadje toutes sortes d'explications à leur sujet. Jiù, privé de son audiophone, n'y comprenait goutte mais il ne voulut pas importuner Akané par d'incessantes requêtes de traduction. Il voulait profiter de cet instant de répit pour passer en mode actif et tâcher d'appréhender ce qui les attendait au bout de ces aventures plutôt confuses et agitées. Plus que jamais, il avait besoin de réunir toute information que les circonstances pouvaient lui apporter afin de décider enfin en connaissance de cause. Il posa donc son esprit comme on dépose les armes et le laissa flotter sur cette perception extra-sensible de l'instant qu'il maîtrisait si bien et qu'il étendit autant qu'il lui était possible, bien au-delà des événements apparemment inéluctables qui s'annonçaient à eux dans cet entrepôt souterrain et reclus. Il lui fallait s'ouvrir à tout ce qu'il pressentait sans voir mais, surtout, il voulait s'engager sur cet océan mystérieux au bord de sa conscience, l'immensité de tout ce dont il ne pouvait imaginer l'existence. Qu'ils soient ici sur Ibzan Malkhal ou là-bas très loin, chez eux sur Eloine, n'avait plus d'importance. Où qu'il fût, il était ce même être animé du potentiel invraisemblable de l'énergie du temps, cette énergie qui le faisait se percevoir sans limite, sans contrainte et sans âge. Il fallait en faire profiter toutes ces femmes levées contre l'imposture d'un système monstrueux. Il savait qu'ils étaient venus pour cela : les aider dans leur lutte pour ramener la vie sur Malkhal. Leur arrivée sur cette planète stérile coïncidait si exactement à un moment charnière de leurs histoires respectives qu'il refusait de s'en voir exclusivement la cause. Tout cela ne pouvait qu'être l'aboutissement d'enchaînements bien plus obscurs que leur transition assez acrobatique. Dans l'infinie immuabilité du Temps qu'ils avaient si souvent parcourue, il était vain de chercher à distinguer la cause de l'effet. C'était aussi illusoire que vouloir disjoindre la tête de la queue d'un serpent pour le saisir dans sa vitalité. Séparer c'était mourir, se condamner à ne pas comprendre le vivant. Pour le comprendre, il fallait observer dans sa totalité l'ensemble de ce corps ondulatoire et mouvant.

Ouvert à la totalité de ce qui est, Jiù fit corps avec l'instant, se laissant dissoudre dans une unité aux ramifications innombrables. La rumeur de l'immense hall disparut, comme s'évanouirent les silhouettes mouvantes des femmes qui l'entouraient. Comme à son accoutumée, il se laissa gagner à la compréhension du moment, sans que les mots lui vinssent à l'esprit, sans que des images lui obscurcissent l'imagination. La détermination inébranlable et le dessein programmé du Comparateur Canonique étaient partout, intelligence artificielle et démesurée qui dictait le destin de quelques millions d'humains. Il ne vit curieusement pas les innombrables fleshoïdes et il en déduisit qu'ils n'avaient pas d'existence propre en dehors de la résolution implacable et auto-paramétrée nichée au cœur de cet algorithme omnipotent. Ils n'en étaient que la prolongation temporaire, le temps, justement, que ce système fût parvenu à ses fins. Il retrouva, mais dans des proportions inégalées jusqu'alors, le vieil antagonisme entre les humains et leurs machines, tous les systèmes qu'ils avaient conçus, ces abstractions qui finissaient tôt ou tard par se doter d'une vie propre et par se retourner contre eux. Il ne s'agissait plus ici seulement de protocoles, de règles ou de normes, comme avec leur bonne vieille logique L1, il s'agissait beaucoup plus radicalement d'une machine qui avait pris le dessus sur l'homme, il s'agissait de la survie de l'espèce, de sa sublimation peut-être, de la sortie de son assujettissement à ses propres créations. À cet instant précis, Jiù prit la décision qu'à leur retour sur Eloine, ils entreprendraient de reconfigurer entièrement la Mémoire, que c'en serait fini de lui laisser l'initiative pour tout ce qui concernait leurs choix et la détermination de leurs vies. Même s'ils l'avaient soigneusement cantonnée à un rôle de conseil, il savait au plus profond de son être qu'ils lui avaient abandonné des pans entiers de leur capacité de décision et de leur libre-arbitre.

Sa perception d'un Temps souverain et unique, nourrie de toutes ses transitions vers tant d'époques différentes lui montra, tel un tableau antique, l'homme inexorablement enfermé dans le chaos qu'il engendrait lui-même, encagé dans une roue déversant sur lui les restes qu'il avait laissés dans sa trace. Il comprit cela et l'envie de faire s'éteignit en lui. Dorénavant, il n'agirait plus jamais de lui-même, il le redouterait même, ne voulant pas ajouter à l'imbroglio des relations causales attachées à tout acte comme une chevelure à une tête : l'acte et le choix qui le commandait façonnaient le monde sans relâche, avec des conséquences si peu maitrisées et potentiellement tellement antagonistes qu'ils pouvaient se détruire eux-mêmes. Combien cette tentation perpétuelle et innée d'agir, élaborer, construire, cette prodigieuse syntaxe de la vie, devenait futile et vaine dès lors que le but était l'objet ! Ni objet ni sujet n'avaient finalement d'importance, aucun ne laissait de trace dans l'immensité du temps, seul persistait à tout jamais le verbe qui les avait reliés. Lui seul laissait son empreinte, lui seul était doué d'un pouvoir créateur. Peu importaient le substantif et ses compléments, il n'y avait en définitive que le verbe qui était acte et donnait sa densité au monde.

L'évidence se fit que chaque choix, aussi infime qu'il fût, engendrait un monde qui lui était propre. Une singularité particulière dans l'infinité des combinaisons possibles entre causes éventuelles et effets probables. Il vit le poids inexorable de la responsabilité : c'est elle qui donnait sa gravité au vivant, quel que soit le choix que l'on put faire.

Il vit ensuite l'enchevêtrement inextricable de tous ces états préexistants créés par nos souhaits, nos peurs et nos envies, précurseurs patients de ce qui éventuellement serait. Il nous vit toutes et tous, enfants insatiables, explorateurs avides d'une réalité que nous mettions au monde au fur et à mesure que nous la découvrions. Ce fut pour lui une prise de conscience indicible. Fussent-elles d'épuisement, d'émerveillement, de tristesse ou de douleur extrême, des larmes ruisselaient sur ses joues comme elles ne peuvent éviter de couler sur le monde chez tous ceux et celles qui acceptent de le contempler dans sa réalité.

En une succession de flashes disjoints qu'il laissait défiler à l'envi, apparurent toutes les phases temporelles reliées à celle qu'ils étaient en train de vivre. Toutes ces possibilités ouvertes comme d'un livre, dépendaient chacune d'une décision qu'il était loisible à ces femmes de prendre et qui déterminerait le chapitre suivant de leur histoire. Elles s'exposaient à lui en une succession de plans animés et silencieux, tous équivalents, tous équiprobables. Tout était écrit. Toutes les options étaient possibles et il ne tenait qu'à elles de choisir celles qu'elles privilégieraient. Alors, ce choix focaliserait l'énergie temporelle en un flux qui mettrait en mouvement les séquences qui le feraient advenir ainsi que toutes ses conséquences. Il en était ainsi depuis la nuit des temps, depuis que l'homme eût commencé d'agir. Toute cette énergie qui contenait le monde pouvait être condensée par l'intention pour créer la succession d'événements que nous appelons histoire. Il retrouva, bien sûr, ce que lui avait enseigné Ishma et comprit enfin le processus par lequel il leur était permis de transiter : par une focalisation suffisamment détachée mais déterminée, leur intention faisait advenir l'événement suivant, sans recourir aux enchaînements qui y menaient.

Quant à lui, en aucun cas, plus jamais il ne voudrait choisir. S'il voulait éviter d'être la cause d'une autre singularité entre Eloine et son futur cette fois, il lui était impossible de mettre en œuvre ou même de conseiller une quelconque ligne d'action. Il ne serait que le témoin du jeu en train de se mettre en place sous ses yeux, y participer sans l'avoir décidé. Il ne pouvait qu'être, vivre avec elles ce qu'elles avaient à vivre, confiant qu'une fois ouvertes à l'énergie temporelles, elles auraient l'intuition qui sortirait Malkhal de la malédiction des fleshoïdes. Laisser advenir, telle serait dorénavant sa propre ligne d'action. Être seulement témoin, observer sans juger, ne pas se projeter ni vouloir. C'était à cette condition seule que lui et Akané pourraient organiser leur retour sans dommage pour la Dynastie. Déjà, il craignait que, par superposition de ces présents imbriqués, la violence qui montait sur Malkhal n'eût un effet rétroactif sur Eloine. Si elle devait se déchaîner ici, ils devaient coûte que coûte éviter d'en être à l'origine. À la différence de toutes ses expériences précédentes, Jiù eut la sensation presque physique que, parmi tous ces futurs possibles qu'il lui avait été donné de contempler, aucun n'était véritablement sien. Cette histoire n'était pas la sienne et les choix qui détermineraient les enchaînements entre causes et effets ne lui appartenaient pas.

Cette conscience élargie à l'extrême le faisait évidemment baigner dans un champ d'énergie d'une telle intensité que plusieurs femmes à l'entour ne purent manquer de le ressentir, gagnées à leur tour par un calme électrique. Il émanait de leur petit groupe quelque chose de puissamment magnétique et palpable, au point qu'une quiétude absolue gagna graduellement la totalité du hall. Le silence naquit sans que personne ne l'eût jamais commandé. Akané avait assez vite remarqué que son compagnon avait basculé en mode actif. Elle l'y avait rapidement rejoint et l'avait accompagné, présente et sans mot dire, dans le cheminement qui avait été le sien. Tout cela n'était pas nouveau pour elle : elle en avait fait l'expérience et en gardait le souvenir en elle. Elle l'entendit l'appeler de sa voix intérieure, si basse qu'elle se confondait avec le bruissement de son propre sang.

- « Akané, nous ne devons pas intervenir dans leurs choix, nous ne pouvons pas agir pour leur venir en aide. Si nous le faisions, nous ajouterions aux périls d'Eloine dans des proportions que nous ne pourrions pas maîtriser.
- Je sais.

- Nous ne pouvons que laisser les événements venir à nous et agir en conséquence, alors ce qui doit se passer adviendra sans que ce soit de notre initiative.
- Oui, je le sais.
- Il vient de m'apparaître qu'ici ou sur Eloine, nous ajoutons au désordre chaque fois que nous agissons par intention, chaque fois que nous voulons intervenir sur le cours des choses.
- Jiù, je sais tout cela depuis ma transition manquée d'où tu es venu me tirer. Je le sais aussi depuis l'enfance : il y a dans ma famille, une sagesse millénaire qui explique tout cela en trois mots : *wei vu wei*, agir et non-agir, telle est la signification de la petite figurine que nous avons vue chez Iksan, qui t'a été transmise par ta mère et que tu as conservée. C'est exactement ce que tu viens de saisir. Agir par ce qui vient à nous mais ne pas vouloir agir sur le cours des choses sous peine d'ajouter au chaos dans le monde. Tu as raison, nous ne pourrons pas décider pour elles ou même participer à leur décision. Nous ne pourrons qu'agir en fonction des choix qu'elles feront et non sur leur choix.
- Agir et ne pas agir ? Il va falloir que je m'y fasse !
- Je ne te le fais pas dire, Jiù ! » dit-elle avec un petit rire. « Tu te souviens de notre conversation, juste avant que nous ne transitions ? Finalement ce séjour à Malkhal t'aura fait beaucoup de bien ! Il est temps que nous rentrions !
- Oui, peut-être mais attendons que les événements nous indiquent quand nous pourrons le faire !
- Oui, mais sans oublier ce qui nous attend sur Eloine et que nous devons résoudre ! »

À son tour, Jiù sourit à cette inversion des rôles, Akané le rappelant à leurs responsabilités. Il interrompit à regret cet échange muet, voyant s'approcher d'eux le Pr Askajan. Elle s'adressa à lui, mais il l'arrêta d'un geste, lui montrant du doigt son oreille où manquait la pastille dont il avait été appareillé. Anji eut un sourire et lui tendit derechef un autre appareil plus rudimentaire dont il s'équipa.

- « Bonjour Jiù, contente de vous revoir. Je vois que vous vous êtes séparé de l'audiophone et vous avez bien fait. Celui-ci est inoffensif, soyez tranquille ! Voici votre compagne, j'imagine ?
- Anji, je vous présente Akané, elle avait déjà transité sur Jatine au moment où j'ai été recueilli.
- Sois la bienvenue Akané. J'ai entendu parler de toi en grand bien par les personnes que tu as rencontrées. »

Elle leur montra le groupe qu'elle venait de quitter :

- « Je vous invite à nous rejoindre, nous avons beaucoup à faire et le temps va sans doute nous manquer. »

En quelques pas, ils rejoignirent le groupe qui avait la charge de mener la révolte sur Malkhal. Sans perdre une minute, Anji les informa des derniers événements :

- « Je viens d'avoir un entretien avec Maha. Le mur est renforcé et Jatine est complètement isolée. Même les réseaux d'approvisionnement sont interrompus. C'est la première fois que cela arrive, ils ont manifestement pris les choses au sérieux. Je pense le bouclier planétaire en place. Nous sommes confinés sur Malkhal sans possibilité d'échappatoire alors que les troupes d'Ibza, elles, peuvent y avoir accès. Nous pensons qu'ils donneront l'assaut demain dans la matinée, il nous reste douze heures pour désactiver les fleshoïdes si nous voulons éviter l'écrasement de Jatine.

Akané et Jiù échangèrent un regard : ils ne savaient que trop combien l'assujetissement à l'illusion de l'inexorable pouvait saturer les consciences. Autant que l'histoire. À la fixité du regard et la fermeté du ton, il n'était pas difficile de deviner combien Anji et leurs amies s'étaient, depuis longtemps, résolues à l'irrémédiable. À l'évidence, elles n'avaient à l'esprit qu'une seule issue possible, dictée par l'apparente implacabilité des circonstances et du choix qui s'imposaient à elles. Le combat. Pourtant, elles ne pouvaient ignorer que c'était illusion. Derrière la fausse fatalité du moment, derrière la conséquence unique, il y aurait toujours, absolument toujours d'autres voies possibles. Des issues qu'il suffisait d'envisager pour les découvrir, disponibles et discrètes comme de surprenantes alternatives à soi-même. Des bifurcations improbables, un murmure minuscule et indistinct au milieu des clameurs et des vociférations. Une proposition qui passe, si brièvement qu'il est surprenant plutôt qu'on la remarque, comme un parfum happé sur le chemin. Cet instant-là, de tous temps, est comme une respiration qui s'arrête, un monde qui se retient. L'intense instant du choix, toujours présent, toujours possible. Moment quantique s'il en est. Si difficile à saisir mais tellement chargé de sens.

Ce moment-là, il leur appartenait de le faire découvrir à leurs amies. De leur choix dépendaient le futur de Jatine et le leur, perdu dans leur passé. La seule façon possible, la seule qu'ils connaissaient en tout cas, était de partager avec elle cet accès qui leur avait été donné à l'énergie temporelle. Là, sur le champ. Le choc de conscience qui en résulterait ne devait manquer de les ouvrir à une évidence nouvelle : Jamais la vie ne tenait qu'à un fil, jamais. Quelles que fussent les circonstances, causes et effets seraient toujours un gigantesque faisceau de possibilités imbriquées, entrecroisées. Il ne pouvait en être autrement. Raisonner par alternative était la trace des esprits simples, insuffisamment éduqués, non encore ouverts à la réalité. Les vraies options étaient toujours plus nombreuses et le champ des possibles plus vaste. Certes, cela avait rendu leur vie beaucoup plus compliquée, mais tellement plus intéressante. Chaque instant comme un choix.

Ils avaient su, sur Eloine, se libérer de l'abêtissement implacable d'une logique mécanique, enserrée dans une succession d'évidences, tous ces raisonnements courts du genre *"si...donc..."* propres à la logique L1. L'énergie temporelle avait radicalement reconfiguré leur conscience et leur approche du vivant ; elle les avait touchés de ses dimensions innombrables, inaccessibles aux machines, toute une infinité de destins conjugués et possibles. La difficulté, le vrai savoir-faire des humains, était à chaque instant de pouvoir ralentir, s'arrêter au milieu de la pente quel que soit son degré, observer et sentir, comme un animal qui chercherait son chemin. Se libérer des évidences et, finalement, de la gravité des choses. S'ouvrir. S'ouvrir au potentiel incommensurable du présent. Regarder et choisir.

- « Anji, peux-tu nous dire, quelles sont vos intentions ? Que voulez-vous vraiment ?
- Que veux-tu que je te dise, Akané ? C'est assez évident, non ? Toute notre histoire nous a menées à maintenant : à ce moment où jamais d'en finir avec ces machines, de mettre fin à cette usurpation. Nous n'avons pas trop le choix, il me semble ? Et si nous l'avions, c'est celui que je ferais de toutes les façons.
- Ah ! Bien entendu, c'est dans l'ordre des choses. »

Le Pr. Askajan eut un regard bref, chargé de surprise et d'impatience. Akané dut poursuivre :

- « Anji, c'est comme ça que ça marche : nous sommes programmés pour ne percevoir d'abord que ce que nous avons préconçus. Ça prend toute la place et c'est dans l'ordre des choses : le plus souvent, nous ne pouvons envisager ni même voir ce qui ne préexiste pas dans nos têtes ou nos sens. Comme si nos esprits étaient des capteurs à spectre étroit. Dans une logique d'efficacité et de rapidité, de survie aussi je pense. Or, la réalité est plus compliquée que ça. Il se passe beaucoup plus de chose au-delà de notre horizon de conscience qu'en-deçà. Ce que l'on ignore dépassera toujours ce qu'on sait. Toujours. Prends un instant pour ouvrir ta conscience, pour aller au fond des choses. S'il y a un temps pour le faire, c'est probablement maintenant.
- Et comment fais-tu pour ouvrir ta conscience à ce qu'elle ignore ?
- En acceptant le vide, le rien. En lui faisant la place. C'est de là exactement que surgit l'énergie temporelle : du rien. Si tu t'y ouvres, elle t'emplit. »

Anji eut une hésitation. Comme un avant-goût du combat qu'elle se préparait à mener, la suggestion d'Akané le disputait en elle à son éducation, son histoire, aux frustrations accumulées depuis trop longtemps. À son envie d'en finir aussi, ce besoin impérieux de réagir à l'omniprésence des fleshoïdes, cet amoncellement de contraintes et de peurs qui les rongeait comme un mal et dont il leur fallait sortir.

Le silence était maintenant assourdissant dans le hall, elle eut un regard vers ses compagnes, attentives, suspendues dans une expectative surprise. Elle prit le temps de répondre.

- « Je ne sais que te dire. Il y a trop de tension et de confusion en moi. Vous ignorez tout de ce que nous avons vécu, ce que nous avons dû cacher, protéger depuis tout ce temps. Vous ne pouvez pas comprendre.

- Nous le savons, Anji. Nous le savons. Mais est-ce la seule solution possible ? Que décideriez-vous si vous aviez vraiment le choix, maintenant ?

- À dire vrai, probablement autre chose que cette bataille qui s'annonce et dont, pour tout dire, j'ignore l'issue. »

Akané rayonna soudain d'une joie tranquille.

- « Nous y sommes, ma chère Anji, nous y sommes, c'est là qu'il faut être. Tu peux m'en dire plus sur ce que tu veux dire par "autre chose" ? Que te vient-il ?

- Oh, un espace vaste et simple, une véritable tranquillité, bien sûr, je n'ose dire une paix, je ne sais pas trop ce que ça veut dire. Depuis si longtemps.

- Regarde tes compagnes, perçois-tu ce qu'elles aussi pensent à cet instant précis ? Partagent-elles cette intention que tu exprimes ? Est-ce vraiment là où en sont les femmes de Jatine ? »

Anji sembla tout d'un coup perdue, toute assurance évanouie. Son corps lui refusa soudain la force qu'elle espérait montrer. Ses jambes ne la portaient plus et elle dut s'asseoir.

- « Akané, que fais-tu ? Je t'en prie, n'en appelle pas ainsi aux femmes de Jatine. Tu réveilles en moi ce que nous avons toujours été, ce qui fait notre puissance. Ce qui est cause de notre unité. D'un coup, je ne sais plus. Je me sens comme si je me réveillais soudain à côté de moi-même. Témoin d'un être qui me serait devenu étranger. Si tu sais où tu nous mènes, alors parle, je t'en prie. Sinon, tais-toi, partez et laissez-nous à notre destinée. »

Akané et Jiù se rapprochèrent d'Anji. Il n'y avait absolument rien à dire. Se taire simplement. Laisser passer ce qui se passait de mots. Laisser advenir ce dont la quiétude est emplie et qu'elle déverse à profusion sur ceux qui savent se taire. Dessinant une silhouette unique, immobile dans la lumière vacillante, ils figuraient des géants repoussant les limites de l'entrepôt, devenu soudain trop exigu pour ce qu'ils étaient.

Tout dans ce hall immense, froid et sans âme avait changé de nature. Le silence était plein à nouveau. Plein comme jamais plutôt. Non de cette fébrilité un peu nerveuse qui avait précédé l'action mais de la paix tranquille invoquée par Anji un instant auparavant. Pas seulement accessible ou possible, la paix était réelle, présente, palpable. Joyeuse et forte de l'indifférence des êtres vraiment libres à ce qui pouvait arriver, oublieux des causes et de leurs conséquences. Rien ne serait plus jamais inévitable. L'immensité du pouvoir sur le temps et les choses avait pris sa place. Dans ce moment de faiblesse où les défenses tombent, l'énergie temporelle s'était engouffrée. Par cet instant si bref, le Pr. Askajan et la totalité des femmes présentes s'y étaient ouvertes, à jamais transformées. Chacune pouvait en ressentir la vibration à la surface de sa peau comme à l'intérieur de son être. Chacune était aussi témoin de ce qui se passait en elle comme autour d'elle, une faisant partie d'un tout.

Anji était littéralement transformée. L'angoisse qui l'enserrait l'avait cédé à l'impassibilité, au contentement des êtres apaisés. Elle eut un sourire imperceptible vers Akané et Jiù, celle-ci lui répondit dans un murmure que toutes entendirent :

- « Il se pourrait que vous ayez choisi ! Votre intention est claire, ce me semble. »

La réponse d'Anji se fit attendre, les mots cherchaient leur chemin, hésitant devant le sens qu'ils devaient prendre.

- « Je ne sais trop si on peut parler d'intention, tu sais. Oui, quelque chose m'habite, nous habite, ajouta-t-elle, quelque chose comme une proposition qu'on nous aurait faite il y a bien longtemps mais que les circonstances s'ingéniaient à nous cacher. »

Ses amis éclatèrent de rire.

- « Nous en reparlerons Anji. Tu découvriras que les circonstances n'y sont pour rien. Elles ne sont que la projection de ta propre confusion, de tes propres démons. Rien d'autre. Il n'y a personne que toi-même pour te cacher tes propres vérités.
- Qu'allons-nous faire maintenant ? Je suis un peu désemparée.
- Tu sens l'énergie phénoménale qui nous entoure maintenant ? Tu la sens ?
- Difficile de faire autrement ! » À son tour, Anji partit d'un petit rire qui gagna ses compagnes, en un écho léger sous la voûte.
- « C'est à partir de là que vous devez agir. Laissez faire, laissez-vous guider. Il ne peut rien vous arriver, tu comprends ? Si quelque chose vient à vous, ce sera sans effet. Cette énergie vous protège. Un peu comme si vous aviez arrêté le temps. Il se remettra en marche en fonction de ce que vous déciderez, vous avez le temps. Au sens propre du terme, vous saisissez ?
- Le ciel t'entende, Akané !
- Restez dans cette énergie que vous sentez, c'est de là que vous viendra la décision qui correspond le mieux à ce que vous souhaitez vraiment, à cette intention au plus profond de vous-même. *In-tension*, Anji ! Le reste viendra à vous,

bien assez tôt sois en sûre, pour tester votre capacité à y demeurer ! »

Comme une confirmation de ses dires, un roulement sourd leur parvint par-delà le vaste hall, une cavalcade assourdie qui ceinturait progressivement l'espace en un crescendo menaçant.

-   « Les fleshoïdes, ils nous ont découvertes !
-   Écoutez-moi ! Tant que vous êtes dans cet état d'énergie, vous ne risquez rien ! Ne cédez pas à la tentation de la peur, ne laissez pas le doute vous prendre. C'est un événement, c'est tout, pour l'instant il ne vous concerne pas. Tout dépend du choix que vous faites. Faites-le librement. De votre intention découlera le lien possible entre vous et ce qui se passe dehors. Si, toutes, vous vous en détachez, ce lien ne sera pas. »

La voix de Jiù résonnait étrangement dans la pénombre où vacillaient les lucioles des lumignons épars. L'agitation des troupes qui prenaient place autour de l'entrepôt les cernait comme une obscurité pressante et hostile mais étonnamment il ne se passa rien. Un fredonnement lent et doux monta alors comme une mélopée tranquille, un chant intérieur lâché par quelques-unes et graduellement repris par toutes. Ce fut alors comme une inversion des bruits : le silence se fit dehors, toute activité suspendue, alors que le vaste hall bruissait de mélodies emmêlées, un murmure qui n'était pas destiné à être entendu.

-   "Elles sont prêtes. Nous avons un peu de temps. Nous allons leur apprendre à focaliser l'énergie temporelle, elles sauront l'utiliser. En particulier pour transiter.
-   Jiù, attends ! " Akané l'interrompit d'un ton soucieux. " Je me demande s'il ne faut pas que l'un d'entre nous aille à Jatine pour parer à toute éventualité de ce côté-là.

J'avoue que je suis inquiète. Je pense préférable de les rejoindre.

- Akané, tu sais que le mur érigé par Malkhal t'empêchera de revenir et que nous dépendrons d'Anji et Maha pour communiquer entre nous ?

- C'est un risque à courir mais je sens qu'il faut que je les rejoigne. Je serai plus utile aux côtés de Maha. Toi, reste ici avec Anji. Aide-les à demeurer dans cet état que tu connais bien. Pour ma part, je ressens que Jatine a besoin de moi.

- Comme tu le sens, Akané. "

Elle emmena Jiù à l'écart. Ils allaient encore être séparés et ne pouvaient prédire quand ils seraient à nouveau réunis. Ils s'approchèrent doucement l'un de l'autre, leurs doigts se croisèrent et leurs souffles s'unirent. Le temps d'une étreinte qu'ils prolongent autant qu'il leur est possible, ils purent oublier ce monde étrange qui les entourait, si déconcertant et éloigné du leur et cette absence fut comme un répit que le temps leur accorda. Après s'être nourrie de la sensation de son corps sous ses mains, Akané prit le visage de Jiù et le rapprocha du sien.

- « Prends soin de toi, mon Jiù. Tu sais combien je tiens à te retrouver sain et sauf et à retourner ensemble sur Eloine.

- Prends soin de toi, Akané, à bientôt et que le Ciel nous protège ! »

La solennité du moment les saisit brièvement comme un pressentiment inhabituel et mauvais, comme s'ils redoutaient quelque malheur qu'ils ne voulaient formuler. Longtemps, ils ne se quittèrent pas des yeux pour imprimer en eux la sensation de l'autre, l'autre qu'ils devaient laisser alors qu'ils venaient seulement de le retrouver.

Akané dût s'accorder un temps d'adaptation tant la pénombre fraîche et légère de la petite maison tranchait avec l'obscurité qu'elle venait de quitter. Elle retrouvait Maha avec une joie qui ne la surprenait qu'à moitié : Elle aimait la tranquille simplicité de celle qu'elle prenait presque pour sa propre aïeule alors qu'elle devait se situer quelque part parmi ses descendants très lointains. Mereel était auprès d'elle et elle les avait rejointes au milieu d'un échange empli de gravité sur le devenir de Jatine. Les deux femmes étaient visiblement préoccupées. Maha lui adressa un petit geste de bienvenue empreint de lassitude.

- « Te revoilà parmi nous, chère Akané. Tu es donc décidée à partager notre sort ?
- Oui, révérée Maha. Qui sait, il est peut-être plus souriant qu'il n'y paraît ? Bonjour Mereel. Je suis heureuse d'être avec vous.
- Nous aussi, Akané, nous aussi, mais des temps difficiles semblent être sur nous. Je ne suis pas sûre que tu aies choisi le meilleur moment pour le partager avec nous. Nous avons toutes deux un très mauvais pressentiment. Pour ne rien te cacher, nous craignons pour Jatine.
- Nous verrons ce que nous pouvons en faire, chère Maha. Nous verrons. Avez-vous des informations sur ce qui se passe à Malkhal ou souhaitez-vous que je vous les apporte ?

- Je sais l'essentiel, Akané. Je suis en contact avec Anji. Je sais ce que ton compagnon et toi avez fait pour nous là-bas. Je vous remercie pour cela.
- Souhaites-tu dans ce cas que je partage aussi avec vous cette énergie qu'elles ont découverte ? Elle n'est pas très éloignée de votre science, tu sais ?
- Si tu le veux, chère Akané, si tu le veux. Je ne suis pas certaine que, pour ma part, ce soit très utile mais dans ce cas, je vais demander à Yeen d'en profiter. »

Maha se tourna à demi et sa servante émergea sans bruit d'un renfoncement de la pièce dissimulé dans la pénombre. Elle s'était départie de son apparente servilité et Akané vit à son assurance qu'elle était là bien davantage pour protéger Maha que pour la servir. Elle entreprit alors, à l'instar de ce qu'avait fait Jiù, d'ouvrir ses compagnes au contact avec l'énergie temporelle. Au terme de leur initiation, elles firent de brèves transitions comme des excursions qui les emmenèrent aux quatre coins de Jatine.

- « Vous en savez maintenant presque autant que moi. Attention, ne sous-estimez pas la puissance de cette énergie, je ne saurais trop vous engager à l'utiliser avec la plus grande prudence.
- Sois tranquille, Akané, nous saurons l'utiliser à bon escient.
- Maintenant, mes amies, comment comptez-vous défendre Jatine ? »

Mereel eut un bref regard vers Maha avant de lui répondre :

- « Nous ne défendrons pas Jatine.
- Vous ne voulez pas vous défendre ?
- Chère Akané, nous avons appris à connaître la force de Malkhal et nous savons qu'en cas de conflit direct, Jatine

n'a aucune chance. Notre but n'est pas de les combattre mais de les éviter.

Que veux-tu dire ?

- Tu as bien voulu partager ton savoir avec nous, nous allons partager le nôtre. Lors de notre dernière rencontre, nous t'avons indiqué que nous avions la capacité d'inverser la polarité du mur. C'est là que nous agirons : nous prendrons le contrôle du mur et le saturerons d'algorithmes déprogrammant les fleshoïdes. La seule inconnue de cette défense est la vitesse à laquelle le Comparateur Canonique peut renouveler ses programmes. Il y a une course de vitesse entre nous dont l'issue est incertaine. À cette difficulté s'ajoute une petite incertitude.

- Laquelle ? » Akané était à moitié convaincue.

- « Comme tu peux t'en douter, une énergie colossale est nécessaire pour contrôler le mur. Nos hypercapaciteurs sont capables de fournir plusieurs téra-électronvolts mais combien de temps pourront-ils tenir face au CC, nous n'en savons rien. Il y a donc un risque qui nous préoccupe. »

Akané se taisait : elle était à la fois surprise des ressources insoupçonnées de ce peuple et captivée par la découverte d'une science si proche de celle qu'ils avaient développée sur Eloine. Mais elle était surtout préoccupée par des raisonnements qui lui semblaient insuffisamment inachevés. Ici comme à Malkhal, ses compagnes semblaient ne pas éprouver outre mesure la nécessité de peser les conséquences de leurs décisions et à l'évidence, tout un pan de réflexion manquait.

- « Mes amies, je suis ravie de cette solution que je crois très appropriée mais pour combien de temps ? Avez-vous songé aux conséquences s'ils reprennent le contrôle du mur ?

- Oh, nous avons quand même de quoi tenir et pendant ce temps, nos sœurs de Malkhal ne resteront pas inactives. Mais il y a une incertitude, j'en conviens. C'est de cela que nous discutions quand tu es arrivée.
- Où se trouvent vos installations et vos accumulateurs ?
- En sécurité dans un entrepôt banalisé que nous surveillons en permanence.
- Est-il possible d'aller jeter un œil sur place ?
- Je n'en vois pas l'utilité mais si cela peut te rassurer, je t'y accompagne.
- Et Maha ?
- Je ne viens pas avec vous, ces escapades ne sont plus de mon âge et vous me retrouverez ici à votre retour. Je reste ici avec Yeen. Dajan doit me rejoindre d'une minute à l'autre.

Une transition rapide les amena aux abords d'un bâtiment isolé à la périphérie de Jatine, à la lisière d'un des innombrables champs qui ceinturaient l'oasis. La couronne verte frémissait doucement dans la brise brûlante du Danakaar et le sable venait mourir en vagues inertes au pied de clôtures ouvragées comme des digues. À l'extrémité d'une petite place écrasée de soleil, une colossale porte métallique était entrouverte sur le demi-jour du hangar. Le visage de Mereel se crispa d'une inquiétude soudaine.

- "Attends, il y a quelque chose qui ne va pas, cette porte doit toujours être fermée !
- Connais-tu un endroit à l'intérieur où nous pourrions transiter sans nous faire remarquer ?
- La salle de la gardienne, elle doit être inoccupée à cette heure. "

Elles achevèrent leur transition dans un désordre indescriptible et une appréhension brutale leur saisit la poitrine, les figeant sur place. Tout autour d'elles avait été méthodiquement détruit avec une rage inexprimable et, au milieu du désastre, se dessinait la silhouette carbonisée de ce qui avait dû être un corps. Akané avait instantanément basculé en mode actif pour s'assurer d'éventuelles présences adverses alors que Mereel jetait des regards affolés autour d'elle. Toutes deux étaient horrifiées par la violence qui s'était déchaînée sur ce qui avait été un simple bureau attenant à l'entrepôt. Akané fut la première à recouvrer ses esprits.

- « Qui cela peut-il être ? » chuchota-t-elle.
- « Sans doute Doona, notre gardienne. Qui a fait ça et comment sont-ils entrés ?
- Manifestement, il y a des fleshoïdes dans Jatine ! Ne bouge pas, je vais jeter un œil.
- Je viens avec toi, je ne reste pas ici. »

Elles se faufilèrent sans bruit hors de la petite pièce, tous les sens en alerte, redoutant ce qu'elles allaient trouver. Le bureau donnait sur une coursive suspendue faisant le tour du hangar. Elles marquèrent une hésitation avant de s'y engager tant l'air était irrespirable et brûlant. Le sol était jonché de débris de toutes sortes et d'installations systématiquement saccagées. Il ne restait rien de ce qui avait été pendant de si longues années leur centre de recherche. Tout avait été détruit dans une sorte de furie dévastatrice et il n'y avait plus âme qui vive. Peut-être les techniciens avaient-ils pu fuir ? Seule, Doona y avait laissé la vie. Elle se tourna vers Mereel qui la suivait à deux pas, interdite.

- « Ceux qui ont commis cela savait très bien ce qu'ils faisaient. Manifestement vos installations n'étaient un secret pour personne, en tout cas pas pour Malkhal. Ne restons pas ici, cela ne sert à rien. Retournons près de Maha, j'ai un mauvais pressentiment. Es-tu en état de transiter ?

- Si tu veux bien, j'ai besoin d'air, cela ira mieux après.

- Viens, descendons mais ne touche à rien et méfie-toi de la porte, elle est sûrement piégée. »

Elles descendirent avec circonspection un escalier métallique qui courrait le long de la paroi, toute attention aux aguets et redoutant quelque mauvaise surprise. Leurs pas sur chaque marche sonnaient comme un glas au milieu des installations ravagées. Retenant leur souffle, elles traversèrent rapidement le laboratoire, ne jetant qu'un bref regard à la dévastation qui les entourait. Une fois dehors, elles s'assirent, mine défaite, à l'ombre du mur face à la place déserte.

- « Ils ont emporté les hypercapaciteurs. Tous ! Il y en avait pour dix ans de travail ! Je suis sûre que les opérateurs ont été fait prisonniers. Ils voudront les faire parler. C'est épouvantable, c'est absolument épouvantable !

- Mereel, je crains le pire. Vos plans ont manifestement été éventés. Je crains pour Jatine et j'ai peur pour vous. De grâce, si tu ne peux transiter, attends-moi ici, je reviens te chercher.

- Va, je te rejoindrai. »

Sans plus attendre, Akané disparut. Elle se matérialisa dans le petit corridor qui menait au salon de Maha. Le son d'une conversation apparemment bégnine lui parvenait mais elle jugea préférable de ne pas s'y fier. En mode actif, elle appela à la cantonade tout en se dirigeant vers la petite pièce :

- « Maha, êtes-vous là ?

- « Notre chère Akané ! Vous ne pouviez mieux tomber ! J'étais justement en train de demander de vos nouvelles ! »

Dajan lui faisait face, tranquille et détendu, alors qu'il dirigeait vers elle un fusant dont elle eut le temps de noter qu'il était activé.

- « Rejoignez vos amies, je vous prie.
- Que voulez-vous ?
- Ce que je veux ? Oh, c'est très simple ! Que Maha ordonne la reddition immédiate des rebelles sur Malkhal, sinon je la supprime. Que dis-je ? Je vous supprime ! »

Akané ne dit rien. Les mains le long du corps comme stoppée dans son élan, elle fixait Dajan et son arme, feignant l'étonnement et la crainte. Vite, il lui fallait faire vite, mobiliser en une fraction de seconde toute la puissance de son esprit : pour elle, pour Jiù, pour Jatine et Eloine, il lui fallait impérativement identifier la décision qui leur permettrait de garder l'avantage. Cependant, comme dans un jeu entre adversaires de niveaux par trop différents, elle était désarçonnée par la colossale efficacité du Comparateur Canonique qui, à l'évidence, jouait toujours avec au moins un coup d'avance. Sans cesse, elle et ses compagnes se heurtaient aux plans impeccables que cette pensée systématique et déterminée opposait à ces femmes. La puissance à laquelle elles faisaient face était démesurée, nichée bien sûr dans le CC mais aussi sur Eurp, implacablement relayée au travers du cosmos et du temps, jusqu'à Eloine malgré le distemps qui les séparait. Gagner du temps justement, il leur fallait gagner ne serait-ce que quelques précieuses secondes, pour reprendre l'avantage, retrouver leurs esprits face aux événements qui s'enchaînaient de façon si méthodique. Elle appela de sa voix intérieure.

- " Maha, Yeen, vous m'entendez ?

- *Parfaitement, chère Akané ! Parfaitement.* " Le ton détendu de Maha manqua de faire sourire Akané, touchée par le tranquille fatalisme de la Doyenne de Jatine.
- " Maha, Yeen, focalisez sur moi, vous comprenez ? Vous portez toute votre attention sur moi à partir de maintenant, quoique je dise, quoique je fasse, focalisez sur moi. À mon signal, vous transitez sans jamais relâcher votre attention.
- Je te fais entièrement confiance, Akané."

Akané leva lentement les mains vers Dajan et lui jeta un regard inquiet comme pour lui demander des explications. Elle n'espérait pas le désarmer mais il lui fallait s'assurer de pouvoir transiter sans qu'il fît feu.

- « Que se passe-t-il, Dajan, pourquoi cette arme ? Je vous croyais ami de Jatine ?
- Ce qui se passe ? Oh, c'est très simple ! Contrairement à ce que vous pouvez croire, je ne suis pas un fleshoïde. Je suis un humain. Mais un humain fatigué d'être dirigé par ces femmes qui refusent tout ce que les Eurpiens peuvent nous apporter. Cette civilisation est mille fois plus puissante et avancée que Jatine et c'est pourquoi je leur rends quelques services. Par exemple, je leur donne les informations qui les intéressent. Aujourd'hui, je leurs ai ouvert nos portes conformément aux ordres que j'avais reçus et j'ai totalement désactivé le mur pour permettre à leurs avant-gardes d'entrer. Le gros de leurs troupes est en route et prendra possession de Jatine sous peu. On m'a chargé de m'assurer de la Doyenne, ce que je fais en attendant de la leur remettre. Le reste ne me regarde pas.
- Savez-vous qu'ils ont tué Doona et probablement enlevé le personnel du laboratoire ? »

À ces mots auxquels elle n'avait pas préparé Maha, elle la vit défaillir à ses côtés. Elle l'aida à s'asseoir sans autrement accorder d'importance à Dajan.

-   « Est-ce vrai, Akané ? Ils les ont prises ? Toutes ?
-   Je le crains, vénérée Maha, Je le crains. » Elle continua de sa voix intérieure : "Es-tu en mesure de transiter ? Si oui, continue de focaliser sur moi, le champ va bientôt être libre.
-   Je n'en suis pas certaine, je me sens très faible mais je le puis."
-   « Dajan, je vous en prie, pouvez-vous m'aider ? Maha ne peut rien contre vous, elle a simplement besoin d'un verre d'eau. Je vous en prie. Faites vite ! »

Était-ce le ton de sa voix, le charme d'Akané ou la certitude d'avoir la situation en main face à ces femmes désarmées ? Dajan eut un temps d'hésitation puis, d'un geste du fusant vers Yeen, lui dit :

-   « Vous ! Faites votre boulot, allez chercher ce dont votre maîtresse a besoin. Ne bougez pas, vous autres. »

Celle-ci se dirigea vers l'office attenant au salon et, en un éclair alors qu'elle passait devant lui, désarma Dajan d'un coup du tranchant de la main habilement complété par une clé au poignet qui l'immobilisa. En un saut, Akané la rejoignit, ramassant le fusant au passage.

-   « Bien joué, Yeen ! Bien joué ! Nous devons faire vite. S'il a dit vrai, il n'y a pas une minute à perdre. Prévenez Mereel qu'elle vienne nous rejoindre, nous devons retrouver Anji. Nous devons la prévenir.

- Merci de ton aide, chère Akané, merci ! » la voix de Maha n'était plus qu'un souffle, trahissant une faiblesse qui n'était pas qu'épuisement. Akané s'approcha d'elle.
- « Maha, nous allons prendre soin de toi, mais dans l'immédiat, y-a-t-il chez toi un endroit où nous assurer de cet individu ?
- Le cellier : il est vide et ferme hermétiquement. »

Elles y emmenèrent Dajan qui se laissait faire, le sourire mauvais, certain que leurs heures étaient comptées. Il n'avait qu'à attendre. Elles revinrent près de Maha qu'elles trouvèrent à demi-consciente, allongée sur le sofa.

- « Mes chères amies, il faut prévenir Mereel, je crois que je n'en ai plus pour longtemps.
- Courage, Maha, courage, nous allons nous sortir de ce mauvais pas. » Yeen s'affairait autour de Maha pendant qu'Akané appelait Mereel qui les rejoignit un court instant plus tard.
- « Dajan nous a indiqué que le mur était désactivé. Cela veut dire que nous pouvons rejoindre les nôtres mais surtout, je pense qu'il est maintenant possible de communiquer avec Malkhal. Si tu le veux bien, je vais m'en assurer. »

Akané ne résistait pas à la joie de pouvoir contacter Jiù. Dans le désordre et la violence qui les cernaient, l'impossibilité de lui parler lui avait pesé au-delà de ce qu'elle avait imaginé. Aussi son visage s'illumina quand elle réalisa que leur connexion était à nouveau active.

- " Jiù, tu m'entends ? Comment vas-tu ?
- La situation est stationnaire. Pour une raison que je ne m'explique pas, les fleshoïdes restent en position. De

notre côté, la plupart des groupes sont opérationnels : grâce au présent potentiel, elles ont identifié tous les nœuds de réseau. Nous avons en visuel l'ensemble de la trame énergétique du CC.

- Qu'elles ne bougent pas ! Dis à Anji que Jatine est sur le point de tomber : les troupes de Malkhal sont attendues d'un instant à l'autre. Nous avons été trahies et il y a au moins un mort ici. C'est pour ça qu'ils n'attaquent pas. Ils vous contiennent. Ils pensent la partie gagnée.
- Que proposes-tu ?
- Nous allons vous rejoindre, cela ne sert à rien de rester ici, l'oasis est perdue. Il faut réunir les habitants et leur apprendre à transiter. Nous devons faire vite, nous avons moins d'une heure pour nous organiser.
- As-tu besoin que je te rejoigne ?
- Ne bouge pas, reste avec Anji et assure-toi qu'il n'y ait pas d'initiative fâcheuse.
- D'accord, nous vous attendons. D'ici là, nous allons voir avec Anji les options qui nous restent.
- Entendu. "
-

Sans perdre une minute, Mereel se connecta à l'Intui pour convoquer séance tenante tous les habitants de Jatine. Une fois réunis, elle leur expliqua la situation en des termes qui ne laissaient aucune équivoque sur le sort qui les attendait. Le contraste était poignant entre le silence inquiet qui accueillait ses paroles et la vitalité de ruche qu'avait connue Akané dans leurs rues, quelques heures plus tôt. Elle observait tous ces gens dont elle était si proche après avoir partagé une vie qu'elle avait fait sienne. Leur futur était lourd de menaces et elle ne pouvait s'y résoudre. Quelque chose devait se passer, quelque chose qu'elles n'avaient pas entrevu. Elle s'inquiétait aussi pour Maha affaiblie par tous ces événements et dont elle pressentait qu'elle ne les suivrait pas vers Malkhal : Elle était l'âme de Jatine, elle en était la vie et pour rien au monde elle ne quitterait ces lieux, c'était une certitude. Qui allait prendre soin d'elle ? Yeen sûrement, mais qui d'autre ? Akané aimait la doyenne comme on aime une parente proche et bienveillante et sa décision ne fut pas difficile : elle resterait près d'elle et l'assisterait par tous les moyens possibles. Elle vérifia rapidement que cette décision était la meilleure pour elles et, une fois prise, eut un bref regret en pensant à Jiù qu'elle ne rejoindrait que plus tard. Elle entreprit alors de leur expliquer comment transiter en focalisant leur attention sur Mereel qui les guiderait vers leurs sœurs dans Malkhal.

*   *   *

Le petit peuple de Jatine découvrit la transition avec une joie enfantine mêlée de la satisfaction de déjouer le piège qui se refermait sur elle. L'oasis fut enfin vide, comme il ne l'avait jamais été depuis des décennies et le silence annonçait que très peu de temps restait avant que l'ordre du CC ne s'imposât enfin sur la totalité de Malkhal. Yeen et Akané s'empressaient autour de Maha dont l'énergie déclinait rapidement. Malgré les soins qu'elles lui prodiguèrent avec toute la douceur possible, elles durent se rendre à l'évidence : la Doyenne se mourait. Consciente que son heure était proche, après tant d'années passées auprès de son peuple, Maha fit le dernier choix de sa vie : elle eut un bref sourire pour ses compagnes, ferma les yeux pour ne plus les rouvrir et s'abandonna en paix et tranquille à tout ce qui pouvait advenir. Une rumeur venue du dehors montait dans la pièce, toute de claquements, de chocs, de grincements et de cris. Les troupes de Malkhal étaient dans la rue. Maha s'éteignit alors comme on souffle une chandelle, comme si ces bruits étrangers à Jatine avaient finalement eu raison de sa volonté d'y vivre.

Quand, d'un coup de pied dans la porte, les fleshoïdes investirent la petite maison, elle était vide à l'exception du corps frêle et sans vie d'une dame très vieille allongée sur un lit, sans oublier Dajan qu'ils découvrirent dans le cellier. Les ordres étaient formels : on ne faisait pas de prisonnier.

Beihaï – Appartement de Leh – Samedi 17 Septembre 2264 – 15h

Ils étaient tous là, la vingtaine de compagnons de route de la Dissidence, réunis à nouveau au grand complet tant l'heure était tragique. Jamais depuis une génération, leur Dynastie ne leur avait paru autant en danger. Sans tout connaître de la situation, ils avaient immédiatement répondu à l'appel de Leh et attendaient la présentation des faits et la discussion qui ne manquerait pas de suivre. Ils patientaient en silence, toute parole étant inutile tant que les choses n'auraient pas été clarifiées. Mugan aussi attendait, conscient comme eux de l'importance du moment et songeant à ses parents. En ces heures particulières, ils lui manquaient cruellement, leur sort et surtout leur silence étaient une inquiétude dont il savait qu'elle était partagée par tous. Il se sentait nerveux, gagné par cette appréhension qui lui plombait le ventre chaque fois qu'il devait s'engager dans une action commandée par la gravité de l'instant.

D'une voix assurée, qu'il n'avait pas besoin de forcer tant le calme les entourait, Matzu ouvrit la séance :

- « Mes amis, en l'absence de Jiù et Akané, je propose que l'organisation de nos débats soit confiée à Leh qui dispose de l'autorité nécessaire pour les mener à leur fin. Qu'en pensez-vous ? »

Devant l'assentiment muet de tous, Leh prit la parole, pas trop habitué pour sa part à jouer les maîtres de cérémonie.

- « Nous avons au moins deux éléments qui devraient nous aider à nous organiser. Ceux connus de Doràn sur ce qui concerne Eloine et ce que sait Ishma sur ce qui se passe au-delà. Ensuite, je vous propose qu'on discute d'un plan d'action et qu'on organise son exécution. Si cela vous convient, on y va. Doràn, si tu veux bien ?

- Merci. Nous savons avec certitude les faits suivants : des troupes étrangères à la Dynastie, venant d'un autre système...

- Ou d'un autre temps » l'interrompit Ishma.

- « Ou d'un autre temps - poursuivit Doràn - ont pris le contrôle d'une patrouille du Désert de Goh il y a trois jours. Une cinquantaine de nos hommes et plus d'une vingtaine de ces étrangers stationnent depuis deux jours aux portes de Beihaï. Ils se sont branchés sur le champs solaire Ouest pour des besoins énergétiques que va nous expliquer Ishma. Ils ont déployé un bouclier sensitif local qui prévient une attaque directe et ont détruit un de nos rapeeds par un tir sans sommation, ce qui est indiscutablement un acte de guerre. Par ailleurs, ils ont infesté la Mémoire d'algorithmes qui ont inhibé ses programmes de défense. Grâce au système d'écoute que nous avons mis en place, nous sommes dorénavant capables de traduire et comprendre leur langue et de converser avec eux. Nous avons mis l'ensemble des troupes d'Eloine en alerte maximale et avons l'autorisation du GC d'engager nos forces quand et comment il nous semblera bon. Nous avons isolé la zone et repris le contrôle de la Mémoire. Nous pouvons désactiver le champ solaire dès que nous le jugerons souhaitable pour annihiler leur système défensif. J'en ai fini à ce stade. »

L'intervention de Doràn eut exactement l'effet qu'il escomptait sur l'assistance : certes la situation était délicate mais elle paraissait sous contrôle et Eneter avait pris les mesures qui s'imposaient. Cette conclusion était précisément l'objectif que Doràn s'était assigné. Il s'assit donc, accompagné de quelques regards approbateurs alors qu'Ishma prenait la parole à son tour.

-   « Je crois comprendre ce qui se passe. » Le ton était tranquille, les intonations musicales et détendues contrastaient étrangement avec la sècheresse nerveuse de Doràn.

-   « Tout d'abord, nous devons nous garder de toute initiative qui nous engagerait de façon irrémédiable sur la voie du conflit. » Ishma arrêta d'un geste la réaction de Doràn. « Je sais, la destruction du rapeed est un acte de guerre et nous devons en tenir compte. Je comprends cela aisément et tu as bien fait, Doràn, de prendre les mesures que tu nous as décrites. Néanmoins.... Néanmoins, nous devons nous assurer des intentions de ces adversaires présumés. J'insiste énormément sur ce point : quelles sont leurs intentions ? J'ai fait procéder à quelques vérifications par la Mémoire : à part le bataillon du désert, aucun mouvement de troupe n'est intervenu depuis plusieurs semaines ni sur Eloine ni sur aucun système satellite. Il ne s'agit donc pas de quelque chose de contemporain ou alors cela trouverait son origine au-delà de nos systèmes proches. Je penche pour ma part pour une explication en provenance du futur.

-   Et pourquoi pas du passé ?

- Parce que si la technologie qu'ils emploient nous est inconnue, c'est qu'elle n'a pas encore été inventée. Ils ont manifestement une grande maîtrise de l'énergie temporelle puisqu'ils peuvent bloquer une transition. Or, celle-ci est apparue avec la Convergence. Donc…
- Donc ?
- Donc, je suis prêt à prendre le risque de penser qu'ils sont liés à la transition de Jiù et Akané. Si nos théories sur l'unicité du temps sont justes, tous les éléments advenant dans une circonstance donnée sont liés d'une façon ou d'une autre par les lois d'antécédents autant que de subséquents. Donc ce qui nous arrive ici est lié à ce que Jiù et Akané sont allés explorer là-bas dans le futur. J'ai nommé…
- Ibzan Malkhal ?
- Ibzan Malkhal, oui. Je voudrais que nous explorions cette hypothèse avant tout autre. Je me trompe peut-être mais je ne crois pas. En tout cas, cela vaut la peine de vérifier.
- Et si tu ne te trompes pas ?
- Nous sommes en présence de troupes d'Ibzan Malkhal, venues sur Eloine pour une mission précise que nous devons découvrir et avec des hommes très déterminés que nous devons contacter. S'ils viennent du futur, ils connaissent les dangers des singularités, peut-être ont-ils trouvé les moyens d'y remédier, ce qui serait pour nous un enseignement de première importance. En tous cas, nous représentons pour eux un péril suffisamment important pour qu'ils prennent le risque d'intervenir dans nos affaires y compris par la violence, ce qu'ils ont commencé de faire. »

Ishma fit une courte pause pour juger de l'effet de ses paroles sur ses compagnons. Dans une certaine mesure, ils le suivaient et il n'était pas peu satisfait de les avoir écartés du chemin belliqueux sur lequel Doràn les avait entraînés. Mais il se savait au milieu du gué. Ce qu'il avait à leur dire était complexe et subtil et il allait lui falloir beaucoup de doigté et de conviction pour mener sa démonstration à son terme.

- « Comprenez-moi bien. Si ces troupes nous viennent effectivement du futur, ils sont obligatoirement soumis aux mêmes règles temporelles que nous. En particulier, ils doivent redouter les effets retour de toute singularité.
- Ce qui veut dire ? » Doràn ne comptait pas perdre sans combattre l'ascendant qu'il venait de gagner.
- « Ce qui veut dire que, sauf cas extrême, ils vont nécessairement veiller à éviter toute intervention directe vis-à-vis d'Eloine, comme, je l'espère, Jiù et Akané y veillent en ce moment sur Malkhal.
- Mais le rapeed ?
- J'en conviens ! Cette destruction est assez curieuse mais également instructive. J'ai, pour ma part, deux hypothèses à ce sujet : soit c'est un accident et il est relativement aisé de le vérifier, soit nous sommes dans le cas extrême que j'évoquais à l'instant. Ce qui voudrait dire que le danger qu'ils courent s'ils n'interviennent pas est plus grand, beaucoup plus grand que le risque lié à la singularité. Vous me suivez ?
- Pour l'instant, oui, mais sans trop voir où tu veux en venir.
- Je pense pour ma part que le danger que nous leur faisons courir est temporel.
- Pourquoi cela ?
- Ils cherchent à nous empêcher de transiter.

- Mais c'est précisément la preuve qu'ils ont des intentions hostiles ! Ils veulent nous prendre au piège ! » s'exclama Doràn au comble de l'impatience devant ce discours compliqué et qui ne décolérait pas : Encore une réunion qui allait se perdre en palabres interminables !

- « Peut-être, Doràn, peut-être. Tu as raison si nous nous plaçons dans la perspective de la guerre. Il reste toujours l'hypothèse de l'accident, ou devrais-je dire, du réflexe conditionné, que nous devons vérifier. Mais, de façon plus fondamentale, je vous demande instamment d'envisager, ne serait-ce qu'une seconde, les conséquences de nos décisions pour Eloine et en particulier pour Jiù et Akané qui seront à coup sûr impactés par ce que nous entreprendrons. Que vous le vouliez ou non. À coup sûr. »

Même Doràn dut se ranger à la justesse de l'intervention d'Ishma. La guerre était l'hypothèse la plus probable, l'événement à la plus forte pente, mais elle n'était pas la seule. Ses conséquences pour eux et pour leurs amis quelque part dans le futur étaient trop graves pour ne pas explorer toutes les options. D'autres solutions ne pouvaient manquer de se faire jour à la condition d'observer le présent sans intention préconçue.

- « OK, Ishma, que proposes-tu ? Doràn a raison : c'est son boulot de prévoir le pire et jusqu'à présent c'est notre meilleure ligne de conduite. En tout cas, la plus claire. » Leh n'était jamais loin de Doràn quand il s'agissait d'agir.

- Écoutez-moi. J'ai beaucoup réfléchi à tout cela, beaucoup. J'y ai appliqué ce qui me reste de la logique L1 » - les nombreux sourires que cette évocation fit naître chez ses interlocuteurs ne purent échapper à Ishma – « et le seul risque temporel que je connaisse qui dépasse ceux que fait courir une singularité est celui d'aporie.

- Aporie ?
- C'est le résultat d'un paradoxe temporel, une incompatibilité logique si vous préférez : j'existe et je n'existe pas.
- Ishma, es-tu sûr que ce soit le moment pour un cours sur l'incertitude temporelle ? »

La conversation qu'Ishma avait eue avec Jiù avant sa transition lui revenait en mémoire et il savait qu'il tenait quelque chose de solide. À aucun prix, il ne voulut lâcher.

- « J'ai justement besoin de toute votre attention. C'est elle qui décidera de votre ligne d'action, pas moi. Ce que nous sommes aujourd'hui est le fruit de choix faits par toutes les générations qui nous ont précédés, vous en convenez ? (Il n'avait pas besoin de leur assentiment pour continuer). À l'inverse, nous avons conscience du risque que Bran et ses acolytes ont fait courir à notre civilisation : non seulement ils risquaient de créer une singularité plus grave que celle créée par Kohl au moment du Collapsus et dont nous cherchons toujours à nous dépatouiller, mais le risque pour nous était bien pire !
- Bien pire ?
- Je ne sais pas où est Bran actuellement. Peut-être erre-t-il toujours dans l'indéterminé, peut-être a-t-il traversé ? Qui sait, il nous faudra absolument nous en assurer. C'est totalement vital pour Eloine ! Vital. S'il a réussi à rejoindre le temps qu'il visait et s'il conduisait nos ancêtres à faire d'autres choix que ceux qui ont mené à Eloine, qu'adviendrait-il de nous ? Nous ne serions plus nulle part, c'est cela l'aporie quantique : un paradoxe dans les

flux d'information, une impossibilité, une impasse dans les relations causales, un paradoxe qui peut remettre en question notre existence même.

- Tu veux dire…
- Je veux dire que nous pourrions tout simplement n'avoir jamais existé.
- Mais si nous n'avons pas existé, Bran non plus !
- C'est exactement cela. C'est le paradoxe ! Il conduit à ce qu'Eloine telle que nous la connaissons demeure dans l'indéterminé, le Sans-Nom d'où nous avons tiré les compagnons de Bran : une indétermination en attente d'une intention. Une virtualité attendant de basculer dans notre présent ou un autre, en fonction de l'intention qui relancera pour Eloine la flèche de son temps. C'est cela, l'aporie. »

L'assistance entière était tétanisée, tous étaient médusés par le gouffre que les paroles d'Ishma venaient d'ouvrir en eux. Jusqu'à ce jour, personne n'avait été près d'imaginer les conséquences des équations temporelles ; personne n'avait mesuré le risque que courait leur civilisation et donc son invraisemblable fragilité. Ils se sentaient à l'image de leur toute petite planète au milieu de l'espace : une probabilité infime de vie.

- « Tu penses donc, pour revenir à ces troupes, qu'elles sont là pour prévenir ce risque d'aporie ?
- C'est l'hypothèse à laquelle je suis arrivé, précisément à cause du rapeed détruit. Si vous avez suivi mon raisonnement, vous pouvez faire avec moi l'hypothèse qu'ils sont venus jusqu'à nous pour conforter la direction que nous donnons à Eloine et qui mène à leur histoire, ils viennent s'assurer de nos intentions et de la solidité de la relation causale qui mène à leur destin.

- Dans ce cas, ce n'est pas Eloine qui les intéresse ?
- Pas le moindre du monde. Il doit y avoir chez nous en ce moment précis quelque chose, un choix, une décision, une orientation que nous avons prise ou que nous sommes sur le point de prendre qui menace leur destin.
- Tu crois que Bran est ce qui leur fait courir ce risque ?
- Ce qui m'intéresse, dans l'hypothèse que tu cites, est que, dans ce cas, nous serions tout autant impliqués, nous ferions face au même danger. Mais il y a peut-être d'autres options… »

Habitué de longue date des approches analytiques complexes, Ishma prenait plaisir à incorporer dans ses raisonnements tout et son contraire pour explorer à loisir toute la variété des hypothèses que cela pouvait faire naître.

- « Si nous observons la situation d'Eloine aujourd'hui, il y a deux et seulement deux événements susceptibles d'infléchir le cours de l'histoire menant à Ibzan Malkhal et qui donc pourraient justifier leur intervention. Nous les connaissons tous les deux et c'est là notre avantage sur ces troupes.
- Quels sont-ils ?
- Nous venons d'évoquer le premier : la possible transition de Bran vers le passé. Nous avons oublié le second qui est, lui, orienté vers le futur.
- Jiù et Akané !
- Précisément !
- Tu penses que leur transition pourrait menacer l'existence même de cette civilisation ?
- Pas directement, du moins je ne crois pas. Je ne pense pas Jiù et Akané déraisonnables au point d'intervenir directement dans leur histoire. Ils savent ce qu'ils font. »

Connaissant l'impétuosité de Jiù, Ishma avait bien quelques réserves mais il jugea bon de les garder pour lui. « De toutes les façons cette transition a déjà eu lieu, c'est donc un problème que ces gens pourraient régler eux-mêmes sur place. Non, je pense que le risque historique pour eux serait plutôt ailleurs.

- Où donc ? Viens-en aux faits s'il te plaît, le temps presse.
- D'une décision que nous pourrions prendre à leur retour (ils furent plusieurs à penser *"s'ils reviennent"*), par exemple à partir de ce qu'ils auront vécu dans notre futur. Un choix, une orientation d'Eloine dont les suites causales construiraient un tout autre futur que Malkhal, une décision qu'anticipent ceux qui ont envoyé ce détachement et qu'ils veulent éviter.
- Pfff ! Ça, c'est du lourd au moins ! »

Matzu et ses amis en restaient pantois. Toute la science temporelle accumulée par Eloine s'imposait à eux avec force acuité et urgence. Le problème les dépassait largement et pourtant, ils savaient par expérience que s'il leur était posé, ils faisaient partie de la solution. Kohl puis Jiù justement, le leur avaient répété sans cesse. Ils échangeaient des regards perplexes, espérant trouver chez l'autre un soutien, une assurance, une réponse peut-être qui leur avait échappé. Le fardeau de la responsabilité qui leur incombait dépassait de très loin tout ce dont ils avaient l'habitude. Personne à leur connaissance n'avait eu à peser autant qu'à cet instant précis, la charge énorme des conséquences des choix qu'ils allaient faire, des décisions qu'ils devaient prendre et qui les engageaient jusqu'à ce futur improbable où Jiù et Akané les avaient précédés. Pour la première fois, il leur était demandé de prendre en compte non seulement leur devenir propre et celui de leur civilisation mais aussi celui de descendants très lointains. C'était un saut de conscience totalement inédit et proprement écrasant. Pour la première fois, il leur était donné de percevoir le temps dans sa dimension la plus vaste. Bien au-delà de ce temps local qui leur était comme une bulle familière, une oasis au milieu d'une immensité hostile et profondément compliquée qu'il leur était demandé d'explorer. Un vide s'ouvrait sous leurs pieds, s'étendant autant vers leur passé probable que vers tous leurs futurs possibles et c'était proprement vertigineux. Ishma avait parfaitement conscience de là où il les avait amenés, de l'énormité de la tâche qui les attendait et lui-même n'était pas assuré de la mener à bien.

-   « Mes amis, ne nous laissons pas impressionner par ce qui nous attend. Procédons par méthode. Nous avons deux hypothèses à vérifier, chacune appelant des décisions différentes. Le plus urgent est sans doute de lever l'hypothèque concernant ce détachement qui se trouve à la jonction des deux et qui a probablement, dans une certaine mesure, les mêmes objectifs que nous. À nous de le vérifier.
-   Tu veux entrer en contact avec eux ?
-   Le plus rapidement possible. Oui, le plus vite possible. D'abord pour sauver les nôtres. Ensuite, pour nous sauver, nous. »

Leh se leva et s'adressa à Ishma de sa voix puissante où l'on pouvait deviner une pointe d'excitation.

-   « OK, je résume : on a une idée de notre adversaire présumé, on commence à comprendre leurs motivations et ce qu'ils font chez nous, en particulier nous empêcher de transiter, ce qui veut dire que le danger que nous représentons est d'ordre temporel.
-   Effectivement.

- Je continue. Si nous représentons un danger temporel, Jiù et Akané pourraient y être mêlés. Il est possible dans ce cas qu'eux-mêmes aient actuellement quelques soucis, ce que leur absence semblerait indiquer ? Ce qui nous ferait une autre opération de secours à envisager. Avons-nous des moyens de le savoir ?

- Une autre façon de nous relier à eux serait de créer une échelle temporelle comme nous avons pu le faire dans le passé.

- Une échelle temporelle ?

- Un moyen de focaliser l'énergie temporelle à une période donnée. Explique-leur Leh !

- Celle dont je me souviens remonte à plus de vingt ans : nous avions identifié le Collapsus comme constituant un risque pour Eloine, un risque de contamination par résonnance : par ses besoins colossaux en énergie, la Dynastie se dirigeait droit sur son propre Collapsus et c'est grâce à la Convergence qui a ouvert Eloine à l'énergie temporelle que nous l'avons évité.

- Je m'en souviens très bien mais qu'en est-il de l'échelle ?

- Pour garder le contact avec Jiù et Akané qui avaient fait un saut de plus de deux cents ans dans le passé, nous nous sommes répartis dans le temps comme des relais à des horizons précalculés, ce qui a permis de focaliser un apport supplémentaire d'énergie temporelle autour d'eux, de les éclairer sur les décisions qu'ils eurent à prendre tout en protégeant la continuité temporelle entre le Collapsus et nous. Tout s'est finalement bien terminé.

- Ou presque.

- Que veux-tu dire, Ishma ?

- Je veux dire que ce qui se passe aujourd'hui démontre que la singularité que nous avons créée avec le passé est toujours active, oui toujours et qu'il va nous falloir la résorber sinon le Collapsus nous poursuivra comme une ombre jusqu'à la nuit des temps. »

Un silence maussade accompagna ces paroles que d'aucuns reçurent comme un mauvais présage. Quant à Mia, depuis que Leh avait évoqué l'échelle temporelle, montait en elle une intuition désagréable comme une sorte de malaise qui la prenait.

- « Excusez-moi mais ce que vient de dire Leh éclaire tout ce qui se passe sous un jour que nous devrions considérer.
- Lequel ?
- Ce détachement pourrait être la tête d'une échelle déployée depuis Ibzan Malkhal jusqu'à Eloine et peut-être plus loin. »

Ishma réfléchissait à toute vitesse, tant l'hypothèse de Mia coïncidait parfaitement avec les siennes propres.

- « Non, pas plus loin, Mia : ils ne peuvent la pousser plus loin puisqu'il y a cette chose qui a empêché Bran de transiter. Mais tu as raison. C'est peut-être une échelle temporelle qu'ils ont déployée et dans ce cas, cela va nous être fort utile.
- À quoi penses-tu précisément ?
- À communiquer avec eux, à communiquer avec Jiù et Akané et renvoyer ce détachement chez lui.
- Waou ! Tu parles d'un ticket gagnant ! » Leh regardait Mia d'un œil amusé où la surprise se mêlait à l'admiration. La bataille qui se présentait en valait décidemment la peine !

- « Il nous faut de toutes façons entrer en contact avec eux, de toute urgence. Doràn, as-tu une idée de comment faire ?
- Avons-nous identifié les membres de la patrouille manquante ?
- Oui, nous avons toutes leurs coordonnées.
- Leh, peux-tu les contacter et essayer de savoir ce qui s'est passé, comment ils vont et ce qu'il est possible d'envisager ?
- Nous avons déjà essayé, bien sûr ! Dès que nous avons su qui ils étaient. Impossible. Il doit y avoir quelque brouillage, leur mur sensoriel peut-être ?
- Ah, ça c'est ennuyeux ! il va nous falloir procéder à découvert et donc nécessairement entrer en contact avec leurs gardiens.
- Je ne vois pas comment faire.
- Je propose de désactiver le champ solaire, ce qui réduira leurs défenses à la puissance de leurs batteries. Ensuite d'émettre sur toutes les longueurs d'onde possibles le nom d'Ibzan Malkhal qu'ils reconnaîtront s'ils en sont originaires. Nous ferons ainsi d'une pierre deux coups.
- Pas nécessairement. Sommes-nous sûrs de comment se prononce leur nom dans leur langue ?
- Jiù et Akané ont pu transiter jusqu'à eux en le prononçant…
- Sommes-nous en certains ? »

La réunion était en train de perdre sa belle unité et la confusion gagnait.

- « Mes amis ! Ne nous égarons pas. Nous devons uniquement formuler les hypothèses les plus solides et les vérifier aussi vite que possible.

- Matzu, pouvons-nous avoir recours à la Mémoire pour nos analyses ou sommes-nous toujours déconnectés ?
- Nous sommes connectés depuis que nous avons isolé le secteur Ouest. L'analyse des programmes viraux est en cours d'achèvement et nous avons nettoyé l'ensemble des niveaux opérationnels. »

La voix majestueuse et familière de la Mémoire retentit dans la salle.

- « Elle est connectée à vous depuis le début de votre discussion. Elle confirme les hypothèses d'Ishma et Mia. L'option de plus forte probabilité – quatre-vingt-seize pour cent – est celle d'une échelle temporelle mise en place par Malkhal. Les analyses qu'elle a menées sur les programmes viraux ainsi que sur les conversations enregistrées ont permis de reconstituer leur langue qui est maintenant référencée.
- Mais c'est magnifique ! Cela signifie que nous allons pouvoir utiliser le traducteur et entrer en contact avec eux ! Mémoire, pouvons-nous désactiver les champs solaires ?
- Elle ne peut y accéder depuis que la zone est isolée. Elle conseille de procéder manuellement sur place.
- Allons-y ! » Leh et Doràn ne tenaient plus en place : la perspective de résoudre l'ensemble de leurs problèmes par une action unique, aussi risquée fusse-t-elle les avait d'ores et déjà propulsés dans son exécution.
- « Compagnons, attendez ! Résumons-nous ! Il semble que notre ami Leh ait quelque peu oublié ses devoirs d'organisateur ! Quel est notre objectif et quel est notre plan d'action ? »

L'interpellation de Matzu permit de ramener un calme relatif dans lequel Leh prit la parole.

- « Euh, tu as raison. Ishma, peux-tu résumer ce que nous savons et Doràn se chargera de ce que nous aurons à mettre en place. »

Ishma entreprit de reprendre l'essentiel des conclusions auxquelles ils étaient parvenus et voulut conclure par une ultime mise en garde.

- « …Avant de laisser la parole à Doràn pour les aspects pratiques, je tiens à ce que vous ayez conscience d'un parallèle étroit qui ne peut manquer d'exister entre ce qui se passe ici et maintenant et ce que nos amis vivent actuellement sur Malkhal. Tout est irrémédiablement et étroitement lié. Si nous faisons violence aux gens de Malkhal ici, il sera fait la même violence à Jiù et Akané là-bas. Si nous résolvons ici, nous les aidons à résoudre là-bas ! Gardez constamment ceci en mémoire pour que, quoique vous fassiez, vous évitiez de générer une interférence temporelle que vous pourriez regretter. J'en ai terminé.

- Merci Ishma, pour ma part, voici ce que je propose : nous maintenons l'alerte mais n'engageons pas nos forces pour l'instant. En revanche, il nous faut un groupe dégourdi et décidé pour entrer en contact avec l'ennemi à Fanyi Tian. Il nous faut aussi un groupe de travail au Centre Mnésique pour recueillir les analyses en temps réel et je veux une ou deux personnes détachées auprès de moi et de l'État-Major d'Eneter pour que nous agissions de façon totalement coordonnée. » Ils lui semblaient tous attendre la suite et il poursuivit :

- « Si vous en êtes d'accord, voici l'ordre dans lequel je vous propose d'intervenir : Le groupe A, Matzu, Leh, Jasna, Mugan désactive le champ Ouest. Le même groupe entre en contact avec le détachement ennemi avec l'aide du Traducteur – attention, travailler sur des réseaux disjoints, je ne tiens pas à ce qu'on réinfecte la mémoire. Le groupe B, Ishma, Jon, Mia, Nahei, se rend au Centre Mnésique, prêt à toute intervention. Pehl, tu transites avec moi vers Juno pour rejoindre le QG. Tous les autres, je vous prie de rejoindre vos districts respectifs. Rendez-vous à l'antenne locale d'Eneter et restez-y en alerte de manière à parer à toute éventualité. Je pense notamment à ces troubles dont nous pensons qu'ils sont liés soit à la présence de ce détachement, soit…à d'autres options dont il faudra parler en temps utile. » Il n'osa continuer sur sa pensée et évoquer la refondation de la Mémoire, sa session étant restée ouverte.
- « Si vous êtes OK, exécution !
- La séance est levée ! » conclut Leh d'une voix de stentor, provoquant le départ désordonné de ses compagnons, chacun vers sa destination respective.

*   *   *

Quelques dizaines de minutes plus tard, une silhouette courbée courait vers un transport stationné à la limite du champ solaire près de l'oued Nzaïr. La corpulence massive de Leh obtura l'ouverture latérale :

- "Ça y est ! c'est fait. Ils sont sur batterie maintenant. Ils vont sûrement s'en apercevoir ! Attention en nous approchant, ils vont être nerveux !
- Je propose qu'on se connecte à eux via le multiplex. On ne risque rien et ici on est hors de portée de leurs tirs."
- « Allons-y.
- D'Eloine à Ibzan Malkhal, nous entendez-vous ? Répondez. »

Matzu dut répéter son appel une dizaine de fois sans succès puis se tut à la fois déçu et décontenancé.

- « C'eût été trop beau !
- Attends un peu, mets-toi à leur place. Ils doivent gamberger comme des fous ! Ils découvrent en même temps qu'on parle leur langue et qu'on leur coupe les vivres ! Il y a de quoi réfléchir ! Une chose est sûre, ils ne vont pas t'embrasser sur la bouche !
- Attends, on entend leurs conversations. Branche le traducteur. »

Leh connecta le réseau sur la diffusion du transport. La voix monocorde du traducteur grésilla dans les haut-parleurs.

- « Mais enfin, commandant, ils connaissent notre langue !
- Taisez-vous, Iori ! laissez-moi réfléchir. J'en ai rendu compte à Malkhal et j'attends leurs instructions. N'oubliez pas le temps de latence, nous aurons de leurs nouvelles dans... quatre minutes. »

Leh regardait Matzu, totalement stupéfait.

- « Ishma avait raison ! ils viennent d'un système distant de deux minutes-lumière, ça fait quelque chose comme trente-six millions de kilomètres !

- Ishma parlait de distemps et non de distance géographique, souviens-toi.
- Demandons à la Mémoire de nous calculer ça ! »

La réponse fut quasiment immédiate.

- « Distemps environ 250 ans, indice d'erreur six pour cent.
- Pff, ils viendraient donc d'une époque située à 250 ans dans le futur, ce qui fait…
- L'an 2500 et des poussières, je me sens tout jeune tout à coup !
- Écoutons encore. »

Le silence de leurs adversaires laissait deviner leur perplexité. Les choses ne s'annonçaient pas comme prévu et il intéressait au plus haut point Matzu et ses compagnons d'observer leur réaction. Cela serait une indication précieuse sur leur fonctionnement et la meilleure façon de les aborder.

- « Excusez-moi ! » Mugan avait suivi cet échange avec une attention toute relative : il était encore sous le coup de l'expérience qu'il venait de vivre et gardait à l'esprit la figure de Bran qu'ils n'avaient pu retrouver. Vivait en lui une sorte de présence équivoque dont il ne pouvait se défaire et qui le ramenait systématiquement à lui. Pour tout dire, une partie de son être était encore accrochée aux limbes fantomatiques qu'il avait quittées. Il n'avait pas osé s'en ouvrir à Ishma, de peur du ridicule mais cette affaire n'était décidément pas terminée pour lui.
- « Vous avez dit qu'ils n'en ont plus pour longtemps maintenant qu'ils sont sur batterie ? Combien de temps à votre avis ?
- Je n'en sais rien, une heure ou deux au grand maximum. Je dirais plutôt une demi-heure, cela dépend de ce à quoi

ils utilisent toute cette énergie. C'est intéressant que tu en parles, ils ne semblent pas avoir remarqué qu'on avait coupé le réseau.

- Cela veut dire que ce qui bloque Bran va disparaître. Si nous ne faisons rien, il va être capable de poursuivre sa transition et finir de traverser ?

- C'est possible mais qui sait dans quel état il sera ! » Mugan savait très bien ce à quoi Leh faisait allusion : il gardait à l'esprit les visages vieillis et défaits de ses compagnons et cela ne fit qu'augmenter le sentiment d'urgence qui l'agitait.

- « Il faut que je m'en occupe. Peut-être ses compagnons, s'ils retrouvent la mémoire, pourrons nous aider à le retrouver ? Par exemple en nous indiquant la destination de leur transition manquée ? Me permettez-vous de rejoindre le Centre Mnésique et vous laisser poursuivre seuls ou avez-vous besoin de moi ici ?

- Va, Mugan, tu as mieux à faire, nous pouvons très bien nous débrouiller tout seuls. À ton arrivée, rends-compte à Doràn si tu ne veux pas prendre un savon ! »

Mugan disparut alors que ses trois compagnons reprenaient leur veille à l'écoute du détachement.

- « Toujours pas de réponse, Iori ?

- Pas de réponse commandant.

- Je ne comprends pas, cela fait bientôt cinq minutes que nous avons envoyé notre rapport. Que se passe-t-il, mille tonnerres ! Pourquoi ne répondent-ils pas ? Que se passe-t-il donc sur Malkhal ? Ce n'est pas normal !

- Commandant, une mauvaise nouvelle, regardez.

- Ils ont coupé le champ solaire ! Je m'y attendais. De combien de temps disposons-nous ?

- Si nous gardons le mur temporel actif, guère plus d'un quart d'heure.
- OK, on va essayer de gagner du temps. Iori, vous continuez d'appeler Malkhal. Korj, vous répondez à l'appel de ceux qui nous ont contactés tout à l'heure. Dites-leur qu'on est prêts à discuter.
- À vos ordres, Commandant.
- De Malkhal à Eloine, bien reçu. Que voulez-vous et comment connaissez-vous notre langue ? »

Matzu et Leh échangèrent un large sourire, levant les pouces en signe de victoire. Le contact était pris. Déjà Matzu connectait Doràn et la Mémoire sur un réseau parallèle leur permettant de suivre la conversation pendant que Leh répondait :

- « De Eloine à Malkhal, nous avons pu nous connecter sur votre intercom et décoder vos conversations » - il n'était pas certain de l'opportunité de cette annonce qui, chez des interlocuteurs colériques, pouvait être la cause d'une certaine contrariété – « Nous avons également déconnecté le champ solaire. Nous sommes prêts à discuter. À vous. »

Bjo Diskansar connaissait son affaire. Il coupa instantanément l'intercom entre les trois transports, privant Matzu et Leh de la suite de sa discussion avec ses subordonnés.

- « Avant de répondre, Iori, confirmez-vous le délai de quinze minutes.
- Maximum, commandant. » Iori eut un regard vers ses cadrans. « Douze minutes précisément.
- Désactivez le champ de protection et allez demander aux commandants des autres transports de me rejoindre immédiatement. Exécution. »

Il avait besoin de comprendre et il avait besoin de temps. Ses instructions étaient claires : éviter à tout prix une intervention directe, ne pas créer d'interférence sauf en cas d'ordre formel de la part de Malkhal et dans ce dernier cas, il savait que des renforts lui seraient apportés. Déjà, il y avait eu les tirs automatiques que les programmes de ces foutus transports avaient déclenchés et il redoutait que cela eût créé la singularité temporelle tant redoutée. Mais il y avait pire, le silence de Malkhal l'inquiétait. Était-ce la conséquence de ce qui se passait ici ? Y-avait-il d'autres problèmes que le niveau 5 MCPA n'avait pas anticipés ? Il aurait donné cher pour savoir ce qui se tramait et plus encore pour être de retour chez lui si les siens étaient en difficulté. Ses réflexions furent interrompues par le retour de Iori, suivi de près par ses adjoints.

- « Messieurs, voici la situation : l'ennemi vient de rentrer en contact avec nous. Ils parlent notre langue grâce à la transcription de nos conversations. J'ignore ce qu'ils savent de nos objectifs mais ils demandent à parlementer. Par ailleurs, nous avons temporairement perdu le contact avec Malkhal, ce qui est en soi préoccupant. Nous avons pour instruction d'isoler cette planète et d'empêcher toute modification de la Trame causale qui mène à Ibzan Malkhal. Je vous rappelle que nous détenons une cinquantaine d'otages qui peuvent nous être utiles. Dans l'immédiat, je ne nous crois pas menacés. J'ai besoin de votre avis : acceptons-nous l'offre que ces gens nous font ?

- Commandant, si nous déclenchons les hostilités, ne serait-ce pas justement créer la dérivation de la Trame que nous sommes venus éviter ?

- Je sais, j'y ai pensé.

-   Par ailleurs, commandant, les protocoles du CC sont formels : en cas de perte de communication avec le système, seule est autorisée l'exécution des dernières consignes connues pour permettre aux séquences temporelles de se réamorcer sans discontinuité.
-   Vous êtes donc partisans également d'ouvrir une discussion avec eux ?
-   Si nous avons l'assurance qu'ils ne sont pas hostiles.
-   Nous allons bien voir. Merci, Messieurs. Pouvez-vous donner des ordres pour qu'aucune initiative ne soit prise dans vos transports sauf ordre exprès de ma part ? Vous m'entendez ? Aucune !
-   À vos ordres, Commandant. »

Ibzan Malkhal – Ville souterraine – Samedi 19 Septembre 2499 – 15h

Akané avait retrouvé l'entrepôt dans une ambiance fort différente de celle qui y régnait lorsqu'elle l'avait quitté : grâce au mode actif, leurs amies avaient pu localiser les générateurs de secours. Le hall, bondé sous l'affluence des réfugiés de Jatine, baignait dans une lumière pâle qui donnait aux visages et aux choses un relief blafard, sans ombre ni éclat. Réaménagé par Anji et ses compagnes, l'ordonnancement précis d'un poste opérationnel y remplaçait la pagaille amicale des débuts et le calme régnait tant au-dedans qu'au dehors, au point qu'on aurait pu oublier l'existence des fleshoïdes tout proches.

De jeunes femmes alertes circulaient en navettes entre les groupes et corrigeaient à mesure un hologramme bleuâtre représentant l'intrication des réseaux énergétiques de Malkhal, où elles reportaient les observations. Anji, songeuse, observait la carte en silence. Des idées prenaient forme qu'elle voulait néanmoins vérifier une par une avec Mereel et son petit groupe.

- « Jiù, crois-tu que l'énergie temporelle soit d'une intensité suffisante pour faire tomber ces réseaux ?
- En théorie oui, mais si vous vous lancez dans une attaque frontale, vous vous exposez aux contremesures du CC. Ce système est sûrement doté de puissants moyens d'auto-défense.
- Tu as raison. » Anji redevenait silencieuse. Non que la remarque l'eût prise en défaut mais elle la devinait comme une étape vers une solution plus aboutie.

Celle-ci vint soudain à elle, accompagnée par une jubilation tranquille annonçant la certitude d'avoir trouvé.

- « Eh bien, pourquoi ne pas utiliser ces programmes d'auto-défense, justement ? Nous allons faire en sorte qu'ils se retournent contre le CC.
- C'est une idée judicieuse. Comment comptes-tu procéder ?
- Te souviens-tu ? Ces systèmes sont incapables d'une pensée hors contexte. Nous allons le surprendre par quelque chose de totalement imprévu.
- À quoi penses-tu ?
- Je ne sais pas encore, mais c'est la solution. J'en suis certaine ». Elle se tourna vers Mereel.
- « Ces accumulateurs dont tu as parlé, es-tu certaine que Malkhal s'en est emparé et as-tu une idée de leur puissance ? »
- « Cela ne fait aucun doute. À l'heure où nous parlons, je suis certaine qu'ils ont été rapatriés dans la ville

souterraine. Quant à leur puissance, elle est gigantesque, plusieurs milliers de TeV ! Pourquoi ?

- Pour le coup, si nous pouvions les localiser et les connecter au réseau, nous aurions les moyens de saturer le CC et d'enclencher ses systèmes de protection.

- Effectivement, à condition de ne pas être repérées et surtout que le temps ne nous manque pas. »

Jiù et Akané avaient suivi cet échange sans dire mot. Chacun voulait à tout prix éviter d'être mêlés à la décision qui allait être prise, tout en aidant leurs amies à en percevoir toutes les conséquences. Mû par une impulsion soudaine, Jiù ne put s'empêcher d'intervenir :

- « Comment pensez-vous que le CC fonctionne ? Où est le commandement opérationnel sur Malkhal ?

- Tu te souviens du général Naranbataar ?

- Pas précisément

- C'est lui qui voulait t'interroger après ton audience au Symposium. C'est lui qui commande la force. Il... »

Jiù dut avoir un regard particulièrement suggestif car Anji s'arrêta net.

- « Ah, Jiù ! Mais bien sûr ! C'est par lui que nous devons agir. Nul n'en sait autant sur le CC que lui. Il en connait tous les ressorts. Il vit presque en symbiose avec lui. De plus, ce n'est pas un fleshoïde, c'est un humain. Mais comment entrer en contact avec lui ? Il est assez inaccessible. Prudent et très secret de surcroît !

- Je crois savoir. » Tous les regards se tournèrent vers Nadje qui n'avait pas quitté Akané d'une semelle depuis son retour.

- « Par son smob. Si nous pouvons isoler un de ses smobs et le charger d'un message à son intention, il est certain qu'il le transmettra à son maitre avec toute la diligence nécessaire ! vous connaissez les smobs ! » Un rire général suivit ces paroles. Jiù et Akané, ignorant la cause de leur hilarité, restèrent impassibles tel un muet rappel à l'ordre.

- « Comment comptez-vous implanter le message dans le smob et quel message voudriez-vous lui faire passer ?
- Oh ! Pour ce qui est d'implanter le message, ce n'est pas bien compliqué. Regarde la carte : nous avons localisé les stations de recharge. Nous pouvons passer par là.
- Tu seras immédiatement repérée par le CC !
- Pas forcément. » Mereel venait en aide à sa jeune amie. « On peut isoler les postes de charge entre deux relais tout en masquant la discontinuité. Une fois isolés, on peut y faire ce qu'on veut.
- Parfait. Et quel message serait susceptible de faire agir Naranbataar contre le CC ?
- Je n'en vois qu'une possible ! » Anji rayonnait littéralement devant la simplicité de la solution qui s'offrait à elles. « Il faut que Naranbataar soit persuadé que le CC est hors contrôle. Il voudra protéger Malkhal. Il suffit d'instiller le doute puis de lui en apporter confirmation.
- Tout cela risque de prendre un temps considérable dont nous ne disposons pas ! »

Jiù et Akané sentaient vibrer l'énergie temporelle comme si elle affluait de toutes parts autour d'eux. Comme si l'univers leur ouvrait la voie. Comme si l'urgence se faisait plus pressante aussi.

- « Mes amies, vous devez faire vite ! Les choses se mettent en place. »

Anji s'interposa.

- « Voici ce que nous allons faire. »

*   *   *

Un peu plus tard, Nadje, Akané et Jiù émergeaient au beau milieu d'un foutoir invraisemblable d'équipements de toutes sortes, empilés à la va-vite, la plupart démontés ou manifestement hors d'usage. Apparemment un local de stockage où les fleshoïdes devaient entreposer l'objet de leurs rapines. Si l'heure n'eût été aussi grave, ils auraient pu s'amuser de l'inventaire hétéroclite accumulé sous leurs yeux. Entre les appareils domestiques, les smobs éventrés, les machines et autres matériels à la technologie souvent désuète, ils devinaient une curiosité étrange et apparemment dénuée de toute logique. Ils en conclurent que le CC continuait de collecter toute information potentiellement utile et qu'à l'évidence, le système poursuivait ses analyses. Alignés le long d'un des murs, ils reconnurent la masse noire et imposante des accumulateurs de Jatine. Ils étaient effectivement impressionnants et ce ne fut pas la moindre de leurs interrogations de comprendre comment ils avaient pu être amenés jusque-là. Sans perdre une minute, Nadje s'en était approchée et, par quelques manipulations sur l'une de leurs faces, s'était assurée qu'ils étaient toujours en ordre de marche.

- "Nadje, je propose que nous ne communiquions que par la voix intérieure, c'est plus prudent même s'il est probable que notre présence ait déjà été détectée.
- Pas de problème. À première vue, ils sont opérationnels et sous tension. Pouvez-vous essayer de sécuriser l'endroit pendant que je regarde comment nous pouvons les connecter ? "

Nadje avait déjà identifié un boitier de commande et commençait de rassembler ce qui pourrait constituer un moyen d'y brancher les énormes accumulateurs, alors qu'Akané et Jiù se frayaient un chemin jusqu'à la porte pour en étudier les mécanismes de verrouillage.

- "Cela ressemble d'assez près à ce que nous connaissons sur Eloine. C'est manifestement relié au système central, comme les nôtres le sont à la Mémoire. Comme je regrette qu'on ne puisse s'y connecter pour avoir son aide."

- « Je crois que question discrétion, c'est raté. » dit Jiù avec un geste vers les bruyants allers-retours de leur compagne qui farfouillait sans retenue dans le capharnaüm qui les entourait. « Je te propose que nous transitions de l'autre côté pour éviter toute surprise. »

Bien leur en prit. À peine eurent-ils achevé leur transition qu'ils se retrouvèrent face à face avec deux fleshoïdes alertés par le bruit qui, instantanément, firent feu de leur fusant. Ils n'eurent que le temps de se jeter de côté, le tir explosant le boitier de commande de la porte derrière eux. Ils détalèrent le long de la coursive, les fleshoïdes à leurs trousses lâchaient une autre rafale à laquelle ils n'échappèrent que par un coude du corridor. Dans l'âcre fumée du carboplast fondu, ils étaient temporairement hors de vue et se jetèrent, haletants, dans la première encoignure venue.

- "Nadje finis ton boulot aussi vite que tu peux, quand tu es prête, préviens-nous ! Akané, focalise sur moi, je transite chez Anji ! "

Déjà les fleshoïdes déboulaient sur leurs traces mais en vain : Jiù et Akané avait disparu. Ils achevèrent leur transition dans la chambre où Jiù avait été soigné après avoir été recueilli. Elle était vide et ils purent y trouver quelque répit.

- « Qu'as-tu là, Jiù ? » Akané, inquiète, désignait à Jiù le haut de son épaule, où le vêtement déchiré laissait entrevoir la chair meurtrie. Il y porta machinalement la main qui se tacha de sang.
- « Ce n'est rien, j'ai dû être blessé par un éclat. » Comme s'il prenait seulement conscience de sa blessure, Jiù fut soudain pris d'un éblouissement et s'affala pesamment sur le lit. Se saisissant d'une serviette près du petit lavabo, il la plaça en tampon sur son épaule, non sans réprimer une brève grimace de douleur.
- "Jiù, Akané, je serai bientôt prête, nous pouvons brancher les accumulateurs dès qu'on veut. " Akané jeta un regard rapide sur son holos.
- « Jiù, les femmes de Jatine ont isolé le réseau. Nadje va bientôt se connecter. Que décidons-nous ?
- Attends, laissons Anji dérouler son plan. Simplement, tenons-nous prêts. Si elles ont besoin de nous, elles nous le diront. »

*   *   *

Le Général Naranbataar était fourbu. Bientôt trente-six heures qu'il était sur le pont sans discontinuer et les dernières heures avaient été loin d'être de tout repos ! En sus de l'intervention 5MCPA, il avait dû coordonner l'attaque sur Jatine. Parlons-en de celle-là ! Tout un pataquès logistique à monter dans l'urgence (il en avait quelque peu perdu l'habitude), des milliers d'hommes mobilisés et pour quel résultat ? Une oasis entièrement vidée de ses habitants à part un imbécile qui s'était trouvé là. Rien, absolument rien ne se passait comme prévu, du jamais vu ! De surcroît, il venait de se prendre une session mémorable avec le CC qui l'avait évidemment tenu pour responsable de cet échec. Un comble ! Il se savait irrémédiablement grillé et s'étonnait même d'être encore en fonction dans toute cette pagaille. Sans doute pour porter le chapeau. Mais pourquoi tout ce désordre ? Pourquoi le CC avait-il été à ce point pris en défaut ? Ce n'était pas encore du doute, mais une floppée d'interrogations brûlantes et pourtant sans réponse s'installaient en lui : il n'avait pas oublié les conditions étranges du lancement de la procédure 5MCPA, sans aucun respect du protocole. Et tout ce temps à attendre, bloqué avec ses subalternes, à lancer des ordres pour des opérations qui ne servaient à rien. Sans parler de cet étranger qui avait mystérieusement disparu, tout comme les habitants de Jatine. Toute une armée mobilisée dans l'urgence. Pour rien. Zilch ! Zéro, Rien ! Du jamais vu ! Tout cela ressemblait décidemment beaucoup à de l'improvisation, ce qui était purement et simplement inconcevable. Et Diskansar et son expédition ? Impossible de communiquer avec lui à cause de ce foutu mur temporel. Nul ne savait ce qui se tramait là-bas. Il y avait décidément quelque chose qui ne tournait pas rond et ces échecs répétés qui s'accumulaient sur lui comme autant de menaces, ne lui disaient rien qui vaille. Lentement, l'obéissance inconditionnelle voulue par les Actes de Transparence laissait place à un sentiment plus lâche et plus flou, un besoin de se réapproprier le cours des événements, presque de l'ordre de la défiance. Ainsi, quand le CC lui avait enjoint d'investir un entrepôt désaffecté de la ville souterraine, soi-disant occupé massivement par des habitants de Malkhal, il n'en avait pas cru un mot : ce hangar oublié et reclus ne pouvait qu'être vide puisque le stade 5MCPA empêchait tout déplacement. Il en avait conclu à une aberration du système. Une de plus. Il avait tout de même fait envoyer une escouade pour se couvrir, sait-on jamais. Il attendait des informations complémentaires. Comme par hasard, elles ne venaient pas.

Il en était là de ses réflexions houleuses quand un zonzonnement électrique lui annonça l'arrivée d'un smob.

- « Qu'est-ce que c'est encore ?
- Message top secret QG Eurp au Général Naranbataar. Ne se connecter au CC sous aucun prétexte. Fortes présomptions d'un fonctionnement en mode autonome sans aucun lien avec Eurp. Aucune décision prise depuis 24h n'est conforme au protocole. Attendre de nouvelles instructions.

Le Général Naranbataar fut totalement confondu : à la fois par la teneur du message, absolument inédit dans toute l'histoire d'Ibza et par l'invraisemblable à-propos avec lequel il apportait la confirmation de ses doutes.

- Alors, ça alors ! Mais ça alors ! C'est le pompon. Il va falloir prendre des mesures ! » Le frisson glacé de l'angoisse lui parcourut l'échine devant l'écrasante responsabilité qui devenait sienne et l'immense solitude dans laquelle il se trouvait.

Au cet instant, Nadje branchait au réseau les millions d'électron-volts des hypercapaciteurs. Partout dans la ville souterraine, la lumière fit place à l'obscurité puis aux ternes éclairages de secours prenant le relais dans le claquement sec des disjoncteurs qui sautaient en cascade. L'immobilité et une chappe de silence régnaient dorénavant sur Ibzan Malkhal. Au même moment, chacune des femmes de Jatine focalisait l'énergie temporelle sur la partie du réseau qui lui avait été attribuée. Une multitude de canaux individuels s'additionnèrent en un flux d'énergie irrésistible, impossible à endiguer, qui déferla sur tout le système. Le CC déclencha automatiquement ses délesteurs et ne céda point. Dérivé vers les boucliers temporels, l'énorme afflux d'énergie fut comme un premier signal émis par Ibzan Malkhal, un geyser électromagnétique gigantesque, perçu par tous les radiotélescopes qui sondaient inlassablement l'espace. Telle une étoile mourante, l'appel du CC fut évidemment entendu sur Eurp où il fut immédiatement transmis aux troupes de soutien.

Lancés par le CC, les patrouilles de fleshoïdes parcouraient maintenant les couloirs en cadence, tirant à vue sur tout ce qui bougeait dans une sorte de frénésie contagieuse. Imperturbable, le système de surveillance transmettait à Naranbataar et ses hommes cloîtrés dans leur QG, les images d'une cité gagnée par la folie. Basculant fébrilement d'un canal à l'autre, ils n'en croyaient pas leurs yeux. Malkhal n'était plus que l'ombre de la cité ordonnée qu'ils avaient connue. La rigueur impeccable et parfaitement contrôlée de la civilisation d'Eurp avait fait place au chaos, engloutie par une succession d'événements imprévisibles qui semblaient avoir totalement dépassé le CC.

Naranbataar hésitait. Jamais au grand jamais, il n'aurait pu imaginer devoir faire face à l'effondrement de l'ordre de Malkhal. C'était pourtant l'issue vers laquelle tout semblait se précipiter. Ce qui était au-delà de ses craintes les plus folles était exactement en train de se produire sous ses yeux. Et c'était à lui d'agir ? Prendre une décision à laquelle nul ne l'avait jamais préparé ? À commencer par le CC ? Ah, celui-là ! S'il fallait chercher un responsable au désastre, il était tout trouvé ! Toutes ces procédures à n'en plus finir qu'il avait fallu appliquer à la lettre pendant des années pour que cela se termine comme ça, dans une apothéose d'improvisation ?

C'était comme être enfermé sans répit dans un long, un très long cauchemar. Il fallait en sortir, reprendre à tout prix l'initiative !

Mais laquelle ? Comment ? Cela faisait des lustres qu'il ne savait plus faire.

* * *

Jiù et Akané, tous deux en mode actif, avaient suivi minute après minute le déroulé des événements autant que leurs conséquences bien au-delà de Malkhal. Ils ignoraient la décision que prendrait le Général Naranbataar mais ils savaient que si l'ordre en était donné, il ne s'en faudrait que d'une journée tout au plus pour que les renforts envoyés par Eurp prissent pied sur Malkhal. Rien ne pouvait les empêcher et rien ne les arrêterait. D'autant que le CC continuait d'émettre en pulsations régulières, tel un phare obstiné guidant les funestes transports vers leur but.

- « Jiù, je crois que c'est à nous de jouer.
- Je le crois aussi, Akané. »

Avant de fermer les yeux pour la seule bataille temporelle qu'ils n'eussent jamais menée, ils eurent un dernier regard l'un vers l'autre, une ultime pensée conjointe, autant pour se synchroniser que pour conforter leur détermination commune. Totalement relâchés, ils laissèrent libre cours à la formidable énergie qui les traversait. Immédiatement, ils furent happés par une confusion inextricable d'ondes et de flux en délire : la totalité du présent potentiel était agitée jusque dans sa trame profonde par des événements que personne ne maîtrisait plus. Face à l'inflexibilité implacable et mécanique du CC qui, jusqu'au bout, déroulait ses programmes, ils se joignirent à la résolution de leurs amies. En une fraction de seconde, l'apport gigantesque d'énergie temporelle submergea le réseau de Malkhal, telle une vague irrépressible. Celui-ci décrocha : les innombrables répartiteurs fusaient dans une luxuriance d'étincelles multicolores et un vacarme de grésillements et de claquements assourdissants. L'éclairage de secours vacilla dans les souterrains noyés de fumées acides pour s'éteindre par vagues, comme on ferme une usine. Le CC, dont la programmation avait été largement inspirée du cerveau humain, réserva ce qui lui restait de puissance à la protection de ses ultimes fonctions vitales. Tous les autres systèmes furent sacrifiés. D'un coup, les fleshoïdes déployés sur Jatine et ceux qui menaçaient l'entrepôt se figèrent, grotesques, au milieu de leur dernier mouvement avant de disparaître, évaporés telles des milliers de bulles éclatant au soleil. Comme trace de leur existence, il ne subsista qu'un amoncellement d'armes, d'équipements et de protections de toutes sortes, abandonnés, inanimés et totalement inoffensifs. Tous les boucliers s'effondrèrent simultanément. Ce second signal fut également perçu sur Eurp et toutes les planètes du Système Ibza. Sans attendre et conformément au protocole, des centaines de transports chargés de troupes et de matériels lourds furent lancés vers Malkhal pour venir en aide au Comparateur Canonique.

$$* \quad * \quad *$$

Le Général Naranbataar était seul. Ses adjoints avaient subitement disparu, exactement comme cet étranger arrivé on ne savait comment sur Malkhal. Cette solitude inexpliquée au plus fort de la bataille qui faisait rage autour de lui le rendit à moitié fou. Fou de fatigue, de fureur, de doute et d'interrogations. De solitude aussi. Tout son univers, fait de précision et d'ordre méthodique, avait irrémédiablement basculé dans le chaos le plus invraisemblable. Jamais dans ces conditions les consignes d'Eurp ne lui parviendraient à temps. Jamais. Il ne pouvait compter que sur lui.

Lui seul, c'était le cas de le dire, pouvait encore agir. Il se décida, toutes hésitations disparues. L'esprit encagé dans une détermination que rien n'aurait pu altérer, il ouvrit un boitier fixé au mur, s'identifia par deux fois et entra le code fatidique, seulement connu des chefs d'état-major.

Quelque part au plus profond de la ville souterraine, le CC fut surpris par la seule commande qu'il n'avait jamais pu anticiper, celle de son autodestruction. Il s'y conforma. Le cœur colossal fut instantanément pulvérisé, éventrant la ville d'un cratère monstrueux : un déluge de fumée, de métal et de feu monta très haut dans le ciel de Malkhal telle une apothéose cosmique. Loin dans l'espace, la civilisation d'Eurp sut à cet instant précis que, pour des raisons encore inconnues, l'expérience de colonisation de Malkhal avait échoué.

$$* \quad * \quad *$$

Longtemps après, quelque part au fond de la ville souterraine ravagée, Akané revint à elle dans l'obscurité. Elle prit son temps pour émerger de ce voyage comme d'une transe, étrangère à son corps qui refusait encore de la servir. Elle laissa flotter son esprit apaisé, goûtant avec délice le calme qui régnait autour d'elle. Elle savait la présence de Jiù à ses côtés et sans se tourner l'appela.

- « Ça va, mon Jiù ? » Sa question resta sans réponse.
- « Jiù ? » le ton se fit plus pressant et Akané, mue par un pressentiment funeste, se dressa à demi vers son compagnon, devinant à son silence que quelque chose n'allait pas.
- « Jiù, tu m'entends ?

-   Tu m'entends, Jiù ? » la voix était plus forte et, gagnée par la crainte qui l'assaillait de toutes parts, Akané alluma son holos pour s'élancer vers son compagnon qui gisait immobile sur le lit même où il s'était réveillé le matin, une large tache sombre sous son côté droit. Son visage paisible mais livide hurlait à Akané une évidence qu'elle se refusait à admettre. Elle l'appela encore en un murmure persistant à l'oreille et, lui caressant le visage comme elle l'avait si souvent fait, elle l'étreignit douloureusement pour le ramener à la vie. D'un geste malhabile, elle s'appliqua fébrilement à entrouvrir la veste d'uniforme et, la tête sur sa poitrine, tenta de percevoir une trace de vie dans ce long corps inerte. Il vivait. Il était inconscient mais vivant. Akané ne savait que faire ni penser : le cauchemar qu'elle avait vécu dans le Jardin avant leur transition vers Malkhal revenait la hanter.

-   "Jiù !!! "

Dans un long élan silencieux, Akané essaya à nouveau d'atteindre son compagnon, guettant sa réponse comme on guette la trace d'un souffle dans le corps d'un noyé. À nouveau elle lui parla, à nouveau elle lui massait les tempes et lui pressait les mains. Cette fois en vain, il ne répondit pas. Comme éperdue devant une certitude inacceptable, elle en vint à secouer ce corps absent, voulant le ramener à elle, le retrouver encore et le guider vers un autre jour qui leur serait donné de partager, comme elle avait su le faire dans le Jardin. Mais Jiù restait sans connaissance, prisonnier d'une nuit sans retour qui le séparait d'elle.

Refusant l'impossible, Akané voulut sentir à nouveau sa présence joyeuse à ses côtés et décida de transiter pour le retrouver. Refoulant sa peine, elle s'allongea et, détendue autant qu'elle pouvait l'être, focalisa sur son compagnon où qu'il fût, toute son attention portée sur cette conscience qu'elle avait partagée au point de la faire sienne. Il ne se passa rien. Ils demeurèrent longtemps ainsi, deux gisants côte à côte, que personne ne songea déranger. Oublieuse de son corps et des pensées qui l'agitaient, elle baignait dans un silence blanc, cherchant au tréfonds d'elle-même la sensation d'une vie qu'elle aurait pu lui transmettre, lui qu'elle ne pouvait se résoudre à ne pas retrouver. Au bout d'un temps comme ralenti pour lui permettre de recouvrer graduellement ses esprits, elle revint à elle comme on revient à soi sur une grève après la tempête, épuisée mais vivante à côté d'un corps toujours immobile. Alors la solitude la prit dans cette chambre souterraine, morne et froide comme une tombe, à mille et mille lieues de chez elle. Elle ne savait que faire et, dans son esprit embrumé, s'entrechoquait l'inconcevable dilemme : rentrer à Eloine et abandonner Jiù sur Malkhal ou demeurer avec lui et renoncer à Eloine ?

Elle resta ainsi longtemps, prostrée, envahie de pensées en boucles vaines, indifférente au temps qui s'écoulait et à l'agitation qu'elle devinait monter en rumeur chantante autour d'elle. La lumière revint. Elle savait ses amies toutes à la liesse d'avoir réussi mais elle voulait rester dans le silence, comme un lien ultime la reliant à lui, gardant l'espoir d'un chemin qui se dessinerait pour eux. Plus que tout, elle refusait de partir, revenir à la réalité d'un monde sans Jiù : où qu'elle pût aller, elle savait que chaque lieu, chaque son, chaque paysage lui rappellerait sa présence et des moments qui ne seraient plus que passés. Déjà elle pressentait que longtemps l'habiterait le remords, le refus de cette décision qu'elle savait devoir prendre : rentrer sur Eloine et laisser Jiù sur Malkhal.

Un spasme de révolte la traversa alors, bref et violent, chargé de ressentiment contre cette époque détestable, contre Jatine, le CC et tous ces choix funestes, contre les événements qui l'avaient amenée à cette solitude dont elle ne voulait pas. Colère aussi, surprenante et passagère, contre Jiù qui s'était fait l'artisan de cette fatalité qui l'avait séparée d'elle. Colère contre l'inconscience de ce corps près d'elle et que, presque, elle eût préféré sans vie ! Elle ne se faisait pas à l'idée de retourner seule sur Eloine et de devoir leur annoncer la nouvelle concernant leur ami, leur compagnon. Mugan lui vint comme une pensée nouvelle. Leur fils ! Elle devait retrouver leur fils. Ce fut en elle comme une urgence, un cri, une envie de fuir au plus vite ces lieux maudits et de retrouver Mugan comme elle reviendrait à la vie. Vivre avec lui et tenter, par-delà le distemps de ranimer Jiù. Peut-être ses amies de Jatine avaient-elles une solution, peut-être pouvaient-elle les aider ? Cette pensée la revigora un peu et elle se leva, roide et glacée, comme si la vie avait reflué de ses membres et qu'il lui fallait la rappeler.

Alors seulement, comme appelée par sa pensée vers elle, Anji se matérialisa à ses côtés.

- « Bonjour Akané.
- Bonjour Anji. Merci d'être là. »

Le Pr. Anji Askajan s'approcha du corps de Jiù, lui palpa délicatement l'épaule qu'elle avait mise à nu et lui prit un instant le poignet. Puis, par un réflexe médical mille fois répété, elle souleva les paupières sans mot dire. Elle s'assit à côté d'Akané.

- « Il a perdu beaucoup de sang mais nous pourrons y remédier. Pour le reste, je ne sais pas encore. Il nous faut d'autres analyses, plus approfondies. Aviez-vous déjà transité avec un blessé ?
- Pas à ma connaissance, non. »

Elles furent, un temps, muettes devant des questions trop lourdes et des réponses inconcevables.

- Garde espoir, Akané. Nous allons le récupérer.
- Oui, mais combien de temps cela va-t-il prendre ?

- Cela peut être rapide mais peut aussi demander du temps. Je ne peux rien dire avec certitude à ce stade. Que vas-tu décider ?

- Je ne sais pas. Il faut faire revenir Jiù mais en même temps, je crains de ne pouvoir attendre : je dois rentrer, pour Eloine, pour mes compagnons, pour Mugan, notre fils. Je dois vous confier Jiù. Dès que les choses seront stabilisées de notre côté et du vôtre, nous pourrons nous retrouver, je pourrai revenir et voir ce que nous pourrons faire pour lui. Dans l'immédiat, je dois rentrer, je n'ai plus rien à faire ici, si ce n'est veiller sur Jiù. Mais ça, je sais que vous le ferez aussi bien que moi.

- Je comprends, j'aurais pris la même décision.

- Je voudrais te remercier Anji, pour ce que tu as été pour Jiù, pour nous, pour tes compagnes aussi, pour Jatine. J'ai une vraie reconnaissance envers toi en particulier.

- Elle n'est rien au regard de celle que, toutes, nous éprouvons pour toi, Akané et pour ton compagnon. Vous avez été notre don du Ciel, votre venue et ce que vous avez été parmi nous ont tout simplement été providentiels. Nous allons prendre soin de lui. Sache que, toutes, nous partageons ta peine. C'est pour cela que je suis là. Toutes, elles l'ont senti. L'Intui est puissant, tu sais !

- Oh, Anji ! »

Akané éclata en sanglots qu'elle ne chercha pas à retenir et Anji l'accueillit dans ses bras. Elles avaient sauvé Jatine, mais à quel prix ! Toute cette aventure se terminait de façon tellement inattendue et tout restait à régler sur Eloine. À ce moment précis, affluèrent en elle toutes les intuitions, les alertes, ces pressentiments qu'elle n'avait pu écouter. Était-ce la puissance des femmes de Jatine ? La certitude la prit du rôle qu'elle aurait pu jouer et que par inadvertance, ou était-ce de la négligence, elle avait laissé échapper. Mais il était trop tard pour regretter.

Elles demeurèrent longtemps, chacune dans ses pensées et oublieuses du temps qui s'écoulait indifférent. Akané luttait contre le chagrin qui l'étouffait et qu'Anji partageait en silence et, au-delà, toutes celles et ceux de Jatine. Ce fut comme une suspension momentanée de l'allégresse qui jaillissait de toutes parts. Elles se regardèrent enfin et Akané se laissa emmener hors de cette pièce où nulle d'elles ne reviendrait jamais plus.

Épilogue : Jouir du temps présent

Beihaï – Appartement de Leh – Samedi 17 Septembre 2264 – 20h

Ils n'étaient que quelques-uns à s'être retrouvés chez Leh sans s'être concertés, les plus assidus, les plus proches compagnons des débuts de la Dissidence. Parfois, souvent, la vie organise les choses comme si, d'avance, elles avaient été sues par quelque chose de plus vaste que soi. Toujours peut-être ? Ce qu'on nomme le hasard ne pourrait-il pas être l'écho dans ce monde d'une logique qu'on pourrait dire orpheline, de celles dont personne ne juge bon de se préoccuper ?

Leh, Matzu, Doràn, Jon et Mia étaient donc réunis, comme arrivés en avance à un rendez-vous qu'on leur aurait fixé mais dont ils n'avaient pas trace. Pourquoi à cette heure-là justement ? Pourquoi chez Leh, nul ne le savait, simplement ils attendaient. Ishma aussi, bien sûr était là ainsi que Mugan. En eux, la tension des jours passés s'était maintenant apaisée, tels des acteurs qui savent que le dénouement d'une pièce longue et riche de rebondissements est proche. Une pièce qu'ils auraient jouée pour eux-mêmes mais dont ils devinaient les répercussions en écho si loin au-delà de l'horizon de leur temps local, loin vers leurs futurs autant que vers leurs passés (Toute cette histoire ne leur était-elle pas arrivée pour qu'à cet instant précis, ils osent enfin imaginer un pluriel à leurs horizons temporels ?). Ils sentaient sur eux le poids chargé de sens de ces deux jours écoulés, étonnamment intenses et si brefs et ils étaient curieux d'en démêler les arcanes, enfin comprendre ce à quoi ils avaient travaillé. Et c'est dans ce silence tranquille, presque dénué d'expectative, qu'apparut Akané. Seule. Qui n'aurait pu manquer de les rejoindre puisqu'elle avait choisi de transiter vers son fils.

Passé le moment de surprise, ils vinrent à elle, empressés et heureux de la revoir, emplis de mille questions et lui manifestant une affection immense qui lui fit du bien, telle une assemblée attentionnée et bienveillante accueillant un réfugié au bout de son périple. Mugan aussi, bien sûr, vint à elle, tout à la joie de retrouver sa mère. Sans mot dire, elle le serra longuement contre elle et c'est dans cet instant qu'elle avait si précisément imaginé et tellement attendu qu'elle puisa le courage de leur annoncer.

« J'ai dû laisser Jiù à Ibzan Malkhal. Il est inconscient. Il n'est pas revenu à lui après une transition particulièrement violente. Je vous expliquerai. »

Un silence de catastrophe recueillit ses paroles. Il n'y avait rien à dire. La nouvelle était énorme, violente, tellement inimaginable qu'aucun d'eux ne se risquait à parler, tous prostrés. Seul, Mugan marqua quelque émotion, dévisageant sa mère, espérant un signe qui le rassurât, qu'elle niât, qu'elle effaçât cette possibilité inacceptable de ne plus revoir son père. Elle l'entoura de ses bras pour passer en lui toute la force qu'elle pût jamais lui transmettre, oublieuse de sa propre peine, de sa fatigue et des souvenirs harassants qu'elle ramenait de Jatine. Si loin maintenant, si différente, presque oubliée déjà, tel un rêve dont on se souviendrait à peine et dont on ne serait jamais vraiment sûre de l'avoir vécu.

La consternation était si lourde et dense qu'Ishma voulut la rompre. Comme tous les anciens de la Dynastie, il était trop pétri de logique L1 pour admettre les manifestations d'émotion et encore moins les partager. Il allait de l'un à l'autre, distribuant les désaltérants à la ronde. Akané lui en fut reconnaissante. Être sur Eloine sans Jiù amplifiait une absence dont le poids creusait en elle un gouffre au bord duquel elle se débattait. Enfin, elle put parler, gardant Mugan à ses côtés, comme le soutien qu'ils seraient dorénavant l'un pour l'autre.

- « Je vous parlerai de Malkhal, nous y avons des amies maintenant, mais peut-être devrais-je plutôt parler d'Alma Jatine, cette vie future et prospère dont je ramène ceci ! » Elle eut un geste dérisoire vers les vêtements qu'elle portait, riches et apprêtés, cette combinaison savante d'étoffes et de parures qu'elle avait tant appréciée là-bas mais qu'ici, elle ne pouvait s'empêcher de juger vaine et assez dérisoire. Elle-même se sentait singulièrement hors contexte, comme si ce n'était pas vraiment chez elle qu'elle fût revenue. Comme si ce temps interrompu l'eût définitivement séparée de ses proches, comme s'il eût manqué dorénavant un fil à l'écheveau de son histoire et à ce qui la reliait à eux.

- « Sans entrer dans les détails que je vous donnerai plus tard, Ibzan Malkhal et Jatine sont deux de nos futurs possibles, un choix que nous allons avoir à faire, la suite que nous voudrons donner à ce que nous avons vécu jusqu'ici et à ce que nous avons construit. Eux, ou plutôt devrais-je dire elles, ont choisi. Je pourrais presque dire qu'elles nous ont choisis, nous, leur passé. Elles nous ont appelés. Elles sont comme une adjuration, une supplique presque, d'au-delà de notre temps qu'il nous faut entendre et écouter. Pour ma part, je les sais comme une opportunité, la manifestation de ce que nous pouvons choisir d'être. Rien n'est encore joué cependant et il s'en faudrait de peu que cela n'échoue. En ce qui nous concerne, le temps est venu de nous déterminer.

- Explique-nous, Akané, si tu veux bien. »

Son récit les tint éveillés jusque tard dans la nuit, émaillé d'autant de commentaires que d'exclamations de confusion et de surprise, mais aussi de quelques bâillements non contenus. Le groupe tout d'abord serré autour d'elle, s'était progressivement relâché, chacun prenant ses aises au fur et à mesure que les heures s'étaient écoulées. Elle leur conta avec force détails tout ce qu'ils avaient vécu, Jiù et elle, dans cette contrée inconnue, située plus tard, beaucoup plus tard, quelque part sur une ligne de destinée possible.

- « Tu veux dire qu'en ce moment même, les armées de tout le système Ibza convergent vers Malkhal ? Cela veut dire que c'en est fini de tes amies, elles ne pourront jamais faire face !

- Ce n'est pas certain. Cela dépend des choix que nous allons faire et des décisions que nous prendrons, ici sur Eloine et demain au Grand-Conseil. » La voix d'Ishma était légère et vibrante d'excitation : tout se déroulait d'une façon tellement exacte, grandiose et magnifique, il leur devait de tenter de leur expliquer.

- « Parle, s'il te plaît, Ishma.

- Mes amis, le Temps est une grande chose. Quelque chose d'une intelligence inconcevable dont le but, tel que je le comprends, ce qui ne peut qu'être parcellaire, est l'évolution, l'expansion de la conscience dans toutes les directions possibles. L'évolution par l'expérience sous toutes les formes imaginables. Une invraisemblable multitude d'expériences offertes dans l'infinité de tout ce qui existe, a existé et existera jamais. Tout ce que chaque être créé voudra faire de sa propre conscience dans l'infini du Temps. »

Ils furent un peu surpris de cette entrée en matière plus exaltée que de coutume chez un compagnon qu'ils connaissaient docte et plutôt taciturne, certainement décalée vis-à-vis de ce qui se passait.

- « Vous rappelez-vous ce qui est arrivé au détachement ? »

Comment auraient-ils pu oublier l'inexplicable dénouement de la menace qui avait pesé sur Beihaï : lorsque, à l'appel des leurs, ils avaient rejoint le corps expéditionnaire stationné à Fanyi Tian, ils avaient retrouvé les disparus du bataillon du désert, épars autour de leurs transports, hagards, comme sortis d'une transe dont ils ne gardaient rien, ni sensation, ni souvenir. Un inconnu, un dénommé Iori, était assis à l'écart, prostré lui aussi et manifestement sous l'emprise d'une frayeur inexplicable et dont ils eurent grand-peine à tirer quelque propos intelligible. Il était originaire d'Ibzan Malkhal et faisait partie de ce qu'il appelait le groupe d'intervention 5MCPA dont la mission avait été de prévenir toute initiative d'Eloine qui eût pu perturber la trame temporelle aboutissant à Malkhal. Il ne comprenait rien à ce qui s'était passé : au moment d'entrer en contact avec les habitants d'Eloine, ses compagnons avaient soudainement disparu. Littéralement volatilisés, ne laissant dans les transports que leurs équipements et leurs armes. Il s'était retrouvé inexplicablement seul, sans contact avec son monde, terrifié à l'idée de ne pouvoir rentrer chez lui et de ce qui l'attendait sur Eloine.

- « Vous ne comprenez pas ? C'est pourtant clair et Akané nous a donné l'explication que nous attendions.
- Encore une fois, explique-toi mais sans détour s'il te plaît, Ishma.
- Le groupe d'intervention 5MCPA que nous a décrit Iori était évidemment constitué de fleshoïdes. La destruction du Comparateur Canonique les a purement et simplement annihilés. Iori était le seul être humain de ce détachement.
- Le seul être humain ? Misère de lui ! » La pensée rétrospective d'avoir eu affaire à des machines d'apparence si proche de leur espèce les révulsait littéralement.

- « Mais les armées d'Ibza qui foncent vers Malkhal, Ishma, que deviennent-elles ?
- Ce que nous choisirons qu'elles deviennent ! » Pour Ishma, tout était limpide et il ne pouvait contenir sa joie devant le succès de l'expérience qu'il avait menée avec Jiù.
- « Je m'explique : Akané nous a décrit Jatine en des termes qui semblent en faire un futur souhaitable pour Eloine. En cela, la mission qu'elle et Jiù ont accomplie est une totale réussite ! Je reconnais bien là l'extraordinaire capacité qu'avait Jiù à capter l'énergie temporelle et à la focaliser exactement là et quand il le fallait (Akané ne fut pas la seule à réagir désagréablement à cet emploi du passé). C'est à nous, c'est à la Session Majeure demain, de décider de la direction qu'Eloine veut prendre : soit nous poursuivons sur la lancée de la Dynastie et maintenons nos choix technologiques et dans ce cas c'en est fini de Jatine : Malkhal existera et ses troupes écraseront Jatine…
- Soit ?
- Soit nous écoutons la suggestion d'Akané, nous refondons la Mémoire et nous faisons le choix du monde qu'elle nous a décrit.
- Et dans ce cas, Malkhal n'aura jamais existé.
- Exactement. Ni Malkhal, ni le système Ibza, en tout cas, tels qu'ils l'auront construit. Seule subsistera Jatine.
- Pourquoi donc ?
- Parce que, ce faisant, nous éviterons les erreurs qui auraient conduit à la Grande Migration. La Terre restera habitable y compris dans les siècles futurs. Donc personne n'émigrera sur Eurp ni les planètes alentour.
- Ce n'est pas sûr, Ishma !
- Explique-toi à ton tour, Mugan.

- Le projet de colonisation du passé par Bran et ses compagnons vient d'une profonde frustration chez grand nombre des nôtres, en particulier chez les jeunes. Si nous pouvons utiliser cette énergie à la colonisation de l'espace, nous construisons notre futur et n'avons plus besoin de toucher à notre passé !
- Tu as raison ! » Les deux voix d'Ishma et Doràn se croisèrent, exactement simultanées. Ils étaient, pour une fois, totalement synchrones et ce fait rare pour ne pas dire exceptionnel provoqua un semblant de rires chez leurs compagnons.
- « Parle, Doràn.
- La suggestion de Mugan mettrait fin aux troubles qui nous préoccupent depuis plusieurs mois : ce projet focaliserait sur un but précis la surabondance d'énergie temporelle qui se diffuse dans la Dynastie depuis la Convergence. Je ne peux que le soutenir !
- J'ajoute pour ma part que cela permet de conserver l'existence future du Système Ibza mais cette fois, bâti sur d'autres intentions, en lien positif plutôt qu'en antagonisme ou défiance avec la Terre. Alors, nous supprimons la négativité qui a présidé à la fondation d'Ibzan Malkhal en même temps que nous fabriquons un futur qui nous mène à Jatine.
- En cela, le CC avait raison ! Nous constituons un vrai danger, une menace directe sur leur existence même.
- Exactement. Si nous choisissons Jatine, Ibzan Malkhal n'aura jamais été : Eurp et Malkhal ne seront plus qu'une histoire possible parmi tant d'autres, une réalité en latence dans l'attente d'une autre résonnance. Ils se matérialiseront peut-être mais autrement dans un autre

futur qui correspondra précisément au niveau d'énergie temporelle qu'ils portent. Un monde différent du nôtre et de Jatine. Mais cela, nous n'en saurons jamais rien puisqu'ils seront en dehors de notre horizon causal. Pour nous et pour Jatine devenue notre futur, ils n'auront jamais existé.

-   L'aporie dont tu nous parlais !
-   Exactement.
-   Et Jiù, l'avez-vous oublié ? Que devient-il dans tout cela ? »

Akané remercia Matzu d'un regard. Cette question qui s'imposait soudain à eux, elle se l'était déjà posée mille fois depuis son retour. Elle prit soin de peser chacun de ses mots avant de répondre d'une voix glacée :

-   « Son destin est forcément lié à celui de Jatine. Vous comprenez l'importance du choix que nous avons à faire. Si nous choisissons Jatine, nous retrouvons Jiù, sinon il est à craindre que nous ne le perdions à jamais.
-   Eh bé ! Et c'est à nous de décider cela ? tout va se décider demain, à la Session Majeure ?
-   Effectivement, tout dépend de la Session Majeure.

La fatigue gagnait Leh, un peu dépassé par l'enjeu. Il décida qu'il était temps de conclure :

-   Eh bien, soit ! C'est très simple ! À nous de faire en sorte que la Dynastie se décide d'emprunter ce chemin de Jatine. Il m'a tout l'air d'être prometteur. Surtout si on sait que Jiù nous y attend ! Trinquons donc mes amis ! Au chemin de Jatine !»

Ils se levèrent alors comme un seul être, rapidement rejoints par Mugan et Akané. Électrisé par l'énergie qui renaissait parmi eux, leur petit groupe se laissa gagner par la certitude que, d'une façon ou d'une autre, ce qui allait se décider dans les heures qui suivraient, ne pouvait manquer d'être le bon choix pour Eloine et pour Jiù. Ishma et Akané ne purent cependant éviter d'échanger un regard entendu, chargé d'appréhension.

Les couleurs des désaltérants rebondissaient en reflets moirés sur les visages harassés mais rayonnants dans la demi-lumière du jour naissant ; l'aube dansait dans un faisceau multicolore et joyeux, comme une promesse de prospérité pour Eloine autant que pour chacune des générations qui les séparaient de Jatine.

Eloine – Session Majeure du GC – Dimanche 18 Septembre 2264 – 10h

Les cortèges n'en finissaient pas. Ils convergeaient dans une progression chenillarde, lente et quasiment synchrone vers l'auditorium de Beihaï qui avait été somptueusement décoré pour la circonstance. C'était la coutume et personne jamais n'y avait dérogé : à chaque Session Majeure, les Grands Conseillers rivalisaient de faste et d'apparat, profitant, de façon démesurée à leur habitude, de ces occasions devenues trop rares d'exhiber la pompe Dynastique. Dans les artères de Beihaï, ce n'étaient que successions de rapeeds en processions bruyantes et multicolores, chargés d'une décoration voyante, riche et souvent tapageuse, agrémentée des diverses distinctions acquises par leur propriétaire. Des hologrammes de mille feux tourbillonnaient au-dessus des cortèges et se projetaient dans le ciel de la ville comme un signal au monde de la liesse qui l'habitait. Les Grands Conseillers, en tenue d'apparat et accompagnés de leur suite, haranguaient la foule d'un ton paterne et benoit, échangeaient rires et plaisanteries en se congratulant mutuellement, tout à la satisfaction d'être l'objet de l'attention d'une ville de l'importance de Beihaï. Si Juno était le siège historique de la Dynastie, Beihaï en était le poumon vital, commandant à des territoires qui dépassaient en taille et en prospérité tous les autres districts d'Eloine. Cela expliquait en large part la débauche d'ostentation extravagante et d'un goût douteux dont la Session Majeure faisait l'objet. Cela faisait partie de la fête et allait occasionner des réjouissances interminables dont la réputation avait attiré par anticipation des flux innombrables de touristes survoltés. Il y aurait bien sûr quelques débordements, qu'on espérait sans gravité et tout cela contribuait à mettre Eneter en alerte et passablement sur les dents. Ils n'en étaient pas moins tolérés, chacun admettant que les prétextes aux réjouissances n'étaient pas si nombreux, qu'ils faisaient partie du rythme d'Eloine et étaient même nécessaire à l'équilibre harmonieux de la vie Dynastique.

C'est donc avec le retard usuel, de plusieurs heures cette fois, que les Conseillers prirent place dans l'auditorium avec une solennité d'un autre âge et le brouhaha des grands jours qui emplissait l'immense espace, semblait ne jamais devoir cesser. Ishma et Akané étaient au premier rang, calmes et silencieux, entourés de Mugan et de leurs amis. Jusqu'au dernier moment, elle avait hésité à venir. Sans Jiù cela n'avait aucun sens pour elle et elle craignait par-dessus tout le moment où elle aurait à leur annoncer la nouvelle de son absence. Ce qu'elle redoutait n'était pas tant sa propre faiblesse que leur indifférence, qu'ils accueillissent la nouvelle telle une actualité comme une autre et qu'il lui fallût sans réelle transition aborder le sujet suivant. Si cela devait se passer de la sorte, elle n'était pas sûre de répondre de ses actes. Elle craignait aussi, de manière moins distincte mais plus prégnante sans doute, que cette absence ne devînt le prétexte de bouleversements plus profonds dont les troubles actuels seraient alors les signes avant-coureurs.

Le calme se fit, l'impatience ayant enfin pris le dessus sur la complaisance et le contentement. La Session Majeure pouvait commencer, retransmise en simul' dans tous les foyers de la Dynastie, y compris au Forum qui avait retrouvé son animation coutumière. Akané se leva et, après un petit signe à Mugan et à ses compagnons, se dirigea vers la tribune. Seule. Elle était à nouveau vêtue de sa simple tunique éloinine, n'ayant voulu garder pour l'occasion aucune trace de la munificence de Jatine. Par un contraste qui n'échappa qu'aux moins attentifs, la modestie de sa tenue réhaussait une démarche altière et résolue, sans pouvoir masquer l'ardente détermination d'un regard de braise. Le silence se fit plus lourd et plus tendu, toute l'assistance surprise, comme par une inconvenance, de la voir sans le Président, son compagnon de toujours. Tous s'attendaient dès lors à quelque nouvelle fameuse et l'attention était à son comble quand Akané leur fit face.

-   « Mesdames, Messieurs les Grands Conseillers, habitantes et habitants de Beihaï et vous toutes et tous qui êtes venus ici pour l'occasion, vous toutes et tous qui nous rejouez dans Eloine, j'ai le regret de devoir vous annoncer que Jiù ne peut être des nôtres. Il demeure inconscient mais sous des soins attentifs dans une contrée lointaine qui a pour nom Jatine, du fait de circonstances que je vous relaterai dans un moment. Pour l'instant, il ne peut nous rejoindre et, afin de nous unir à sa présence, je voudrais vous demander de respecter une minute de silence. »

Akané se recula légèrement pour marquer sa volonté de ne pas poursuivre et laisser l'assistance faire son choix de la suivre ou de passer outre. Un moment d'indécision suivit ses paroles. Aux regards surpris et expressions défaites, Akané pouvait maintenant suivre le cheminement des pensées des Conseillers : par-delà le choc, l'absence de Jiù était un événement clé, une catastrophe pour tous, qui s'étaient habitués à se reposer sur lui. Pour beaucoup, c'était aussi une chance inespérée, une occasion qui ne se renouvellerait pas de sitôt de pousser leur avantage et de se hisser au sommet du pouvoir, objet inaccessible d'ambitions contrariées. Dans le silence qui se prolongeait, Akané, passée en mode actif, était le témoin attentif et navré des manœuvres qui se tramaient, de rivalités qui s'affichaient avec d'autant plus de force que le temps leur était compté. Il ne s'agissait pas d'une succession ordinaire qui eût pu être organisée et anticipée. C'était un événement impromptu, une aubaine à laquelle nul n'était préparé ; dès lors les factions devaient se constituer dans la précipitation et s'activer dans l'incertitude et l'improvisation. Bien peu y échappaient, tout cela montait autour d'elle telle une exhalaison progressive et putride et le dégoût la prit. Elle ferma sa session, quitta le pupitre et redescendit en silence. Elle vint se rasseoir à côté d'Ishma, murée, sans attention ni égard pour la cohue de convoitise et d'indécence qui l'entourait. Ishma allait se lever quand Matzu prit les devants et d'une main sur son épaule lui murmura :

- « Laisse-moi faire, je vais y aller, je te prépare la place.
- Comme tu veux, Matzu, comme tu veux. »

Matzu prit son temps pour monter à la place qu'Akané venait de quitter. Il activa sa session et, avant de prendre la parole, interrogea la Mémoire de sa voix intérieure :

- "Mémoire, quelles sont les chances actuelles pour qu'Eloine prenne le chemin de Jatine ? "

Grâce au Zeitgeist qui irriguait la totalité de la population d'Eloine, la Mémoire avait une perception très fine de la dynamique dynastique et de l'état d'esprit de ses habitants, en particulier des

Conseillers qui, comme il se devait, faisaient l'objet d'une veille attentive. Sa réponse fut immédiate.

- "Trente-sept pour cent, perspective négative. Les probabilités de désordre sur Eloine sont, quant à elles, de quarante-trois pour cent, perspective positive du fait des troubles et des factions.
- Merci. "
- « Mes amis, en tant que compagnon de Jiù dont je ne doute pas qu'il sera à nouveau un jour parmi nous, je demande la parole. Je voudrais vous conter les circonstances qui nous ont amenés à être privés de sa présence ici, pourtant si nécessaire et bienvenue. Mais auparavant, je tiens à vous informer de ceci. » Il marqua un silence et baissa la voix, avant de reprendre d'un ton grave et lent.
- « Je viens d'interroger la Mémoire. Je m'adresse à vous ici présents et à tous qui nous écoutez au-delà de ce Grand-Conseil : le risque de chaos pour la Dynastie est actuellement près de cinquante pour cent. Vous pouvez vérifier. Si nous n'y prenons garde, nous avons une chance sur deux de faire basculer Eloine dans des dangers auprès desquels les tensions pré-convergentes feront figure de bons souvenirs ! Et cela nous concerne tous. Grands-Conseillers, vous avez des choses à apprendre, des choses à savoir et vous aurez des choix à faire. Vous devrez les faire aujourd'hui et non plus tard, remis à une hypothétique date ultérieure. C'est pour cela que vous êtes réunis ce matin, c'est pour cela que vous avez été nommés. Cette Session Majeure doit aboutir à des décisions qui vont nous engager toutes et tous. Nous n'avons que peu de temps pour le faire, et nous n'avons

certainement pas celui de nous entre-déchirer entre factions rivales parce que certains convoitent le statut de Président pour leur satisfaction propre plus que pour le salut d'Eloine. »

Comme pour confirmer ses paroles, une onde d'animosité monta non envers lui mais entre plusieurs Conseillers qui, dressés les uns contre les autres, avaient recommencé de s'invectiver sans retenue ni vergogne. Une huée venue de l'assistance qui les entourait de partout finit par les ramener à la raison et ils se rassirent, emplis d'hostilité mal contenue. Matzu sut alors qu'il n'avait pas d'autre choix que de marquer les esprits par une initiative qui ne pourrait être contestée.

-   « Pour les décisions que nous avons à prendre, pour que vos débats soient menés à leur terme, je propose qu'ils soient conduits par une présidence intérimaire que je vous demande de confier à Akané. Nous la connaissons et nous savons qu'elle a la capacité de les mener à bien. »

Un instant de stupéfaction accueillit ces paroles, telle une brèche dans le déroulement des choses. Pris de court, les Conseillers se concertèrent du regard et probablement de leur voix intérieure. Pourquoi pas après tout ? Cela leur laissait le temps de s'organiser et, comme l'avait précisé Matzu, c'était une disposition temporaire qu'ils pourraient modifier tout à leur convenance, une fois la situation éclaircie. Quelques voix timides lancèrent "Oui, Akané, très bonne idée !" et ce fut finalement dans l'acquiescement général que la disposition fut adoptée.

Matzu descendit à son tour du pupitre avec un large sourire à l'intention d'Akané. Celle-ci ne bougeait pas, mutique et lui dit d'une voix intérieure chargée de reproche :

- "Matzu, que m'as-tu fait ! Pourquoi moi ? Tu es fou ? Je n'ai aucune intention de mener ces débats !
- Justement, Akané ! Nous n'avons pas d'autre choix, regarde bien. Il faut que ce soit toi et personne ne d'autre qui prenne la Présidence en remplacement de Jiù, sinon c'en est fini de la paix sur Eloine. Nous devons mener la Dynastie sur la voie de Jatine, souviens-toi et qui, mieux que toi, peut nous y conduire ? Tu dois prendre la Présidence, Akané, pas seulement celle de la Session Majeure mais celle d'Eloine et, avec l'aide de nos compagnons, je vais m'y employer."

Akané ne put que se ranger aux arguments de Matzu : il avait raison, aucun de ces Conseillers n'avait l'étoffe d'un Président et qui que ce fût, tous les autres se ligueraient immédiatement contre lui. Elle réalisait avec retard et un immense regret combien Jiù avait vu juste, combien il n'avait pu éviter le rôle qui avait été le sien et combien avait dû être pesant le fardeau qu'il avait porté. Elle se remémorait cette ultime conversation qu'ils avaient eue avant de transiter sur Malkhal et regrettait avec une amertume qui lui broyait le cœur combien elle ne l'avait pas compris ce soir-là. Elle eut une longue pensée vers lui, chargée non de peine ou de regret mais pleine de reconnaissance et d'amour pour cette présence qu'il avait été et le temps si précieux qu'ils avaient partagé.

- " Mon Jiù !

Akané ! " Sa voix ! Il n'y avait aucun doute, c'était sa voix.

- "*Akané* ! "

Ce fut tout. Médusée, Akané s'était tournée entière vers cette voix qui l'avait traversée comme un écho, oublieuse du tumulte qui l'entourait. Elle n'avait rien entendu d'autre que son nom mais cela lui était plus que suffisant ! Forte d'une certitude qui était presque une injonction de ce qui lui restait à faire, elle rayonnait de force impavide, prête à affronter toutes les hordes de Grands-Conseillers qu'Eloine aurait à lui présenter. L'évidence de la présence de Jiù réveillait en elle le surcroît d'énergie et toute la sagacité dont elle aurait besoin pour déjouer leurs manœuvres. La conviction était chevillée en elle qu'avec l'aide de ses amis, elle saurait mener Eloine sur le chemin de Jatine et retrouver Jiù. Ce fut donc avec cette certitude irréfutable, cette réalité inévitable qu'elle s'engagea dans le face à face qui l'attendait.

*   *   *

Ce furent pourtant des débats longs, ardus et compliqués et, bien que jamais interrompus, ils débordèrent très au-delà de la demi-journée. Tour à tour, Ishma, Akané, Matzu et Doràn avaient pris la parole pour raconter, expliquer et convaincre. Ils avaient tout exposé, des émeutes éparses à la disparition de Bran, de la patrouille disparue au détachement qui avait menacé Beihaï et surtout le combat démesuré de Jatine contre le Comparateur Canonique. Nombre de Conseillers avaient pris la parole pour partager les préoccupations et questions de toutes sortes qui les assaillaient à la découverte d'événements si extraordinaires qui s'étaient déroulés en si peu de temps, pour ainsi dire à leur porte et surtout à leur insu.

Souvent ils étaient revenus en arrière pour préciser à nouveau des détails le plus souvent insignifiants. C'était là un des traits caractéristiques des membres du GC : autant ils rechignaient quand ils avaient à décider, autant ils étaient prompts à se regimber quand tout était terminé. Il avait fallu les interventions inlassablement répétées d'Akané pour que les échanges se tinssent dans l'ordre. Tout au long de cette journée interminable, elle avait été reconnaissante à Matzu de prendre le soin de veiller sur elle comme on veille au grain, en particulier quand elle avait décrit ce qui s'était passé à Malkhal et évoqué ce qu'elle avait appelé "l'Option Jatine". Les débats en étaient repartis de plus belle et il avait fallu faire distribuer vivres et nombre de désaltérants pour que la Session Majeure pût aller à son terme sans que l'on sût encore si elle avait progressé. Ils en étaient là de la discussion et la fatigue pesait depuis longtemps sur le petit groupe autour d'Akané. L'orateur qui avait la parole était un certain Oleg du Principat de Petrow qu'ils écoutaient distraitement jusqu'au moment où Doràn les interpella de sa voix intérieure.

- "Attention mes amis, prenez très au sérieux ce que dit cet homme : il est le Délégué du Consortium Solaire, ceux qui ont conçu et construit la plus grande partie des champs sur Eloine et particulièrement ceux de Beihaï. Nous avons un dossier sur lui et il dispose d'une influence énorme. S'il approuve l'option Jatine, c'est gagné, sinon cela risque d'être très compliqué."

- « …parce que deux d'entre nous y ont fait une transition d'une journée ? Je vous rappelle que l'un d'eux y reste inconscient et y laissera peut-être la vie ! Non, mes amis, il n'y a aucune raison solide pour laquelle nous devrions abandonner la direction prise par la Dynastie ! Celle-ci est le fruit de nos choix passés et de décisions mûrement réfléchies, y compris et surtout au moment de la Convergence. Vous voudriez abandonner tout ce qui a fait ce que nous sommes ? Non ! En aucun cas nous ne devons céder aux sirènes de l'aventure aussi convaincantes soient-elles, nous ne devons pas renier ce passé dont nous venons et qui nous a menés à la prospérité que nous connaissons. Tout cela me semble être des complications d'un autre âge. Écoutons la voix de la sagesse, respectons ce que nous avons acquis et apprécions ce que nous avons obtenu. Je propose que nous rejetions l'option Jatine. Elle n'a rien en commun avec nous, elle n'a rien à faire dans notre histoire. Notre technologie a fait ses preuves, elle nous a conduits à ce que nous sommes, elle seule est la garante du futur qui nous attend.

- Je ne suis pas de cet avis. » D'une voix lasse, usée par la vivacité des échanges auxquels il avait dû prendre part, Ishma demandait à nouveau la parole et remontait au pupitre comme on repart au combat.

- « Je vous adjure de réfléchir et d'user de votre libre-arbitre lorsque des idées simples vous sont proposées comme solutions à des sujets complexes. Oui, Oleg a raison, nous sommes le fruit de décisions passées qui nous ont menés à ce que nous sommes. Oui certes, mais en rester là serait construire ce que nous devons devenir à partir de ce que nous avons été. Et cela ne vous choque pas ? Avec tout ce que nous apprend et apporte le présent potentiel ? Si vous me permettez une image surannée et champêtre, ce serait juger de l'arbre à ses racines et oublier ses fruits. Est-ce cela que nous voulons ? Ce serait nier le prix que nous avons payé et celui que nous aurons encore à payer pour maintenir cette trajectoire si c'est le choix que nous faisons.

- De quel prix veux-tu parler ? sois plus clair.

- Je veux parler de la singularité majeure que nous avons créée pour éviter le Collapsus. Je vous rappelle que nous avons créé la Convergence au prix d'un larcin effectué dans le passé par l'un d'entre nous qui pensait pourtant bien faire. Oh ! C'est un larcin bien mineur puisqu'il n'a servi à rien. Il était destiné à nous aider à concevoir la Téléport' à laquelle nous n'avons finalement pas eu recours ou très peu, grâce aux Dissidents. Je dis bien grâce à eux car s'ils n'étaient pas intervenus, ce vol aurait eu des conséquences beaucoup plus graves.

- Très bien ! Donc tout va bien ! Nous ne voyons pas où tu veux en venir !

- Je veux en venir au point suivant : si nous faisons le choix de Jatine, si nous quittons une trajectoire exclusivement technologique, si nous refondons notre Système Mnésique, nous poursuivons la logique de la Convergence, nous poursuivons l'intégration de l'énergie temporelle. Alors nous éviterons le Collapsus qui nous menace, cette fois dans le futur et non plus dans le passé. J'avais indiqué à Jiù que, bien que nous ne l'ayons pas réglé par une intervention directe dans le passé, nous pouvons le faire indirectement et néanmoins définitivement en nous préoccupant, à notre tour, de notre futur. En choisissant un futur adéquat, nous mettrons en place dans le passé les conditions qui y mènent. Je vous conjure d'essayer de comprendre l'alternative à laquelle nous faisons face : Si nous faisons un choix qui mène au Collapsus futur, celui du passé aura eu lieu et nous enfermons Eloine dans une perspective sans fin. Le Collapsus sera notre horizon incontournable. Si au contraire, nous faisons un choix qui évite celui qui nous attend, alors je vous le dis, par toute la connaissance que j'ai du Temps et de ses lois, se réglera aussi celui qui, tapi dans notre passé, nous menace toujours. Ceci est absolument inévitable. Ici n'est ni le lieu ni le moment de vous l'expliquer mais il existe à l'Intérieur du Temps des relations en latence entre différents futurs et différents passés. Des correspondances comme le disait notre ami Jiù. À nous de décider laquelle nous voulons actualiser. La Grande Migration dont nous a parlé Akané n'est que l'écho futur d'un événement qui s'est déroulé dans notre passé. C'est pour cela que Jiù a transité, c'est pour cela qu'il est parti et qu'il n'en est pour l'instant pas revenu. Il a pleinement joué son rôle et s'il n'est pas parmi nous, il n'en a pas moins réalisé ce qu'il avait à faire. Je vous le redis : faites le choix de Jatine et vous aurez sauvé Eloine, à la fois dans son futur mais aussi par un effet de rétro-causalité, dans notre passé. C'est à cette condition et cette condition seule que vous protégerez cette prospérité qui vous est chère, que ce soit pour maintenant ou pour les générations à venir. J'ai dit.

- Il a raison, votons, votons ! » La lassitude aidant, tout le monde voulait en finir et il était effectivement temps de passer au vote.
- "Mémoire, quelles chances pour Jatine ?
- Cinquante et un pour cent."

Ils allaient s'en remettre à ce vote incertain quand une voix inattendue se fit entendre dans l'hémicycle.

- « Je demande la parole. Je ne suis pas Conseiller mais j'ai quelque chose à vous communiquer. »

Akané, surprise, avait reconnu son fils. D'un regard implorant, il lui demandait cette possibilité, jamais accordée au sein d'une Session Majeure, de donner la parole à quelqu'un d'autre qu'un Grand-Conseiller. Elle n'eût besoin que d'un court instant de réflexion.

- « Je t'accorde la parole, Mugan, je te donne ce droit aujourd'hui au nom de ton père qui, lui aussi, est présent parmi nous sans pouvoir s'exprimer.

- Merci, mère. J'ai une proposition à vous faire. Vous connaissez je suppose, vous ne pouvez l'ignorer, la frustration immense qui grandit chez les jeunes. Nous cherchons notre place dans la Dynastie sans la trouver et ce n'est pas le Forum ou autre initiative du même genre qui nous y aidera. Nous portons tous, vous et nous, une responsabilité dans la mésaventure de Bran et je ne désespère pas de le retrouver et le ramener parmi nous. Pour ma part, je voudrais vous proposer qu'au lieu de demeurer confis dans la prospérité illusoire dans laquelle nous baignons depuis la Convergence, nous donnions à la Dynastie une direction nouvelle. Celle de Jatine évoquée par ma mère me convient, elle est juste, belle et généreuse (il faillit ajouter "comme elle" mais il se retint) mais elle ne suffit pas. Je voudrais y ajouter quelque chose : nous avons la capacité avec l'énergie temporelle, avec tout ce que nous avons découvert, de coloniser non pas notre passé, encore moins notre futur, nous y arriverons bien assez tôt, mais les planètes alentour. Cette idée m'a été soufflée par Peg au moment où il allait partir pour l'Âge d'Or. Je vous propose que cet Âge d'Or, nous le construisions dès maintenant, sur les planètes qui nous entourent. Le système solaire est notre destinée. À nous de nous y engager. »

Ce fut comme si cette nouvelle perspective ralliait tous les suffrages : elle était la solution à tous les différends, toutes les oppositions, toutes les hésitations. C'était tout simple : grâce à leur maîtrise temporelle, ils allaient conquérir l'espace distant plutôt que le temps. Ils s'épargneraient la voie technologique sur Eloine pour ne la destiner qu'à ces planètes dont ils savaient que la vie y était incertaine voire hostile. De plus et de façon plus dissimulée, chacun s'imaginait déjà établir son pouvoir sur un système voisin comme autant de petits potentats.

Malgré la liesse et le rebond d'enthousiasme que cette proposition suscitait, Akané restait dubitative. Déjà, elle se préoccupait d'Eloine : elle aurait aimé en parler avec Mugan et les autres, évaluer les conséquences, prendre le temps de la réflexion. Celui-ci leur avait manqué et Mugan s'était lancé. Elle ne pouvait que le soutenir même si cette solution n'était qu'apparente, même si elle voyait bien que, comme elle, Ishma était soucieux. Il était trop tard pour reculer : Tous les Conseillers, avec une belle unité cette fois, demandaient un vote, pressés d'en finir et de pouvoir enfin s'adonner aux festivités qui les attendaient. Sans grand respect pour le protocole qui demandait que chaque décision soit validée par une étude de ses conséquences, les deux motions furent votées, chacune à l'unanimité. Le sort en était jeté : Eloine prenait le chemin de Jatine sur Terre et celui des étoiles pour le reste. Une dernière motion fut votée de justesse avant que la séance ne fût levée, proposée par Matzu qui avait de la suite dans les idées. Comme les autres, elle fut acceptée. Akané devenait la nouvelle Présidente d'Eloine.

Terre - Centre d'essais Brooklyn – Dimanche 15 Septembre 2019 - 10h

Dernière minute - de notre envoyée spéciale - Centre d'Essais Brooklyn.

Nous recevons confirmation de l'information selon laquelle l'armée aurait programmé une expérimentation secrète de première importance dans le désert de

*** (localisation non diffusée – confidentiel Défense). De récents mouvements de troupes avaient été signalés dans la région en raison de la mise en place d'un périmètre de sécurité autour du Centre National d'Expérimentation Scientifique. Des sources autorisées à l'État-major nous indiquent sous couvert d'anonymat qu'une arme d'un type nouveau est en cours d'expérimentation sous le nom de Projet Brooklyn, les premiers tests étant prévus à l'automne de cette année. L'appellation de ce projet n'étant pas sans rappeler Manhattan, le nom du programme de développement de la première bombe atomique au milieu du siècle dernier par les États-Unis d'Amérique (16 Juillet 1945- Alamogordo), il est permis de penser que l'expérience prévue devrait être d'une puissance supérieure à celle des armes nucléaires les plus récentes. Si cela était confirmé, une telle maîtrise serait de nature à bouleverser les fragiles équilibres construits autour du Traité de Non-Prolifération en cours de renégociation à Genève. La simultanéité des événements n'étant probablement pas fortuite, il est à prévoir que les membres de la Conférence ne manqueront pas d'interroger notre pays sur ce qu'il prépare. Il semblerait cependant que ce projet ait été reporté sinon ajourné pour des raisons non divulguées à ce jour et qu'une enquête soit en cours pour déterminer les causes de l'arrêt. Plusieurs groupes activistes ayant déjà fait connaître leur opposition à ce programme, des manifestations d'importance variable sont à prévoir dans différentes villes du pays. Pour plus de détail, téléchargez ici l'application MiliNews.

- « Qu'en pensez-vous, mon Général ? »

Le Général Huang Ba ne répondit pas. Il était absolument furieux et la question de l'ambassadeur l'embarrassait. Ces journalistes n'avaient pas perdu leur temps et c'était sa faute : c'était lui qui avait recommandé la présence au tir inaugural de quelques journaux favorables au gouvernement. Tout était à recommencer à cause de l'irruption de cet illuminé d'Iksan au beau milieu du compte à rebours. Bien sûr, il avait été immédiatement mis au secret mais le mal était fait : le fait que les procédures aient été enfreintes aussi facilement avait stoppé le processus et il avait fallu diligenter une analyse approfondie pour déceler d'éventuelles failles de sécurité. Comme de juste, une enquête avait été exigée. Bien sûr. Bien sûr mais tout cela était terriblement agaçant. La probabilité d'un arrêt au dernier moment était quasi nulle et pourtant il avait eu lieu ! Le Président était formel : si le Projet Brooklyn était en suspens, il n'en devait pas moins aboutir, c'était une question de sécurité nationale absolue. Évidemment c'était sur lui que cela retombait. Le compte à rebours avait été suspendu et le tir recalé. Il lui fallait à tout prix savoir avec quelles complicités Iksan avait pu pénétrer à l'heure H dans la salle de contrôle. C'était insensé, toutes les précautions avaient été prises et le périmètre totalement verrouillé. Le plus ennuyeux était surtout cc report de cinq jours, le temps que les premières conclusions de l'enquête soient disponibles. Et son job était de maintenir le secret sur toute l'opération pendant tout ce temps ? C'était formidablement bien parti.

- « Général ? »

Il tourna un regard distrait vers son interlocuteur.

- « Hmm ?
- J'imagine que vous avez conscience de la situation dans laquelle nous nous trouvons au plan diplomatique ?
- Je le sais, Excellence, je sais et croyez-moi, cela me préoccupe autant que vous ! »

En réalité, Huang Ba se foutait éperdument de la diplomatie. Tous des hypocrites et des coupeurs de cheveux en quatre. Depuis le début, les grosses pointures du gouvernement étaient au courant de Brooklyn et toutes avaient donné leur aval. Y compris les Affaires Étrangères qui n'avaient qu'à gérer elles-mêmes leurs ennuis avec leurs représentations. Son problème à lui était autrement plus complexe. Assurer la relance du processus, identifier les failles et accessoirement régler son compte à Iksan. Pour Huang Ba, l'affaire était entendue : celui-ci avait probablement agi seul et il connaissait évidemment ses motivations : c'était Huang Ba qui avait circonvenu son fils et obtenu qu'il dérobe les plans de son père. La bombe T était son œuvre, son heure et il n'était certainement pas prêt à la laisser passer. Tout cela était tout simplement, bêtement émotionnel. Il avait sans doute bénéficié de quelque complicité qu'il faudrait élucider et éradiquer mais de là à en faire une affaire d'État, il y avait une marge. Le seul autre problème était de faire taire ces bavards de journalistes, si possible sans trop de vagues.

-   « Quelles mesures comptez-vous prendre, Général ?
-   Excellence, elles sont déjà prises : le périmètre de sécurité a été renforcé, toutes les communications sont interrompues ou sur écoute et la PM est sur les dents. Quant aux journalistes, l'Intérieur s'en charge. Rien de plus ne filtrera de mon côté, je peux vous le garantir. Il faudra seulement calmer les esprits dans cette satanée Conférence et de ce côté-là, c'est à vous de jouer. »

L'ambassadeur se renfrogna : il n'avait pas l'habitude qu'on lui parlât sur ce ton et il ne voyait pas trop comment assumer la mission qui venait de lui être assignée si on ne lui donnait pas d'autres éléments, plus tangibles. Il revint à la charge, bien décidé à ce que ce soit le militaire qui assurât le gros du boulot.

-   « Général, je ne suis pas sûr que vous réalisiez que nous sommes dans la pire situation qui soit. Si le test avait réussi, certes la Conférence nous aurait questionnés mais nous aurions eu la force des faits pour nous, avec tout le respect dû à une puissance de premier plan. S'il avait échoué, nous aurions pu prétendre en être au stade des toutes premières expérimentations, un projet jeune, non mature, que sais-je ! Là, c'est pire que tout et le monde ne va pas se priver d'imaginer le pire, justement. Nous allons être cloués au pilori sans rien pour nous défendre. Je vous répète donc ma question : avez-vous des suggestions ?

-   J'ai bien une solution, Excellence, mais je doute qu'elle soit de votre goût !
-   Dites toujours ?
-   On reprend le test où on l'a laissé sans suivre le protocole. On n'attend pas le délai de sécurité et on allume ce foutu pétard. On prend tout le monde de vitesse, en particulier les membres de la Conférence qui n'auront pas le temps de se retourner. Si nous attendons, les choses ne peuvent qu'empirer. Il y aura probablement du grabuge mais il devrait être gérable et au moins la force sera de notre côté. »

L'idée séduisit l'ambassadeur. C'était effectivement astucieux. La meilleure défense était l'attaque, c'était bien connu. D'autant que là, c'était l'armée qui porterait le chapeau. Il y avait cependant une incertitude et de taille.

-   « Et si l'essai échouait, Général ? Soit parce que l'expérience rate, soit parce que vous n'en auriez pas mesuré les retombées. Que se passerait-il ? Maîtrisons-nous bien tous les effets secondaires ? J'espère que vous mesurez bien l'importance de ce fait ? »
-   "Voilà bien une pensée de diplomate" maugréa le Général en son for intérieur. "Toujours tout prévoir ! Ceinture, bretelles, jarretières et tout ce qu'il faut pour éviter que ça tombe."
-   « Excellence, j'aimerais pouvoir vous répondre qu'il n'y a pas de risque. Or il y en a. C'est la glorieuse incertitude du sport, comme on dit. Et pour ajouter de l'eau à votre

moulin, j'ajouterais que nous n'avons pas fait d'expérimentation préalable. »

L'ambassadeur en aurait avalé son chapeau. Il toisa le général, abasourdi, toutes craintes dehors :

- « Aucune expérimentation préalable ? Vous avez dit aucune ? Expliquez-vous, général.
- Excellence, permettez-moi de ne pas vous dévoiler comment nous avons pu mettre la main sur cette arme. Vous comprendrez qu'elle n'a pas été développée dans le cénacle de nos laboratoires nationaux, ils en seraient bien incapables. Donc il y a des éléments expérimentaux qui nous échappent. Le but de Brooklyn est précisément de nous réapproprier la démarche, sans repartir de zéro. D'où les risques que je vous ai mentionnés. Maintenant, si cela ne vous suffit pas, je vous laisse gérer la Conférence à votre guise. »

Passablement bousculé, le diplomate ne sut que répondre.

- « Oui, certes, mais tout de même ! ....
- Quoi tout de même ? Laissez-moi vous dire le fond de ma pensée : vous, les diplomates, êtes ravis de laisser les autres agir et prendre des initiatives dont vous vous empressez de vous enorgueillir quand elles sont un succès, mais vous redoutez plus que tout d'avoir à en prendre la responsabilité. Je soumets donc un dernier élément à votre sagacité : essayez d'imaginer une seconde ce qui se passerait si, pendant que nous tergiversons, notre adversaire, permettez-moi de ne pas le nommer, déployait cette arme avant nous ? Vous n'ignorez pas, j'espère, que la première qualité d'une stratégie est sa vitesse

d'exécution ? Sur ce, si vous me permettez, nous avons des questions urgentes à régler. »

D'un geste brutal, il fit volte-face et mit fin à l'entretien.

- « Veuillez reconduire son Excellence s'il vous plait. »

L'ambassadeur fut éconduit plus qu'il ne prit congé. Décidément, les militaires et lui n'étaient vraiment pas du même monde. Une fois seul, Huang Ba alluma un cigare de sa réserve personnelle, de ceux qu'il ne partageait pas avec ses invités et, les pieds sur le bureau, se mit à réfléchir : il n'était pas loin de trouver son idée tout à fait excellente. Quelques vérifications préalables s'imposaient mais il n'attendrait évidemment pas le délai réglementaire pour relancer le processus. C'était LA solution à tous les problèmes. En particulier le sien : comment maintenir le secret sur l'Arme pendant une semaine ? C'était impossible et il le savait. Tous ceux qui étaient présents au tir inaugural allaient jaser, il en était certain. Autant prendre tout le monde de court. Avec une ou deux précautions, il pouvait même se passer de l'autorisation du Ministère. L'autre avantage serait que, cette fois-ci, on serait en petit comité. Pas question d'inviter à nouveau le ban et l'arrière-ban de la République. Quelques militaires triés sur le volet, un ou deux politiques pour se couvrir et le tour serait joué. Une fois le test réussi, il se retrouverait dans la situation idéale : avec le pouvoir de son côté, il serait la vedette du jour et on oublierait vite qu'il avait outrepassé ses droits. La force du fait accompli, il avait été justement formé à ça. Il lui fallait juste trouver le moyen de réactiver la console de tir. Il se leva, satisfait de lui-même et appela dans l'intercom :

- « Dites à Maxwell que je veux le voir et amenez-moi le Professeur Iksan. »

Quelques instants plus tard, un homme massif, au regard perçant presque inquisiteur, le rejoignit dans son bureau. Après le salut réglementaire, Huang Ba lui présenta le fauteuil que le diplomate venait de quitter :

- « Asseyez-vous, Colonel, asseyez-vous. »

Huang Ba avait instinctivement repris le ton badin et légèrement paternaliste qu'il affectionnait avec ses subordonnés. Lesquels savaient ne pas devoir s'y tromper : la brutalité de ses colères était légendaire et il était notoirement capable d'exécuter un homme de sang-froid.

- « Colonel, quel est le statut du centre de tir ?
- En dehors de la console qui est désactivée, tout est nominal.
- Le composé est-il toujours en place ?
- Le container a été sécurisé. Il a été déposé dans le bunker central avec deux patrouilles en 24/7.
- Parfait, parfait. Colonel, si je vous demande une compagnie de totale confiance, vous avez ça ?
- Affirmatif mon Général.
- Bien. Vous me la mettez en alerte autour du Centre dans une heure. Quoiqu'il arrive, vous m'entendez bien, quoiqu'il arrive, personne n'entre, personne ne sort. Personne. C'est compris ? »

Maxwell était habitué à obéir sans trop poser de questions, en particulier avec le Général Huang Ba dont il avait appris à se méfier, surtout un jour comme aujourd'hui où il était manifestement déterminé à aller vite.

- « Sans aucun souci. Je m'en occupe.
- Maxwell, je ne veux aucune communication de la part de vos hommes à qui que ce soit à ce sujet et je veux que ce soit vous qui la commandiez, personne d'autre. Entendu ?

-   Affirmatif, mon Général.
-   Je compte sur vous. Au Centre d'Essais dans une heure.
-   Ce sera fait, mon Général, vous pouvez compter sur moi.
-   Merci. Vous pouvez disposer, Maxwell. »

Huang Ba était maintenant tout à fait détendu : la décision était assurément la bonne, tout se mettait en place et il goûtait la sensation d'un processus en marche, bien rodé comme il les aimait. La situation était à nouveau sous contrôle. Tout allait bien se passer. Il restait juste à régler le cas de ce satané professeur. Où était-il à propos ? Il appuya sur l'intercom.

-   « Comment se fait-il que vous ne m'ayez toujours pas amené Iksan ? »

Une voix gênée lui répondit.

-   « Euh… Il y a un problème, mon Général.
-   Un problème ? Lequel ?
-   Le Professeur Iksan n'est plus dans sa cellule, mon Général.
-   Iksan ? Plus dans sa cellule ? Mais vous vous foutez de moi ? Qu'est-ce-que c'est que cette bande d'incapables ? » Huang Ba écumait littéralement de rage.
-   « Qui est l'officier de service au Centre ? » hurla-t-il.
-   « Le major Hammer, mon Général.
-   Dites-lui de me rejoindre immédiatement aux cellules, vous m'entendez ? Immédiatement. Exécution ! »

Il écrasa son cigare dans le cendrier, ajusta son béret et sortit dans un claquement de porte dont la violence n'annonçait rien de bon pour quiconque.

* * *

L'air vibra brièvement et une silhouette prit forme dans l'obscurité du bunker. Il y faisait nuit noire et Iksan, car c'était lui, n'avait pas prévu ça. Il attendit que ses yeux s'accoutumassent à l'obscurité, brièvement rompue à intervalle régulier par un léger clignotement verdâtre. Une fois enfermé dans sa cellule, il avait attendu que plus rien ne bougeât et avait décidé de transiter comme Jiù le lui avait appris mais cette fois vers le bunker. Il savait que ce serait là et nulle part ailleurs que le container serait entreposé. S'il n'avait pas conçu cette arme, il était celui qui avait mis l'énergie temporelle en équations, celui qui avait ouvert la voie à cette faramineuse source d'énergie, sans commune mesure avec celle de la matière. Il savait donc comment l'arme fonctionnait. La question était pour lui de la désamorcer. Ils avaient nécessairement mis au point un déclencheur causal dérivé de ses travaux. Si c'était le cas, il saurait comment s'y prendre mais cette obscurité n'était pas pour l'aider, loin s'en fallait. Il ne disposait d'aucun moyen d'éclairage et avait très peu de temps.

Il se trouvait au centre d'une petite pièce confinée, murs et sol en béton brut, uniquement éclairée par des fentes minuscules aux angles du plafond. Elles ouvraient sur le couloir et diffusaient une infime lumière orangée qui lui permit de distinguer une forme trapue et quelques diodes qui clignotaient par intermittence. Il s'en approcha avec prudence. Il ne s'agissait pas de renverser quoi que ce soit ni d'alerter le planton inévitablement en faction.

C'était un cylindre métallique mat d'environ un mètre cinquante de haut et quatre-vingts centimètres de diamètre. Un voyant luminescent sur une de ses faces signalait le déclencheur. Il devina à son côté un dispositif de levage, probablement utilisé pour le déplacer. Il palpa délicatement la surface froide et lisse jusqu'à sentir, sur le haut, la protubérance des connecteurs de puissance et quelques touches qu'il effleura à peine, ainsi qu'une fine anfractuosité, presque imperceptible, qui en faisait le tour. Le sommet devait se dévisser. Le composé était manifestement sous tension et probablement sous alarme. C'était par le déclencheur qu'il devait commencer. Une fois celui-ci désamorcé, ce serait plus facile. Il lui fallait à la fois comprendre et faire vite : sa disparition ne manquerait pas d'être découverte et tôt ou tard, ils rappliqueraient par ici. Il ne fallait en aucun cas qu'ils le trouvassent en ces lieux.

Iksan était un homme déjà âgé qui savait garder son calme quelles que fussent les circonstances. Il avait été un scientifique à la renommée éclatante avant que différents lobbies, jugeant qu'il n'était pas suffisamment coopératif, n'eussent décidé de l'écarter. Il avait poursuivi seul ses travaux sur l'énergie temporelle. Il s'était fait dérober le résultat de ses ultimes recherches, juste au moment où Jiù et Akané étaient intervenus. Ils lui avaient enseigné ce qu'ils savaient de l'énergie temporelle et notamment les différentes façons de transiter.

Il s'assit. Une idée lui vint, lumineuse, qui l'éblouit par sa simplicité : en focalisant sur l'arme, il pouvait transiter dans le passé, au moment précis de la programmation de l'engin dont il connaîtrait alors le code d'activation. De toutes les façons, il n'avait pas le choix. Il réunit ses forces pour se préparer à cette nouvelle transition. Une inquiétude le prit : ce serait sa première transition temporelle, le niveau deux dont Jiù lui avait parlé mais auquel il ne l'avait pas vraiment préparé. De surcroit, il réalisait que ses forces déclinaient. En aurait-il suffisamment pour revenir ensuite dans ce bunker et finir ce qu'il avait à faire ?

Des voix dans le couloir derrière la porte mirent fin à ses hésitations. Rapidement, il focalisa sur le container au moment de sa programmation et, sans plus attendre, transita. Il avait disparu quand une clé tourna dans la serrure, une profusion de lumière se fit et Huang Ba entra, accompagné de quelques officiers empressés. Il fit un rapide tour d'horizon autour de la pièce et jeta un œil au panneau de contrôle du container.

- « C'est bon, tout a l'air en ordre ici. Vous pouvez refermer. Et vous doublez la garde ! Je ne veux pas le moindre souci de ce côté, vous m'entendez ? Pas le moindre. »

*   *   *

Sans trop de surprise, Iksan émergea de sa transition pratiquement au même endroit. Il faisait plein jour cette fois dans le bunker au centre duquel le même cylindre était posé, ventre ouvert, les parois déposées prêtes à être mises en place. Le silence l'entourait, rompu seulement par le bourdonnement continu de quelque appareil de contrôle. Il était seul, tous les techniciens étant sans doute en pause. Il se déplaça avec précaution à proximité immédiate de l'engin, certain que l'atelier était gardé à l'extérieur. Il ne pouvait en être autrement. Il observa avec attention les différents modules en place, tentant de deviner leurs fonctions. Il reconnut aisément les condensateurs de puissance autour du cœur temporel et sut immédiatement que c'était là qu'il devait agir. Il les savait réversibles. En quelques manipulations soigneusement dissimulées, il pouvait non seulement inhiber le processus de charge mais surtout en inverser le flux pour que l'énergie dégagée pour la mise à feu reparte dans le réseau. Ça allait être un sacré feu d'artifice. Il s'activa pendant de précieuses minutes et finit par un profond soupir de soulagement. Il en avait terminé. Il n'y avait aucune raison qu'ils localisent son intervention dont il avait veillé à ce qu'elle soit la plus discrète possible. Il prit quelques minutes pour recouvrer ses esprits et décider de la meilleure destination possible pour sa dernière transition.

*   *   *

- « … six, cinq, quatre, trois, deux, un, mise à feu ! »

L'officier avait ouvert le boitier de sécurité. Il tourna prestement la clé et appuya sur le bouton. Instantanément, tout le bâtiment se mit à trembler comme sous l'effet d'un puissant séisme et au bout d'un instant si bref que personne ne put comprendre ce qui arrivait, le Centre d'Essai fut secoué par une multitude de déflagrations qui se propagèrent en quelques secondes d'un bâtiment à l'autre. Le crépitement de détonations en cascade courut le long des circuits électriques comme d'une ligne de poudre, pulvérisant tour à tour chacune des installations. Le Centre fut noyé sous un déluge d'étincelles, de fumées et de feu et rien ni personne ne fut épargné. Le souffle de l'explosion enfla d'abord comme une bulle mauvaise pour rapidement crever en une tornade de furie portant la dévastation bien au-delà du centre lui-même. Un lourd panache de fumée âcre et noire couvrait maintenant la zone pour s'écouler paresseusement sur le désert environnant. Longtemps après, un calme relatif se fit enfin, dans le grésillement de câbles fondus qui continuaient de s'agiter dans des convulsions de serpents agonisants. De la salle de commandes éventrée et aux portes tordues, le Général Huang Ba émergea méconnaissable, les vêtements en lambeaux et se tenant le bras. Il boitait bas, les yeux hagards, deux billes d'ébène au milieu d'un visage noirci et grimaçant, hoquetant d'une toux rêche causée par les fumées acides qui avaient envahi ce qui restait du Centre de Contrôle. Entouré de rescapés ahuris et silencieux, ils se dirigèrent, petit groupe claudicant et épars, vers la sortie du Centre où, conformément aux strictes consignes qui leur avaient été données, les attendaient le Colonel Maxwell et ses hommes.

*   *   *

Iksan, quant à lui, avait transité vers sa petite maison de l'île, où il finirait paisiblement le peu de jours qui lui restaient à vivre, entouré d'Oko et de Kaya. Il détruisit la totalité des documents faisant état de ses découvertes et le secret de l'énergie temporelle devait s'éteindre avec lui.

Juno – Appartement d'Akané – Mercredi 8 Février 2265 – 10h

-   « Bonjour mère ! Comment vas-tu ?
-   Bonjour Mugan ! Je vais bien, je te remercie ! »

Surpris par le ton étonnamment léger, Mugan ne put empêcher un coup d'œil inquisiteur vers sa mère. Il s'était attendu à la trouver préoccupée et taciturne, accablée par le poids de sa charge autant que par l'absence de Jiù, comme ce fut si souvent le cas au cours des derniers mois. Il l'avait retrouvée transformée depuis son retour, fréquemment tourmentée d'humeurs tracassières qui trahissaient une sensibilité à fleur de peau qu'il ne lui connaissait pas, sans pour autant pouvoir en identifier la cause avec certitude. Il en avait progressivement développé une prévention un peu anxieuse qui avait commencé d'altérer leurs relations. Il avait pris graduellement de la distance, espaçant ses visites et écourtant la durée de leurs conversations, tout en lui manifestant toute l'affection possible chaque fois que l'opportunité lui en était donnée.

L'accueil détendu, presque joyeux qu'elle lui réserva fut donc une agréable surprise, ce qui, incontestablement, allait lui faciliter la tâche. Après l'avoir embrassée légèrement, ils s'assirent comme à leur habitude face à la baie ouvrant sur l'intense imbroglio architectural de Beihaï. Combien de fois étaient-ils restés ainsi à contempler la ville pour en observer les détails en silence comme on eût pris un pouls ? Ces instants de proximité muette étaient toujours un moment attendu, l'occasion d'accorder leur perception des choses et de restaurer une complicité que les circonstances avaient mise à mal. Sans mot dire, face au spectacle de la cité qui s'étendait sous leurs yeux, ils laissaient se reconstituer cette connexion subtile et profonde qui était pour eux comme un paysage intérieur et familier. Une fois encore, Mugan respecta le rituel et ce ne fut que quand le silence lui eût donné la certitude qu'il pouvait le rompre sans dommage, qu'il reprit à voix basse :

- « J'ai quelque chose à t'annoncer.
- Moi aussi, j'ai une nouvelle mais je t'écoute d'abord.
- Mère, tu connais mon amitié pour Iori. Cela fait quelques temps qu'il y pense et il vient de prendre sa décision : il rentre chez lui et je vais l'accompagner. »

Akané ne répondit pas. Elle posa sur lui un regard pénétrant non pour le scanner, elle se l'était interdit à tout jamais, mais elle voulait sonder par toute sa perception de mère le futur qui attendait son fils. Elle connaissait Iori qu'elle appréciait beaucoup après tout ce temps passé ensemble et leurs interminables conversations sur Jatine. Elle l'avait interrogé sans relâche pour comprendre, connaître en détails ce monde vers lequel elle dirigeait Eloine. Pour se souvenir aussi. Elle n'avait jamais envisagé sérieusement d'y retourner, pas encore et ses pensées vers Jiù étaient comme des missives envoyées au travers du temps dont elle espérait, de manière un peu enfantine, qu'elles l'atteindraient. Quant à Anji et ses amies, si elles restaient en relation par la voix intérieure, leurs échanges se faisaient de plus en plus rares et formels comme si le distemps reprenait progressivement ses droits.

Elle ne fut pas particulièrement surprise. Elle connaissait Mugan et gardait en mémoire son intervention très remarquée à la Session Majeure. Il ne lui en avait plus parlé depuis mais il n'était pas surprenant que ce projet naquît en lui et elle savait pouvoir y trouver quelques avantages.

-   « Je voudrais rendre visite à mon père. »

Le coup fut plus brutal. Bien sûr, quoi de plus normal, mais le choc fut néanmoins violent pour Akané qui, jour après jour, tâchait non d'oublier mais de s'habituer à l'absence. Après la révolte puis l'abattement, une sorte de deuil l'avait prise, habité de pensées en morne monologue, un souvenir de moins en moins vivace, une froideur grandissante comme un vieillissement des os ou l'annonce d'un hiver rude et précoce. Elle s'était interdit de transiter dans le passé pour le retrouver et redoutait même la tentation de ces brèves incursions dans ses souvenirs, qui n'auraient fait que maintenir ouverte la plaie au lieu de l'aider à se refermer. Elle avait vu l'effet sur Jiù de ses retrouvailles épisodiques avec Kohl et n'avait jamais été réellement convaincue qu'elles lui furent bénéfiques. L'annonce que Mugan allait rejoindre son père lui donna l'impression de perdre à nouveau Jiù et lui fit craindre de perdre aussi son fils. Elle ne dit rien cependant de ce qui l'agitait de peur de créer encore toutes sortes de complications.

-   « Pour combien de temps pars-tu ?
-   Je ne sais pas encore. »

Ce que n'osait avouer Mugan était que Iori et lui avaient longuement parlé de sa sœur. Un jour, par jeu ou par défi, il lui avait proposé de la faire venir sur Eloine, lui faire découvrir le monde dans lequel ils vivaient. Tout lien avec Jatine avait pourtant été strictement interdit pour éviter la moindre interférence avec ce futur que la Dynastie s'était dorénavant choisi mais justement, cela avait ajouté du piquant à l'affaire. Il avait donc rencontré Nadje dans le plus grand secret et lui avait promis qu'à son tour, il transiterait vers Jatine. Son projet était de s'y établir mais de cela, bien sûr, il ne parla à personne et certainement pas à sa mère.

Celle-ci, qui n'avait pas relâché son attention, le devina aisément. Quelque chose de plus puissant que la seule dévotion à son père l'attirait sur Jatine, elle en était certaine. Évidemment, comment pouvait-il en être autrement ? Elle laissa dériver le fil de ses pensées, pesant les conséquences pour lui, pour elle, pour Eloine. Elle connaissait son fils et reconnaissait en lui l'impétuosité de Jiù, cette capacité si particulière de se lancer à brûle-pourpoint dans l'aventure, de préférence de manière irréfléchie, et de s'en trouver bien, pour découvrir a posteriori toutes les justifications nécessaires. Elle ne put s'empêcher de l'envier. Pour la vie qui l'appelait alors qu'elle semblait commencer de lui faire défaut, pour sa jeunesse, son insouciance et ses projets. Pour sa liberté surtout peut-être ? Parce qu'il était tellement semblable à son père. Néanmoins, il ne fallait pas se leurrer : l'affaire était grave et pouvait prendre des proportions catastrophiques dont il était de son devoir de se préoccuper.

- « Me permets-tu d'en parler à Ishma ?
- Oh non, mère ! Pas Ishma, je t'en prie ! Tu sais comme moi tout ce qu'il va dire, tout ce qu'il va trouver à y redire. À y redire. »

Ils échangèrent un bref regard et éclatèrent de rire, heureux de leur complicité retrouvée. Elle capitula. Finalement la vie était très simple. Il n'y avait qu'à la laisser s'écouler. Elle ne voulut pas, au nom d'Eloine, empêcher son fils de vivre la sienne, de découvrir le temps et le monde. C'était une affaire exclusivement entre elle et lui. Bien sûr, cela faisait courir un risque à Eloine, bien sûr. Mais combien d'autres lui en avaient-ils fait courir d'autrement plus importants ? Peut-être même, ce projet faisait-il partie du destin qu'à cette extrémité du temps, elle tentait elle-même de forger ? Quelque part aussi, elle prenait sa revanche : Malkhal lui avait pris son homme, elle pouvait bien lui donner son fils. On pouvait espérer que la singularité ne soit pas si redoutable dans cet échange, après tout il ne s'était rien passé de fâcheux pour Eloine malgré la présence de Jiù sur Jatine.

C'était égal, Mugan, si proche à cet instant, allait terriblement lui manquer. Il la couvait tendrement du regard, heureux de son assentiment muet.

-   « À propos, mère, quelle était cette nouvelle que tu voulais m'annoncer ?
-   Oh, cela n'a plus beaucoup d'importance maintenant. »

Comment pouvait-elle lui dire ? Comment pourrait-elle jamais lui expliquer la densité de ce qu'elle avait compris ? Ce qui était né et avait grandi en elle comme une évidence depuis son retour de Jatine, quelque chose qu'elle aurait toujours su : *le temps est absolument un et indivisible*. Tout n'est qu'un instant unique, incommensurable et omniprésent, qu'il nous est loisible de parcourir ad infinitum comme on explore l'espace au point qu'il cesse d'être une interrogation, au point qu'il en devient familier.

Le distemps qui la séparait de Jiù n'était qu'illusion, elle le savait du plus profond de son être. Ce n'était qu'une différence de perspective entre des présents disjoints mais qu'ils vivaient simultanément. Un décalage temporel, un déchirement les avait écartés l'un de l'autre, chacun reclus en deçà d'un horizon indécelable mais il était aussi proche d'elle que la paupière l'était de l'œil.

Tout cela, elle l'avait compris et il lui fallait maintenant le vivre.

Vivre comme on pouvait choisir de vivre le temps, en perspective élargie et continue au-delà de sa linéarité apparente. Tout était immédiatement accessible. Tout. Un présent immuable qu'on pouvait vivre et revivre. À l'envi. Le temps comme substrat inséparable du vivant. C'était uniquement la limitation de la conscience qui créait la sensation de différence. Depuis l'aube des temps, les humains avaient tout construit sur leur perception de l'espace, du fait de son apparente immuabilité plutôt que sur le temps, par trop impalpable et évanescent. Alors que c'est rigoureusement l'inverse : le temps est immuable et l'espace est changeant. C'était donc cela l'évolution dont avait parlé Ishma ? Ce changement de perspective ? Une expansion continue de la conscience jusqu'à englober la totalité du temps ? La pensée du vieux professeur la fit sourire. Ils étaient rapidement devenus des amis proches. Non qu'il lui rappelât Anji, ils étaient par trop différents, mais elle avait pris goût à ses explications qui n'en étaient pas vraiment et surtout à ses silences. À ses digressions incompréhensibles aussi. Petit à petit, une nouvelle compréhension justement s'était fait jour en elle. Aussi avait-elle très peu vieilli et beaucoup mûri. Elle en était arrivée à comprendre qu'il suffisait d'être pour transformer les choses. Il lui suffisait d'être présente de manière consciente et active pour que le monde prît place et s'organisât autour d'elle, circonstances, gens ou choses. Cette récente découverte l'aidait beaucoup dans le redéploiement d'Eloine.

Vivre et comprendre étaient devenus les deux faces entremêlées d'une unique réalité, chacune finalité de l'autre, jusqu'à devenir une expérience complète qui s'exprimait en une myriade de sensations, de perceptions et de rencontres dans un présent gigantesque et sans fin. Eloine, Jatine, toutes ces civilisations d'avant, celles d'après et celles d'à côté, tous ces temps étaient enclos dans le présent tel un œuf dans sa coquille. Le présent comme terrain de jeux éternel et sublime, le lieu parfait de l'expérience, de tout ce qu'il est possible de vivre et de comprendre dans l'infini du temps. Pour la première fois, il fut donné à Akané d'éprouver la sensation presque physique de vivre à l'intérieur du temps : passés et futurs étaient entièrement contenus dans l'instant où, inévitablement, on ne pouvait que demeurer. Et toutes ces secondes, ces ans, ces siècles se mélangeaient inextricablement car tout cela n'était qu'un.

Le sésame des contes très anciens.

Elle se sentait redevenir enfant. A nouveau, tout son être prêt à découvrir cette vie qui s'annonçait autour d'elle, une vie emplie d'expériences comme autant d'histoires à parcourir et dont elle jubilait par anticipation. Même ce Collapsus tant redouté qu'ils avaient retrouvé comme une trace indélébile, cette marque fatidique comme une tache autant de naissance que de vieillesse, avait été leur guide : il avait été un signal, une alerte destinée à capter leur attention, les mettre en mouvement, les décider à s'engager, à traverser, à comprendre. Comprendre et vivre. Sans le Collapsus, jamais ils n'auraient entrepris ce voyage, jamais ils ne se seraient lancés dans l'aventure et donc jamais ils n'auraient pu accéder à cette réalité qui leur était donnée.

C'est sans doute à cela que finalement servent les drames : à vous mettre en marche.

Elle était donc revenue à leur point de départ comme si elle ne l'avait jamais quitté, mais elle n'était pas revenue la même. Elle l'avait réalisé graduellement, par touches et légers décalages, comme on se découvre enceinte parce qu'on se cogne aux meubles. Petites mises en garde qui lui signifiaient discrètement : regarde, tu as changé ! Comme si ce passage par Jatine, par un temps autre, l'eût séparée de ses contemporains. Elle en était revenue par l'autre face d'elle-même, celle qui nait du futur au lieu d'être engendrée par son passé. Ce long chemin l'avait irrémédiablement ramenée au début de son histoire, transformée, révélée mais différente, étrangère à son propre temps.

Logiquement la lumière s'était alors faite en elle : la direction de sa vie, le sens qu'elle prenait pour elle comme pour tout le monde, était cette expansion par sauts de la conscience, cet embrassement progressif du présent au gré, sinon au hasard, de nos choix. Pour sa part, cette conscience en élargissement continu ne pouvait manquer de passer par la conduite de la destinée d'Eloine, si elle voulait que le présent où vivait Jiù retrouvât le sien, si elle voulait qu'il se replace sur la même trajectoire causale.

Ce qu'Akané avait réalisé et qui la saisissait d'un enchantement sans pareil ne pouvait être partagé qu'avec lui. Lui seul pouvait saisir cette totalité inexprimable. Ils étaient les deux faces du même temps, du même présent. C'était pour cela qu'il était resté sur Jatine, pour relier et effacer ce qui les tenait à distemps et, ensemble, parvenir à la perception ultime de l'intérieur du temps.

Combien elle aurait aimé partager ce moment d'illumination avec lui. Déjà elle entendait sa joie devant la découverte, elle devinait son rire. Elle se réjouissait du pétillement émerveillé et un peu étonné qui naissait dans ses yeux. Elle le savait vivant, quelque part, plus tard, maintenant.

Akané se tut. Il lui restait à vivre. Vivre et à nouveau le retrouver.

FIN DE L'EPISODE

RÉPERTOIRE

Akané	Dissidente de la première heure - Experte en Neurologie Applicative - Compagne de Jiù - Présidente du GC à la suite de Jiù (Eloine)
Alma Jatine	Oasis de la Planète Malkhal où se sont réfugiés les habitants à l'invasion des imposteurs
Anji Askajan	Professeur de neurologie applicative (Malkhal) – organise la résistance avec Maha et Mereel
Beihaï	Principat du District des Régions de l'Est (Eloine)
Bjo Diskansar	Colonel de la Force sur Malkhal (fleshoïde)
Bran(field)	Homme d'affaires– propriétaire du Forum (Eloine)
Buneiro	Principat du District des Régions Sud-Est (Eloine)
CC	Comparateur Canonique: centre cybernétique du système Ibzan Malkhal (Ibzan Malkhal)
Toinbee-Tainter (Codex)	Partie de la science temporelle traitant des dynamiques civilisationnelles (Eloine)
Dajan al Maar	Conseil de Mereel Ibal Khasr (Ibzan Malkhal)
Doona	Gardienne du Centre de Recherches d'Alma Jatine (Ibzan Malkhal)
Doran	Commandeur d'Eneter– bras droit de Shu (Eloine)
Elea	Responsable de la Dissidence– Compagne d'Orion (Eloine)

Eloine	Dynastie globale sur la Terre – Régie par la logique L1
Eneter	Milice de l'Énergie– en charge du maintien de l'ordre pour la Dynastie (Eloine)
Eurp	Planète (habitable) du système Jov
Fleshoïdes	Formes pensées imprimées par le CC selon ses besoins (Ibzan Malkhal)
Forum	Lieu de rencontre des étudiants (Beihaï)
GC	Grand-Conseil : Siège de l'administration principale d'Eloine
Hammer	Major de l'Armée Globale (Terre)
Huang Ba	Général de l'Armée Globale (Terre)
Iksan	Ancien Co-Président du Grand-Conseil Scientifique Mondial (Terre)
Iori	Officier de la Force – frère de Nadje (Ibzan Malkhal)
Ishma	Responsable du Laboratoire Dynastique (Eloine)
Jailhio	Principat des Régions du Sud (Eloine)
Jala	Étudiante à l'Université de Beihaï – amie de Kaz (Eloine)
Janel	Principal du district de Buneiro
Jasna	Dissident de la première heure (Eloine)
Jiù	Dissident – ancien fonctionnaire de l'Historique – compagnon d'Akané– Président du GC (Eloine)

Jon	Dissident de la première heure – compagnon de Mia (Eloine)
Jov	Deuxième soleil du système Ibza
Juno	Principat du District des Régions Centre (Eloine)
Kaz	étudiant à l'Université de Beihaï – ami de Jala (Eloine)
Kohl	Organisateur de la Dissidence et ami de Shu – père de Jiù (Eloine)
Lauwers	Principal du District des Régions Centre (Eloine)
Leh	Dissident de la première heure (Eloine)
Logique L1	Dogme fondateur de la Dynastie Eloine
Lu Peng	Principal du District des Régions de l'Est (Elointe)
Maha	Doyenne d'Alma Jatine (Ibzan Malkhal)
Matzu	Dissident de la première heure (Eloine)
Maxwell	Colonel de l'Armée Globale – en charge de la protection du Centre National d'Expérimentation Scientifique (Terre)
Mereel lbal Khasr	Coordinatrice de la révolte des femmes d'Alma Jatine (Ibzan Malkhal)
Mia	Dissidente – compagne de Jon – amie d'Akané (Eloinc)
Mugan	Fils d'Akané et Jiù – cousin de Peg (Eloine)
Nadje	Ingénieure en électro-technique – sœur de Iori (Ibzan Malkhal)
Nahei	étudiante – amie de Mugan et de Peg (Eloine)

Naranbataar	Général en Chef de la Force (Ibzan Malkhal)
Newton	Principat du District des Régions du Nord-Ouest (Eloine)
Oleg	Influent délégué du Consortium Solaire – Petrow (Eloine)
Orion	Responsable de la Dissidence – compagnon d'Elea (Eloine)
Peg	Étudiant – ami de Bran - cousin de Mugan (Eloine)
Petroburg	Principat des Région Nord-Est (Eloine)
Sehn	Île appartenant à Orion (Eloine)
Shu	Commandeur en Chef d'Eneter (Eloine)
Sol	Premier soleil du système Ibzan
Symposium	Réunion plénière des administrateurs de Malkhal (Ibzan Malkhal)
Téléport'	Technologie de déplacement temporel (niveau 1) (tombée en désuétude) (Eloine)
Yeen	Servante – garde de Maha (Ibzan Malkhal)

TABLE DES MATIERES

Dépôt légal : Mai 2019

Du même auteur :

Romans

À l'Intérieur du Temps – Jiù et Akané (2013 Lulu.com)

To the Inside of Time – Jiù & Akané – Traduction Solen Lees (2014 Lulu.com)

Récits

L'Émerveil (2014 Les Éditions du Net)

Carnets de Marées (2015 Lulu.com)

www.ingramcontent.com/pod-product-compliance
Lightning Source LLC
Chambersburg PA
CBHW060809030726
47503CB00002B/403